# La fortuna de Matilda Turpin

Esta novela obtuvo el Premio Planeta 2006,
concedido por el siguiente jurado: Alberto Blecua,
Alfredo Bryce Echenique, Pere Gimferrer,
Carmen Posadas, Soledad Puértolas, Carlos Pujol
y Rosa Regàs.

# Álvaro Pombo

# La fortuna de Matilda Turpin

*Premio Planeta*
*2006*

*Una rama de* HarperCollins*Publishers*

Planeta

Los libros de HarperCollins pueden ser adquiridos para uso educacional, comercial o promocional. Para recibir más información, diríjase a: Special Markets Department, HarperCollins Publishers, 10 East 53rd Street, New York, NY 10022.

Este libro fue publicado originalmente en España en el año 2006 por Editorial Planeta, S. A.

PRIMERA EDICIÓN RAYO, 2007

ISBN: 978-0-06-137514-9
ISBN-10: 0-06-137514-4

07 08 09 10 11 DT/RRD 10 9 8 7 6 5 4 3 2 1

*Para José Antonio Marina,*
*en recuerdo de su admirablemente*
*animoso libro,* La creación económica

# PRIMERA PARTE

—

## AL ASUBIO

# I

—Me alegro de que al final te hayas decidido a quedarte —comenta Antonio, al volante, metiendo la directa para enfilar el primer tramo de la carretera hasta Lobreña, donde comienza la serpenteante comarcal que conduce por fin al último tramo, el camino vecinal nunca asfaltado en condiciones, que lleva al Asubio, la alta finca acantilada de sir Kenneth Turpin, el padre de Matilda.

—¿Estará Emilia a gusto? —pregunta Juan Campos, sentado junto a Antonio Vega en el asiento delantero del viejo Opel Senator.

—Se aclimatará seguro Emilia. Lo que no sé, si tú...

—Yo me apañaré.

—Algo más que eso hará aquí falta. De sobra lo sabes. Esto es de verdad salvaje y más ahora con el invierno encima.

—No lo podría hacer sin vosotros. Sin ti.

—Seguro que sí.

—Vosotros, además, no tendréis que quedaros todo el tiempo. El rodaje es lo más complicado de la casa. Luego me arreglaré con Boni y Balbi. Balbi es una cocinera magnífica. Con una comida fuerte al día, tengo de sobra. La merienda-cena se arreglará con cualquier cosa...

—¿De verdad vas a quedarte tanto tiempo, para siempre?

—Quiero un cerramiento, Antonio. Llámalo como quieras: una nueva vida. Para empezar a mi edad una nueva vida, tiene que desaparecer todo lo anterior. Nunca fue gran cosa desde la muerte de Matilda, no me veo envejeciendo en el piso de Madrid...

—Eso es verdad. Tampoco yo te veo así. De momento tienes el mismo aspecto de siempre...

Juan Campos sonríe. Antonio también. El atardecer nublado se precipita sobre ellos. El coche ha tenido que reducir la velocidad una vez más. Las luces de Lobreña parpadean a lo lejos: un pueblito pesquero que no necesitan cruzar. Ráfagas de lluvia en el parabrisas. Juan Campos observa de reojo al conductor. Tiene gracia —piensa— esta fidelidad de Antonio Vega, tan agradable, tan inmerecida.

Es un traslado que Juan Campos llevaba planeando todo un año y que por fin se ha decidido a completar a principios de octubre. Gil Stauffer ha vaciado el piso de Madrid, la biblioteca de Campos, que no es inmensa pero sí ronda los cuatro mil volúmenes, todo el cuarto de estar y el mobiliario del despacho... Ha sido una mudanza fácil, pero Gil Stauffer le ha cobrado un plus considerable por el inhóspito lugar de destino. De todo eso se han ocupado eficazmente Antonio y Emilia. Ha sido un deshacer la casa de Madrid y un amueblar y acondicionar en serio el Asubio que ha ocupado el verano entero entre unas cosas y otras. Con el tercio de libre disposición de la testamentaría de Matilda, más su propio discreto patrimonio, Juan Campos es ahora un viudo razonablemente rico. Curiosamente Matilda Turpin ha dejado muy pocos recuerdos personales: de su ropa y un joyero de reducido tamaño se ha hecho cargo su hija Andrea. Las legítimas de los tres hijos son muy considerables. Ha quedado dinero de sobra para todos. Todos los recuerdos del matrimonio —que se suponen recuerdos de los dos— son, ahora que el traslado ha vuelto enumerativa la mirada de Juan Campos, objetos coleccionados por Juan, recuerdos sólo suyos, en los que Matilda reparó apenas. Los bienes muebles que Juan Campos hizo trasladar al Asubio son sólo suyos en el sentido de que casi uno por uno fueron elegidos por él en catálogos o en visitas a los anticuarios. Matilda nunca quiso decorar su propia casa y se mostró siempre indiferente al lujo, e incluso al confort.

Se siente Juan Campos confortablemente cansado. Las cinco horas largas en tren desde Madrid le han adormecido: el cansancio es más un estado de ánimo que una sensación corporal. Todo este cerramiento, que incluye la decisión de retirarse al Asubio, el traslado íntegro del piso de Madrid, el viaje en tren, y por último este viaje en coche, es en sí mismo todo un proceso hermenéutico. Decirse: estoy cansado y quiero este cerramiento, este retiro, forma parte de una decisión consciente que Juan Campos empezó a elaborar a raíz del fallecimiento de su mujer.

El Opel, en segunda velocidad, emprende ahora la serpenteante cuesta con que se inicia la llegada al Asubio. Es casi de noche, tiempo cerrado y lluvioso, equivalente al corazón de Juan Campos. ¡Qué duda cabe que fuimos felices! —rumia Juan Campos—, como si pasara inseguro, con gran lentitud, las hojas de un álbum de fotografías. Fue una felicidad presupuestada: ¡cómo no íbamos a ser felices Matilda y yo! Juan Campos se permite a veces estas exclamaciones mentales que contienen, invariablemente, un regusto dubitativo e irónico: una ironía leve como la sensación de envejecer. ¿No es verdad que hubo, en el querer ser feliz de Juan Campos, al impregnarse de un análogo querer ser feliz de Matilda, un aumento exponencial de voluntad, una edificación de sus dos vidas, que incluyó luego el nacimiento de los hijos y, paradójicamente, también la disyunción de las dos trayectorias de ambos cónyuges? La trayectoria de baja intensidad, el *low profile* académico de Campos, y la intensa carrera social, financiera, de mujer de negocios, de Matilda, ¿no se potenciaron en su disyunción tanto como se habían potenciado en su conjunción al casarse enamorados a los veinticinco? Todos los encantos de la madurez maduraron —¿sí, o no?— a la vez para los dos, incluso cuando no estaban juntos y sólo se comunicaban por teléfono. Sí, al principio era emocionante seguirla de lejos y escuchar los fines de semana —aunque no todos—, sentados frente al fuego en Madrid o en el Asubio, los relatos de compras y de ventas, las reflexiones acerca de los factores que estimularon en los setenta la proliferación de innovaciones financieras. Escuchando la enumeración exaltada de Matilda acerca de los rápidos avances tecnológicos en el tratamiento de la información y en las comunicaciones o la influencia negativa sobre la solvencia bancaria de las crisis de la deuda exterior en países en vías de desarrollo, Juan sonreía. Poco a poco, sin embargo, dejó de sonreír y de atender. Mientras el Opel le arrastra al Asubio, hacia su retiro de viudo, Juan recuerda que los negocios de Matilda acabaron cansándole... Y fue terrible la aparición de los primeros síntomas del cáncer, el diagnóstico inapelable, la no muy larga enfermedad y la muerte. La muerte de Matilda apagó el mundo. Y me dejó a mí, doliente y tranquilo. ¿Es esto último también un comentario irónico, una guasona reserva mental? Nuestro matrimonio —rumia ahora Campos— tuvo quizá un único defecto: la relativa desatención a los hijos. Los hijos. La imagen de sus tres hijos: Jacobo, Andrea y Fernando, el pequeño, desestabiliza ahora el cansancio sosegado de Juan Campos y le desasosiega. Los hijos —sobre todo Fernando— deberían ser su libro del desasosiego: ahí debería haber leído Juan Campos toda la inquietud y el desasosiego constante que jamás le inspiraron sus hijos o su esposa en vida de su esposa. ¿Y ahora, qué? Ahora el desasosiego y el sosiego se amamantan mutuamente en paz.

Antonio ha hecho sonar el claxon ante la verja de la casa de los guardeses: emerge Bonifacio, Boni, intercambian unas palabras: *Bienvenido, señor.* Arranca el Opel, y por fin se detienen ante la puerta del Asubio. Emilia ha encendido las luces de la entrada. Y ahí resplandece con su jersey de cuello alto y su pantalón vaquero negro: ¡qué joven parece en la anochecida lluviosa, qué solitaria, qué oscura y profunda!

## II

El placer de la velocidad. La embriaguez. El poderoso Porsche Boxster negro. La estimulante sensación de poder pasar del dicho al hecho de un brinco. Fernando ha decidido aparecer sin avisar en el Asubio y ya está en ello. Ya está casi ahí: No se retirará en paz mi padre. No le dejaré en paz. No se me escapará... Varias veces, en las cuatro horas que lleva de viaje, ha trasgredido todos los límites de velocidad. Unos días instalado ya en el Asubio Juan Campos. Fernando se propone desestabilizarle en el Asubio, por lo menos un fin de semana. ¿Qué menos que un desagradable fin de semana en pago a veintitantos años de desamor paternal? Fernando Campos vibra con su automóvil en la alta velocidad de sus pensamientos envenenados. La adolescencia se le vino encima unos trece años atrás, coincidió con el despegar Matilda y el encerrarse Juan Campos en su despacho a leer y oír música de cámara de Brahms, conciertos para clarinete. Se sentaba a cenar con los hijos y parecía dormido. Matilda telefoneaba desde Zurich, desde Nueva York, desde Londres. ¿Se amaron mis padres?, ¿amaba yo a mi madre?, ¿la odiaba? Este Fernandito acelerado de ahora es incapaz de decidir ahora qué es qué. Ahora ni siquiera lo pretende, pero entonces, en la adolescencia, requería un detenimiento: necesitaba que me dieran tiempo. ¿Quién se ocupó de mí? Antonio Vega se ocupó de Fernandito y de

Andrea y de Jacobo. Lo más sencillo es dejarse arrebatar ahora por el deseo de incordiar a su padre un fin de semana al menos. A diferencia del hijo pródigo rilkeano —que no quiso ser amado—, Fernando Campos quiso ser amado, y no fue amado. Pero tampoco fue desdeñado o maltratado. Sencillamente no fue amado. Y ni siquiera se dio cuenta de que no lo fue cuando no lo estaba siendo. Se ha dado cuenta después, como quien siente un malestar indefinido en la boca del estómago y recuerda que tomó boquerones en vinagre, pasados de vinagre, la noche anterior. Las conexiones causales de los movimientos del alma se fijan siempre a posteriori, por eso se falsean casi siempre. Recuerda ahora en plena autopista el texto de un heterónimo de Pessoa, Alberto Caerio: *El campo, a fin de cuentas, no es tan verde / para los que son amados como para los que no lo son: sentir es distraerse.* Acelera indebidamente de nuevo volteando el texto desasosegante. ¿Qué quiso decir Pessoa? Fernando Pessoa quiso decir que el hijo de Juan Campos, este Fernando Campos del Porsche negro, está en condiciones de disfrutar más el verde de los campos y los paisajes y la belleza en general, justo por no haber sido amado, por haber sido desamado. A cambio, como en premio, una intensificación de la sensibilidad poética y erótica. ¡Valiente bonificación de mierda! Llevar a cabo un proyecto como el de Fernandito Campos —el proyecto de minimartirizar a su padre en su retiro, impedirle retirarse confortablemente, siquiera durante este fin de semana— requiere una intensidad pueril. Sorprende casi más este aspecto pueril que la grave voluntad de vengarse que el proyecto también contiene. ¿Qué piensa hacer Fernandito? ¿Cómo piensa perturbar a su padre? ¿Es Juan Campos perturbable? Su hijo menor le recuerda ensimismado. Tan ensimismado cuando estaba solo (o en compañía de sus otros hijos o acompañado sólo de Fernandito, que le contemplaba con sus ojos dulces aún, de perro) que la viva atención que dedicaba a su mujer cuando estaban todos en familia, le pareció a Fernando Campos siempre sospechosa. Toda buena acción le parece a Fernando Campos ahora aquejada de una corriente subterránea de doblez. En el caso particular de su padre, la doblez le parece tanto más evidente cuanto menos capaz es de especificarla con precisión: por eso viaja al Asubio esta tarde lluviosa de octubre arriesgando la vida propia y ajena en su Porsche negro a ciento sesenta kilómetros por hora: para desdoblar la doblez, desplegar la plegada doblez, desenmascarar al padre enmascarado, al matrimonio enmascarado. Y no hay mejor manera de desenmascarar a alguien que poner a prueba sus nervios. Los desquiciados saltan solos, explotan revelándolo todo. Él mismo, el propio Fernando, perdida la ingenuidad muchos años atrás, en la adolescencia, ha perdido los nervios muchas veces. Fue considerado por su padre, y en parte también por su madre, un niño nervioso, el más inquieto de los tres hermanos. Su madre le tomaba el pelo cuando le veía nervioso, hasta adorarla exasperándole. Y fue (esto es lo imperdonable, lo que no prescribe) no obstante considerársele único, tratado como los otros dos, los dóciles Andrea y Jacobo, los plegados a la buena vida y a la conformidad. ¿Pero a qué clase de evidencia apela Fernando Campos cuando se refiere a la doblez de su padre, sobre todo de su padre, más que de su madre? ¿Puede hablarse de evidencia sin un objeto correspondiente, evidente ante los ojos? Fernandito se cree en posesión de la verdad en lo relativo a la doblez de sus padres. Pero no ha podido aportar, en veintitantos años, corroboración alguna de lo que tiene por evidente: a esto va al Asubio ahora: a obtener la evidencia de que sus padres no sólo no le amaron a él en particular sino que tampoco se amaron mutuamente, y que el pretendido amor conyugal fue una mera maniobra de imagen, una escenificación de un profundo vacío interior que, en el caso de su padre, a la fuerza ha de revelar algo más grave aún, sea lo que sea: una traición vergonzosa que de común acuerdo ambos disimularon, negaron, ocultaron para seguir disfrutando su aparente felicidad de gente rica. El vacío —decide Fernandito, sumido en el éxtasis de la velocidad del Porsche—: eso es lo que quisieron ocultar, el sinsentido de sus vidas, la existencia sin sentido. *¡Ésta es la forma más extrema de nihilismo: la nada, lo sinsentido eternamente!* Pero esta nada del sinsentido es imprecisa, demasiado inabarcable e imprecisa. Fernando Campos sospecha ahora, paladeándolos, otros vacíos menores, más punzantes, más cutres, en la vida de sus padres. He aquí el elegante tema de este fin de semana. Y ahora sonríe. Reconoce este paisaje que atraviesa velozmente, estas Hoces con su profundo tajo y el río de montaña desplomándose rocoso, agujereado por la lluvia y las afiladas rocas, asediado por los regatos someros del monte invernizo. Ha tenido que reducir la velocidad para no despeñarse en esta carretera aún de doble sentido. Tomar estas curvas con reducida celeridad y con precisión le encanta. Le hace sentirse en posesión de su vehículo y de sí mismo. Fernandito Campos sabe que una parte del mérito de esta precisión procede del coche mismo más que de él: los controles de estabilidad del vehículo le impiden derrapar en estas curvas que toma a cien por hora. Sonríe porque sabe que está siendo injusto con sus padres. Sonríe porque se propone ser injusto con su padre este fin de semana: breve e injusto: velozmente injusto. Hubo un tiempo de comunicación y exaltación con su padre. No fue muy largo: fue el tiempo que precedió a sus dieciséis años, ese espacio del primero de BUP, entre los catorce y los quince: ahí se sintió amado por su padre, admirado físicamente, acariciado con la mirada: vigorosos abrazos, chocar los cinco en los partidos de voleiplaya aquel verano. Ahí sobre todo sintió, en aquel año del primero de BUP, que su padre admiraba su inteligencia rápida. La pasión de Fernandito por la velocidad, tan pronto como tuvo su primer automóvil a los dieciocho, fue una mera imagen mnemónica, congelada no obstante su vivacidad intencional, en comparación con la sensación de hallarse en estado de alerta ante su padre cada vez que su padre mencionaba, ante los demás o ante el propio Fernando, la rápida inteligencia de Fernandito, intuitivo y rápido como un tiburón joven. ¡Qué tontería! Este enternecimiento dura más tiempo del que Fernandito quisiera. Coincide con la atención que tiene que prestar en este momento a la complejidad de las Hoces primero, a los caminos vecinales después. Casi sin darse cuenta se alzan ante el Porsche las verjas del Asubio. Toca el claxon, son casi las once de la noche. Llueve copiosamente. Bonifacio emerge de la casa de los guardeses con un enorme paraguas. *¡Bienvenido a casa!* —grita Bonifacio—. Ya ha llegado. De nuevo el claxon. Se encienden las luces de la entrada. El propio Juan Campos abre la puerta principal. Detrás de él, la esbelta figura de Antonio. Esto es el regreso, murmura Fernandito y sonríe a su padre.

## III

Anoche se hizo tarde. Fernando se presentó sin avisar, a la peor hora posible. Antonio repasa las rápidas escenas de la noche anterior: así corregía años atrás las redacciones de Fernando, de Andrea y de Jacobo: la mala ortografía de los tres. De sobra sabe Fernando que su padre se apaga, literalmente, después de su cena, su *high tea* entre siete y siete y media. Se queda leyendo o dormitando ante la chimenea del cuarto de estar. Entre once y doce se va con un libro a la cama. Antonio encuentra esta rutina de Juan tranquilizadora. Él mismo cena también con Juan sobre las siete. Emilia, que solía ser muy de picar, ahora casi no cena: come anacardos y bebe whisky mientras ven la televisión los dos, Emilia y Antonio, en su lado de la casa. Llueve. Ha llovido toda la tarde ayer tarde. El Porsche negro parece haber atraído la intensa lluvia que rebota en los balcones y en las solanas. Se ha levantado el viento hurón que ahueca las tres chimeneas de leña de la casa. Antonio encendió anoche la estufa del dormitorio de Fernando. Bonifacio telefoneó desde la casa de abajo para decir que Fernando acababa de llegar. Por eso Juan y Antonio le recibieron en la puerta. ¡Cuántas complicadas emociones se dan cita este mediodía que sigue a la noche de la llegada de Fernando Campos al Asubio! ¡Cuántas emociones entre sí se tropiezan y congregan y disgregan este mediodía lluvioso, Cantábrico, de zarzas y de prados verdes llovidos, hundidos en la melancolía de la niebla y el mar, el rezo monótono del mar, la ira pedregosa del mar, la mar, entreverada con la vida y con la muerte! Matilda Turpin nunca tuvo dudas, y contagió su energía a Emilia: sin dudas vivieron las dos hasta la muerte de Matilda. Antonio repasa la noche de ayer y la vida anterior como quien corrige cuadernos escolares a la luz de un flexo un mediodía lluvioso, complicado, emotivo. Es mediodía, sí: un mediodía gris desencantado, que se levantó con niebla y ha seguido destemplado, desencantado.

Fernando Campos se sentía más valiente ayer noche conduciendo el Porsche por las Hoces, que ahora, almorzando frente a su padre en compañía de Emilia y Antonio. Hay algo sencillo, lineal, hermético, en la presencia física de su padre —en los prolongados silencios de su padre— y en su natural amabilidad para con todos, de siempre, para con el propio Fernandito, que hace difícil la agresión, que hace sobre todo difícil creer o mantener una situación tensa donde la agresión crezca como una rápida floración venenosa. Fernando Campos conoce familias en perpetua pelea, cuyos miembros —incluso queriéndose y no pudiendo vivir unos sin otros— parecen hallarse sin embargo en una perpetua excitación agresiva, una perpetua confrontación que a ratos roza el ridículo y a ratos la tragedia, aunque nunca lleguen a las manos y todo se reduzca a engarradas gritonas: ese infantilismo que Fernandito detesta. En ese ambiente, la provocación, la agresión, está agazapada siempre y puede actualizarse con cualquier pretexto. En su familia, en cambio, ya desde los tiempos de Matilda, desde los más tempranos recuerdos de la niñez de Fernando, nunca hubo peleas. Desde un principio, Juan y Matilda vivieron su matrimonio en un ensimismamiento ausente, como si, de alguna manera, las consecuencias de ese matrimonio, la vida familiar, los hijos, no fueran con ellos. ¿Y ahora qué?

¡Ahora era otra vez igual, sin ella, sin Matilda, sin la madre pero igual, otra vez lo mismo, como si se trazara la raya de una suma de sumandos odiosos! Fernando tiene la sensación de que no puede enfocar con claridad la escena, como si su padre, Antonio y Emilia fueran indefinibles. Y él mismo, que los contempla desde sí mismo, fuera, a su vez, un elemento alterador, un intercambiador que todo lo falsea, un falso, un falsificante *ego cogito* cuyo *cogitatum* fuese, desde la simple aprehensión hasta el juicio enunciativo, incapaz de precisión alguna. Algo parecido a una corriente de humildad le hace permanecer casi en silencio durante todo este almuerzo, por lo demás tan sencillo. Es la presencia de Juan Campos, el padre adorado, el más amado de todos los padres del mundo, el causante de una herida cuyo dolor no prescribe. Fernando Campos no acierta a enfocar con precisión la escena de este sencillo almuerzo en el Asubio porque su humillación, su herido narcisismo infantil no prescribirá nunca. Le amo, éste es el dato que Fernando Campos hace girar en su cabeza como la bola de una ruleta. Y desea dejar al azar de la giratoria ruleta nihilificadora la decisión de herir o amar a su padre. Ahí están Antonio y Emilia, tan iguales entre sí, tan comedidos como siempre, tan neutrales, no obstante haber intervenido tanto en la vida de Fernando cuando era pequeño. De los dos sintió celos Fernandito, de niño y de adolescente. ¿Por qué sus padres guardaron siempre las distancias con los hijos, y sin embargo nunca hubo distancias ni dificultades en su relación con Emilia y Antonio? Este mediodía lluvioso, tan triste, tan plano, tan del corazón desventurado —piensa Fernandito—, tan mío, que he venido aquí para odiar a mi padre y me encuentro, en cambio, asediado por los celos y descubro que le amo, que deseo abrazarle ¿Por qué mi padre no me arrastra consigo al interior de su alma, de su cuarto de estar, frente a su chimenea, frente al duro mar, pedregoso, mortal? ¿Por qué mi padre no me arrastra a su corazón y me acaricia y me ama? Yo entonces sería bueno, sería grandioso. Si mi padre me amara, llegaría a ser yo el que era desde siempre, el que nunca llegaré a ser, porque no me quiere, ni lo contrario.

A su manera lenta, minuciosa —un poco fría aunque afectuosa, delicadamente distanciada de lo que contempla e incluso de lo que desea—, reflexiona Antonio este mediodía lluvioso, una vez más, acerca del almuerzo de los cuatro en este Asubio sin Matilda Turpin. La familiaridad de la cocina casera: la merluza rebozada, la ensalada de lechuga y tomate sin cebolla, el queso de postre, un poco de fruta, un buen rioja, el café que se servirá más adelante frente a la chimenea del cuarto de estar... Lo interesante —piensa Antonio— fue siempre el ritual democrático de estos almuerzos y de estas reuniones. En tiempos de Matilda cada cual bajaba a hacerse su desayuno, su bacon con huevos y tostadas. Se mantenían costumbres inglesas: los *elevenses*, hacia las once de la mañana, tanto en el piso de Madrid como en el Asubio y tanto si Matilda estaba como si no estaba. La organización de todos estos rituales caseros corrió siempre a cargo de Emilia, de acuerdo con un protocolo estricto, aunque muy sencillo, que Matilda había diseñado: las dos parejas tenían que turnarse para guisar y para servirse y para trasladar los platos del aparador a la mesa. Había una cocinera y una doncella en Madrid, pero Matilda prefería no verse rodeada de sirvientes. La idea que Matilda se hacía de la vida, tanto en sus años de vida en casa como después, era desenvuelta: el mínimo servicio indispensable: todo el mundo, incluidos los chiquillos cuando crecieran, tenían que ser capaces de hacer de todo. Las relaciones entre todos ellos eran amistosas, fáciles, claras. Desde los primeros tiempos (cuando llegaron Antonio y Emilia a la casa), la sensación de vida resuelta, clarificada, sensata, presidía todo lo que hacían. Los dos, Emilia y Antonio, aprendieron a la vez, asombrados, divertidos, entusiasmados muy pronto, aquel modo de vivir de la pareja mayor, tan desenredado, tan ultramoderno, tan poco convencional o conservador. Ser una rica heredera parecía limitarse, en el caso de Matilda, a tener a su disposición una gracia más, una habilidad más, una atadura menos. Llegado aquí, Antonio no puede evitar esta tarde la huella insidiosa de la melancolía. Esta tarde de sirimiri, esta tarde sin significación precisa, esta tarde nulificante. Matilda fue el alma de todo esto, el alma de todos nosotros... Han terminado la comida. Los tres hombres paladean su oporto. A través de los cristales contempla Antonio el presuroso cielo invernizo del Asubio. Y no sabe cómo leer la presente situación: sólo sabe deletrear la creciente melancolía de la tarde.

Antonio contempla ahora a Emilia sentada frente a él entre Juan Campos y Fernando Campos, que quedan así, frente a frente, en esta mesa ovalada. Las mesas de todos los comedores de Matilda fueron siempre ovaladas. Detestaba las mesas alargadas, que le parecían provincianas, con su distribución jerárquica y sus dos cabezas. Esta contemplación de su mujer, cada vez más frecuente después de la muerte de Matilda, tiene esta tarde una peculiar agudeza: Emilia parece cansada. Es una mujer morena, muy delgada, elegante, alta, a quien Matilda conoció muy joven y convirtió en su secretaria particular. Emilia acompañaba a Matilda a todas partes. Al morir Matilda con cincuenta y seis, Emilia quedó desolada, y quedó, sobre todo —reflexiona por millonésima vez esta tarde Antonio—, mutilada, sin nada que hacer, sin ningún proyecto personal. Todos los proyectos personales de Emilia en vida de Matilda eran los proyectos de Matilda. Emilia quedó vacía, y sin embargo con una enorme cantidad de impulso todavía, que se ha ido desarrollando hasta la fecha. La verdadera hija de Matilda fue Emilia, no

Andrea. La muerte de Matilda fue terrible, su particular muerte propia fue una agonía iracunda. El cáncer, la muerte, agarraron a Matilda muy joven todavía, con muchas ganas de seguir viviendo. Matilda no perdonó al mundo, a los demás, aquella su muerte prematura, que la hacía fracasar, que enturbió los últimos proyectos que tenía entre manos, porque Matilda Turpin se empeñó en seguir llevándolos personalmente cuando ya no podía preparar minuciosamente los negocios.

Emilia es ahora el movimiento residual, el resto de aceleración que dejó impreso en la vida de todos Matilda Turpin. Antonio no es un personaje reflexivo: es un hombre tranquilo que se encuentra a gusto desempeñando tareas secundarias en una familia, siempre que se sienta bien tratado: hizo las veces de chófer, de carpintero, de administrador, hizo sobre todo, durante toda la infancia y primera juventud de los chicos, el papel de tutor. Se educó con Juan Campos, quien fue a su vez como un tutor para Antonio. Aún hoy día caracteriza a Antonio Vega una amable aceptación del anonimato, está contento con su vida, y estaría feliz si no fuera porque el deterioro de Emilia es cada día más visible.

Apenas han hablado durante la comida. Juan Campos suspira y se dispone a levantarse. Permanece sentado sin embargo, aún por un momento contemplando con una mirada entornada esta escena final del almuerzo en el Asubio que se incrusta en otros miles de almuerzos parecidos en presencia de Matilda. Las cosas son más fáciles ahora sin Matilda que con ella presente. Éste es ahora un pensamiento desolador. Pero Juan Campos no se enfrenta nunca cara a cara a la desolación, como si la desolación fuese un contorno, un margen difuso de la vida. Juan está a salvo de la desolación porque no la niega y por lo tanto tampoco la afirma. ¿Es entonces preferible esta Matilda ausente, muerta, deshaciéndose en la caediza memoria de todos los presentes, a una Matilda vigorosa, encantadora, pero también fría, agresiva, poco atenta a los pormenores de la vida que no le concernían directamente? Ha habido tensión en este almuerzo, pero no es por culpa de Matilda. Es sólo Fernandito que, quizá, ha venido sólo a pasar el fin de semana —sospecha ahora Juan sonriente— para perturbarme un poco.

Emilia retira ahora los platos con ayuda de Antonio. Fernandito, sentado, bebe a sorbos su vaso de agua. Siempre se ha acogido al privilegio de ser el benjamín. Ahora Antonio, como si tratara de recapitular en una línea todo un episodio o toda una vida, piensa: esta casa se acabó con Matilda. Lo que queda ahora es la sombra, la cáscara de lo que fue. Pero se da cuenta Antonio de que decir esto es a la vez una falsedad, un absurdo: para bien o para mal, nosotros estamos aún aquí y nosotros somos seres sustanciales. ¿Qué va a ser de nosotros ahora?

## IV

—¡Qué coche más guapo! —dice Emeterio. Es mediodía del domingo, ha dejado de llover, hace frío, el Porsche negro sobresalta un poco en el paisaje verde oscuro frente a la casa que, construida en dos planos, de cara al mar la parte principal, presenta en esa fachada un solo piso y parece una casita baja, ni siquiera muy grande. Está cubierta de hiedra durante el verano, y en invierno (o como ahora a finales de otoño) tiene el aspecto desolado de las casas recubiertas con enredadera de hoja caediza.

—¡Bah, no está mal! —comenta Fernando Campos, que se estremece de frío en mangas de camisa. Emeterio lleva un buen plumas sin mangas y unas botas Panama Jack sin curtir. Es más o menos de la edad de Fernando, sólo que mucho más fuerte, hombros más anchos, y de pocas palabras. Fernando y él se conocen de toda la vida, jugaban juntos los veranos y las vacaciones de Navidad y de Semana Santa.

—¡No está mal, dices! ¡Te habrá costado ocho kilos o más! ¿Cuánto te ha costado?

—Por ahí.

—Entre una cosa y otra, nueve millones en la calle, cincuenta y cuatro mil euros. Es un coche guapo.

—¿Quieres que demos una vuelta? —pregunta Fernando seguro de que querrá. Se tomarán unas cervezas en Lobreña, harán cien kilómetros antes de comer, ida y vuelta.

Fernando entra en busca de un jersey y regresa en seguida—. ¡Hala, vamos!, ¿quieres conducir?

—No, tío, no hace falta, mucho coche para mí.

Abandonan la finca a buena marcha. Fernando observa de reojo a su fornido acompañante. Es la única relación de la comarca que ha mantenido en estos años después de la muerte de su madre. Emeterio se hospeda en casa de Fernando cuando va a Madrid.

—El ochenta por ciento de las piezas de este Porsche son nuevas —comenta Fernando por decir algo. Y añade—: ¡A ver qué fábrica se puede permitir cambiar tanto de un modelo a otro!

—¡Cómo se pega a la carretera, joder! ¡No se mueve! —murmura Emeterio.

Un error salir. Ahora no tiene arreglo —piensa Fernando mientras acumula detalles acerca del Porsche:

—Tiene 240 caballos y 3.200 centímetros cúbicos.

—Tendrá que tener buen reprís. Al fin y al cabo es un tres litros y pico.

—Ahora lo verás en la subida del Turbón. Ahí lo vas a ver. Pasa de cero a cien en cinco segundos y medio y se pone a 262 kilómetros por hora. ¿Qué te parece?

—Una pasada.

Un error salir —repite mentalmente Fernando Campos mientras acelera cuesta arriba hasta coronar la Peñalbarda y se dispone a descender después para demostrar el reprís de su coche en el ascenso del Turbón—. Un error salir, una vez fuera del Asubio nada es relevante. Por eso hablamos del Porsche. Ni siquiera —piensa Fernandito— nuestro pasado, de Emeterio y mío, tan legible aún para nosotros, es relevante fuera del Asubio. Aquí fuera, en el Porsche, somos insustancialmente iguales, la edad nos iguala, más ancho de hombros él que yo, más guapo, más frágil yo que él, más listo que él, como de críos, a los diez y doce y trece, cuando era verano y en estos mismos parajes montábamos los dos en bicicleta, cuando después me compraron la moto de motocross, tan ruidosa, vehemente como el amor imberbe. Nostalgia revirada.

Paran en un recodo de la carretera desde donde se asoman a los acantilados neblinosos. Resplandece apagado el mar plomizo como un espinazo mutante. ¡Cuánto tiempo ha pasado, qué poco tiempo ha pasado! Han salido los dos del coche y se han sentado juntos en el capó contemplando el gran fondo marítimo. Fernando se vuelve y contempla con descaro a su amigo.

—¿Qué miras? —pregunta Emeterio.

—Te miro a ti. Que no me quieres ya.

—Bah. ¿Ya estás con eso?

—Te echaste novia y echarás tripa dentro de nada. Ya sólo te intereso yo por mi coche.

—Ya sabes que no.

Esta última respuesta, tan sosa, agrada a Fernando, le hace sentirse otra vez joven y lleno de energía. Siempre se sentía así con Emeterio cuando salían a pescar en su fueraborda, a bañarse a la Playa del Inglés. Recuerda esas largas tardes festivas, aislados en el verano marítimo, en el extremo de los arenales y las dunas, demasiado alejadas y ásperas para ser visitadas por los turistas al uso. Allí se bañaban desnudos y después, al volver, la cena en casa de Boni y Balbanuz, los padres de Emeterio: un buen filete de vaca con huevo frito y patatas fritas. No ver la televisión después, sino subirse al cuarto de Emeterio a contemplar su colección de coches en miniatura. Tienen la misma edad, a los dos les ha simplificado la vida: a Emeterio hacia una cierta inarticulación, a Fernando hacia una excesiva articulación analítica de su existencia y sobre todo hacia una voluntad voluble de venganza, esta voluntad que le ha traído este fin de semana al Asubio y que ahora, sentado frente al acantilado con Emeterio, le resulta de pronto inverosímil. ¡Qué inverosímil querer vengarse de un hombre como Juan Campos!

—Lo bueno se acabó hace mucho tiempo. Lo bueno nuestro —dice entre dientes Fernando.

—Ya.

—¿Sólo eso? ¿Ya? ¿Eso es todo lo que sientes? No te da pena. Te da igual.

—No me da igual.

—Si no te diera igual, se notaría. Yo lo notaría. Si te diera pena, yo me alegraría.

—¿Ah, sí? ¡Qué hijoputa!

—El mismo.

—Has cambiado tú más que yo —dice Emeterio tras una pausa durante la cual Emeterio sonríe. Nunca pudo Fernando no sentirse conmovido ante esta sonrisa tímida de Emeterio.

—¿En qué he cambiado yo? —pregunta Fernando Campos. Este juego de preguntas y respuestas les ha servido a los dos estos últimos años para comunicarse sorteando el sentimentalismo. Es sobre todo Fernando Campos, el más articulado de los dos, quien impone esta esgrima en ocasiones hiriente, pero también en ocasiones conmovedora y dulce. Emeterio siempre se ha plegado a la vehemencia de su compañero.

—Tienes un coche de la hostia, nueve millones para pagarlo, ¿a que lo has pagado al contado?

—Así es.

—Lo ves, te compras un coche así y no tienes letras. La vida te sonríe. La puta vida te sonríe a ti, no a mí. En cso has cambiado.

—¿Vas a echarme eso en cara?

—Ya sabes que no.

—¡Me lo echas en cara! —repite Fernando porque sabe que la verdad es lo contrario y le gusta oír esta monótona cantinela del sincero amor de Emeterio.

—Ya sabes que no.

—Entonces, ¿por qué te has echado novia?

—¿Qué tiene eso que ver?

—Tiene que ver que no me quieres.

—Sí te quiero.

—No me quieres.

—¡Bah! Corta el rollo. Y, por cierto, menos nos quieres tú a nosotros. Dice mi madre que has llegado ayer y no has ido ni a verla. ¿Eso qué?

—No quiero encontrarme con tu puta novia... Perdona. No he querido decir eso.

—Sí has querido. Da igual... Mi madre quiere verte. Ahora volvemos y vamos a verla.

Es hora de comer. No han comido. Tienen hambre los dos. Vuelven a casa de Emeterio. La maldita novia no estará, de sobra sabe Fernando que no estará. No han hablado nada más durante todo el viaje de regreso. ¡Balbanuz es tan buena cocinera! Sus ricas albóndigas con patatas fritas. Y la ternura de la casa, que desde niño fue su casa. Frente por frente, a lo lejos, en lo alto, la casona del Asubio, silvestre, montaraz, no civilizada, no familiar en su familiaridad cuadrada cubierta de hiedra, seca ahora, como garras, engarmada en las garras de la hiedra en la alta distancia del acantilado contra el cielo friolento. Por eso no ha querido nunca que el amor fraternal apasionado que le unió a Emeterio desde niños y que le une a él hasta la fecha, se tintara con lo de Madrid, se tiñera del colorete de la nadería madrileña que Fernando Campos conoce tan bien y que odia, sobre todo cuando se deja vencer por ella. Ahora es el resumen. Han visto durante un buen rato la televisión con Boni y con Balbi y como de jóvenes se han subido al cuarto de Emeterio a tumbarse en la cama y a charlar. La cama era grande para los dos de pequeños, la cama en verano era un barco fondeado en el puerto de Lobreña en la noche, con sus luces de posición girando alrededor de su anclaje, con las mareas de todo el día y de la noche. Ahora la cama se les ha quedado pequeña para los dos juntos. Durante un rato los dos, tendido uno al lado del otro, contemplan el techo en silencio. Luego cambian de posición. Fernando se sienta en la butaquita desvencijada de entonces. Todo lo que es de entonces es de ahora también. Sólo que multiplicado por mil, como el amor de los niños: mil veces mil, un millón.

Es domingo por la tarde ya. Se han hecho casi las seis de la tarde. ¿Y la venganza? ¿Dónde ha quedado la venganza? ¿Va a quedarse Fernando Campos otro día más? ¿Dedicará todo un día a vengarse? Caer en la cuenta de que aún no nos hemos vengado, ¿no es en el fondo no querer vengarnos? El verdadero vengativo bascula en el líquido amniótico de la venganza, que le nutre. Nunca cae en la cuenta, porque sólo cuenta la venganza constante, ejercitada o no, recordada u olvidada momentáneamente pero siempre tenue y tenaz como un cordón umbilical. Así que es posible que Fernando Campos, que piensa en vengarse de su padre, sólo desee ser amado y cualquier gesto de amor paterno le tranquilizaría y eliminaría el infantil sentimiento de abandono. Pero no hay, no ha habido quizá nunca —al menos que Fernando recuerde ahora— desdén u hostilidad tampoco por parte de su padre. Sólo una benevolencia blanda, distante, como la que se presta a un asunto menor. No ha habido hostilidad, luego no ha habido ofensa o motivo para la venganza. ¿Qué hace entonces Fernando Campos aquí? ¿A qué ha venido? Han vuelto a tumbarse los dos, uno junto a otro en la cama. Emeterio le empuja bruscamente, amistosamente, como entonces. Casi le tira de la cama. Luchaban así de jóvenes en la cama o en el jardín, empujándose; era una vida hermosa. Esa hermosura le hizo olvidar que sólo había disfrutado en la vida del amor vicario de Boni y Balbi y del amor imposible de Emeterio, y que ahora ni siquiera tiene eso del todo. Piensa que el domingo se ha pasado, que tiene que volver a Madrid, y su padre queda indemne, al asubio, porque Fernando tiene que volver a Madrid.

# V

Ya es lunes. Fernando Campos no ha regresado a Madrid. Ha llamado por teléfono fingiendo una gripe virulenta. Esa llamada telefónica ha tenido lugar a primera hora del lunes, antes de las ocho de la mañana. La noche anterior, tras tomar la decisión de quedarse, al volver a última hora al Asubio de casa de Emeterio, habló con un amigo del departamento para que, con independencia de la llamada oficial, hablara con el jefe, muy bien dispuesto por lo demás a hacer la vista gorda en el caso de Fernando. Una gripe son nueve días: tres, seis, nueve. Así que hay tiempo. Ha bajado a desayunar después de la llamada telefónica y se ha encontrado con su padre terminando de desayunar, que escucha las noticias de Radio Nacional. ¿Y ahora, qué? Lo mismo que la tarde de su llegada, ahora la presencia física de Juan Campos es demasiado punzante para que Fernando esté en condiciones de reactivar su deseo de venganza. Así también todo el día de ayer, todo ese domingo en compañía de Emeterio y en casa de los padres de Emeterio, ha dulcificado a Fernando Campos. Emeterio, ahora, con su creciente fortaleza corporal, ocupándose de Fernando todo el día, teniéndole en casa de Boni y Balbi, representa para Fernando el bien: una cierta clase de bondad accesible, humana, enternecedora. Y disuelve, por lo tanto, lo opuesto a esto: los sentimientos congelados, la rabia sofocada e insepulta, el resentimiento como un verdín. Su padre le sonríe, baja aún más el volumen de la radio hasta volverlo casi inaudible, le sirve una taza de café. Emilia entra en el comedor y le pregunta si quiere tomar huevos o bacon o ambas cosas, pero Fernandito no desea tomar nada. Emilia se sienta entre los dos, comenta que bajará al pueblo a hacer las compras de la semana. La rutina enunciada anima el rostro de Juan Campos. Él mismo hace algunos encargos: papelería sobre todo y los periódicos que hayan llegado a Lobreña.

—Fernando va a quedarse con nosotros —dice Juan.

—¡Ah! Estupendo —responde Emilia, que es amable pero no muy habladora.

Fernando comprende que esta estampa rutinaria es lo que ha de romper si realmente desea vengarse de su padre. Una estampa hogareña, tranquila, a la hora del desayuno, con ese punto (desde siempre un poco desasosegante, por cierto) de Emilia desayunando como una más de la familia entre Fernando y su padre. Pero también este mismo desasosiego, como una corriente de aire, como un escalofrío momentáneo, forma parte de la familiaridad de la casa paterna: Emilia y Antonio siempre han estado ahí, en Madrid o en el Asubio e incluso de viaje cuando los tres hermanos eran adolescentes y viajaban en grupo, con sus padres y con Antonio y con Emilia —un grupo muy divertido, tiene que reconocer Fernando ahora— a ver el arte precolombino de México, o a navegar por la orilla argentina del Río de la Plata, que le recordaba a Matilda el turbio mundo de *El Astillero* de Onetti. Ese perceptible, aunque diminuto, grado de inverosimilitud determinado por la presencia familiar de Antonio y Emilia en su extrañeza de pareja, en medio de la familia propia que siempre sorprendió a Fernandito Campos, presente ahora también este lunes de otoño en el Asubio. Y quizá —rumia Fernandito— fue este sobresalto de la extrañeza en la familiaridad, este oír hablar a Emilia y a su padre confeccionando amigablemente la lista de la compra (¿encontrará Emilia pescadilla gorda en el mercado de Lobreña para hacer merluza rebozada este mediodía?), esta rutina benevolente de personas que me aceptan pero que no me aman, fue lo que me arrojó fuera de esta casa y de estas vidas. El asunto, ahora y siempre, es el mismo —decide Fernando Campos—: que aquí estoy de más. El agravante —añade Fernando mentalmente— es que a simple vista no lo estoy, mis padres nunca me lo hicieron sentir así, ni siquiera se dieron cuenta del efecto que en mí causaban: siempre estuve de más en mi propia casa y sólo yo lo supe siempre, ellos mismos, los culpables, ni siquiera se enteraron: ¿no es éste el origen del resentimiento?

Juan Campos ha terminado de desayunar hace rato y, con el pretexto de las noticias de la radio, cuyo volumen ha reducido hasta volverlo casi inaudible, observa a su hijo de reojo y piensa, a través de Matilda, en sí mismo y en este definitivo retiro en que se halla. ¿Qué hace Fernandito aquí? ¿A qué ha venido? Juan no adivina el deseo de venganza, sólo una oscilación entre el amor y el odio que le desconcierta. Ahora que en esta familia ya ha sucedido todo lo esencial —piensa Juan Campos—, ahora que todo está consumado y todo, en cierto modo, dicho, definido y cerrado, ahora que él mismo desea con todas sus fuerzas reducir al mínimo el nivel del dolor y el amor, ahora irrumpe en la conciencia la desazón del hijo pequeño y —¿por qué no reconocerlo?— también una desazón propia, casi informulada, que estos días ha creído ver reflejada en un texto de una carta de Hölderlin, citada por Arturo Leyte en su *Heidegger*: *Se trata, en conjunto, de una auténtica tragedia moderna* (se está refiriendo Hölderlin al *Fernando o la consagración al arte* de Böhlendorff, de 1802). Este texto se le ha clavado en la memoria y lleva dándole vueltas desde que compró el libro de Leyte en Madrid a finales de septiembre. De inmediato asoció el texto a la muerte de Matilda Turpin. No acaba de saber por qué: *Porque esto sí que es lo trágico entre nosotros, que nos vayamos del reino de los vivos calladamente, metidos dentro de una caja cualquiera, y no que, destrozados por las llamas, paguemos por el fuego que no supimos dominar.* [Al leer esta frase, de inmediato pensó en Matilda. Su muerte, una vez acontecida, puede resumirse así: un callado irse del reino de los vivos metida dentro de una caja cualquiera: Matilda fue estricta en esto, en sus últimos días. No quiso un funeral católico. No quiso familiares ni amistades en casa o en el crematorio. Quiso como mucho los de siempre: Emilia, Antonio, Juan. Ni siquiera los niños. Todo fue interior entonces. Matilda entró en el interior y quedó dentro de dentro. Le horrorizaron siempre los duelos, las afueras del duelo. Le hizo prometer, tan pronto como se sintió enferma, que se atendría a este mandato y Juan Campos se atuvo a este mandato: metida dentro de una caja cualquiera fue trasladada al crematorio e incinerada en presencia de Emilia, de Antonio y del propio Juan Campos. Se creó, por supuesto, entre los parientes y sobre todo entre las acaudaladas amistades de Matilda, banqueros, hombres de negocios, políticos incluso, familiares ingleses de los Turpin, un considerable revuelo: obedecer los deseos de Matilda costó muchas llamadas de teléfono y muchas molestias al viudo. Pero en todo ello se comportó con la sequedad y la discreción con que siempre se había comportado en todo lo relativo a la vida pública y social de su mujer. Finalmente, gracias a su marido, Matilda Turpin tuvo la incineración, el final callado, anónimo, que creía merecerse.] El caso es que Matilda había desaparecido calladamente en una caja cualquiera. Y, sí, como dando la razón a Hölderlin, no había muerto destrozada por las llamas y el fuego de una vida como la suya que no supo dominar, sino que la mató un vulgar cáncer de mama, diagnosticado demasiado tarde. No fue consumida por las llamas del fuego que Matilda había encendido... ¿qué fuego encendió Matilda? ¿Y es cierto que no supo dominarlo?

Esta mañana de otoño, tensa de pronto, con la muda y sombría presencia de este guapo hijo menor, tan brillante, tan indescifrable ahora, Juan Campos se pregunta por el sentido de la vida de su mujer. El fuego que Matilda encendió, ¿no fue su pasión por los negocios, su deseo de participar y triunfar en el inmenso escenario global del mundo de las finanzas internacionales? Los negocios de Matilda Turpin, su agilidad negociadora, su sexto sentido para las *leverage byouts*, ése fue el fuego que encendió, era un fuego ardentísimo, que fascinó, con reservas, al propio Juan Campos. Comparado con su reposada existencia de catedrático de Filosofía moderna, el mundo de Matilda representó el fulgor de la vida, pero también en parte —pensó siempre Juan— la vitalidad banal de los hombres de negocios: Matilda se sometió gustosa a una sistemática negación del ocio y casi del amor y casi del placer o los placeres menores, familiares, para alzarse con el triunfo. ¿Supo o no supo dominar ese fuego? Ésta es una pregunta nueva en la vida de Campos. Mientras vivió Matilda, Juan pensó que su mujer dominaba no sólo su propia vida sino también la vida de Juan y la de sus hijos. El descerrajamiento repentino del cáncer también, al principio al menos, pudo leerse en términos de lucha y de dominación: hasta muy al final, Matilda luchó ferozmente contra su decadencia física y pareció que dominaba la propia muerte organizándose una incineración austera. Y, sin embargo —pensaba Juan—, no fue capaz de armonizar del todo los dos lados de su vida, la privada y la pública. Cuando el mayor se acercaba a los diecisiete y Fernandito a los trece, antes incluso de esas fechas, dejó de interesarse por ellos. Dulcemente, por supuesto, sin herirlos, dándoles todas las ventajas económicas y sociales de su posición, les dejó atrás.

Sorprendido por el texto de Hölderlin, Juan Campos ha seguido dando vueltas a la carta entera. Los párrafos siguientes son sumamente piadosos: *Y en verdad que lo primero* (el destino vulgar de Matilda) *conmueve tanto al alma más íntima como lo último. No es un destino tan imponente, pero sí más profundo, y un alma noble acompaña también a un moribundo semejante entre el miedo y la compasión y mantiene su espíritu levantado por la rabia.* Ciertamente, el espíritu de Juan Campos había permanecido durante toda la enfermedad y muerte de su mujer alzado por la rabia (pero también había rabia contra su mujer porque al acrecentarse la enfermedad, cada vez le rechazaba más). Osciló Juan entre el miedo al dolor y la compasión por su mujer: había sentido rabia contra el destino, la mala suerte, el azar amargo de los padecimientos cancerosos que se precipitan sobre nosotros inopinadamente: que no nos dan, en ocasiones, ni siquiera la posibilidad de presentar una lucha que nos ennoblezca: acogotados por la enfermedad como Matilda, nuestra muerte nos sobreviene, callada y oscura, desbaratando todos los horizontes y todos nuestros brillantes proyectos —desbaratando, sobre todo, en opinión de Juan Campos, la posibilidad de un retiro reposado, de un final feliz para una existencia laboriosa como fue la de Matilda y la suya propia—. La prematura muerte de su mujer había alterado toda la vida de Juan Campos y también, quizá irremediablemente, la vida de Emilia y de Antonio. El peso de estas reflexiones esta mañana inverniza se ha hecho de pronto demasiado fuerte. Juan Campos se levanta, apaga la radio, anuncia que saldrá a dar un paseo. Emilia les ha dejado ya hace un rato. Desde el comedor han oído en la grava el ruido de los neumáticos de su monovolumen, saliendo del jardín, alejándose en dirección a Lobreña.

Fernando Campos ha terminado también su desayuno hace rato. Ha permanecido inmóvil en su asiento, contemplando a su padre, que de pronto le parece bañado en la luz inverniza como un caracol que se recluye en su interior, como un animal introvertido, como un gato que da vueltas sobre sí mismo hasta que encuentra una posición adecuada en un sillón o en el lugar más estrafalario. Fernando ama a los gatos y ahora en estos momentos ama también a su padre al contemplarle aislado frente a una taza de café vacía en el comedor de esta casa de campo, tan inhóspita y a la vez tan acogedora, tan espaciosa, tan bella y tan antigua a la vez. Fernando siente el peso de toda esta casa que su madre nunca quiso acondicionar con las comodidades de la vida moderna, que carece de calefacción central y cuya instalación eléctrica retiembla y se cortocircuita los días de tormenta. Una casa de estufas y mesas camilla y fuegos en las chimeneas de los cuartos. A Fernando le ha sorprendido gratamente esta mañana —no puede negarlo— la transfiguración de su padre que, a medida que bajaba el volumen de la radio y hojeaba un grueso volumen que tenía entre las manos, iba como diluyéndose o achicándose, sumiéndose, como un galápago, dentro de su grueso jersey de lana: así, durante un largo instante su padre contempló fijamente la taza del desayuno, los platos, la cafetera. Da la impresión de estar en otro ámbito, hipnotizado. Y esto es lo que Fernando Campos más teme: que se le escape su padre por esa vereda ensimismada, ahí no sólo es inaccesible, sino que le desarma por completo. Se siente pequeño ante la figura ensimismada del padre, siempre un poco ausente.

—No te acompaño, estoy un poco acatarrado. Tengo la gripe —anuncia Fernando.

—¿De verdad tienes la gripe, Fernandito, hijo? Creí que habías puesto un pretexto para quedarte unos días más, cosa que celebro...

—Vale, ha sido un pretexto, pero también tengo algo de gripe. No te acompaño por eso. Me enfrié ayer en casa de Emeterio. Estuvimos por los acantilados. A Emeterio le encanta mi Porsche nuevo.

—¡Qué bien! Me encanta que estés con Emeterio. En fin, hasta luego...

Sale Juan Campos a la terraza y al jardín. Desde la ventana de la sala, antes de subir a su cuarto que da al otro lado de la casa, Fernando observa a su padre inhibirse, cohibirse, arroparse, alzar las solapas de su chaquetón marinero, calarse la gorra de visera hasta las orejas y perderse en dirección a la entrada del jardín, en dirección a la casa de Boni y Balbanuz, dispuesto quizá a darse un largo paseo por los acantilados que rodean el Asubio.

## VI

La violencia del tiempo. La lectura de la carta de Hölderlin le ha llevado a la frialdad heideggeriana que hace desaparecer el yo sustancial. El *dasein* es existencia y es experimentado por cada cual individualmente, cada cual experimenta el suyo. Y, sin embargo, no designa nada individual, sólo la existencia pura, que no es individual y que no es sustancia ni es cosa. ¡Qué poco heideggeriano soy! —se dice Juan Campos—. Ha comenzado a llover, el sirimiri: paseará de todos modos hasta que la humedad cale el forro de su gorra de visera. Quizá una media hora en línea recta, en dirección a Lobreña, cuesta abajo. Quizá llegue a Lobreña y telefonee desde el bar, para que le recoja Antonio. Todo gira ahora alrededor de Matilda y su muerte y el sentido de la vida de los dos. Matilda era más heideggeriana que yo —piensa—: no amaba los objetos de uso cotidiano. Existía con una energía de la que Campos nunca fue capaz. No dejó que nadie la detuviese, que nadie la cosificase. Matilda se desmaterializó. No amaba los objetos de uso ni el lujo, ni los elegantes bibelots que, sin embargo, Juan Campos secretamente atesoraba en nombre de Matilda para su propio deleite. Juan sí amaba este mundo sustancial, vulgarizado, del tiempo sucesivo, indefinido. Las cosas, los fugitivos cielos enramados de febrero en Madrid y de marzo. Amaba los cuadros barrocos que representaban jirones de cielo, e incluso Watteau, con su irrealidad microscópica de vidas galantes en paisajes imaginarios. Pero también los paisajes de Patinir que revelan el mundo. Y amaba el Asubio, la casa de verano que Matilda heredó de su padre. La falta de comodidades del Asubio venía de su condición de finca de verano, como mucho estancia de fin de semana, refugio, asubio de los dos. Y también, cuando se hicieron mayores, de los hijos (si bien procurando no coincidir nunca padres e hijos el mismo fin de semana). Fernandito es, quizá, quien más ama esta casa, este jardín. No se le oculta nada a Juan Campos en punto a su hijo pequeño (aunque ha sido incapaz de detectar su ambiguo deseo de venganza). Con tantas posibilidades económicas como llegaron a tener, lo lógico —en opinión de Matilda—, lo poético, lo contrario al sentido común, lo anti-común, fue no arreglar la casa, conservarla en invierno tan fría y vacía como en verano, soleada y nevada al mismo tiempo: que la lluvia del norte y los variables cielos grisazules entraran y salieran por las ventanas y cristaleras abiertas de las dobles puertas, sin visillos, con cortinas de cretona raídas ya con los años que no debían recambiarse nunca, ni siquiera lavarse o plancharse: así formaba parte de la emoción, de la apasionada vida de cosa entre las cosas, de cosa al alcance de la mano, toda la casa entera. El sirimiri se adensa y Juan Campos se acobarda un poco: ha caminado lentamente sin darse cuenta y ahora de pronto el adensado sirimiri le cala el cuero cabelludo, los bajos de los pantalones. No ha llegado aún, le falta la mitad, unos tres kilómetros para llegar a Lobreña y otros tres cuesta arriba luego, para regresar al Asubio. ¿No se le ocurrirá a Fernandito salir a buscarme? Me ha visto salir sin paraguas ni gabardina. ¿No se le ocurrirá venir a buscarme?

Fernando Campos no ha abandonado el cuarto de estar, ha observado el acrecentamiento de la lluvia, la ferocidad de pronto del sirimiri tupido como un prado de hierba fresca, como un campo de alfalfa, como un nutrido bosque de símbolos que le observan enemistados. El corazón enemistado. Mi corazón amargado. Odio a mi padre: iré a buscarle, no iré a buscarle. Y, de pronto, de la parte de la cocina se oye el ruido de las puertas que se abren y cierran y entran Emeterio y Antonio: sonriente Antonio:

—Tienes visita, Fernando. Emeterio que se ha escaqueado del taller para venir a verte.

Y desaparece Antonio y ahí está Emeterio frente a él, calado de agua: su cuerpo poderoso, quizá algo más carnoso en los últimos años. Huele a sudor y a grasa consistente. Fernandito se olvida de su padre. Suben los dos al dormitorio de Fernandito en el piso alto del Asubio. Al cabo de media hora Juan Campos regresa calado hasta los huesos a casa. Antonio —sabiendo de sobra que había salido de paseo sin gabardina ni paraguas y que se calaría hasta los huesos— no ha querido ir a buscarle. Es parte de la compleja vida en común que Antonio proteja a Juan Campos sin nunca protegerle. *El ser es lo más fiable y al mismo tiempo el abismo.*

# VII

Antonio ha vuelto a su lado de la casa. En comparación con la cantidad de trastos valiosos que Juan Campos ha traído consigo del piso de Madrid, el lado de Antonio y Emilia resulta ascético. Al principio, la decoración (la no-decoración, que era el concepto que Matilda tenía de la decoración) era idéntica. Se repartieron los dos matrimonios el mobiliario estival del padre de Matilda a partes iguales. Ahora el lado de Matilda y Juan ha cobrado una gran belleza histórica, casi museística, que incomoda un poco a Antonio Vega. Emilia introdujo a Antonio Vega en casa de los Campos. Antes, Emilia y Matilda se habían conocido en un gran banco madrileño, en la sección de créditos documentarios, donde Matilda hizo sus prácticas y donde Emilia trabajaba como auxiliar administrativo, con un contrato temporal. La diferencia de clase no fue un obstáculo entre ellas. Matilda estaba ya casada, intimaron de inmediato. Fascinó Matilda a aquella Emilia de veintiún años, tan oscura y tan inteligente a la vez. La sorprendía a Emilia que Matilda tuviese ya un hijo y que estuviese dispuesta a llevar adelante aquellas dos vocaciones, la familiar y la profesional.

—No podrás, te cansarás, lo dejarás.

—No lo creo —decía Matilda.

Emilia era ya de joven de pocas palabras, pero la amistad de Matilda la complació infinitamente: se sentía, no sólo valorada como una competente empleada de banco, sino sobre todo admirada como mujer. Matilda la animó a arreglarse mejor, a vestirse mejor. Con Matilda se sintió por primera vez Emilia reconocida en un mundo en que las mujeres todavía tenían que luchar por su reconocimiento profesional, lo que incluía su reconocimiento como figuras públicas, en pie de igualdad con los hombres. La discusión que inicialmente las unió —aparte de encontrarse ambas mutuamente elegantes y guapas— fue la gran discusión del momento acerca del papel de la mujer profesionalmente competente que se ve desgarrada entre lo que Emilia llamaba *las babosas exigencias de la maternidad* y la afirmación de sí misma, la propia realización.

—Desengáñate, que serás siempre menos tú, casada que soltera. Serás media Matilda.

—Pero ya estoy casada —contestaba entre agresiva y divertida Matilda Turpin.

—Y te hundirás por ello. Jodiéndote viva acabará el matrimonio, como ha jodido a todas.

Este pintoresco lenguaje de chica macho, que salpicaba la conversación de la primera Emilia, cambió a medida que Matilda y Emilia intimaron. Matilda acababa de leer *El segundo sexo* de la Beauvoir en la edición inglesa, y las dos juntas discutieron apasionadamente los asuntos de ese libro admirable. A partir de ahí, Emilia se convirtió en un satélite de Matilda, una compañera inseparable. Emilia conoció por entonces a Juan y a Jacobito y asistió al embarazo y nacimiento de Andrea. Y dejó el banco. Fue una decisión repentina, arriesgada, apoyada enteramente en la confianza que Matilda le inspiró: «Quédate conmigo y me ayudas con los niños. Yo te doy un sueldo...» Pareció una insensatez, y Emilia, sin embargo, nunca vivió aquella arriesgada decisión suya como una insensatez, sino como una liberación. Matilda no tenía dudas y Emilia tampoco las tuvo. Emilia se volvió indispensable ¿Cómo aparece Antonio Vega? Ésta era una pregunta graciosa en opinión de Matilda. Matilda fingía, o quizá no fingía, no acordarse: quizá, en efecto, dada su disposición a sobrevolar la particularidad de los entes de este mundo (la economía que le gustaba a Matilda Turpin de joven era la macroeconomía, un saber abstracto donde los haya) no se acordaba de lo que nunca reconoció como existente hasta que lo tuvo encima, así que tal vez era sincera cada vez que se preguntaba cuándo diablos y cómo apareció Antonio Vega entre ellos. Emilia, por su parte, solía seguirle la corriente a su amiga y mentora en estos asuntos menores —un caso curioso de acomodación libre, sumisión libre si se quiere, de una voluntad firme a otra voluntad firme (porque Emilia era una joven de gran firmeza personal) sin merma de ninguna de las dos y sin esfuerzo y sin enfrentamientos—. Las dos, Emilia y Matilda, mantuvieron siempre que no había asuntos mayores o menores entre ellas, porque todo era siempre mayor, desmesurado, exaltante, y a la vez al alcance de la mano. No empequeñecido, sino ajustado a la voluntad de poder de aquellas dos mujeres que habían puesto su voluntad en la identidad, en la identificación mutua y no en la diferencia. Eran, pues, como un único entendimiento agente, una ejecutividad bimembre, una doble voluntad única. Hasta la aparición de Emilia, todo esto había sido un irrealizable, un transvisible, para Matilda Turpin. Algo de esto había, sin duda, comprendido en la estrecha relación que mantuvo siempre con su padre: la identificación voluntaria, resuelta, el atrevimiento, la lucidez intensa, la unificación de la intención paterna y filial. Todo esto fascinaba a Matilda Turpin de adolescente y de joven, cuando acompañaba a su padre a lo largo del mundo, cuando pasaba horas y horas con él en el despacho de su finca andaluza los fines de semana invernales, o los veranos del Asubio. Hombre, sin embargo, Mr. Turpin, distraído por consiguiente, impreciso, dejaba insatisfactoriamente en fárfula una parte, la más enérgica, de esta unificación. Un hombre práctico, un hombre de negocios que se divertía con el talento natural para los negocios, con la astucia, la mano izquierda, con el maquiavelismo adolescente de la hija, y no llegaba a entender lo serio, lo deliberado, lo artificiosamente estricto de la intención filial. Así que las cosas quedaban siempre ablandadas al final, sin resolver del todo. Los afectos firmes sin cuajar del todo, la voluntad de identidad y de fusión de la hija. Con Emilia, en cambio, la gran empatía de las dos mujeres aún jóvenes se formó mutuamente, se tradujo simultáneamente a una sola voluntad desde las dos voluntades en acto. Así que, ¿qué papel cumplían ahí los hombres, Juan Campos primero, Antonio Vega después?

—Yo adoro a Juan, éste es el dato más claro de mi vida. Hijos no, marido sí, éste es el lema de mi vida, pero, ¿y tú?

—Para mí todos los hombres son accidentales, no me casaré nunca. Y, por cierto, ¿qué me cuentas de tus hijos?, ¿qué pasa con ellos?

—Nada. ¿Qué va a pasar? Es natural que tenga hijos, ¿no? Es irreprochable. No son una carga.

Y sin embargo Emilia hizo sitio a Antonio Vega, aquel joven guapo que la trataba con admiración y deferencia. Se conocieron en el banco, donde también Antonio era auxiliar administrativo en la sección de créditos documentarios. Charlaban junto a la máquina del café, en los pasillos. Tomaban cañas a la salida. Antonio fue arrastrado por Emilia antes de que ninguno de los dos se diera cuenta. Salieron varias veces juntos, Emilia era virgen entonces. Antonio parecía amarla en paz, dejándola tranquila, echando hilo a la cometa del alma enérgica de Emilia. Aún no eran ni siquiera novios cuando Emilia presentó a Antonio Vega al matrimonio Campos. Antonio era un muchacho sencillo y perspicaz. Matilda, y quizá más todavía Juan, establecieron entre la joven pareja una relación indisoluble, los casaron por decirlo así. Antonio continuó en el banco un par de años o tres hasta seguir a Emilia a casa de los Campos. Juan Campos se acostumbró a Antonio Vega, por analogía quizá con la relación establecida entre Emilia y Matilda. Una vez establecidas las dos parejas, no volvieron a cuestionarse ninguno de los cuatro el origen de ambos emparejamientos. ¿Y por qué no? Porque formaba parte integrante de la voluntad de coincidir, la voluntad de nunca disentir, la voluntad de no quebrar o quebrantar lo constituido indisolublemente. Es difícil saber a estas alturas si fue el carácter de los cuatro individualmente considerado, los cuatro distintos caracteres, lo que se intercaló entre sí sin fisuras, o si la voluntad de intercalarse indisolublemente precedió a lo intercalado e hizo que velozmente alcanzaran su configuración final, la forma unificada que llegaron a tener en resumidas cuentas.

Antonio Vega está intranquilo. Le intranquiliza la presencia de Fernando en la casa y le intranquiliza la creciente introversión de Juan Campos. Haberse traído consigo tal cantidad de objetos de valor, que tapizan ahora el Asubio, le hace sentirse alerta: como si los objetos, las cosas, se le hubieran vuelto a Juan andaderas para una vida que no sabe cómo continuar. Realmente, no está haciendo nada en el Asubio —piensa Antonio—: es sólo un retiro, un apagamiento del mundo exterior, sale de paseo con regularidad por los acantilados pero no contempla el paisaje, sino que lo recorre cabizbajo, con una lentitud que recuerda los andares de una persona de mucha más edad. La otra intranquilidad de Antonio Vega es Emilia. Transcurrido ya un año largo de la muerte de Matilda, Emilia no ha tomado ninguna iniciativa, no ha vuelto a hablar de ningún proyecto propio: se ha plegado a un imaginario papel de ama de llaves que será casi innecesario en esta casa donde sólo estarán ellos tres la mayor parte del año. Y no resulta fácil para Antonio comunicarse ahora con Emilia. Siempre se amaron, en la cercanía y en la lejanía. Los años del despegue de Matilda, sin embargo, la separación, física al menos, fue una dificultad. Pero no una dificultad insalvable. Lo único que realmente cambió con la muerte de Matilda es que ahora, en la casa, apenas hay actividad alguna. Mientras vivieron en el piso de Madrid y Juan tenía aún sus clases, esta inactividad era menos visible, también en una ciudad como Madrid había más recados, incluso más visitas. Juan salía más a la calle. Pero ahora, en el Asubio, está a punto de producirse un efecto de clausura, una mónada sin puertas ni ventanas, porque el campo y el paisaje invernal son galerías que conducen la conciencia hacia sí misma. De pronto, Antonio se descubre a sí mismo como bajo los efectos de una anestesia local en la silla del dentista (como quien percibe gigantescas operaciones indoloras efectuadas en sus encías, taladros de un torno implacable que le harían gritar y que apenas son una fuerza sorda próxima al paladar, al borde temblón de la lengua): así la intranquilidad de Antonio Vega está hecha en parte de la excesiva tranquilidad que parece envolverles. De pronto ninguno de los tres parece dispuesto a tomar iniciativa alguna. La presencia de Fernandito, a mayores, subraya la falta de iniciativa de ellos tres, con repentizadas iniciativas juveniles que consisten en su mayor parte en pasar el día con Emeterio, o dar vueltas con el Porsche por los alrededores o almorzar y cenar en casa de Boni y Balbanuz. Y Fernandito —en opinión de Antonio Vega, una opinión que reconoce en parte viciada— hace las veces de un testigo indeseado, un contemplador frío, un juez extranjero que juzgará lo que sucede en la casa. Fernando Campos hace, en opinión de Antonio, que todo cuanto sucede en la casa, todo cuanto no sucede, resulte más anómalo, más solitario, más intranquilo que si sólo los benevolentes ojos de Antonio Vega lo vieran.

# VIII

Esta noche Emilia está sola en su lado de la casa. Está sola y recuerda cómo empezó todo. Es, en realidad, un momento tranquilo, equivalente a la suspensión de un dolor intenso y continuo a consecuencia de un calmante. La emoción rememorada en calma hace las veces de calmante ahora. Tiene Emilia la impresión de que sus recuerdos de lo que sucedió al principio, las personas de entonces, el Antonio de entonces, el Juan de entonces, Matilda misma, se suceden en su conciencia con la precisión, distante y próxima a la vez, de ciertos sueños. Emilia no está muy segura de ser capaz, por sí sola, de calificar esta nítida remembranza de ahora. Tiene la impresión, sin embargo, de que una ordenada sucesión de imágenes alejadas pero también clarificadas, se presentan ante su conciencia: tiene una sensación de transcurso, como se tiene cuando soñamos: tiene la impresión de que asiste mentalmente a una historia que le resulta familiar —no obstante algunas variantes curiosas e incomprensibles— y que equivale más o menos a lo que siempre ha sentido por los primeros tiempos de su relación con Matilda y con la familia Campos. Emilia no es especialmente reflexiva o intelectual y, por lo tanto, su relación con el propio pasado recuerda un poco los relatos de la gente de campo (de hecho, Emilia tiende, en conversaciones con Antonio, a asegurar que sus recuerdos son precisos: lo aseguraba también en vida de

Matilda, a veces discutían por eso). Preguntaba Matilda con frecuencia: ¿cómo fue esto o aquello? Por ejemplo, ¿qué le regalamos a Andrea cuando cumplió doce años?: Emilia siempre estaba segura de poder decir con toda exactitud en qué consistió ese regalo. Era porfiada en esto de la memoria y propensa a proceder con una cierta terquedad pueblerina si Matilda o Antonio o Juan le discutían la exactitud de su rememoración. En una ocasión, Juan declaró: es casi imposible que te acuerdes, Emilia, digas lo que digas... salvo que hayas tomado notas, hayas registrado lo que ocurrió en un diario. La memoria modifica todos sus contenidos constantemente. El olvido es el dato más indiscutible de nuestra memoria. Juan propuso esto con una cierta vivacidad: mantuvo con vehemencia que el pasado personal era esencialmente modificable y la prueba estaba en que, confrontados los recuerdos de cualquiera de nosotros con una hipotética relación cronológica, siempre se descubría que la memoria era infiel. Juan añadió en aquella ocasión que éste era un punto filosófico trivial pero comprobado una y otra vez: los recuerdos son construcciones que se hacen desde el presente hacia atrás y nunca son exactamente fieles. Emilia guardó respetuoso silencio en aquella ocasión, pero tomó esta declaración de Juan muy a mal. Le dijo a Antonio por la noche: Mira, con todo respeto, Juan se equivoca. Dice eso de la mala memoria porque él tiene muchas cosas en la cabeza. Pero nosotros no. Ni mi madre ni mi abuela tenían gran cosa en la cabeza, casi no pasaba nada nunca: lo poco que pasaba lo recordaban palabra por palabra. Yo lo mismo. A Antonio le sorprendió esta declaración sobre todo porque Emilia rara vez hacía referencia a su pueblo, un pueblito en los Picos de Europa, en la raya con Asturias, de donde había salido para estudiar mecanografía y contabilidad en Madrid y preparar la oposición al banco. Esta noche, Emilia no está discutiendo ya nada con nadie, y mucho menos con Juan. Se siente como anestesiada, como quien se ha desvelado y vuelve a quedarse dormido y sueña con nitidez una escena muy punzante y precisa que le recuerda escenas de su vida pasada. Tiene la sensación de que lo representado oníricamente sucede de verdad fuera del sueño. Así Emilia esta noche, durante un largo rato —por algún motivo Antonio, que ha pasado la velada con ella como de costumbre, se ha ausentado, quizá le ha llamado Juan como hace a veces—, está sola, entrecerrados los ojos, recuerda cómo fue al principio. Y lo que recuerda está, por de pronto, dotado de la evidencia imbatible que corresponde a una percepción actual: parece que está volviendo a verlo: Emilia entró en el banco con un contrato temporal de seis meses para una campaña de verano en el departamento de cheques de viaje. Vio el cielo abierto. Fue considerada una chica muy despierta, mucho más que sus otros compañeros y compañeras del mismo contrato temporal: creyó que al final de la campaña le ofrecerían un contrato indefinido. Emilia tenía un poco de pie en aquel banco porque uno de los conserjes era hermano de su madre e iba algunas veces, los domingos, a comer a su casa. Al cabo de los seis meses se acabó el contrato y Emilia se quedó en la calle. Se desconcertó mucho porque no creyó que mereciera ser despedida y también porque había creído que los jefes, el apoderado de cheques de viaje, los otros jefes y oficiales del departamento, la estimaban mucho. Todos, a decir verdad, lamentaron que tuviera que irse. Pero no estaba en su mano hacer nada. Las decisiones relativas al personal contratado venían de personal, de la Central, y eran inapelables. El único consuelo fue que Emilia entró a formar parte de una lista y le aseguraron que estaba una de las primeras (era, al parecer, un listado por puntos). Quitando la familia del conserje, no conocía a nadie en Madrid. Se colocó en uno de los turnos de un Burger King, un mal turno que empezaba a las ocho de la tarde y duraba hasta las dos de la madrugada. Ahí aguantó como pudo. Volvieron a contratarla en el banco al cabo de seis meses. Volvió a ilusionarse. Y el contrato se terminó sin que le hicieran un contrato indefinido. Entonces conoció a Antonio Vega. Entonces, también, se encontró con Matilda, que hacía sus prácticas en el banco. Dio la casualidad de que pasaron casi un mes en el mismo departamento, en créditos documentarios. Matilda recorría los diversos departamentos del banco y todos los compañeros sabían que era una chica rica, que estaba aprendiendo el oficio desde abajo. Matilda y Emilia se cayeron bien. Emilia quedó fascinada: ésta es la sensación de verosimilitud, la sensación de verdad, la impresión de evidencia actual que la remembranza de Emilia ha cobrado de pronto esta noche: nunca había conocido una criatura como Matilda. El *glamour* de Matilda le pareció a Emilia una cualidad mística de su nueva amiga: no dependía de sus bien cortados trajes, de la habilidad con que hablaba en inglés o en francés, indistintamente, del sentido del humor o de la rapidez con que aprendía los intríngulis del negociado, todos aquellos créditos de importación y de exportación, los Incoterms, el tedioso papeleo. Su habilidad para redactar los teletipos que luego se alineaban como cómicos lacitos por orden de urgencia en una mesa para ir siendo enviados a sus destinos, los célebres *ticker-tapes.* Matilda parecía haber nacido en medio de todo aquello. Estaba de buen humor todo el tiempo. Nunca Emilia había conocido a nadie igual. Pasaron los seis meses y Emilia tuvo que volver a la calle. Matilda continuó en el banco todavía. Se reunían a tomar café algunas tardes. Entonces fue cuando hablaron de Simone de Beauvoir, de los proyectos de Matilda. Fue entonces cuando Emilia manifestó su desesperación ante aquella precariedad laboral, que la reducía a la condición de mano de obra casi sin cualificar, sustituible en cualquier momento por cualquiera, a la que podía ilusionarse con promesas laborales que nadie después tenía el poder de cumplir. Siguió saliendo con Antonio que era ya auxiliar administrativo. Cuando Matilda terminó sus prácticas embarazada de Jacobo, su primer hijo, Emilia estaba cesante una vez más. Y Matilda le ofreció un puesto en su casa. Tendrás que ayudarme en todo, hacer de todo. Tendrás que fregar y que lavar y que planchar, más o menos igual que yo. Es un puesto en el servicio doméstico lo que te ofrezco, Emilia, dijo Matilda con toda claridad. No tienes por qué considerarte atada a este empleo. Tómalo como un sustituto ligeramente menos estúpido que el Burger King. Emilia no lo dudó. Y sucedió que aún cuando pasados seis meses esperaba ser llamada de nuevo, cada vez se sentía menos inclinada a cambiar el considerable trabajo de la casa de los Campos por el trabajo temporal en el banco. Sucedió además que en esa tercera ocasión no transcurrieron seis meses sino diez meses. No vale la pena, Matilda, me quedo contigo, dijo. Y las dos se echaron a reír. Transcurrieron así algo más de tres años. Para entonces —e impulsada por Matilda— se creó una especie de noviazgo entre Emilia y Antonio. Matilda no tuvo nunca dudas: estaban hechos el uno para el otro. Y Emilia tenía que reconocer que Antonio era un chaval majo desde todos los puntos de vista. Era guapo, era tranquilo, era muy trabajador y la quería. Pasaban juntos los fines de semana. Emilia se acostumbró a considerar a Antonio su pareja.

Esta noche Emilia sonríe sola, entrecerrados los ojos, la viveza de esa casi percepción actual le hace sonreír. Y Emilia recuerda ahora con gran intensidad que el sentimiento predominante de aquellos años fue la gratitud y la admiración por Matilda. Matilda le pareció una criatura celeste, libre de todas las babosas adherencias de lo celestial o de lo fabuloso o de lo ilusorio: Matilda tenía la claridad de las cosas reales, de las personas auténticas, de las amistades duraderas y profundas. Y estos sentimientos de Emilia fueron calando lentamente en Antonio Vega que tenía buena fama en el banco, era un buen auxiliar administrativo, con muy escasas posibilidades de hacer carrera, ni siquiera al más modesto nivel, en el banco. Hacen falta cuatro trienios para ser oficial primero, eso son doce años, declaró un día Antonio. Era un domingo por la tarde. Estaban sentados a la mesa de la cocina del piso de Madrid, Emilia, Matilda y el propio Antonio. Juan trabajaba en su despacho. Era esa pausa entre las seis y las siete de la tarde que precedía al momento de bañar y acostar a los niños. El piso de los Campos en Madrid tenía, por aquel entonces, un vigoroso aire de *nursery* y de campamento juvenil. Juan Campos trabajaba en sus cosas y no ayudaba nunca en los trabajos de la casa, Matilda y Emilia lo hacían todo. Emilia consideró que aquellos años fueron los más felices de su vida. Y Antonio fue, poco a poco, viéndose envuelto en el circuito bien humorado de la vida de las dos mujeres y los tres niños. En otra ocasión repitió Antonio como reflexionando en voz alta: con suerte dentro de doce años seré oficial primero. Y los tres se echaron a reír, Antonio el que más. Y exclamó: ¡qué carrerón llevo! Por ahí empezó Antonio a considerar que un destino posible sería emplearse él también en casa de los Campos. ¿Pero para hacer qué? La cosa quedó en suspenso.

Emilia recuerda esta noche algo más: ahora mismo acaba de recordar lo más importante de todo: lo fascinante de Matilda, de aquella Matilda de entonces, fue que con todo su *glamour* de chica rica y de universitaria distinguida se aplicase competentemente a las monótonas y rutinarias tareas de la crianza y del cuidado de la familia. Este contra-*glamour*, este contrapunto vivísimo, que Matilda practicaba sin prestar la menor atención al asunto, consagró de una vez por todas la admiración que Emilia sentía. Si Matilda se hubiera quejado de las tareas del hogar, si hubiera viajado en exceso o lamentado en algún momento su aparentemente irremediable destino convencional de mujer casada a la española, Emilia se hubiera desilusionado de inmediato. Pero Matilda no fallaba nunca, no dudaba nunca. Creía fervorosamente en lo que hacía. Y era capaz, además, de discutirlo con Emilia y con Antonio, y también con Juan cuando comían juntos los cuatro, al nivel teórico del papel de la mujer en la vida contemporánea. Matilda no tuvo nunca miedo a nada. Ni al cansancio, ni a las contradicciones, ni al aburrimiento ni, dieciocho años más tarde, al despegue, tras morir su padre, como financiera.

La noche es un hormiguero esta noche. Ahora el duelo de Emilia está todo hecho de alivio. La falta de Matilda da de sí esta noche una como percepción actual de la Matilda de los primeros tiempos. La conciencia hormigueante de Emilia hace venir la memoria, hace memoria casi perceptiva de aquella Matilda Turpin de treinta años que no era nada española. Matilda fue la primera mujer extranjera que Emilia conoció y a través de Matilda tuvo Emilia su primer contacto vigoroso con el inglés, con el francés, con los viajes europeos, a Londres sobre todo, acompañando a Matilda para que sir Kenneth viera a sus nietos y desmañadamente les montara en ponis y les contara historias desmesuradas de caza y pesca en su bronco inglés de bebedor y disfrutador de la vida. Que Matilda fuera de pies a cabeza española (su madre, fallecida muy joven, pertenecía a una ilustre familia malagueña, una de esas viejas familias camperas de la Andalucía interior) hacía más notable, a ojos de Emilia, su profunda distancia con la mujer española al uso. Muy al principio del contrato con Matilda, cuando salió a relucir la desteñida expresión *el servicio doméstico*, Matilda se había apresurado a añadir: ¡Entiéndeme bien, Emilia! Yo no necesito sumisas criadas filipinas en mi casa. El empleo que te ofrezco no es de empleada del hogar (pocas cosas detesto yo más que esa noción: servir). ¡Ni tú serás una criada ni yo seré una maruja española! Matilda dijo esto con gran vehemencia y luego se echó a reír. Construida en futuro, la expresión tenía un carácter programático, una declaración de principios casera. Emilia recuerda que Matilda fue explicando esto en detalle durante un cierto tiempo. Estaba encantada de criar a sus hijos, atender a su marido, cuidar su casa. Pero quería hacerlo resueltamente: esta idea de vivir resueltamente era importante para Matilda: todo menos enfangarse en las ñoñerías de las amas de casa. Resolver en dos o tres horas todo lo que puede ser resuelto en ese tiempo y dedicar el resto a cualquiera de las miles de cosas interesantes que podían hacerse en la vida: una de las cosas interesantes que Matilda consideraba que Emilia debía hacer era aprender inglés, la otra era sacarse el carnet de conducir. Aseguró Matilda que, a juzgar por el remango que Emilia ya manifestaba, en un par de años hablaría el inglés con soltura. Y así fue. La propia Emilia no lo creía: la confianza que Matilda puso en ella hizo milagros. Si crees que soy capaz de hacerlo, lo hago —decía—. Y así fue. Esta noche lúcida y subterránea de repetición de la vida, Emilia piensa que el tiempo voló aquellos años: dieciocho años pasaron de golpe, porque *no pesa el corazón de los veloces* y porque en casa de los Campos las dos mujeres, los tres niños —y quizá también el propio Juan, aunque esto era más dudoso— vivían en un estado de rutinaria exaltación.

Una parte de la vida doméstica de Matilda consistía en hacerle de secretaria a Juan. Tres o cuatro tardes a la semana, a partir de las ocho, una vez que los niños estaban acostados, Matilda se encerraba con Juan en el despacho y pasaba a limpio sus apuntes, sus conferencias, sus resúmenes de libros, sus artículos para las revistas filosóficas. Tenía instalada una mesita en un rincón del despacho donde escribía a máquina. Comentaba a veces, en broma, que seguía la estela de dos famosas españolas que hicieron de secretarias a dos famosos intelectuales españoles, Zenobia Camprubí y Carmen Castro. Esa referencia no le hacía gracia a Juan, que se limitaba a decir, cada vez que salía el tema, que él estaba muy lejos de parecerse a Zubiri o a Juan Ramón. Emilia no entendía estas referencias al principio: fue entendiéndolas después. Una cosa sí entendió desde un principio Emilia: que la presencia de Matilda en el despacho escribiendo a máquina e interesándose por la filosofía le impacientaba muchísimo a Juan. Y sorprendía a Emilia esta impaciencia —que determinaba un raro nerviosismo durante las cenas, al acabar las sesiones— porque Juan daba la impresión de ser un hombre tranquilo. No había ninguna explicación, o a Emilia no se le ocurría ninguna. Y, desde luego, nunca se atrevió a preguntar nada. Pero resultaba extraño observar durante las cenas, o en alguna ocasional entrada de Emilia al despacho con recados, que Juan apenas leía mientras estaba su mujer con él y se esforzaba por teclear él mismo sus artículos en su vieja Underwood. Juan Campos era torpe manualmente. De ordinario escribía todo a mano, con una caligrafía enrevesada, que sólo Matilda era capaz de descifrar con rapidez. Matilda le tomaba el pelo a veces: ¿por qué te empeñas en escribir a máquina cuando yo escribo a máquina? Esto no es un campeonato. Lo hago yo mil veces mejor que tú, es infantil. Y Juan sonreía y no contestaba. Y la escena de la impaciencia y el nerviosismo se repetía una y otra vez. Contra todo pronóstico, Juan Campos aceptó sin poner inconvenientes que Antonio Vega dedicara una parte de su tiempo libre, sábados y domingos, a pasarle a máquina sus notas. Las mujeres bromeaban entre ellas: ¡está visto, los hombres con los hombres! Y la verdad es que esto parecía ser verdadero en el caso de Juan. Antonio era, por supuesto, un mecanógrafo velocísimo, mucho más ágil y veloz que Matilda, aunque el desciframiento de la caligrafía de Juan supuso algunos inconvenientes al principio. Juan entonces descubrió que era más cómodo dictar sus textos que escribirlos a mano. Antonio cobraba un pequeño salario por sus trabajos de sábados y domingos. Pero esta actividad mecanográfica acabó invadiendo casi todas las tardes de ambos días. De aquí que Antonio se quedara sin descanso de fin de semana. Así fue como los cuatro comenzaron a debatir si Antonio debía dejar el banco o no. El sueldo no era obstáculo, ni la seguridad social tampoco. La cuestión parecía ser, más bien, el poco contenido de un empleo semejante: Antonio estaba acostumbrado a trabajar duro en el banco. La jornada de ocho horas era un asunto serio. Y lo máximo que Juan Campos necesitaba al día eran de una a dos horas de dictado. De haber estado Antonio decidido a hacer una carrera bancaria las cosas hubieran seguido como estaban. Pero Antonio no se veía a sí mismo progresando laboralmente gran cosa en el banco. Así que poco a poco los cuatro fueron haciéndose a la idea de que Antonio acabaría instalándose en casa de los Campos y ayudando, a título de *factotum*, a Juan por una parte y al cuidado de los niños por otra. Los niños iban creciendo: los tres daban la impresión de haberse contagiado de la velocidad de crucero de Matilda y de Emilia. Fue Antonio quien sugirió que él podía hacerse cargo de ciertas actividades complementarias, como el deporte o salir juntos de excursión. Y así fue como poco a poco Antonio Vega se instaló en la casa. La acomodación espacial de las dos parejas: todo un lado del piso de Madrid, con su cocina y su cuarto de baño para una pareja, todo el otro lado para la otra. Este arreglo espacial se mantuvo siempre así hasta el final. Y fue una organización de la vida doméstica que satisfizo a Juan Campos, quien disponía ahora de un secretario perpetuo y se veía libre de la presencia secretarial —siempre un poco demasiado agitante— de Matilda.

Una vez asentadas las dos parejas, se produjeron dos corrientes pedagógicas paralelas: Emilia aprendió de Matilda a vestirse con sencillez y elegancia, a hablar inglés con buen acento, a leer los periódicos y empezar a leer libros, a interesarse por el mundo, el ancho mundo. A su vez, Antonio resultó ser un estudiante aplicado. A fuerza de oír y mecanografiar textos filosóficos fue interesándose por la lectura. Y Juan Campos se ofrecía gustosamente a desempeñar, sin prisas, una especie de papel tutorial. Era ésta una relación amable, familiar, de los cuatro, convertidos alternativamente en maestros y discípulos unos de otros: porque, sin duda, también Antonio tenía cosas que enseñar a sus patronos: el gusto por la vida al aire libre en el caso de Juan, o los deportes o los largos paseos después de comer que Juan Campos al principio detestaba. Además, para alguien tan poco amigo de aprender cosas nuevas como Juan, la ingenuidad y el deseo de aprender de Antonio eran ya por sí solas una enseñanza, en opinión de Matilda. Y los niños crecían: éste era el dato más gracioso de todos. Cuando tuvo lugar la muerte de sir Kenneth y el despegue de Matilda, la estructura familiar de base estaba ya sólidamente inserta en la familia Campos.

Esta noche, hormigueante con la viveza de sus rememoraciones, ha acabado relajando a Emilia, que se ha quedado dormida. Antonio la encuentra dormida al regresar. Antes de quedarse dormida, casi sonriente, Emilia ha hecho un balance sentimental global de su pasado con Matilda: frente a la atonía de su vida infantil, frente a la precariedad de su juventud laboral en el banco, Matilda fue para Emilia lo más fiable. Matilda fue el fundamento de la comprensión de la realidad que Emilia se hacía. Y después, cuando llegó la enfermedad, cuando llegó la muerte, Matilda seguía siendo lo más fiable y, a la vez, el abismo.

IX

—

Ahora llueve. La lluvia cierra la casa como una lengua extranjera. Antonio Vega se siente fuera de la casa y capturado dentro a la vez. Como se sintió de muy joven en un viaje a Londres capturado por la fascinación del lenguaje nuevo que veía en la televisión y en el cine, que oía por la radio, que trataba de descifrar en los carteles del metro o en los titulares de los periódicos, sintiéndose balbuceante antes de abrir la boca, tratando de preguntar por una dirección, por una panadería o por la parada de un autobús y olvidándose de pronto que *bus* no se pronuncia «bus», ni *table* «table». Dentro de los límites de la lengua, preso en el interior de su incomprensión y fuera, como esta tarde de lluvia que, al aislar la casa del resto del mundo, al borrar los contornos del jardín y del mar y de los acantilados, borra también el contorno de las habitaciones, rebota en la memoria aturdiéndola, achicándola, impidiendo a Antonio Vega recordar de pronto los sencillos hitos de su monótona existencia. Treinta de sus cincuenta años con los Campos en el Asubio o en Madrid. Han crecido los niños. Las tareas de Antonio en la casa han girado desde los fáciles y alegres comienzos a esta lentitud de ahora con su atención consagrada sobre todo a Juan Campos. Ha atravesado la terrible muerte de Matilda Turpin. Está atravesando esta misma tarde el decaimiento tan innegable como disimulado de Emilia. Una vez que las tareas domésticas, los recados, se acaban —y esto suele ocurrir una vez que se recogen los platos del almuerzo— le queda aún a Emilia toda la obturada tarde delante, neutra e idéntica a todas las tardes obturadas que siguieron al fallecimiento de Matilda. Se refugió en el amor de Antonio. Emilia no rechazó la ternura de su marido en ningún momento: ni durante la época vibrante de los viajes de negocios, ni durante la ferocidad del cáncer de Matilda, ni durante las últimas semanas, ni después. Consumida de pronto, habiendo perdido mucho peso y todo el color, envejecida, casi encorvada, se refugió en la ternura de Antonio. Y sin embargo no fue suficiente. Ahora llueve. Antonio aprovecha estos días, estas tardes lluviosas, para trastear en el garaje desde las cuatro hasta la hora del té hacia las siete, que toma ahora casi siempre en sus dependencias, después de haberle subido una bandeja de sándwiches y una cerveza a Juan Campos, quien, a su vez, se acurruca sobre sí, como contraído, estos días de lluvia: apenas se levanta del sillón de orejas, frente al fuego de leños crepitando frente a él, hermoso y distante como un fuego imaginario. Ahora llueve y Antonio es incapaz de entenderse o de entender la casa o de consolar a Emilia, o de iniciar una conversación animada o seria o superficial o indiferente con Juan Campos. Incapaz se siente también de hablar con Fernandito, que esta tarde de lluvia ha vuelto al Asubio poco después de almorzar con Emeterio y los padres de Emeterio abajo y se ha encerrado en su cuarto. Tan inmovilizado se siente Antonio Vega esta tarde, tan perturbado se siente por la creciente lluvia —rachas de viento sacuden los laureles y el bambú de la entrada—, que abandona el garaje y se encamina escaleras arriba al cuarto de Fernando. Golpea la puerta. Fernando no contesta. Por un momento, Antonio Vega cree que el chico ha salido sin que él lo advierta. Y cuando ya está a punto de retirarse, Fernando abre la puerta y sin decir nada contempla a Antonio.

—Perdona, creí que no estabas —declara Antonio, inexplicablemente cohibido.

—Pues estaba. Aquí estoy. ¿Qué querías?

—Nada. Charlar. Me está acogotando esta lluvia.

—Es deprimente, sí. Pasa si quieres.

—No quiero molestarte.

—Vamos, entra.

Fernando se hace a un lado y Antonio entra en la habitación del chaval. Fernando ha conservado su habitación tal y como era cuando tenía quince o dieciséis años. Un póster del Real Madrid de la Quinta del Buitre. Antonio siente una punzada de melancolía clarificadora. Al fin y al cabo, Fernandito fue su hermano pequeño. Los sentimientos de Antonio por los hijos de Matilda y de Juan han variado poco desde la época en que él era su tutor deportivo. Sin duda, ahora, esta última temporada, barruntando la hostilidad de Fernandito por su padre, aunque sin percibir aún el deseo de venganza, Antonio se ha sentido intranquilo y hasta irritado con Fernando. Pero cada vez que le ve cara a cara, como esta tarde que ha subido casi sin darse cuenta a buscarle, el viejo sentimiento fraternal reverdece.

—Apenas hablamos... desde que llegaste.

—¡Bah! Ya lo tenemos todo hablado.

—Sabes que no. Nunca decías eso antes, cuando hablábamos... ¿O no te acuerdas ya?

—¿Qué no decía?

—Que teníamos todo hablado. Eso sólo se dice cuando se deja de hablar casi del todo. Las parejas, los matrimonios... lo tienen todo hablado y ya no hablan. ¿Nos pasa eso a nosotros, Fernando, a ti y a mí?

—¿Has venido a conmoverme? ¿No habrás venido a decirme que me echas mucho en falta, que echas de menos mi conversación? ¿No lo hablas todo con mi padre ya? No es que mi padre hable gran cosa, ni tampoco tú. Os comunicáis sin hablaros, en silencio, como putos ángeles, de especie a especie.

—¿Esto a qué viene?

Antonio se ha sentado en la silla situada ante la mesa-pupitre de Fernando. Es la misma mesa que tenía de estudiante y que Fernando hizo llevar al Asubio años atrás (Antonio no recuerda el motivo de este absurdo traslado, teniendo en cuenta que Fernando no pasa ya temporadas largas en el Asubio y menos en su cuarto). Sorprendido por el tono agresivo del chico, Antonio desvía la mirada y piensa que la mesa bien podría ser para Fernandito uno de los restos del barco de su juventud echado a pique, que rescata trayendo esta mesa a un lugar seguro, a la acogida del Asubio. Al fin y al cabo —se le ocurre de pronto a Antonio— toda la habitación de Fernandito exhala nostalgia: la Quinta del Buitre, la mesa, la colección completa de Salgari, de Bruguera, los libros de texto del colegio, unas cuantas fotos de fin de curso enmarcadas, las medallas de atletismo en un medallero. La habitación, que no se ha vuelto a pintar desde hace años, conserva el primitivo papel pintado original, los no muy sólidos muebles estivales de bambú, las paredes vacías verdean un poco con la lluvia de afuera. Hace frío en esta habitación. Hace mucho frío.

—¿No sientes frío? —pregunta Antonio—. Hace muchísimo frío aquí.

—¿Tienes frío tú? Te enciendo la estufa.

Fernando enciende la estufa. Este gesto de encender la estufa cambia el tono tenso. Los dos se relajan. Y la lluvia se abalanza sobre los cristales como una significación repentina, como un impulso repentino, casi como un abrazo, y subraya el silencio interior, la verdeante juventud dejada atrás, la nostalgia como un garabato ilegible.

—¿Qué te van a decir en la oficina? ¡Te van a echar!

—¡Tengo la gripe...!

—Pero, ¿por qué? Es evidente que no tienes la gripe.

—¿Ah, no?

—No. No sé qué tienes, pero no es la gripe.

—Tenía ganas de pasar unos días en la casa paterna, con mi buen padre. ¿Es eso más verosímil que un gripazo?

—Sería verosímil, estupendo, si no fuera porque...

—... porque no te parece verosímil, ¿es eso?

—Supongo que sí.

—Entonces te parece inverosímil el pretexto de la gripe para pasar unos días con mi buen padre, que se ha retirado, jubilado anticipadamente... ¿estás diciéndome que no soy un buen hijo?, ¿que resulto inverosímil en el papel del buen hijo?

—Fernando, de sobra sabes que no estoy diciendo nada de eso. He subido a verte porque llueve. Llueve y hace frío y he pensado que estabas solo y sobre todo he pensado que yo estoy solo. Y tu padre está solo y Emilia está sola y se me viene la casa encima. Y también porque estoy inquieto, porque tú y yo ya no hablamos como antes.

—Antes hablábamos más, ¿no? —murmura Fernando.

—Hablábamos mucho.

—Cuando tú viniste, me contabas cuentos. Y luego a Emeterio y a mí nos contabas cuentos a los dos, ¿te acuerdas de eso?

—Claro. Por eso he subido. Viéndote entrar y salir estos días, no parar en casa... No sé. Apenas me hablas. Como si no te acordaras del tiempo que pasamos juntos, Emeterio, tú y yo, y tus hermanos, y también tu padre.

—Emeterio se acuerda más que yo. Yo no tengo corazón. Cada vez tengo menos corazón.

—¡Bah, bobadas!

—Además tú te has puesto del lado de mi padre...

—Pero, ¿qué dices?

—Tú no me quieres ya. Emeterio sí. Por eso voy con él. Tú estás del lado de mi padre, el hijo puta...

—¡Pero qué dices, Fernando!

—¡Ahí te duele! ¡Lo ves! Mi padre es intocable, todo lo que hace está bien. Te has puesto de su parte, por eso no hablo contigo, ¿para qué?

Antonio Vega tiene la impresión de estar acercándose a un punto verdadero, a una queja, que puede no ser, sin embargo, un punto de partida. Tiene una sensación de vértigo, como si se viera forzado a resolver un asunto que le desborda. Es verdad que está de parte de Juan Campos, pero no es verdad que eso signifique que está en contra de Fernando Campos. Esta formulación de Fernandito, además, le ha revelado una hostilidad que hasta la fecha sólo imprecisamente percibía.

—No sé de dónde sacas eso: no estáis de un lado tu padre y de otro tú. Es cierto que te encuentro raro últimamente, que me intranquiliza verte intranquilo, no sé, agresivo quizá. Y tampoco entiendo del todo a qué has venido. Entiéndeme: me parece estupendo que estés aquí, pero es como si a la vez no quisieras estar... Y el caso es que esta tarde no he subido a tu cuarto por ti, sino por mí. Me sentía confuso y melancólico, con toda esta lluvia y esta casa tan solitaria. Y Emilia y tu padre tan apagados. Me gustaría hablar de todo esto contigo... si tú quieres. Además, acuérdate, tú y yo hablamos de los demás desde que eras casi un crío, cuando había dificultades, con tu hermana o con tu padre o tu madre, tú y yo lo hablábamos primero. Así que hoy he venido a hacer lo que siempre hice, lo que tenía costumbre de hacer, discutir estas cosas contigo.

—Ya no soy el que era, ya no tengo gana de hablar de nadie, ya no hay nada que hablar. Está todo acabado.

Ha parado la lluvia, esta lluvia del norte que no cesa, va y viene. Como si nos hablara, se acrecienta y decrece, a su aire, acompasándonos, dejándonos hablar e interrumpiéndonos, silenciándonos cuando es fuerte y volviéndonos elocuentes e íntimos cuando se debilita y parece borrarse. Ahora parece que la lluvia se ha borrado y es ya de noche o parece de noche, y la estufa eléctrica, que es la única luz de la habitación, deja en penumbra a Antonio y a Fernando en esta hora de confesiones y de milagros. Antonio piensa de pronto que hace falta un milagro para esclarecer el corazón y amansarlo, pero Antonio no cree en los milagros. No hay milagros —insiste Juan Campos—: en los milagros se cree porque no existen y a veces invocamos a los cielos, a los dioses, pero una invocación no es un acto de conocimiento y no nos dice nada acerca de lo invocado. Sería preferible —dijo Juan Campos en una ocasión, cuando la muerte de Matilda era ya inminente— que pudiéramos acogernos a esa enraizada esperanza humana de que lo imposible es posible y sucederá si lo invocamos. Por eso lo invocamos y nuestra esperanza se disuelve a cada invocación... Lo mismo que la lluvia —reflexiona ahora Antonio—. Parece haberse disuelto la lluvia, haberse callado para que podamos oírnos mejor Fernandito y yo.

—¡Pero tú eras brillante, Fernando, tan brillante, más listo que todos nosotros! ¡Juan cuánto te amaba! ¡Y yo mismo!...

—¡Ah! ¿Tú también?

—Claro. Yo también. Yo el que más.

Fernando está contento ahora. Siempre acababa así con Antonio, contento al final. La lluvia racheada arrecia y se ensombrece Fernandito de nuevo. La viveza del contraste entre la calidad ingenua del afecto que Antonio siente por él y lo que lleva dentro: su mala baba le hace palidecer y adensarse como la niebla una tarde de niebla ensordecida. [Y el caso es que en ese afecto cree Fernandito, como quien cree en la solidez de la tierra firme al embarcarse y salir a maganos un atardecer estival. Y detenida la motora sobre la sospechada balsa de maganos, el olor a gasolina impregna el aire en el interior de la motora mareándonos un poco.

Y el balanceo en mar abierta, la ondulación túrgida de las olas gruesas y redondeadas, profundamente azules como alcores, el chapoteo del choque contra el casco, el vaivén, la tierra firme, el espigón del puerto al regreso, la peligrosidad del mar y la certeza de la tierra firme a lo lejos.] Así que Fernando cree en el afecto profesado por Antonio, pero se le ensombrece el rostro, los ademanes se le ensombrecen al recordar el motivo que le hizo venir despendolado al Asubio la otra noche, el aborrecimiento impulsor que suma y multiplica todos los recuerdos desabridos, toda la negatividad hecha un pelotón, compacta y dura y brillante como las cagarrutas de las ovejas. Y Antonio advierte confusamente lo que sucede en su interlocutor. Y tiene la impresión de que hablar con Fernandito esta tarde es como agitar un pisapapeles nevado, de tal suerte que al invertirlo nieva sobre un pueblecito aterido y una vez retornado a su posición normal y posada la nieve y hundido casi el pueblecito en ella, clarificado el esférico cielo cristalino, puede volverse a pensar en los cálidos hogares y en los pucheretes donde murmura el sabroso cocido de alubias y el tocino reluciente. Por eso, ahora Antonio Vega vuelve a retomar la conversación que interrumpió, el hiato que dejó la lluvia, que dejó la ausencia, rellenar el vacío, el intervalo entre lo dicho y lo no dicho, lo pensado y lo impensable o todavía no pensado:

—Le haría mucho bien a tu padre que le llevaras a dar una vuelta en tu coche, que os bajarais los dos a Lobreña a tomar unas cañas. ¿Te acuerdas cuando bajábamos todos a Lobreña, vosotros erais todavía niños o casi niños y tomabais Fantas de naranja y limón y tú querías probar la cerveza y te dejaba yo beber de la mía un buen sorbo?

—Sí, me acuerdo. Claro que me acuerdo, pero también recuerdo que tú no tenías importancia. Daba igual lo que hicieras tú, que me querías, porque con tu afecto ya contaba y podía descontarlo. En cambio, no podía contar con mi padre.

—¡Pero sí que podías!

—No podía contar con mi padre. Le entretuvo durante un tiempo el que yo fuera vivo y listo y tramposo. ¿Te acuerdas que le divertía que le hiciera trampas jugando al parchís y a la brisca? ¿Te acuerdas de eso?

—Claro. Cómo no voy a acordarme: se reía mucho contigo.

—Le hacían gracias mis maldades. Recuerdo que decía: es igual que su madre, y yo era muy pequeño y, cuanto más le oía decirlo, más malo quería ser, más malo que malo...

—Eras un granuja, Guillermo el travieso. Eras Guillermo el travieso.

—Sí, tú nos leías aquellos libros de Richmal Crompton, ¿te acuerdas? Guillermo el conquistador, Guillermo el travieso. Yo hasta quise ser Matón-kikí, la niña traviesa de los cuentos de Celia. Todo porque quería hacer reír a mi padre, que me riera las gracias. Eso se acabó. Todo está acabado, ahora hay que dar a cada uno lo suyo, a eso he venido, a darle su merecido.

Antonio Vega siente un escalofrío. Ha anochecido. *Mane nobiscum Domine quoniam advesperascit.* Quédate con nosotros, Señor, porque atardece. Ya es de noche y la lluvia es ahora la noche retumbante, exigente, vengativa, que no comprende la cálida piel de los topos y de los ratoncitos de campo, que no siente los escalofríos de quienes sienten escalofríos, ni el malestar de quienes calados de agua se meten al asubio y encienden un fuego de encina, o las estufillas o los braseros de las camillas. La lluvia odia el fuego y el calor y la sensatez y el sentido común y corrompe la entereza de los corazones y enferma a los bebés, les acatarra. Y los gatos la odian: la odiosa lluvia virginal, alta y dura y monótona y viva y cruel y resplandeciente y tenaz, terca y tenaz, que cala los pudrideros de las tumbas, pulveriza los rasos de los ataúdes bajo tierra, anega el corazón insignificante y todas las referencias amorosas y el amor...

Fernandito ha contemplado a Antonio en silencio. La lluvia se ha hecho cargo de la habitación y de ellos dos. No han llegado a ninguna conclusión. Y Fernandito no se ha enternecido ni se ha abierto. Ahora dice secamente:

—Como ves, mi buen Antonio, tan pánfilo como siempre, no hay ninguna conclusión que sacar, no puedo ser convertido, transformado, enderezado, persuadido, dulcificado, recobrado, nada es recuperable ya, y el único sentimiento final, el único dato absoluto, es el rencor que siento contra mi padre y casi contra ti, aunque no lo parezca.

## X

Algunas veces, en Estados Unidos, lesbianas, se lo preguntaron: ¿sois amantes? Ejecutivas guapas, delgadas, guasonas, con la ternura insólita de Lesbos insepulta en sus lencerías. Siempre lo negó. Nunca la creyeron. Se atormentaban en vano viéndolas juntas. Hubiera sido verosímil: a las agresivas *newyorkers* de Wall Street siempre les pareció inverosímil lo contrario. Y, sin embargo, fue la verdad. Matilda decía: nuestra imagen existe en la acción. Nuestra poética es la acción. Las dos amamos la acción. Como en su día la amaron los hombres, la vida activa, los negocios: ahora nos toca a nosotras. Y la acción es la escapatoria absoluta, la liberación de la mujer más profunda: estamos inventándonos en la acción. Ninguna definición, ninguna foto fija nos atrapará. Ninguna definición de papeles convencionales o no, ningún antecedente determinará lo que venga después. Nosotras inventaremos el después y, por lo tanto, también el antes. No somos nada tú y yo, sólo acción. Nuestra capacidad de actuar, de producir constantemente más y más acciones nuevas, ésas son nuestras seguridades, nuestra seguridad, nuestros títulos, nuestra cartera de valores. Y añadía Matilda Turpin: y esta imaginería tomada de la bolsa es, y las dos lo sabemos, certera y trivial, superficial, claro está que sí. Una instantánea verbal de usar y tirar porque en la acción tú y yo acabamos siempre más allá, renovadas, relanzadas, a salvo de todas las teorías y enternecimientos de nuestras colegas lesbianas, de nuestros colegas machistas. Eran cosas que Matilda Turpin decía deprisa. Mientras hablaba de los asuntos que tenía entre manos, a la vez que calculaba las posibilidades de un negocio, las ventajas e inconvenientes de una inversión o sopesaba la confianza o desconfianza con que había que tratar a determinado individuo, circunstancialmente amigo o enemigo, en un préstamo sindicado, en un contrato a tres o cuatro o cinco bandas. Era una filosofía elemental. Como el pie de una foto, las *headlines* llamativas de un recorte del *Financial Times.* Todas las conversaciones entre las dos, que no eran de negocios, cobraban esta tonalidad circunstancial, accidental. Y, aunque Emilia, a lo largo de los años, había ido detectando curiosas repeticiones dentro de la agigantada variación en que llegó a consistir su sistema de vida, nunca se atrevió a ponerlas de relieve o en palabras, nunca le pareció oportuno discutirlas, verbalizadas, con Matilda, ni siquiera en sus momentos más íntimos. Y no había, bien mirado, momentos más y menos íntimos entre ellas: era más bien una intimidad reasegurada, afincada en la coincidencia de las intenciones de las dos. El entendimiento agente común. La ejecutividad profesional, la eficacia admirable. La radiante estela blanca del reactor remotísimo que describía en el firmamento, sobre las ciudades y las inmensas estepas del mundo, un rastro arcangélico. El mundo de Matilda y Emilia se dividía en dos partes: acción y contemplación o, dicho de otro modo, lo actuado y lo contemplado en su resguardado reino allá en España, en Madrid o en el Asubio. La fidelidad no se nutría de la memoria del pasado, sino del futuro continuamente instantáneo, una posesión perfecta tenida toda a la vez ante los ojos de la intención, en la acción. No había, por consiguiente, nunca miedo, temores, reservas o dudas. Matilda Turpin no dudaba nunca. Y Emilia aprendió a no dudar y a detestar las dudas y las vacilaciones. Matilda recordaba [y esto sí que era un recuerdo, que Matilda asociaba siempre con breve ternura a Juan y a los primeros días de su enamoramiento] unos versos de la décima *Elegía de Duino* [era un recuerdo verbal con comentario incluido —y Matilda siempre subrayaba que el comentario no era original sino literalmente una paráfrasis del comentario que hizo Juan cuando se lo leyó a Matilda por primera vez—]: *Vosotras habéis salido del saber sombrío de las mujeres, de los apegos maternales, de los pañales y los gineceos y, sin negarlos, a la salida de este saber sombrío vosotras ascendéis jubilosamente a la altura de los ángeles afirmativos: que de los martillos de tu corazón, Matilda, ninguno golpee cuerdas blandas, dudosas o desgarradas.* Éste era el texto, el comentario, el recuerdo de Juan y del exaltado noviazgo de los dos que dio lugar al matrimonio y a los tres hijos y, posteriormente, al gran despegue de Matilda, el gran vuelo aire arriba, firmamento arriba, ángel afirmativo, como un reactor poderoso, un entendimiento agente que las incluía a las dos, Matilda y Emilia, y que nada negaba de lo dejado atrás porque no había cuerdas blandas o dudosas o desgarradas.

Algunos días claros al atardecer, Emilia sale al jardín del Asubio y acompañada de Antonio, o con frecuencia ella sola, se queda mirando las estelas tornasoladas de los increíbles reactores de aluminio. Ésta es su imagen de Matilda. Es imposible esas tardes, al regresar a casa, al acogerse a la ternura de Antonio, a la veracidad de Antonio, a su nueva encalmada existencia de ahora tras la muerte de Matilda, recobrar el júbilo. O recobrar, más humildemente, la tranquilidad, la rutina, la pequeña paz hecha de olvido. Algo de la destructiva rebeldía de Matilda moribunda se le ha quedado incrustada en la conciencia a Emilia, como un herpes labial que reaparece y desaparece y reaparece y no puede ser disuadido. Esta rebeldía que adopta la forma de la melancolía y del secreto no empaña la eficacia de Emilia a la hora de ocuparse de la casa, las compras, la administración. Ahora toda brillantez se ha disuelto. Sólo los detalles domésticos de la reducida familia congregada ahora en el Asubio dependen de la habilidad de Emilia, de la heredada energía práctica de Matilda Turpin que, como un fantasma sensato, aceita los rodamientos de la vida cotidiana. Pero Matilda es también otro fantasma, un alma en pena (como en los versos de un poeta cuyo nombre Emilia ignora: luego el alma resbalará sin ruido o huerto o dueño / ternura en la entereza de un lamento que nadie...). ¡Qué absurda esta noción, alma en pena, qué profunda! No hay pena ya, ni alegría ya para Matilda que no existe. La pena es toda entera ahora de Emilia y no puede ser pronunciada sin injuria, no puede ser consolada sin herida, no puede ser aliviada sin sentimiento de culpabilidad. Tan sólo la muerte alivia la muerte. Pero la noción de alivio (¡ese ridículo concepto burgués del *alivio del luto*!) era ajena a la entereza de Matilda. Los asuntos se solventaban, los problemas se disolvían si no podían resolverse. ¿Y la pena? Emilia ahora, sin Matilda, no sabe qué hacer con la pena que, sin embargo, sabe que no puede consentirse sentir sin faltar a la verdad de Matilda, a la entereza maravillosa del arcángel afirmativo. Y el recurso de todos los recursos, el truco de todos los trucos, se ha vuelto impracticable ahora: Emilia ahora, sin Matilda, ha perdido el sentido del humor. Y se siente deforme. Y se siente, sobre todo, malvada cada vez que, dulcemente, Antonio la acaricia. No porque no le quiera, no porque no valore de todo corazón esas caricias, no porque no esté resuelta a continuar la vida de los dos, no, incluso, porque no esté dispuesta a olvidar y a enterrar y a deshacer el espectro sagrado de Matilda: ¿por qué entonces? Éste es el asunto: que Emilia no puede decir —no lo puede saber, con independencia de que lo diga o no— porque no puede ya contentarse con la continuación de la vida y del amor de quien ama y siempre, también durante el tiempo de Matilda, amaba sin reservas.

¿Puede saberlo, o no puede saberlo? Caso de que Emilia pudiera, por introspección o, con más naturalidad, hablándolo con Antonio, entenderse a sí misma, entender en qué sentido este su duelo por Matilda va a consumirla, sin ser por eso mejor duelo, ni tampoco, quizá, el duelo que Matilda, hipotéticamente, hubiera esperado, ¿qué tendría que hacer? Tendría que dejarse ir y quizá sobre todo dejarla irse a Matilda hacia la nada, esa calcomanía blanca de la nada durmiente que es la muerte final, la blanca, la dulce, la sin duelo y sin regreso y sin voz y sin ser. Pero, ¿no es ésta la fórmula de la infidelidad? No, no lo es. Emilia se debe al amor de Antonio, su amor compartido, y también todavía, durante muchos años, a sí misma, a su bienestar, a su felicidad doméstica, a su progreso espiritual... ¿o es que ya no queda nada por hacer, por aprender, por sentir? ¿No hay ya ninguna ciudad por visitar, ningún museo, ningún libro que leer? ¿Cómo no va a haber unos tulipanes cuyos bulbos hay que sembrar y que cuidar de octubre a marzo, para a mediados de marzo verlos florecer, rígidos, morados, amarillos, claros, con su elegancia formal de alzacuellos, con su presencia floral, académica, celeste, en los macizos de los jardines, en las jardineras de las azoteas? ¿Es que no puede Emilia sobreponerse? ¿O es que, de poder comunicarse con Emilia, no le pediría aquella Matilda anterior a la Matilda enferma y moribunda que se sobrepusiera y recobrara y sustituyera el duelo por la vida verdadera?

Emilia es capaz de ocuparse de unas cosas y de otras. Prefiere de hecho, ahora, ocuparse de las actividades más sencillas, organizar la casa, las comidas, contratar a las asistentas que vienen de Lobreña, hacer la compra ella misma en Lobreña o encargar a Balbanuz que haga la compra para una semana. Ha transcurrido año y pico desde que falleció Matilda. En este tiempo, Emilia se ha plegado a una cotidianidad sin júbilo con ayuda de Antonio. En el último año ha organizado, con ayuda de Antonio, la remodelación del Asubio, donde ha querido instalarse permanentemente Juan Campos. Emilia, durante este tiempo, apenas ha observado a las personas que tiene alrededor: a Juan Campos en primer lugar, cuyo duelo no se diferencia en principio demasiado de su ensimismamiento habitual. Juan Campos parece ahora más ensimismado si cabe que antes de morir su mujer: pero no más triste, no desorientado, como se halla la propia Emilia. En realidad Juan Campos se ha acomodado bien al retiro, se acomodará a la vida en el campo, a la falta de entretenimientos o de amistades. A diferencia de Antonio, que vive el progresivo aislamiento de Juan con inquietud, Emilia no siente la menor inquietud por Juan, ni tampoco por Antonio. Sigue siendo callada, eficaz, amable, y, en último término, distante. Su marido no logra entablar ahora con ella ninguna conversación de importancia: comentan los incidentes cotidianos o ven la televisión juntos por las noches. El recuerdo que Emilia tiene de Matilda es muy preciso, pero no se apoya en objetos exteriores, en recuerdos materiales, en los trajes de la difunta o en sus libros. Apenas quedan rastros materiales de Matilda. Siempre tuvo a gala no poseer nada especial: ni joyas, ni libros, ni discos, ni fotografías, ni papeles ni cartas: lo retenía todo de memoria y, hoy en día, con los ordenadores, todos los asuntos que tuvieron entre manos están organizados en carpetas virtuales: una vez terminados, los negocios tenían que ser archivados. Matilda no guardaba notas personales de las —en ocasiones muy complicadas— relaciones de negocios que mantenían: no hubiera podido escribir por ejemplo ninguna especie de relato memorialístico, ningún historial autobiográfico de lo que iba resolviendo. Este despojamiento de Matilda, que podía confundirse con, y que quizá era, una voluntad ascética (como si vivir-actuar consumiera todas sus energías), sorprendió mucho a Emilia al principio. Era incluso sorprendente en los viajes el escaso equipaje que llevaba, y era admirable, sin embargo, cómo se las apañaba para resplandecer siempre con sus trajes sobrios, a la última moda, tan bien cortados. Y en esta falta de referencias personales coincidió Matilda desde un principio también con Emilia (tampoco Emilia tenía nada detrás, su insignificante familia pequeño-burguesa de la que conservaba tan pocos recuerdos. Toda su energía se había concentrado en meterse en el banco como fuese, de temporera, hasta que apareció Matilda). Ni siquiera el matrimonio con Antonio tuvo al principio para Emilia una connotación de profundidad, era más bien una camaradería alegre, sensual. Era estupendo encontrarse con Antonio a la vuelta de los viajes y que éste no se mostrara nunca molesto o celoso o hiciera preguntas excesivas. Todo esto le pareció a Emilia sinónimo de riqueza, de pureza, de santidad. No era para Emilia este desapego una señal de desamor, sino al contrario, una mezcla de agilidad y libertad. Amaba a Antonio tanto más cuanto más libre la dejaba, más a su aire. Así que ahora Emilia recuerda a Matilda como quien recuerda un gran impulso, una aceleración química, una Fargedrina. El uso del propio cuerpo para Emilia, las compresas, las menstruaciones, el olor corporal, se resolvía ágilmente, como Matilda lo resolvía: como trámites limpiamente resueltos. Ahora Emilia, sin embargo, se siente cansada con frecuencia y ha dado en pasear sola por la finca los pocos ratos que tiene libres. Fuma un poco demasiado ahora, casi una cajetilla diaria. Con Matilda se acostumbró a no fumar, a tomar un Martini seco y unas almendras. Todo se resolvía sin peso, *No pesa el corazón de los veloces*. Pero hay una presencia de Matilda en Emilia que ahora pesa sin peso, una presencia hecha de ausencia, un no poder olvidarla. Por eso sale al jardín a fumar cigarrillos y a mirar el cielo o se acerca a los acantilados a oír el mar: el retumbo sin tregua, la violencia suicida que evocan los acantilados cortados a pico, la imagen de un cuerpo que se desploma sobre el mar, contagiado de vehemencia asesina, imágenes de vehemencia sin cuerpo en el viento racheado, en los saltos del viento de un cuadrante a otro, y la lejanía donde se pierden los gigantescos petroleros y que evocan un viaje sin retorno, el viaje de la muerte (como en el Faro de Cabo Mayor). Lo peor son las noches. Ahora no duerme. Se levanta muy cuidadosamente para no despertar a Antonio. Toda la casa se cierra confortable en torno a Emilia como una tenaza, con sus lujosas estancias arregladas, con los muebles traídos de Madrid y donde Matilda no está de ningún modo. La violencia de Matilda al final, quedándose en los huesos, odiando (si es que era odio) a Juan Campos, insultándole, y también a Antonio Vega, a quien aterraba ver a Matilda en ese estado. Emilia era la única compañía que toleraba. Todo el dolor del recuerdo se concentra en esos meses finales.

Ésta es la tarde en que Antonio ha subido a hablar con Fernando Campos. Ésta es la tarde lluviosa, entrecortada, penitencial afuera, en el jardín encharcado, en los batidos árboles y laureles del jardín del Asubio. Se oye el mar, el treno del mar que no se ve desde la casa. Es ya de noche y las gaviotas se han retirado a sus nidos, a sus empinados nidos de la isla del faro. Se hunden en la tierra las toperas y los laberínticos refugios de los ratones de campo. Hay un silencio anélido y larvario que niega todo lo ígneo del corazón roído, agusanado, exaltado. Todos los sofocados sentimientos de los mortales confirman ahora la mortalidad irreprimible, la disolución inverosímil, la muerte pelada de los osarios. Por fortuna —piensa Emilia esta noche— libramos a Matilda de este destino terrenal y la volvimos celeste. La sabiduría del fuego la transformó en fuego. De la tierra al cielo en compañía de los inmortales. Pero, como es natural, esto es una manera de hablar que traduce un pensamiento que Emilia, propiamente, no piensa, porque Emilia es una chica bancaria, práctica, no muy imaginativa y muy poco cultivada. No ha oído hablar del *inmortal seguro* y sin embargo vive esta clara imagen de fray Luis de León: el inmortal seguro. Emilia no puede pensar aquello que no puede ser pensado —ni por Emilia ni por nadie— sin las andaderas de las interpretaciones y los códigos que nos ayudan a vivir en este mundo interpretado. Para pensarlo tendría que pensar lo que no sabe: ¿cómo puede pensar esas imágenes ígneas de los cuerpos gloriosos que se han vuelto todo alma y por eso vuelan y se mueven sin cansancio en la transfiguración: *in der Verklärung*? Curiosamente, estas imágenes, estos mitos no son fruto de la sofisticación teológica sino del ardiente deseo de los mortales. De aquí que es verosímil que Emilia —sin dar en ello, sin saberlos usar, sin conocerlos— los viva como anhelos de su corazón, y verosímil también que pueda entenderlos rápidamente, quizá con torceduras, si alguien se lo explica. Así transcurre la noche, el duermevela de los roedores punteado por el lamento del cárabo, hay una apelación desconsolada al padre de la luz, a la luminosidad de la luz, a la incorruptibilidad de quienes fuimos, de quienes fueron, de quienes amábamos, cuya pérdida irremisible, irrecuperable, atenaza el corazón con la tenaza terca de la sensatez, del conocimiento empírico y de la imposibilidad de probar y de creer que *volveremos a vivir vestidos de la carne y la piel que nos cubría.* Por eso, tras la impura noche húmeda y arrasada por el viento de lluvia, azotada por el desconsuelo, Emilia, al día siguiente, después de almorzar, como un alma en pena, con los movimientos un poco rígidos de quien está bajo los efectos de un somnífero o quizá de la hipnosis, se adentra en el reducto donde se esconde Juan Campos, su despacho del Asubio y declara:

—No puede ser que Matilda no exista ya de ninguna manera, eso no puede ser, Juan.

# XI

Juan Campos, al ver a Emilia de pronto ante él (Emilia ha llamado a la puerta con una cierta viveza y ha entrado sin esperar a la invitación a entrar, cosa frecuente por lo demás en la familia Campos), ha pensado que Emilia viene, como tantas otras veces en estos últimos tiempos, a consultar algún asunto doméstico. Hace tiempo que Juan Campos no se sienta ya a su mesa de trabajo, sino en un sillón de orejas frente al fuego. Ahí pasa largas horas leyendo o dormitando, como si sufriera una hipersomnia por rechazo del entorno, aun cuando el entorno le sea familiar y sea un entorno elegido por él mismo con todo lujo de detalles (de aquí que hasta en lo físico la actitud de Juan Campos es contradictoria o es ambigua: se ha acomodado a su cómodo entorno y a la vez se amodorra con facilidad porque desea rehuirse a sí mismo. El dolor indoloro de Juan Campos lo presintió con toda claridad Kierkegaard en *El concepto de la angustia*: le angustia su falta de angustia, le duele su falta de dolor: a la vez lo busca y lo rechaza en un mismo acto de su sensibilidad). Como cuenta con que Emilia se ha plegado ya por completo a su papel de ama de llaves, descuenta cualquier profundidad o dolor en Emilia: Emilia de pie, ante él, ha pronunciado su frase, Juan Campos se ha quedado sólo con el final de la frase, con el *Eso no puede ser, Juan.* Por eso pregunta:

—¿Qué es lo que no puede ser, Emilia?

—No puede ser que Matilda se haya muerto.

El punzante absurdo de esta frase de Emilia saca a Juan de su ensimismamiento. De pronto se da cuenta de que la muerte de Matilda significa para Emilia y para él cosas distintas: la muerte misma de la persona amada es lo único que ambos tienen en común. El referente común es la ausencia de Matilda: su muerte. Y ante esto, Juan Campos se pone a la defensiva al principio: ¿qué puede decir que no sea insípido e inútil? No se ve en el papel de un viudo que consuela a los amigos de su difunta mujer con palabras de comprensión y de cariño. No se ve, de hecho, desempeñando ningún papel distinto de este papel ensimismado, huidizo.

—Desgraciadamente, sí se ha muerto, Emilia. Entiendo lo que quieres decir: que parece imposible. A mí también me parece imposible a veces. Pero se ha muerto.

—Pero decían que no...

—¿Quién decía que no?

—Los curas, la Iglesia. Siempre se ha dicho eso, que la muerte... no es lo que parece. Parece que todo se acaba pero no es verdad, dicen. La resurrección, se habla de la resurrección, ¿no?

—¿Tú crees en la resurrección?

—¿Yo? ¿Qué más da lo que yo crea? Digo lo que dicen. Si Jesucristo resucitó, también los demás, también Matilda. Explícame la resurrección. Porque no puede ser que Matilda se haya muerto del todo...

Juan Campos se revuelve en su asiento. No sabe si sentirse agredido, se siente agredido, aunque un hábito autocrítico de muchos años le impida aceptar que se siente agredido por esta mujer infeliz, con aspecto de loca, que se le viene encima y le echa encima un asunto que ni siquiera se le ha pasado por la cabeza a Juan Campos: la muerte de su mujer ha originado toda suerte de conmociones en su conciencia, ha recrudecido este ensimismamiento de ahora, más profundo que nunca. Pero no se ha rebelado: no se ha desesperado. Y fue terrible el final. La falta de rebeldía de Juan Campos fue el contrapunto de la feroz rebeldía de Matilda Turpin ante su propia muerte. Aún, algunos días, resurge el horror de ese final. La violencia, la pérdida de autocontrol de Matilda, como si al no poder morir con una muerte propia, no fuera capaz Matilda de elegir ninguna otra manera de morir, de aceptar ninguna clase de muerte. Se quedó sin recursos. La muerte fue, de pronto, para Matilda Turpin inacción: en medio de su actividad vital la cesación de actividad, la falta de recursos, la falta de espacio, la falta de aire, la falta de tiempo, la falta, sobre todo, de cariño. De pronto, en ese límite de la enfermedad mortal se quedó Matilda sin amor, sin capacidad de recibir el amor, la solicitud, los cuidados que su marido quizá estaba dispuesto a darle. Se volvió contra él. Esta tarde, con la repentina entrada de Emilia en su despacho que le ha sacado de su ensimismamiento, se halla Juan Campos de nuevo frente a la muerte de su mujer como frente a un laberinto: enmudece: la voluptuosa violencia de la rebeldía de Matilda fue verbal sobre todo: esquelética en su camisón de seda, incorporada en los almohadones que Emilia constantemente mullía y arreglaba. Enormes los ojos, lo pedía todo a gritos, a veces gritos inarticulados. Juan Campos resintió esta actitud de su mujer al final y se sintió herido, confundido, maltratado, injustamente tratado. No se inhibió, en el sentido de que no dejó de acudir puntualmente al cuarto de su esposa, no dejó de permanecer cerca de ella (los días que Matilda ni siquiera autorizaba su presencia en su cuarto de moribunda). Pero, sin embargo, se sintió escandalizado: la compasión y el escándalo se entrecruzaron en su actitud como tirantes de acero. Esta situación no duró mucho tiempo, quizá diez días, los últimos días (Matilda murió finalmente en el sueño, quizá de un ataque al corazón por una mínima sobredosis de morfina que se le aplicaba para calmar los dolores): la debida compasión, la compasión que había sentido en el momento mismo en el que un año antes la metástasis se declaró imparable, la compasión natural que procedía de la fidelidad de tantos años y del amor y admiración que había sentido siempre por Matilda, se vio escandalizada como si fuera un bello vaso de porcelana abruptamente roto que hubiera que recomponer precipitadamente y que, no obstante la excelencia del pegamento, no logra disimular las grietas ocasionadas, las esquirlas perdidas. Las fracturas reparadas se ennegrecen con facilidad, amarillean, son visibles: es un jarrón roto, bellísimo y roto a la vez. El escándalo fue que se sintió injustamente agredido, vuelto responsable de pronto de algo, aquella enfermedad mortal, que a todas luces no era culpa suya. Matilda eligió hacer de ese final un juicio final de su matrimonio. Ahora, en esta sala atardecida ante el fuego encendido, en presencia de Emilia, que no se ha sentado y que apenas se ha movido, y que recuerda a una sirvienta, un ama de llaves que espera instrucciones, Juan Campos siente un escalofrío que revela la intemperie profunda en que se hallaría de no hallarse de continuo sumido en un ensimismamiento protector. Ahí, en el territorio ensimismado de su duelo, siente Juan Campos que está en condiciones de lamer sus heridas —porque la agresión de Matilda dejó heridas feroces— y, si no de recomponer su vida, sí al menos de continuarla tibiamente. Así que ahora, ¿qué va a decir? Hay muertes que sólo cura el tiempo: no es en realidad Juan Campos ahora un viudo doliente. Hay algo en su refugiarse en el Asubio que tiene mucho de ocultación: no desea ser examinado por sus familiares o los contados amigos comunes del matrimonio que quizá, si le vieran de cerca o con frecuencia, percibirían su dolor indoloro. La visita de Fernando estos días le ha sobresaltado sobre todo porque teme que Fernando, cuya actitud no entiende, descubra esta extraña falta de dolor que es dolor también pero incomprensible. Y ahora Emilia, que, por supuesto, no cuestiona nada, no pone en duda la legitimidad del duelo de Juan Campos, no pone en duda la posición especial de Juan Campos en la casa, aparece sin embargo presa de una visible inquietud que se agrupa toda ella, como una gusanera, en esa declaración del principio: no puede ser que Matilda haya muerto.

—Siéntate, Emilia, aquí conmigo y lo hablamos si quieres, hablamos de todo ello. No te quedes ahí de pie. Aunque no sé si hablarlo es bueno o malo, no sé si lo que yo pueda decirte te servirá o no te servirá. No es gran cosa...

—Tú eres muy inteligente, Juan, tú sabes de estas cosas, has leído mucho. Tú me conoces a mí, nos conocemos desde hace mucho tiempo. Estaba acostumbrada a Matilda, ya sabes cómo era. No hacía falta pensar mucho, bastaba con trabajar duro, estar pendiente de todo, tú sabes cómo era. Y ahora ya no pasa nada, y la echo de menos. Tú también la echas de menos, ¿verdad?

—Yo también, sí, yo también.

Emilia se ha sentado en una silla junto a Juan Campos, frente al fuego. Los dos miran el fuego. Es media tarde. Una tarde sombría. Juan Campos tiene la sensación de que el fuego no despide calor sino sólo una luminosidad inquietante. El chisporroteo de los leños no evoca la calidez del hogar sino la destrucción, la consumación abrasiva de la existencia. E incluso, sentada ahora, Emilia le recuerda a una sirvienta, una figura si no hostil, sí invenciblemente lejana: Emilia ha venido, de hecho, a pedirle instrucciones una vez más: sólo que ahora las instrucciones que Emilia solicita no harán referencia a la vida cotidiana sino a la otra vida, la inexistente vida más allá de la vida. Juan Campos se ha vuelto hacia Emilia en su butaca. Le gustaría alargar la mano y acariciar la mano de Emilia. Pero la sensación de frío le ocupa como una negatividad de la que no puede desembarazarse. Es como una timidez congelada, como un rechazo erótico de un cuerpo humano: no desea Juan Campos acariciar o ser acariciado. Una voluntad, casi agresiva, de distanciamiento se le enreda en los pies de las palabras como quien se enreda en las raíces someras de los grandes árboles de un bosque: se ve forzado a observar el suelo que pisa, a calcular la resistencia del suelo ahuecado por las raíces, una sensación de fragilidad húmeda le invade, un malestar que se vuelve por momentos aborrecimiento, silencio. Juan Campos se ha quedado callado. Y Emilia rompe el silencio de pronto:

—Nunca creí que fuese así, que llegase a ser así, que llegase a pasar esto que nos pasa ahora. Creí que Matilda viviría tanto como yo, tanto como tú y como Antonio, que nos retiraríamos juntos los cuatro a vivir en esta casa, que envejeceríamos juntos, que yo os cuidaría a todos, a los tres, y también a los niños, a Fernandito, a Jacobo y a Andrea, y a sus hijos cuando vinieran de vacaciones. Yo pensaba, ¿sabes, Juan?, estaba tan contenta y pensaba: sin mí no se van a poder ni arreglar. Yo voy a arreglarlo todo bien, la casa, el servicio, la comodidad de todos. Matilda decía algunas veces que le gustaría, cuando se retirara, tener un jardín bonito, y también viajar bastante. Yo le decía: se pueden hacer las dos cosas. Viajar todo el tiempo no hace falta, es cansado. Mejor combinar los viajes con el reposo aquí, aquí en el Asubio. Y ella decía que bueno, que tenía yo razón y que viajar para entonces, cuando nos retiráramos, no tendría ya el menor interés para ella. Hacer quizá unos cuantos viajes muy bien seleccionados y pensados. Eso era lo bonito. Y yo me veía ya aquí con más arrugas, con muchas arrugas y el pelo cano, yendo y viniendo haciendo cosas, y éramos felices. No es que lo dijera yo esto demasiado. A Matilda en realidad no le gustaba hablar de cosas que no se iban a hacer en el momento, había que vivir en el momento, bueno, yo vivía en el momento. Yo estaba contenta. Fue la felicidad aquello. Y cuando pasábamos unos días en casa con Antonio y con vosotros dos yo decía: la felicidad será así. Ya sé que es un poco absurdo porque a lo mejor vosotros dos queríais iros solos de viaje, pero eso no me importaba. Todo me parecía bien. Todo me parecía bien. A mí me daba igual, Juan, tú lo sabes. Acompañar a Matilda en los negocios y llevarle los papeles y las agendas con los millones de citas y los documentos informáticos... pero me hubiera dado igual no ir a ningún sitio y quedarnos aquí. La verdad es que quería que llegara la hora del retiro y quedarnos en casa y aunque tú y yo no hablábamos mucho, Juan, nos entendíamos, ¿verdad que nos entendíamos? Y todavía nos entendemos, ¿o ya no?...

—Claro que sí, Emilia, ¡cómo no vamos a entendernos!

—Claro que nos entendemos. Dios mío, yo no puedo entender lo que ahora nos pasa. A ti también te pasa, ¿verdad? De pronto se ha venido todo abajo y esta tarde de pronto se viene todo abajo. Y yo me presento aquí a preguntarte lo de la resurrección. ¿Tú crees en la resurrección, Juan? Eso que se rezaba en el Credo, en el colegio con las monjas. Y espero la resurrección de los muertos, se decía en el Credo. ¿Tú esperas la resurrección de los muertos?

—Yo no, Emilia.

—¿Tú no? ¿Y Matilda entonces?

—No lo sé.

—Pero tú sabes lo que dicen, lo que se dice. Lo que dicen es que sí, ¿o no?

—Dicen que lo único que tiene continuidad es Dios, no los individuos.

El rostro de Emilia refleja un profundo desconcierto. Si

alguna vez la imagen de un alma en pena tuvo sentido, ahora lo tiene. El sufrimiento contrae el rostro de Emilia, aniñándolo, abre muchos los ojos y entreabre los labios como si fuera a decir algo y no supiera qué. Le tiemblan los labios. Juan siente una compasión reflexiva de pronto. Decide que tiene que mentir. Tiene que proporcionar una explicación cualquiera, tiene que proporcionarla ahora. Tiene que afirmar la existencia de Matilda después de la muerte, para hacer vivible la existencia de Emilia antes de la muerte. Decide entonces hacer un esfuerzo, contar la narración que sabe, que ha oído tantas veces, que ha discutido tantas veces. Decide ensartar, como las perlas de un collar o las cuentas de un rosario, la larga narración tradicional, ortodoxa, de la vida después de la muerte, por lo que valga, por lo que no valga, para que valga por lo menos para sostener la esperanza desesperada de esta criatura inocente cuyas manos, recogidas en el regazo, tiemblan un poco. Esta decisión le incomoda, sin embargo. Y añade una reserva mental: bien está la intención: esta intención es buena. ¿Pero estoy yo —yo mismo— en condiciones de hacerla efectiva? ¿Me importa el dolor de Emilia lo suficiente? Juan se reconoce de cabo a rabo en esta reserva mental. Es la reserva de siempre: ¿podré hacerlo yo? Entre la intención y su cumplimiento se ha abierto para Juan siempre un hiato de sombra, de vacilación. Una vez más, ahora, decide que la intención por sí sola no basta. Y la acción —incluso esta diminuta acción de proporcionar consuelo a alguien— es demasiado compleja, demasiado divisible en siempre divisibles, como el continuo de Zenón de Elea, para que sea posible, efectivamente, dar un paso, llegar a tiempo.

# XII

Antonio tuvo que bajar al pueblo después del almuerzo. Bajó como de costumbre en el viejo Opel Senator. Al volver eran pasadas las seis. Encerró el coche en el garaje y fue derecho a su apartamento. Era la hora de la merienda, que Antonio Vega solía disfrutar: un tazón de café con leche y pan con mantequilla, con un poco de miel a veces. Le sorprendió no encontrar a Emilia a esa hora leyendo, como solía, novelas policíacas y últimamente también alguna novela histórica: los *best sellers*... Empezó a prepararse el café en la cafetera italiana, llegó a encender el fuego. Antes de que hirviera el agua, sin embargo, apagó el gas propano, preocupado. Antonio Vega sabe bien que no hay nada especial que hacer en la casa a estas horas, la ausencia de Emilia le sobresalta. Sabe que Emilia ha cogido la costumbre de salir al jardín a horas intempestivas estos últimos tiempos, incluso con lluvia o en medio de un temporal. Es casi de noche, decide recorrer primero la casa, la planta baja, e incluso preguntar a Juan si ha visto a Emilia esta tarde. La ansiedad que de pronto le embarga hace que vaya derecho al despacho de Juan Campos a preguntarle por Emilia. Y ahí se encuentra a Emilia, sentada frente al fuego, al lado de Juan Campos, sentado en su sillón de orejas: los dos miran al fuego fijamente. Entra Antonio, tras llamar a la puerta. Sólo Juan se vuelve. Antonio sonríe aliviado.

—Emilia, qué susto no encontrarte.

—Estábamos hablando un poco aquí los dos —dice Juan Campos.

—Aquí estoy... sí —dice Emilia.

Antonio Vega tiene la impresión de que su mujer está muy pálida y como encorvada esta tarde, pero la escena es tan familiar, el fuego encendido, la habitación tapizada de libros, las librerías de madera clara, hermosos paisajes al óleo en esa tradición de paisajistas anglosajones que tanto aprecia Juan Campos... es imposible no sentir la seguridad, el bienestar, una paz física que siempre a Antonio Vega le inspira esta estancia y el propio Juan Campos. Por eso, al alivio de haber dado tan pronto con Emilia, se añade el otro alivio: el producido por la luz tamizada y el crepitar del fuego.

—Si tenéis algo que hablar los dos, yo me voy, luego vengo —dice Antonio y hace ademán de irse.

—No te vayas, quédate, estábamos hablando de Matilda —dice Juan Campos.

Antonio se sienta en una butaca baja a un lado de la chimenea, la palabra Matilda no tiene connotaciones especiales para él ahora, está contento aquí a la luz de la lumbre, incluso echa un poco de menos la merienda que no ha tomado y que se preparará más tarde, Emilia le parece encogida y apagada, pero así la lleva viendo ya estos últimos meses. Quizá ésta sea la ocasión, piensa Antonio, de hablarlo todo ello en presencia de Juan. Al fin y al cabo los tres están muy cerca ahora en el Asubio. Sí —piensa Antonio—, ésta es una buena ocasión de hablar o de callar juntos acerca de Matilda o de nosotros mismos, quizá ahora mismo, esta tarde, pueda esclarecerse todo, tranquilizarnos todos.

—Ya habíamos terminado, Antonio —dice Emilia—, mejor nos vamos y dejamos tranquilo a Juan...

—¡No os vayáis, estamos bien los tres aquí, a veces me

siento un poco solo, echo de menos a Matilda yo también! ¡Quedaros y nos tomamos un whisky!

—¡Estupendo! —exclama Antonio, contento del giro que toma la situación.

No es la primera vez que se reúnen para tomar una copa (también lo hacían en los buenos tiempos con Matilda), después de cenar o en los días festivos. La relación entre ellos no ha perdido flexibilidad tras la muerte de Matilda, siguen comportándose como amigos, desempeñando cada uno su papel asignado en la casa. Lo único, sin embargo, que la ausencia de Matilda implica —y también ahora en este momento de la tarde— es un considerable grado de reserva o prudencia cuando se hallan los tres juntos: no referirse expresamente a Matilda y sobre todo a su muerte. Los tres sobreentienden (o cada uno de los tres supone que los otros dos sobreentienden) que Matilda está en ellos, en su memoria, en su corazón, en sus vidas, pero que su recuerdo debe permanecer en la reserva de cada cual. Sin duda, la reunión de esta tarde puede ser amable y flexible.

—Mejor yo me voy —dice Emilia levantándose—. Estoy un poco cansada, igual no me sienta bien un whisky ahora, mejor otro día...

Los dos hombres se han puesto de pie ahora para acompañar a Emilia. En su fuero interno Juan Campos se alegra de que esta reunión no se celebre: Antonio, en cambio, lamenta entre sí que esta reunión no se celebre. Están los tres mirándose indecisos: de pronto se abre la puerta del despacho. Entra Fernando Campos:

—¿No hay nadie en esta casa, joder? ¿Dónde os metéis todos? —exclama.

Antonio Vega piensa que Fernando ha bebido o está drogado: el taco, el gesto de Fernandito, son, a todas luces, desmesurados. Decide Antonio —como otras veces— hacerse cargo de la situación: al fin y al cabo, Fernandito ha sido siempre su pupilo.

—Estamos todos aquí, Fernando. Nosotros tres estamos siempre más o menos en los mismos sitios, Fernando, lo sabes de sobra.

El tono de Antonio Vega es sosegado, tutorial. Es también un tono afectuoso, nada paternalista. Fernando no le mira. Antonio añade:

—Íbamos a tomarnos un whisky con tu padre.

—Ah, muy bien, eso está muy bien. ¡También yo tomaré un whisky con mi buen padre!

Antonio está convencido ahora, al percibir el tono falso, declamatorio, de esta última frase de Fernandito, de que el chico se halla fuera de sí por alguna razón. Antonio vuelve a pensar en la bebida, o quizá ha fumado unos porros, aunque el porro más bien da sueño. Antonio da un par de pasos hacia Fernando y le empuja suavemente hacia el mueble-bar del despacho de Juan, donde siempre está enchufada una maquinita de hacer hielo y donde hay una jarra de agua y la soda. El despacho es amplio, y este mueble bar está en una esquina, así que a un lado quedan Antonio y Fernando y al otro lado, separados por unos cuantos metros, frente a la chimenea, Juan y Emilia. Antonio Vega les observa de reojo mientras conduce a Fernandito hacia el mueble bar. Al parecer Emilia se reafirma en su idea de retirarse. Juan la acompaña hasta la puerta del despacho, y ahí, Emilia fuera ya de la vista de Antonio, Juan dice:

—Tenemos que volver sobre todo esto más adelante, Emilia. Todo esto es, claro está, un misterio, tú me entiendes. No, no se puede decir que sepamos lo que hay o lo que no hay, ¿me entiendes?, después de la muerte. Todas nuestras conjeturas valen lo mismo. Quisiera hablarte de lo más consolador. Matilda está en nuestras manos ahora, está enterrada en nosotros, en nuestra memoria...

(Antonio no acaba de dar crédito a sus oídos. Se sorprende ante la irritación que Juan Campos le hace sentir de repente, al oír estas frases que, a pesar de los cinco o seis metros que les separan, son perfectamente inteligibles. Incluso sospecha Antonio que Juan Campos ha elevado deliberadamente la voz un poco, quizá con intención de ser escuchado por Antonio.) La escena [en su claroscuro de Emilia ya yéndose, invisible, al otro lado de la puerta del despacho y Juan Campos en apariencia visiblemente satisfecho del fraseo de su frase final, que cierra suavemente la puerta del despacho, que regresa a su sillón ante la lumbre, no sin antes haber indicado a Antonio y a Fernando que desea un whisky corto de whisky, y largo de agua y hielo] tiene, en su detallada microfísica, una coloratura de alta comedia benaventiana: una suciedad específica, como la brillante suciedad de las imposturas que sobresaltan a los pobres de espíritu, como Antonio Vega. Todo esto lo ha absorbido Fernandito como una sabia esponja. Siente que ésta es su hora malvada. Ha bebido esta tarde. Bajó a Lobreña temprano y almorzó allí un bocata y varios Gin-tonics para ir al encuentro, después, de Emeterio a la salida del taller y pasar los dos una larga hora en el coche, en los acantilados. Le ha gustado como siempre adueñarse de Emeterio. Hacerle olvidar la novieta de Lobreña con quien se aburre o dice que se aburre. Ha sido una tarde ambigua, a partes iguales dividida entre el afecto y el desafecto. Fernandito se da cuenta de que no podría vivir sin el cariño, un tanto inarticulado, de Emeterio. Y la verdad es que siente más celos de la novia de Lobreña de lo que deja ver. No es verdad que Fernandito haya dado vueltas por la casa buscándoles a todos. Acababa de entrar en la casa cuando exclamó esa frase con su *joder* impreso en ella como un escupitajo. Se siente endomingado de odio y bilis negra, colérico y dulzón como la imagen de una larga víbora. Eso no es él, pero lo imita a veces, como imitamos todos de vez en cuando el mal porque el bien ya está hecho o así nos lo parece en nuestras horas bajas. Por eso ahora cuchichea en el cándido oído de Antonio con la lengua empastada del curda vanidoso:

—¡Qué hostias andará diciéndola el cabrón! Miente más que habla, y tú le amas, tú, estúpido, ¿sí, o no? No quiero puto hielo.

—Vete a dormir la mona —le cuchichea a su vez cariñosamente Antonio Vega.

—¡No me iré!

Vaso en mano se acerca a la chimenea Antonio, con el whisky ligero de Juan Campos y el suyo propio. Le sigue Fernandito, que desearía estar incluso más bebido de lo que está. Ha bebido demasiado a lo largo de toda esta tarde, pero el amor de Emeterio y el friacho de la tarde le han barrido la ebriedad y ahora la finge: porque, sin ebriedad, lo que planea difícilmente puede ser llevado a cabo. ¿Y qué es lo que planea? El propio Fernandito no lo sabe, o, mejor dicho, es consciente de que planea causar a su padre un mal mayor que el cual nada pueda pensarse, pero no sabe cómo ejecutarlo o cómo verlo, y además, a poco que su padre, Juan Campos, se empeñara, perdería pie en el amor Fernandito y olvidaría todo el odio y se volvería dulceacuícola y se enternecería de puro amor filial. Pero Juan Campos no está en condiciones esta tarde de ocuparse de ese no muy complejo problema de Fernando Campos. Bastante menos complejo de lo que su hijo cree, porque se trata sólo de un deseo de ser aceptado y amado y no juzgado sino arrullado: una versión paterna y no erótica del amor de Emeterio.

Juan Campos ha regresado a su sillón. Antonio ocupa la silla que ocupó Emilia, y Fernandito se queda de pie, deambulando por la habitación. A ratos delante del fuego y a ratos —a fin de resultar ligeramente incómodo— pasea por detrás de los dos hombres sentados. Ahora queda detrás de ellos. Antonio Vega tiene la sensación de que la voz que les llega de un plano algo más alto que el que ellos ocupan es una voz pastosa, ligeramente deformada, como si Fernando hablara mientras mastica algo o tapándose un poco la boca con la mano:

—Aquí estamos los tres, y sobre todo aquí estáis vosotros dos, sentados par a par. *Juntos vuelan par a par,* juntos hablan par a par. Es bonito esto, ¿no?, como un diálogo platónico menor, ¿no dices tú eso, padre? A ti te lo he oído decir, seguro, que la filosofía es ante todo *meditatio mortis.* ¿Bien bonito, no? Y estás, sin embargo, rodeado de todos los lujos acumulados en ausencia de tu difunta esposa, para paliar su ausencia en primer lugar, y en segundo lugar para negarla. En la medida en que este lujo no es una propiedad de los objetos poseídos, tus elegantes estanterías, las alfombras, estos cuadros de paisajistas ingleses, o tu mesa de caoba con su sillón a juego, sino una cualidad de la posesión, el lujo te revela, te desnuda, en lugar de revestirte como tú quisieras y ocultarte...

—¡Bravo, Fernando! —exclama sosegadamente Juan Campos—. ¡Bravo! Por cierto, el lujo te descubre a ti también, te desoculta, ¿cuánto ha costado tu Porsche, por ejemplo?, ¿diez millones?

—¡Ajá, con que ésas tenemos! He aquí el vicioso ataque de Su Paternidad. ¿O debería decir de Mi Paternidad o de Tu Paternidad?

—¿A qué viene esto, Fernando? —pregunta Antonio Vega mirando al suelo.

—A nada. Estamos en una situación de luto y duelo, una *meditatio mortis* donde las haya. Y yo medito acerca de los llenos que ha dejado mi madre al desaparecer, en vez de meditar acerca de los vacíos, que, puesto que no son, no pueden ser objetivados ante el entendimiento.

Ahora Fernando se aleja hacia la esquina del mueble-bar como si después de su rimbombante frase —como quien deja activado un explosivo— quisiera observar el efecto destructor desde una distancia de seguridad. Antonio Vega observa de reojo a Juan Campos, trata de decidir mentalmente si cambiar de conversación (aunque no cree que sea eso posible en el presente estado de Fernando) o retirarse él mismo del campo de batalla. Se trata sin duda de una batalla campal, en opinión de Antonio, que transcurrirá en estos términos abstractos que el propio Juan Campos utiliza con frecuencia y a los que Antonio Vega se ha ido acostumbrando con los años y que ahora Fernandito, con su admirable talento imitativo, imita para zaherir a su padre. No puede negar Antonio Vega que la utilización tan rápida y agresiva de esa semijerga filosófica imitada del padre ha causado, a la vez que pena, admiración en sus oídos de hombre sencillo.

*Que tu ojo sea sencillo*, esta recomendación evangélica se hace precisa aquí para salvar la situación, pero ¿acaso hay que salvar la situación? A su manera *sencilla* —nunca mejor dicho—, Antonio Vega intuye que, de momento al menos, ni él debe retirarse de la habitación y dejar solos al padre y al hijo, ni debe tampoco lamentar del todo que esta tensa situación se haya producido. No puede saber por supuesto cómo acabará. Es muy probable que se quede en nada, pero también es posible que, apoyados padre e hijo semiconscientemente, en la presencia muda de Antonio como en un firme subsuelo, puedan por fin hablarse cara a cara, confiarse mutuamente en esa dialéctica de la curación por la palabra que subyace en toda discusión familiar profunda, en toda conversación verdadera entre amigos, incluso en todo brusco choque de caracteres.

—Admirablemente bien utilizado este lenguaje filosófico tuyo, Fernando. Lástima que te sirva sobre todo para agredirme. Porque entiendo, por el tono de tu voz, que me hablas en son de guerra, ¿o no?

—Tengamos la fiesta en paz —dice Antonio Vega, que continúa mirando al suelo y sintiéndose inquieto y escalofriado, como si acabara de pescar un catarro.

—¡La fiesta en paz! —exclama Fernando—. ¡El sueño de todos los cobardes: la paz: la más estéril de todas las ilusiones, la paz: *la paz os dejo, mi paz os doy.* No creo que mi madre nos dejara la paz o nos la diera nunca. Nos dio siempre la tabarra, por eso, al final, os aborreció a vosotros dos, los dos cobardes, que sólo esperabais, cohibidos, que desapareciera para recobrar la paz que nunca os dio y que no merecéis!

Se abre una pausa. Como si los tres a la vez, y la habitación misma, se quedaran sin aliento y necesitaran recobrar la respiración. En esta pausa, Fernando sólo es capaz de regocijarse por lo que considera el gran efecto desestabilizador de sus palabras: ha colocado un ingenio explosivo, que ha explotado, y ahora tiene ocasión de observar sus efectos, pero no puede del todo observar sus efectos, porque justo al terminar de hablar, se ha sentido a la vez asustado por sus propias palabras. Al fin y al cabo Fernando ama a Juan Campos: si no le amara, no podría odiarle al mismo tiempo. Pero no quiere y no puede retroceder: siente que no debe desdecirse, puesto que cree que ha dicho la verdad. Por otra parte, también siente haber herido de paso a Antonio Vega, en cuya rectitud, al fin y al cabo, se apoya: la vehemencia de Fernandito, todo es vehemencia ahora en su corazón: a esto ha venido, a hacer explosión, a reventar la paz paterna, el refugio. Pero no puede del todo querer la violencia que quiere. De tal suerte que, sin querer, se vuelve hacia Antonio Vega, que, acurrucado en su asiento, le mira con los ojos muy abiertos, sin reproche y sin aprobación, como nos miraría un animal doméstico que nos viera con sus inteligentes ojos celestes, sin saberse él mismo inteligente o humano. A su vez, Juan Campos ha pasado de la perplejidad a la ironía y a un cierto regocijo —no muy distinto del regocijo de Fernandito— ante la explosiva situación. Casi se siente remozado, reanimado y, por un instante, como recién duchado después de desayunar, un poco en plena forma, si es que cabe aplicar esta imagen a un personaje como Juan Campos:

—Vamos a ver, Fernando, no voy a defenderme de lo que a mí me acusas, aunque por supuesto es muy injusto que acuses de lo mismo a Antonio, que siempre ha sido tu mejor amigo y que siempre nos cuidó a todos, incluida tu madre, como a su familia. Pero sería idiota y trivial no recordar que la enfermedad destruyó el alma de tu madre mucho más y mucho antes que su cuerpo. No, no tuerzas el gesto. La enfermedad transformó a tu madre en una extraña para sí misma. Nada de lo que dijo, pobrecilla, en sus últimos días puede serle tenido en cuenta, porque no era ella la que lo decía: era el temor, el horror, el sufrimiento físico en que vivía. La enfermedad altera a los seres humanos, los vuelve locos. Tienes que recordar que además tu madre estaba totalmente medicada: la quimioterapia por un lado, la morfina por otro, los somníferos... Al final era una pavesa, no un cuerpo humano, no un alma humana, casi no nos reconocía, yo creo...

—¡A ti sí te reconoció según tengo entendido! ¿Te insultó o no te insultó? —exclama Fernandito.

—Sí, me insultó... Nos insultó a todos, pobrecilla.

Fernando Campos, de pronto, gira en redondo y sale del despacho dando un portazo. Juan Campos contempla fijamente el fuego, que resplandece sin significación alguna, como el fuego congelado en una pintura realista, tal vez el fuego de una pseudochimenea americana con imitados troncos iluminados por una oculta bombilla eléctrica, que imita las vacilantes llamas. Antonio Vega una vez más mira al suelo, abrumado por la escena, sin saber qué decir, y también —justo es decirlo— un poco avergonzado por el recurso de su amigo y tutor, el noble Juan Campos, a la locura como una explicación a la actitud de Matilda Turpin. Antonio Vega no se atrevería a censurar en voz alta a Juan, pero teme que recurrir —en su respuesta a Fernando— a la locura o el trastorno mental de una enferma terminal —con ser, en opinión de Antonio, quizá verdadero— sea, no sólo contraproducente e inválido para calmar a Fernandito, cuya angustia, ahora, de pronto, Antonio Vega, entiende claramente y hace suya, sino también una impostura.

## XIII

Ha dejado de llover. Ahora hace frío, un tiempo nublado, a ratos de gran belleza. El mar resplandece gris-azul. Ahora se oye el mar más que los días de lluvia. Hay un resón cavernoso abajo, un retumbo constante. Al mismo tiempo, una sensación respiratoria. Tras la escena en el despacho, Antonio Vega tiene la sensación de que los habitantes del Asubio se han desbandado. Fernando lleva días sin dar señales de vida. Ni siquiera duerme en la casa. Esto no preocupa a Antonio, que da por supuesto que se queda con Emeterio en casa de sus padres. Emilia ha vuelto a sus rutinas con la misma eficacia y mutismo de siempre. Emilia es la gran preocupación de Antonio ahora. Es evidente que nada se ha resuelto con la conversación que mantuvo con Juan Campos. Y que, incluso, los pensamientos sombríos, el dolor, que la empujaron a ir a visitar a Juan Campos se han agudizado. Antonio Vega desearía poderlo hablar todo con Emilia: entre los dos nada ha cambiado, hay la misma confianza cotidiana de siempre. Pero esa confianza no incluye ahora —ni ha incluido nunca— grandes dosis de comunicación verbal. Nunca han hablado mucho. En los tiempos de Matilda no hacía falta hablar porque la vida transcurría rápidamente y Emilia estaba contenta, discretamente contenta. Durante la enfermedad de Matilda, Antonio y Emilia no hablaban gran cosa porque la atención a la enferma lo ocupaba todo. Tras la muerte de Matilda se inició la fase actual, que no implicó más comunicación pero tampoco menos. Antonio Vega se conformó desde un principio con saber que Emilia estaba tranquila en su compañía —aunque triste—. La tristeza no podía remediarse, pero Antonio contaba con que remitiera con el tiempo. Antonio contaba con una dulcificación del duelo por Matilda que, en el caso de Emilia, pudiera hacerse compatible con un recuerdo muy puro de la difunta que —Antonio confiaba— no incluyera elementos autodestructivos, no incluyera, por ejemplo, desesperación. Esto no parece estarse cumpliendo. La eficacia doméstica de Emilia no ha disminuido, pero su aspecto se ha deteriorado mucho. Apenas come y no duerme nada bien. Antonio Vega piensa que, al menos, mientras permanezca junto a Emilia y la acompañe día tras día, noche tras noche, siempre estará en disposición de evitar lo peor, el agravamiento —porque Antonio Vega ha llegado a temer seriamente por la salud mental de su mujer—: se angustia ante la posibilidad de un intento de suicidio. Y se angustia ante la imposibilidad de hablar de todo ello con Emilia claramente. No sabe por dónde empezar. En alguna ocasión lo ha intentado. Y Emilia siempre, con dulzura, le ha disuadido:

—No te preocupes. Tú nunca te preocupes por mí. No te preocupes más de lo que ya te preocupas. Yo estoy bien aquí contigo y no me pasa nada y me preocupa que te preocupes. No te preocupes. Lo de Matilda fue muy triste para todos. Tú sabes cómo fue. Ya no hay nada que hacer y no hay que preocuparse y tú menos que nadie. Sé que te preocupas y te veo preocupado y me preocupo yo y es peor todavía.

Antonio ha retenido ese *no te preocupes que me preocupas* como una admonición, como una reprimenda, algo que no debe hacerse, que es perturbador, que, aun siendo comprensible e incluso fruto del interés y del cariño, es, sin embargo, en conjunto, tedioso y, a la larga, insufrible. Antonio acepta que Emilia trate amablemente de reconvenirle cuando se ocupa en exceso de unas preocupaciones que la propia Emilia no puede arrojar lejos de sí con facilidad. Antonio decide, pues, no reprochar a Emilia su silencio o su preocupación en lo relativo a Matilda sino acostumbrarse a vivir esa situación taciturna, sombría, en espera de que el tiempo —otra vez el tiempo— suavice todo ello y el dulce olvido nos alcance: *oscura la historia y clara la pena* —como en el poema de Jorge Guillén.

El otro elemento de la situación es Juan Campos y su reacción a partir del encuentro con Emilia y con Fernandito en el despacho. Esta reacción sorprende vivamente a Antonio Vega. Aquí, en el caso de Juan, no hay realmente comunicación verbal ninguna —lo mismo que con Emilia—, pero a diferencia de Emilia, Juan Campos no da la sensación de hallarse entristecido o desesperado. Si acaso, tan ensimismado como siempre. Algo más ausente que de costumbre, aunque Antonio Vega reconoce que es difícil establecer graduaciones en estas ausencias o distracciones o ensimismamientos de Juan: es difícil decir cuándo son más intensos o más largos o más profundos porque, en la medida en que son muy habituales, forman parte de la manera normal de estar Juan Campos en compañía de su familia. No se muestra más desanimado o más animado un día que otro. Hay más bien un descenso de la temperatura general, un enfriamiento o lentificación de las reacciones y de las emociones. Y en esto sí que Antonio Vega puede detectar variaciones respecto de la época en que Matilda vivía. En aquel entonces, la verdad es que Juan no se animaba mucho más con Matilda ausente o presente, pero su modo reservado de ser era, dentro de la reserva general, más animoso: hablaba, por ejemplo, más con Antonio de filosofía: comentaban novelas que leían los dos o, en los paseos que daban en coche o a pie, había una conversación más variada, no muy profunda. Había más *small talk*. Lo que se ha perdido en la conversación de los dos es este gusto que Juan Campos tenía —y que comunicó a Antonio a lo largo de los años— por la conversación intrascendente. Gran parte del encanto de la amistad entre iguales reside en el gusto por las conversaciones sin importancia: no hablar de nada importante es tan importante a veces, e incluso más importante, que hablar de asuntos importantes. No ha perdido, sin embargo, el gusto por la compañía física de Antonio. Antonio Vega es sensible a esta clase de emociones. Y siente que hay un continuo flujo de comprensión que circula entre los dos cuando están juntos, aunque ahora hablen mucho menos de lo que hablaban antaño.

No ha transcurrido ni una semana, cuando Juan Campos dice a la hora del desayuno que Andrea y Jacobo, cada uno por su lado, han anunciado su visita al Asubio. Esto significa que la casa, de pronto, va a estar atestada de gente. Andrea quizá traiga a sus dos hijos pequeños, el niño y la niña, y una o dos personas de servicio, aparte de su marido. Y Jacobo y su mujer Angélica resultan siempre voluminosos, aunque aún no tienen familia. Así que Juan comunica estas noticias especialmente a Emilia porque la presencia inminente el próximo fin de semana de las dos parejas, de los niños y del servicio supone un incremento de unas ocho personas, con los correspondientes cuartos de dormir, lavados de ropa, desayunos, comidas y cenas... Se da por sentado que ese fin de semana largo durante el cual las dos parejas han decidido acudir al Asubio (a lo que parece cada una de ellas ha tomado la decisión con independencia de la otra) se instalarán sin prestar la menor atención a si su presencia resulta complicada o no. La costumbre de la casa ha sido siempre que los invitados, sobre todo de la familia cercana, se instalen con toda comodidad y todo el tiempo que deseen. Así era en tiempos de Matilda. Curiosamente —reflexiona Antonio Vega— este próximo fin de semana será la primera vez desde la muerte de Matilda que los tres hijos del matrimonio se reúnan con su padre en un mismo lugar durante cuatro o cinco días. Ni siquiera después del funeral se produjo una reunión semejante. La insistencia de Matilda en que no deseaba unas exequias estrepitosas cohibió a todo el mundo y casi sólo estuvieron esos días Juan, Antonio y Emilia, con las ocasionales llamadas telefónicas y las visitas salteadas de los hijos. Pero ahora parece que va a producirse por fin la reunión. Antonio Vega tiene una intensa sensación de voluminosidad, de representación teatral, como si esta al fin y al cabo sencilla reunión familiar cobrase de pronto el aspecto de un carnaval.

A Antonio Vega le gustaría tener ahora oportunidad de comparar su reacción ante la inminente visita, con la reacción de Juan Campos ante eso mismo. Ocurre, sin embargo, que si bien la amistad entre Antonio y Juan no ha disminuido en absoluto, sí le parece a Antonio que desde la reunión con Emilia en el despacho, Juan está más taciturno que nunca. O quizá Antonio, poseído por una angustia sin localizar en estos últimos meses, rehúse entrar demasiado abiertamente en ejercicios comparativos. Lo que Antonio desearía comparar, si se atreviera en presencia de Juan, es su sensación de que el súbito incremento de gente en la casa va a producir un correspondiente incremento de la sensación de vacío entre los habitantes habituales. Antonio Vega, que conoce bien y quiere a Jacobo y a Andrea, teme sin embargo que se comporten con gran insensibilidad. En otras circunstancias, una cierta falta de sensibilidad (un no ser, por naturaleza, hipersensibles) resultaría beneficioso, serviría para aliviar la tensión que Antonio percibe en el Asubio. En esa ocasión, sin embargo (teniendo en cuenta que es la primera vez que la familia se reúne tras la muerte de Matilda), quizá no sea suficiente con ser no-emocional, flemático o un poco estúpido, un poco soso, como son los dos hijos mayores del matrimonio, sino que se requeriría alguna cualidad positiva de comprensión —piensa Antonio—. Así que transcurren los días que faltan, para Antonio Vega al menos, en una especie de calma intranquila o de espera intranquila que, en todo caso, Antonio Vega se siente obligado a ocultar para no alarmar a los demás. Y sí, le hubiera gustado saber con detalle cómo está viviendo Juan esta preparación de la visita. Pero Juan Campos, tras haber anunciado a Emilia que llegarían las dos parejas, da la impresión de haber dejado de preocuparse del asunto. Fernando, por su parte, se ha limitado a comentar cáusticamente:

—¡El regreso de las buenas gentes. Ya los tenemos ahí, con sus kilos de más y su torpor congénito. El retorno de la bienpensancia... menos mal que yo me escaquearé!

—¡Pero, Fernando! —ha comentado Antonio Vega al oírle—. ¡Si antes los querías! ¡Llorabas cuando se acababan las vacaciones y se iban a los colegios por ahí tus hermanos!

Llegan de pronto. Irrumpen cuantitativos como sus propios bultos, maletas, caimanes mecánicos, bicicletas, una biblioteca entera de cuentos infantiles, una montaña de Dodotis para la pequeña Babi. Entre chicos y grandes se forma un tumulto bullicioso desde el primer día que divierte a Antonio Vega. De hecho, es Antonio quien organiza y reorganiza la vida ahora en lo referente a horarios de comidas, idas y venidas a Lobreña y a Letona. El trajín aleja a Fernandito (quien el día de la llegada observó con curiosidad maliciosa a sus sobrinos), deja casi indiferente a Juan Campos y apenas produce alteración alguna en el eficaz comportamiento de Emilia. Han venido dos asistentas de Lobreña, primas de Emeterio, sobrinas de Balbanuz, que limpian y ordenan la casa, encasquetados los perpetuos auriculares del mp3, como agentes secretas, como marcianas sordas que abren enormes ojos cada vez que Antonio se dirige a ellas para preguntarles cualquier cosa.

## XIV

En el comedor, la cena, esta primera noche, se prolonga. Ha vuelto el vendaval aunque sin lluvia, hay un tableteo seco de las contraventanas de madera verde que reniegan del otoño, el invierno. Es la gran mesa oval que Matilda hizo instalar en el Asubio y que apenas se ha usado estos últimos años. Todos están presentes: los dos matrimonios, Emilia y Antonio, Fernando y Juan Campos. Ocho personas en total: los niños ya están acostados, venían cansados del viaje. Las dos chicas que trajo Andrea ven la televisión en el *office.* Ha subido Balbanuz a preparar la gran lubina a la sal que cenan ahora y la mayonesa. Una de sus sobrinas se queda con ella y ayuda a cambiar los platos, con ayuda también de Emilia en los momentos complicados. Realmente es casi autoservicio. Hay la lubina y un par de ensaladas. De postre tomarán ensalada de frutas con un buen *kirsch* que ha sacado Emilia del aparador que trajeron de Austria en uno de los últimos viajes de Matilda. Y también una tabla de quesos pasiegos y café y copas.

Jacobo y Andrea han perdido la gracia —piensa Fernando Campos mientras los observa sin dar él mismo apenas conversación durante toda la cena—. Hay una desfiguración corporal que acomete a hombres y mujeres una vez casados. A partir de los treinta, lo que antes se denominaba curva de la felicidad —reflexiona Fernandito— se ha convertido ahora, en estos tiempos de dietética, gimnasios y pilates, en una adiposidad de rebaba. Ninguno de sus dos hermanos está realmente gordo, pero la tripa de Jacobo monta el cinturón y se le caen ya un poco las nalgas a Andrea, que se está volviendo culona. Es verdad lo que dijo Antonio el otro día: cuando todos ellos eran jóvenes, niños, amaba a sus hermanos. El giro brusco vino después, al repartirlos Matilda por Europa con la mejor intención. Dejaron de quererse, de admirarse. Se interrumpió, sobre todo, la comunicación entre ellos. Con ocasión de la muerte de Matilda, Jacobo y Andrea, secundados por sus parejas, fingieron —en opinión de Fernando— un dolor que no sentían. Él, por su parte, Fernando, fingió no sentir ninguna emoción en los funerales. La testamentaría, cuyo contenido se conoció desde un principio, dejó satisfechos a los tres, aunque José Luis y Angélica, los cuñados, fruncieron los ceños al saber que él, un solterón, quedaba en igualdad con sus hermanos. ¿Por qué han venido ahora, precisamente ahora? —se pregunta Fernandito.

Al otro lado de la mesa ovalada, algo parecido se pregunta Antonio Vega, puesto que ninguna de las dos parejas parece haber venido al Asubio por un motivo definido: se diría que, viéndose acometidos por el largo fin de semana de Difuntos y de Todos los Santos, un gran viento estúpido les ha puesto en movimiento en dirección al Asubio como a hojas de papel de periódico. Pero esto, por supuesto, es inverosímil. No es concebible que se hayan presentado aquí con los automóviles, los niños, las criadas, precisamente en este largo puente, sin querer. Estas reflexiones hacen sonreír a Antonio Vega. Después de tanto tiempo de no aparecer ni por el piso de Madrid ni por la finca, y de telefonear muy de tarde en tarde, ahora, de pronto, eclosionan como cómicamente vomitados por intenciones y motivos que ellos mismos tal vez desconocen. Es posible que tengan alguna motivación que a su vez desconoce Antonio, pero la aparente falta de motivación es cómica de por sí.

A su vez, Fernando se ha situado también en el disparadero del sentimiento de comicidad controlada, que toma (enfriándolo, mecanizándolo bergsonianamente) a sus hermanos y sus parejas, ahí sentados en torno a la mesa ovalada, como objeto puro de contemplación. Lo mismo que Antonio, no acierta Fernandito a dar con una motivación concreta que explique la presencia de sus hermanos en la casa: Antonio Vega, por cierto, mientras amablemente da conversación a Angélica, sentada a su izquierda, ha decidido que, a la manera un poco tarumba de los Campos y de los Turpin, los chicos han vuelto a la casa paterna por amor filial. Es muy posible —decide Antonio— que Andrea y José Luis desearan llevarle los nietos al abuelo ahora que están tan risueños y charlatanes con tres y cinco años. Pero incluso el benevolente Antonio se pregunta: ¿Y los otros dos, Jacobo y Angélica, que no tienen, ni al parecer desean tener hijos nunca? Hay un aéreo entrecruzamiento informulado entre los pensamientos de Antonio Vega y Fernando Campos relativos a Angélica y a Jacobo. Jacobo Campos es, a ojos de su hermano pequeño, ahora, un objeto ridículo. Fernandito devana mentalmente lo ridículo como un sirope inflexible: Jacobito es ahora un padre sin hijos en la misma medida (presuntamente admirativa) en que su esposa, su Angélica, es una esposa conspicuamente yerma. El no-tener hijos por parte de esta pareja se representa, en opinión de Fernando, como una vocación original: más aún: como un *touch of class* cuyo *esse* reside en su *percipi*. Sin ser percibida, esa decisión conyugal de no tener hijos carecería de entidad, y el matrimonio mismo, como una insignificante mesa abatible, se colapsaría de continuo a ojos vistas. Para que no se desmorone, ambos cónyuges, de común —y quizá semiconsciente— acuerdo, rechazan públicamente la maternidad/paternidad con la escandalizada energía de quienes rechazan públicamente un vicio. Dado que se trata de una representación cara al público, cuya finalidad es ser vistos como una brillante pareja sin descendencia, tienen que reiterar una y otra vez esta su decisión de permanecer sin hijos. Y lo hacen así porque al parecer, para ellos, no tener hijos es una prioridad con tanto peso específico como para otras parejas el tenerlos: un imperativo categórico en ambos casos, cuyo fundamento es convencional. El no-tener hijos, además —medita burlonamente Fernandito— ha ido, tras la muerte de Matilda (que tuvo hijos, pero omitió en parte su crianza), cobrando una entidad cuasifloral de tributo *post mortem*: en honor de las virtudes no-maternales de su difunta madre se proclaman Jacobo, él mismo y su esposa estériles voluntarios ambos, con la sencillez de un medallista olímpico que, a la vez que omite mencionar sus bronces, sus platas o sus oros, nunca nos permite olvidarlos a los meros mortales.

Fernandito repasa mentalmente todo lo anterior con maligno regocijo, sintiéndose en el fondo cansado. La cena está durando demasiado tiempo. La pareja que forman Andrea y José Luis se ha beneficiado a ojos de Fernandito, en el curso de esta cena, de las incidencias de su prole: el niño mayor ha bajado al comedor en pijama, Andrea ha tenido que subirle otra vez, y la pequeña se ha caído de la cama. Andrea ha regresado al comedor y ha relatado estos incidentes, a consecuencia de lo cual José Luis ha subido con una cierta premiosidad de padre concienzudo a comprobar en persona que —no obstante haber asegurado su mujer que los niños están bien y duermen— están bien los niños y duermen. Este tejemaneje de pareja con hijos tiene menos mordiente cómica que la teorización del matrimonio sin hijos de Jacobo y Angélica, quien, por cierto, observando la solicitud de sus cuñados, no ha podido evitar alzar las cejas en beneficio de Jacobo y comentar con Antonio Vega, sentado a su derecha, que la vida de un matrimonio con hijos está dotada de tanta eticidad que alcanza casi el empalago.

—Sinceramente, Antonio, no me veo llegando a casa y teniendo que cambiar pañales o aguantar llantos de niño —ha declarado Angélica con una sonrisa.

—Supongo que es duro, sí —ha respondido Antonio cortésmente—. Yo vengo de una familia numerosa y no adinerada. Mi madre tuvo que cambiar muchos pañales y lavarlos y los mayores nos teníamos que ocupar de los pequeños, a veces a tortazo limpio. Nos queríamos mucho, ya ves, pero comprendo que una familia como la mía pone de los nervios a cualquiera.

Antonio Vega contempla ahora a Emilia. Apenas ha cenado nada. Tras ayudar a distribuir eficazmente los platos y bandejas a la sobrina de Balbanuz, Emilia reposa ahora frente a Antonio, tomando a sorbos una taza de café. Ha encendido un pitillo. De pronto Antonio se ve invadido por la tristeza de Emilia: este intenso sentimiento de culpabilidad que, sin embargo, Antonio, en el fondo de su corazón, no puede atribuirse por completo. ¿No se han privado ellos dos también, Emilia y Antonio, de la alegría bulliciosa, familiar, que Antonio acaba de describirle a Angélica? La tristeza que embarga a Emilia ahora, su delgadez, su palidez, su belleza huesuda y envejecida, ¿no forma parte todo eso de una decisión errónea que Emilia tomó por consejo de Matilda o por amor a Matilda y que Antonio aceptó por amor a Emilia, quizá porque cedió a una pasividad culpable, análoga a la de Juan Campos?

¿Por qué no tuvieron hijos ellos dos? Si hubieran tenido hijos se hubieran criado todos juntos. Los tres de Matilda y los de Emilia. Hubieran sido como los primos pobres y habrían cambiado la vida de la casa. ¿Por qué no fue así? Antonio siente ahora de nuevo su mutante sentimiento de culpa: no hizo lo suficiente, fue cobarde, fue débil, fue blando, fue convencional. ¿Qué es lo que fui, que no quiero ahora decírmelo a mí mismo? Antonio Vega se retira ahora como un caracol, hacia el interior de su concha para hacerse la pregunta más amarga, más informulada, la más viva de todas: Me comporté como un resentido: ¿hubiera debido no transigir, no ceder? Hubiera debido decirle a Emilia, a Matilda, a Juan: Me gustan los críos. Quiero yo mismo tener críos. ¿Por qué no lo dije? Si él se hubiera plantado, Emilia y él hubieran tenido hijos, un par de hijos al menos, que estarían ahora en los colegios, dilatarían el mundo, les darían disgustos. Y la niña querría quitarse una coleta o dejarse una coleta. El niño tal vez suspendería química y matemáticas... Emilia hubiera sacado todo adelante, y no echaría tanto de menos a Matilda. Ahora en esta tierra baldía no hay quien sobreviva. La muerte es lo único que es. Tener hijos hubiera apartado del corazón de Emilia la soledad, el osario, el suicidio. Antonio contempla a su esposa, ahí tan cerca, a la vacilante luz de estas velas, recuerdo de Matilda: Matilda siempre quería que las cenas se celebraran a la luz de las velas, y el fuego de las velas convertía la cera de las abejas en cálidos dedos artríticos: resplandece como entonces la noche a la luz de los candelabros, las grandes emociones retraídas, todo lo que no se cumplió. También esta noche, por fin, cuando Balbanuz y su sobrina se han retirado y parece que, arriba, en los dormitorios de los niños reina la paz, hay como una extensión inteligible, luminosa, irreal, que se extiende al mantel de hilo blanco, a las copas talladas de cristal, a la botella de Oporto que circula alrededor de la mesa. Están ahora alrededor de la mesa ovalada los ocho familiares sentados y el *Grandfather Clock* que Matilda trajo de Londres para regalar a Juan en un cumpleaños deja caer sus doce campanadas, que sobresaltan a Antonio. Se siente avergonzado, angustiado. Desearía ser consolado. La dura acusación, su propia memoria, el duro juicio, lo que hubiera podido ser y no fue. Recuerda la frase de un poeta cuyo nombre no recuerda: *Lo que fuimos y lo que no fuimos se refleja en las tazas del té junto a la lumbre / Sillones de otras casas, cuadros que no se miran ya y que permanecen agrandados inundando el fondo de la sala de elocuencias inmóviles.* Hay una elocuencia inmóvil que no sabe Antonio si bailotea con el bailoteo de las llamas de las velas fuera de su conciencia, o dentro de su conciencia y con el bailoteo de su sentimiento de culpabilidad y de su angustia.

Sin saber por qué, Antonio se siente esta noche desvinculado de todos: o, quizá, más vinculado a Emilia que nunca, con una vinculación que le separa, de pronto, de Juan Campos y, a través de Juan, del resto de los comensales y de la casa entera. Es un sentimiento nuevo para Antonio. Forma, a todas luces, parte del sentimiento de culpabilidad que lleva sintiendo hace rato al ver a Emilia tan apagada (y este sentimiento, a su vez, no es, en sí mismo, nuevo): lo que es nuevo es este repentino rehusar a valorar sin reservas su vinculación acostumbrada con Juan, su amigo de siempre. De pronto, como el vuelo rasante de una bandada de grajos que chillan y que aletean con sus negras alas de papel metalizado, Antonio se siente aislado y sin recursos. ¿Qué ocurrirá si Emilia empeora? Porque Emilia podría entrar en una depresión profunda —quizá está ya en ella— sin que Antonio se diera cuenta a tiempo: la costumbre de tantos años de centrarse en sus trabajos administrativos y organizativos ha vuelto a Emilia en parte impenetrable, incluso para Antonio. Nunca se pone enferma, nunca padece jaquecas o catarros o gripes. Nunca —desde que Antonio la conoció— ha reclamado Emilia para sí una atención individual. Mientras vivió Matilda había una salud compartida de las dos, un enérgico desdén de ambas mujeres por los tiquismiquis y las peplas que la atención a la fisiología o al estado de ánimo causan en la mayoría de los mortales. Todo lo arreglaba al final de la tarde un baño caliente y un whisky. A diferencia de Matilda, que se mostraba casi agresivamente saludable, Emilia sólo daba la impresión de ser una moza fuerte y sana que no prestaba gran atención a sí misma. En vida de Matilda, su capacidad de arrastre borró toda sombra de malestar físico o mental. Ahora sigue siendo lo mismo: sólo que Emilia se ensombrece progresivamente y ha perdido mucho peso. Ahora, su eficacia de siempre más bien subraya que oculta a ojos de Antonio el malestar interior. En más de una ocasión antes de ahora, Antonio ha propuesto que los dos, él también, se hagan un detenido reconocimiento médico, con la esperanza de que unos buenos análisis clínicos revelen cualquier cosa, una anemia, en Emilia, una carencia vitamínica, algún trastorno ginecológico, y que ése sea, en su objetividad y facticidad médica, un punto de partida para que Emilia se deje cuidar un poco. ¡Ojalá que Antonio pudiera convencerla para hacer los dos juntos un viaje agradable, aunque sólo fuese una visita a la soleada familia de Antonio, dispersa por España! No han hablado de esto, sin embargo. Y ahora, contemplándola mientras Emilia fuma su tercer pitillo, no puede librarse de la preocupación. Angélica le ha dicho algo hace un momento, un comentario jocoso acerca de las parejas sin hijos, algo en inglés y con muy mal acento, sobre *growing closer and closer apart,* que le ha sobresaltado y que, así, le ha reintegrado al circuito de la conversación general. Antonio hace un esfuerzo por sonreír y ha contestado vagamente algo que ha debido de sonarle a Angélica como una aprobación de lo que acaba de decir, sea lo que sea. Angélica no suele prestar gran atención a las respuestas que le dan los demás, salvo si alguien se le opone frontalmente: si esto último sucede, entonces abre mucho los ojos, levanta las cejas y se encara con su opositor. No está muy interesada en las respuestas, ni tampoco, al cabo de un rato, en la discusión. Así que Antonio sale del paso con sólo sonreír. La reunión se va apagando lentamente. Jacobo se ha levantado y pasea pensativo alrededor de la mesa: acaba de comentar algo acerca de la lluvia o la falta de lluvia. Emilia a su vez se ha levantado en busca de la cafetera que han dejado sobre el aparador. Así que Antonio contempla su lugar vacío. Al hilo de ese momentáneo vacío, observa Antonio ahora el aspecto pensativo de Juan Campos, que permanece sentado a la cabecera de la mesa y da la impresión de asentir a todo lo que se le dice sin prestar atención a nada. Pensar en Emilia, tan desmejorada, ha hecho que Antonio se desvinculara por un momento de la cotidiana vinculación que, a través de los años, ha mantenido con Juan. Antonio es conciente de que ahora, casi sin querer, pensar en Emilia le aparta de Juan. Y el ensimismamiento de Juan ahora de pronto, al pensar en Emilia, le parece obeso, como viscoso. Y éstos son sentimientos extraños para Antonio, que jamás ha cuestionado a Juan Campos.

No está, después de todo, tan ensimismado Juan Campos, como parece estarlo a ojos de Antonio. A ojos de Jacobo y Andrea, y de su yerno y nuera, sólo está distraído y representa, como Juan Campos sabe de sobra, un hombre a punto de «pegar el viejazo», el bajón del jubilata. A beneficio, pues, de estos cuatro, permanece Juan inmóvil, distraído, atendiendo con gesto amable la conversación sin tomar parte en ella. Se sabe seguro Juan Campos en su papel de abuelo retirado, de catedrático de Filosofía retirado, de hombre meditabundo que habla poco. Por otra parte, Juan cuenta con que su tendencia al ensimismamiento va a ser juzgada con respeto y afecto por Antonio. Así que también a beneficio de Antonio Vega representa el ensimismamiento que vive. Lo exagera un poco. Y a su vez, Fernandito... ¿qué pasa con Fernandito? Ahí, Juan Campos no acierta a saber cómo le ve su hijo menor o cómo desearía ser visto por su hijo menor. Un cierto afán de sinceridad paternal ha comenzado a embargarle a la hora del café y el oporto: ha percibido, en estos días, el vaivén de la conciencia de Fernandito desde la hostilidad al afecto en relación con su padre. O ha llegado Juan a pensar en términos de amor-odio: de hecho se inclina hacia una interpretación menos comprometida: imagina un movimiento pendular en Fernando desde la hostilidad al recuerdo del entusiasmo que sintió por su padre. Juan Campos sospecha que su hijo menor tiene aún muy presentes esos recuerdos, que son aún vivos incluso para el propio Juan Campos. La diferencia entre ambos, sin embargo, reside en que Fernandito es consciente de que su discontinua ternura por el padre, está infectada de deseo de venganza: desea hacerle pagar por un desapego que achaca a él sólo y no a su madre. Lo único que Juan Campos no acierta a comprender esta noche es la seriedad del resentimiento, ni tampoco su capacidad de frenarlo, incluso ahora si se lo propusiera. Juan no está acostumbrado a frenar nada o a corregir nada. No cree que sea posible, no se siente con energía suficiente. Antonio, en cambio, tras la conversación en el despacho los tres, barrunta con mucha claridad lo que de verdad pasa en el corazón de Fernando. Pero Juan se detiene ahí. Seguir adelante supondría entrar en evaluaciones de Juan para las cuales Antonio no está aún preparado.

Una de las razones que impide a Juan Campos darse cuenta de la hostilidad que su hijo siente por él procede de una como vanidad residual, subliminal, de hombre acostumbrado a parecer comprensivo y bueno a los ojos de los demás, empezando por la propia Matilda tiempo atrás. Esa imagen de hombre bueno y comprensivo, tan favorecedora, le encanta a Juan Campos. Viene a ser como una de esas fotografías en las que nos vemos tal como nos gustaría vernos siempre. Le agrada esa instantánea fotográfica, fotogénica, de sí mismo, como un hombre bueno y sabio, entristecido por la muerte de la esposa, silencioso, que se reserva pero a la vez se entrega en la conversación y en la compañía de sus amigos. Es una fotografía sin deformidades, es lo contrario de una caricatura: Juan Campos odia las caricaturas de sí mismo y ha temido desde siempre la habilidad caricaturizante de Fernando. Teme verse feo, teme verse malo, teme aparecer ante sí mismo iluminado por una luz desfavorable. ¿Y qué luz hay más desfavorecedora que la mirada vengativa de un hijo? Por eso, no sólo en los tiempos de Matilda, sino también con ocasión de la duración del fallecimiento de Matilda, esos meses terribles, y sobre todo después de esa muerte y hasta ahora mismo, Juan Campos ha atesorado la favorecedora instantánea tan continua, sólida, humana, misericordiosa, con que la mirada de Antonio Vega le ilumina siempre. Es una mirada afectuosa, pero con una clase de afecto que, en ocasiones y para su capote, Juan Campos se ha atrevido a calificar de infantil: que un hombre maduro como Antonio le vea tan favorecido, tan ensimismado, tan noble, le agrada sin cesar a Juan Campos. Y se regocija pensando —con un retorcimiento cínico— que no se lo merece, pero que no está dispuesto a prescindir del efecto gratificante que le causa. Incluso así, sin embargo, no puede ignorar por completo las señales de desazón y de crítica y de censura que Antonio Vega a veces emite. Por eso se esfuerza Juan Campos, cuando Antonio está presente, en parecerse a esa imagen del buen Juan Campos, noble y ensimismado, que Antonio Vega, como un niño, ha tenido siempre de su amigo mayor.

Fernandito ha resuelto quedarse hasta el final de la

cena, de la velada, dure lo que dure. Esta decisión se ha ido formando en su conciencia a lo largo de toda la noche. Al principio sintió curiosidad por ver cómo reaccionarían sus hermanos. Les observó con malevolencia a ellos y a sus cónyuges. Se regocijó con el incordio de los niños y con los comentarios pseudointeligentes de Angélica y con su mal inglés. Ha observado también el mal aspecto de Emilia. Se ha sentido conmovido esta noche ante el visible desconsuelo de Antonio, ante su impotencia. Quizá esta percepción de la aflicción de un hombre bueno y bienintencionado es lo que le ha impedido largarse nada más terminar la cena o agredir verbalmente a su padre y a sus hermanos. Antonio Vega —ha decidido Fernandito— debe ser respetado, ante todo y sobre todo por mí mismo. Esta consideración hace que la hostilidad hacia su padre se haya diluido y, ahora que es casi la una de la noche, Fernando se siente cansado y sin ganas de pelea. Mañana será otro día. Contempla a su padre antes de levantarse, ya todos se levantan, y le invade una tristeza abstracta, como si lamentara en general la fragilidad de la existencia: la nihilización inevitable de toda existencia incluida la propia. Por eso la última imagen de su padre es tenue y no particularmente hostil: contempla la imagen de su padre atenuado, nihilizado, como en una fotografía antigua, como en un recuerdo borroso: un poco como de jóvenes apreciábamos sin grandes ironías el gesto estudioso de ciertas figuras sedentarias que, en resumidas cuentas, al final, cuarenta años más tarde, han escrito o publicado poco y no dan la impresión de haber estudiado tanto como parecía.

# XV

Los niños alteran la fisonomía de las casas. Y estos niños de Jacobo y Andrea son invasivos y chillan, entran en todas partes, se esconden detrás de las puertas en un insulso jugar al escondite que acaba invariablemente en llantos. La pequeña, de tres años, se hace todavía pis y caca. Y Andrea aparece desde muy temprano desmadejada por la casa. Los juguetes están por todas partes. No hay, además, en esta nueva casa, un cuarto de jugar de los niños. Hay un cuarto de dormir donde duermen los dos mayores. Babi se despierta por las noches y llora. Los niños infectan las casas —esto lo piensa cada uno desde su perspectiva propia, más o menos lo mismo Angélica y Fernando Campos—. José Luis y Jacobo se trasladan desde muy temprano al nuevo campo de golf de Lobreña. Esto de la proliferación de campos de golf en toda la provincia hace un efecto muy 2006. Juan Campos se atrinchera en su despacho. Antonio Vega se instala como de costumbre en el garaje. Los niños ocupan toda la casa como un contingente militar.

—¿Vais a quedaros mucho? —ha preguntado Fernandito a su hermana.

—¿Por qué? ¿Te molestamos?

—Hombre, sí. Sois la encarnación de lo molesto.

—Solterón impenitente. Y... por cierto, ¿tú vas a quedarte mucho? ¿Ya no trabajas? ¿Te han despedido?

Fernandito ha sonreído malevolente y se ha ido sin contestar a su hermana. No contaba con este *Kindergarten* cosificado. Nunca había visto a su hermana materializada hasta este punto: los signos externos de maternidad de Andrea atraen a Fernandito como los signos exteriores de riqueza atraen a los inspectores de hacienda. Fernando Campos mosconea literalmente alrededor de sus sobrinos y de su hermana y del servicio, y de las dos cuidadoras. No juega con sus sobrinos, no. Les asusta. Les quita los juguetes y los pone encima de los armarios. Hace llorar al mayor de los tres. Sentado en la sala, no se mueve cuando aparentemente se descrisman cayéndose de lo alto de un sillón o escaleras abajo. Se ha vuelto conspicuo a costa de observar los juegos de sus sobrinos sin intervenir nunca en ellos. Esta sobreañadida visibilidad de Fernandito no ha escapado al ojo censor de José Luis y de Angélica, sus cuñados.

—¡Tío, podrías echarnos una mano! —ha soltado José Luis la otra tarde, una tarde tediosa de sirimiri, sin saber qué hacer con los niños.

Fernando, una vez más, ha sonreído guasón y ha permanecido sentado sin hacer nada. A partir de esa tarde, se ha formado el bando anti-Fernandito, incoado desde un principio por su actitud guasona y ahora capitaneado por Andrea y José Luis. Esto añade movilidad trivial a la casa. Hay unas agitaciones subacuáticas en la superficie de la rutina cotidiana, antes y después de los desayunos, o durante la mañana, o antes y después de los almuerzos, o a lo largo de la tarde, consistentes en que los dos matrimonios observan a Fernandito a distancia y cuchichean.

Andrea encendió la llama de la hostilidad grupal comentando la incomprensibilidad de la presencia de su hermano Fernando en casa, en el Asubio.

—¡No te fastidia, que me pregunta que si vamos a quedarnos mucho! Y yo le dije: Y tú qué.

—Yo, francamente te lo digo, Andrea. Comprenderás que tu hermano es tu hermano... —ha intervenido José Luis con su celeridad de hombre alto no muy agraciado: ocupa un interesante puesto de interventor en el Gran Banco. Se viste muy a la manera de la City de Londres, con camisas de rayas y traje diplomático los días de diario y ostentosamente de *sport* en el campo, un aire de club de caza y pesca con botas Track and Field—... Un hermano es un hermano, pero, Andrea, yo a tu hermano Fernando no le veo. Es siempre *the odd man out* y le encanta serlo. ¡Vaya, que me revienta un poco!

Y Andrea, secundada por Jacobo, ha defendido a Fernandito sin gran convicción. Al defenderle, han surcado su memoria como vilanos las imágenes de otro tiempo: el tiempo infantil y juvenil de los veranos del Asubio y las playas del norte: Lobreña, Oyambre, San Pedro del Mar... la lluvia, los caminos embarrados, los domingos luminosos, los cielos malteados del atardecer, las dulces acuarelas, los cuentos infantiles que Antonio Vega les leía a los tres, las partidas de cinquillo y de brisca y de parchís en los cuartos de arriba o en la cocina de Boni y de Balbi... Y todo esto tiene tan agudamente la cualidad del haber-sido, del haberse-tenido, del haberse-ido y de no ser ya, salvo como briznas del aire de la memoria, que su misma indefensión y pobreza, sin querer, la conmueven, y ha frenado el primer pronto de la agresión a Fernandito que ya iniciaba, vigorosamente, José Luis y que ella misma, a su vez, había iniciado. Se había sentido herida por la pregunta de Fernandito y había respondido como la mujer casada que es, con hijos, con responsabilidades, que tiene que enfrentarse a un chico ambiguo, que, en opinión de Andrea, ha cambiado mucho en estos años hasta volverse irreconocible. Y ya en esa primera ocasión, ha observado de reojo la reacción de Jacobito, el hermano mayor, que Fernandito adoraba. Y se ha sorprendido Andrea al descubrir en el rostro de su hermano una rigidez censoria, acartonada, que nunca antes había observado, como si su constante ascenso en el banco madrileño le hubiera inmunizado contra las tonterías del hermano travieso y avispado que, en aquellos remotísimos tiempos del Asubio, el padre ensimismado, el Juan Campos de entonces, elogiaba sin reservas y comparaba admirado a la picardía y agresividad intelectual de Matilda, la madre, crónicamente ausente. Todo esto ha tenido lugar en un abrir y cerrar de ojos. Los dos hermanos pertenecen, una vez casados, cada uno de los dos, a su pareja, y las dos parejas forman un cuatrimotor que enuncia implícita o explícitamente lo que debe o no debe hacerse, lo que debe serse o no serse. Y también, de paso, lo que el pasado fue y no fue, considerado ahora ya desde el presente futurizador de las dos nuevas familias, las nuevas amistades madrileñas y... esto también: la no muy recatada crítica al comportamiento testamentario de Matilda y a la reacción *post-mortem* del padre. Porque es un hecho que Angélica y José Luis, cada cual por su parte, en apartes con su pareja correspondiente, y, con creciente frecuencia cada vez que se reúnen los cuatro a charlar, tienen enfilado el mundo social del Asubio con un gesto emotivo que combina, inverosímilmente, lo avinagrado y lo dulce, en una sola palabra que emerge siempre que se reúnen los cuatro: *discutible*. Todo lo que sucede en el Asubio es, por definición, discutible. ¡Pero, por supuesto que lo es! ¿Quién se atrevería a negarlo? Lo que ocurre es que esta —por lo demás sólo formal— noción de *lo discutible* (toda cosa espacio-temporal se da por lados, todo asunto humano presenta facetas, puede ser examinado desde distintos puntos de vista, y es por tanto discutible) sería inocente si sólo se empleara en su sentido más abstracto: aplicada aquí por José Luis y Angélica al Asubio y sus ocupantes habituales tiene una connotación negativa, prohibitiva: como si se dijera: es discutible, no es de fiar, no es del todo de buena ley, es malo o maligno en el fondo.

Se ha acabado ya el puente de Difuntos. Hay que volver a Madrid. No hay que volver a Madrid. ¿Hay que volver a Madrid? La cosa no está clara. Hay un ir y venir entre volver y no volver, una desazón, cómica en parte, logística en parte, un *impasse*, una aporía doméstica. ¿Quiénes no van a volver? ¿Y quiénes hay en condiciones de volver o no volver? Obvio es quienes no volverán y no se moverán. Ni Juan Campos ni Antonio Vega ni Emilia van a moverse de su sitio. El puente de Difuntos ha sido una simple lata que cada uno de los tres ha padecido o disfrutado a su manera. No se sabe si Emilia ha registrado la incomodidad que dimana de la presencia de niños en la casa y ocho comensales fijos a las horas de las comidas. Su delgada figura supervisora ha permanecido idéntica, impasible, ausente. Juan Campos se ha mostrado amable y distraído o ensimismado a lo largo de todo el puente. No ha conversado largamente con nadie, no ha rehuido a nadie, nadie se le ha acercado en exceso, ni siquiera sus dos hijos mayores. Su yerno y su nuera le han observado desde lejos, censorios y en blanco como impersonales visitas que desaparecerán felices, sin dejar rastro. Antonio Vega se ha sentido cómodo con los niños. Ha chapurreado con Andreíta y jugado con Jacobito a los guerreros medievales y a *Spiderman*, siendo a ratos *Octopus* Antonio, *Octopus* a ratos Jacobito, cambiando alegremente de papel la tarde lluviosa. Y ellos dos raptando a título de pieles rojas a Babi, para revenderla en un mercado negro de bebés blancos. Antonio Vega ha agradecido la compañía de los niños. Y Fernandito, ¿qué? ¿Va a regresar Fernandito a Madrid? El final del puente es un final sin Fernandito. Así que el cuatrimotor se reúne en los dormitorios con un aire de junta de propietarios, a decidir qué es qué. Y sobre todo a decidir quién se queda y quién se va. Porque ocurre que de la experiencia cuádruple de las dos parejas ha emergido, como un clavel reventón, una conclusión semicómica: alguien tiene que quedarse a echar un ojo, a controlar un poco, a ver qué pasa, porque están los cuatro en esto unánimes: algo va a pasar y tiene que pasar por fuerza. La disgregación de la familia, la desarticulación de España, el puto caos que acontecerá si todos se van y no se queda nadie a controlar lo incontrolable, a evaluar daños y perjuicios, a tabular los pros y contras de una situación que nadie, ninguno de los cuatro, aprueba o comprende. Pero la verdad es —dicho sea en honor del cuatripartito— que la situación misma no sólo resulta difícil de comprender o de aprobar, sino incluso de determinar en punto a su existencia. ¿Hay una situación potencialmente explosiva en el Asubio? La verdad es que todo el puente de Difuntos ha estado presidido por una excelente sincronización doméstica gracias a Emilia, con el auxilio complementario de Antonio Vega a las horas de lluvia para entretener a los niños. La única incógnita de la situación es Fernandito, que ha desaparecido justo al acabarse el largo puente. Casi cualquiera, en vista de lo ocurrido, que no es nada, hubiera decidido que no es nada y que los cuatro pueden regresar a Madrid tranquilamente. Y aquí es donde Angélica cobra una importancia y una significación inusitadas. En opinión de Angélica, hay una peligrosa escisión en el Asubio entre lo que Bradley, el viejo neohegeliano inglés, llamaba *Realidad y apariencia.*

Angélica toma la voz cantante. Se quedará Angélica con uno de los coches, el suyo propio, y regresarán a Madrid Jacobo y José Luis con los niños y las mucamas. Pero, claro, Angélica no es en el Asubio nadie sin Jacobo. Y Jacobo no puede quedarse con ella. Sólo queda disponible Andrea. Y Andrea ve de pronto el cielo un poco abierto con esto de tenerse que quedar y posponer, siquiera una semana, la nurtura de la prole, que supervisará José Luis por las noches y que quedará a cargo de las competentes manos de su servicio doméstico. Así que Andrea, tras efectuar los gestos y giros correspondientes a una maternidad responsable, se queda para legitimar la presencia de Angélica, que es quien de verdad sabe lo que va a pasar en el Asubio.

Angélica es una chica lista. Hizo su carrera de Derecho satisfactoriamente y se acostumbró a considerarse a sí misma una persona responsable de su propia vida: una representante de la nueva generación, ahora en los treinta, que es consciente de que, como mujer, puede aspirar a más que a ser ama de casa. El matrimonio con Jacobo le hizo concebir más esperanzas de las que correspondían a la realidad: el bienestar económico de la familia materna de Jacobo, combinado con el prestigio académico de Juan Campos, le pareció fascinante en su momento y decidió el matrimonio. Fueron los últimos años brillantes de la carrera de Matilda, los más brillantes pero también, al final, los más ambiguos, puesto que la propia Matilda tuvo conocimiento de que su enfermedad era incurable precisamente en esos años. Así que toda su actividad se incrementó bajo la sombra del conocimiento de su inexorable fin. No reconocerse enferma fue esencial para Matilda, no reconocerlo ante los demás, no reconocerlo ante sí misma. Pero se trataba de un intento vano: la enfermedad inmisericorde dejó muy pronto muy pocas dudas, tanto a la interesada como a sus deudos. En estas circunstancias, Matilda ya no ofrecía el imaginado escenario de vida social que Angélica creyó haber alcanzado al casarse con Jacobo. Angélica se sintió realmente estafada. Expresarlo así es absurdo y ella misma no lo expresaba así. Ella decía que sentía una intensa compasión por la situación de su suegra. Pero ni su suegra ni la familia de su suegra parecían necesitar esa compasión. No se dejaban compadecer los Campos. No se dejaba compadecer Matilda ni su propio hijo Jacobo, contagiado quizá de la soberbia materna. En estas condiciones el papel de una nuera queda reducido a la insignificancia. La persona misma, Angélica, parece quedar por virtud de la desactivación de su papel desactivada ella misma en cuanto tal. Angélica se sintió fuera de juego, disminuida, preterida y, por otro lado, requerida por su propio marido, Jacobo, para dar cuenta de la situación: una de las curiosas características de esta relación consistía en que Jacobo daba por supuesto que Angélica era la gran intérprete del mundo y de la sociedad más allá del reducido grupo de preocupaciones que le afectaban directamente a él como alto empleado del banco. Exceptuado el banco de todo lo demás era Angélica la voz autorizada. Así que, también en lo relativo a la enfermedad de su suegra y a la interpretación del matrimonio de los padres de su marido y en general de toda la familia Campos, acabó convirtiéndose Angélica en una autoridad al menos para su marido.

—¿Tú cómo lo ves, Angélica? —preguntaba constantemente Jacobo.

Y Angélica respondía con todo lujo de detalles: el único inconveniente era que sus descripciones y evaluaciones de la situación familiar no tenían vigencia fuera del círculo minúsculo de esta curiosa pareja. Angélica emitía su opinión, que Jacobo gravemente recogía y apreciaba, sin que esto fuese ocasión de ninguna clase de acción determinada. Las opiniones de Angélica rebotaban sin fruto como pelotas de ping-pong en una mesa de ping-pong. No se estaba jugando una partida, no podían hacerse tantos a favor o en contra de Angélica. Era como jugar contra sí misma. Una especie de ping-pong-frontón, viniendo a ser, en realidad, Jacobo el frontón mismo, el muro, y Angélica alternativamente la única jugadora y la pelota que bota y rebota una y otra vez. Hubiera deseado Angélica ser útil, que Matilda la necesitara, por ejemplo. O que Juan Campos la necesitara. O que el propio Jacobo, hallándose terriblemente desconcertado y apenado, hubiese tenido necesidad de grandes dosis de consuelo. Pero el caso era que Jacobo no daba la impresión de hallarse tan terriblemente apenado como quizá debiera: la costumbre de no contar con su madre, con Matilda, el largo hábito arrastrado desde la niñez y a lo largo de toda su juventud, de contar con que su madre se bastaba y se sobraba por sí sola para resolver sus propios asuntos, embotaba el dolor ahora. En cierta manera, Angélica sufrió al poco tiempo de entrar en la familia Campos un doble escándalo: el escándalo de no ser necesitada por su suegra, que era autosuficiente incluso en la enfermedad, y el aún más raro escándalo de no ser necesitada por su propio esposo, el hijo de Matilda, para ser consolado por la grave enfermedad de su madre. No es que Jacobo no sintiera y no lamentara la enfermedad de su madre: es que Angélica no lograba identificar del todo esa pena: lo identificado a ratos era sin duda tristeza filial ante lo irreparable, pero otros ratos era también algo parecido a la sorpresa entreverada con una fuerte dosis de incredulidad: a ojos de Jacobo la gravedad de la enfermedad de su madre no acababa de resultar verosímil por completo y esa inverosimilitud procedía, en parte, de que tan pronto como Matilda definitivamente cayó enferma y hubo de guardar cama, estableció un férreo cerco en torno a sí misma donde realmente sólo Emilia penetraba. Se tenía conocimiento de la gravedad del estado de Matilda pero no del todo intuición sensible del mismo. La señal externa sensible más constante de Matilda enferma fue la irritabilidad: Matilda se cansaba en seguida de las visitas y se mostraba con facilidad irritable por cualquier insignificancia: Angélica se sintió rechazada en el doble sentido de no ser necesitada por su suegra y no poder consolar a su marido más que en proporción a la pena que exteriormente su marido manifestaba y que no parecía ser, después de todo, mucha. Y cuando Angélica, por fin, sacó todo esto a relucir, con el aire un poco de una esposa que pone las cartas sobre la mesa y descubre la infidelidad del esposo, Jacobo se limitó a comentar que los Campos Turpin eran una familia reservada, inasequibles a los melodramatismos de la consolación. Esto le pareció brutal a Angélica. Y quizá lo fuese, aunque quizá fuese también muy comprensible dada la educación distanciadora que los hijos de Matilda Turpin y Juan Campos habían recibido desde niños. Siempre se guardaron las distancias para no agobiarse unos a otros y ahora las distancias guardadas durante tanto tiempo congelaban el paisaje entero de padres e hijos distanciados entre sí. Angélica concibió entonces una especie de resentimiento ligero contra su suegra, lo que suele llamarse animosidad, una animadversión ligera, como la que sentimos ante un hombre muy gordo sentado en el asiento contiguo del avión, o alguien muy acatarrado cuya presencia no podemos evitar durante largo rato. Con ocasión del careo con Jacobo —equivalente al descubrimiento de una infidelidad conyugal—, con ocasión del rechazo de Matilda, Angélica llegó a exclamar:

—¡Tu madre me está ninguneando y puenteando, Jacobo, eso es lo que hace! ¡No sé cómo puedes consentirlo!

Y al decir esto, era obvio que se pillaba los dedos con sólo observar el desconcierto irritado de Jacobo:

—Mi madre no es propiedad nuestra, de ninguno de sus hijos ni de nadie. Es muy suya. Yo no tengo acceso privilegiado a mi madre, ni mis hermanos tampoco, ni mi padre y mucho menos tú. Es normal que no te tenga en cuenta. ¿Por qué habría de tenerte en cuenta?

—Porque soy tu mujer, ¿no es eso suficiente?

—Seguro que lo es en otros casos pero no en éste, no creo que recuerde ni que existes, perdona. ¡Así están las cosas...!

Fue lo más brusco que oyó decir jamás a Jacobo. Jacobo

era un marido agradable, con una cierta tendencia a la distracción y a cansarse pronto de las conversaciones, cosa explicable porque volvía siempre tarde del banco y generalmente se traía papeles a casa. Angélica tuvo, pues, la impresión de que al quejarse de Matilda había puesto al descubierto una herida antigua que afectaba, de alguna manera, a la relación de los Campos con sus padres: esta impresión sirvió para confirmar su idea de que algo grave y oculto tenía lugar en la casa sin que se le revelase a Angélica con claridad qué era. Esta idea de un secreto familiar, una dificultad intrínseca de relación entre padres e hijos en casa de los Campos, alivió en parte su sensación de ofensa. Pero incrementó su curiosidad aderezándola con una pizca de malevolencia. Todo esto estaba teniendo lugar durante los últimos años de la vida de Matilda. Se habían suspendido los grandes viajes, que eran sustituidos ahora por largas estancias en Houston primero y después en Suiza y en Madrid. Para entonces había cumplido ya Angélica los treinta y dos años: el asunto de tener o no descendencia había quedado zanjado hacía tiempo. Pero Angélica encontró en el extraño rechazo de su suegra una nueva confirmación de lo acertado que era su propia voluntad de no traer hijos al mundo.

—No puedo entender por qué tu madre, si no iba a haceros nunca caso, quiso echaros al mundo en primer lugar —declaró Angélica en una conversación más o menos íntima con Andrea. Andrea, para entonces, había dado a luz dos veces y vivía sumergida en el espeso entramado de la maternidad. Era evidente que Andrea no tenía ninguna vocación de mujer moderna, ningún proyecto personal para sí misma con independencia del de criar su prole. Pero era más sentimental que Jacobo. Andrea defendió la posición de su madre en unos términos muy teóricos pero que no dejaban de ser adecuados:

—Ser madre es una necesidad de las mujeres, de casi

todas las mujeres, yo creo. Una vez que los hijos están criados, sin embargo, una mujer puede sentir que quiere realizarse a sí misma después. Mi madre es muy inteligente, muy práctica. Nos quería a su manera, esa manera individualista, europea, de la clase social alta. Los hijos se cuidan solos. Hay la maternidad mediterránea, yo soy una madre mediterránea, a cuestas con los potitos y los colegios. Mi madre es una europea rica que delega en las *nurses*. A mí me parece bien. Y mi madre era fascinante cuando éramos pequeños, Angélica. Eso no debes olvidarlo. Viajábamos mucho con ella y con mi padre. Íbamos a encontrarnos con ella nosotros tres y mi padre en Roma y en Londres y en Orlando. Recuerdo el viaje a Orlando a ver Disneyland, fue estupendo. Era una mujer enérgica y alegre, y ahora está enferma.

Cuando por fin la muerte hizo presa de Matilda, Andrea fue de los tres hermanos la que más apenada pareció. No pudo acercarse al lecho de la moribunda más que sus hermanos, pero no pareció resentir eso demasiado. Angélica tenía la sensación de que hacer la voluntad de Matilda era más importante para sus hijos y allegados que cualquier iniciativa propia que difiriese de esa voluntad. Matilda no admitía en torno suyo, especialmente al final, voluntades más fuertes o distintas a la suya. En cierto modo, esto era escandaloso visto desde fuera. Visto desde dentro, desde la propia familia, parecía lo natural.

Entre Andrea y Angélica se estableció por entonces una curiosa relación materno-filial: Angélica era la mayor pero, carente de hijos, conservaba un aire de soltería, una ligereza adolescente que, en cambio, se había visto sustituida en Andrea por una cierta gravedad de matrona, no obstante ser Andrea la más joven. A Andrea le parecía que su cuñada era más inteligente que ella misma, pero en cambio menos práctica, menos sensata, más irreal, a consecuencia, precisamente, de no haber tenido hijos propios. Así que ambas mujeres establecieron una amistad que podía considerarse como una protección invertida: la más joven protegía a la mayor en los asuntos cotidianos mientras que la mayor proporcionaba a la más joven una cultura general: Angélica estaba al tanto de los libros que se publicaban, las exposiciones de pintura moderna y contemporánea, las conferencias de la Fundación Juan March, los ciclos de música de cámara norteamericana, el expresionismo alemán. Incluso los debates de las feministas entraron a formar parte de la conversación de Andrea por influencia de Angélica. Incluso *El segundo sexo* de la Beauvoir entró a formar parte de su repertorio ideológico, bien que de una forma muy reducida y disminuida. Tras la muerte de Matilda, hubo una diáspora exagerada, sobre todo por parte de Fernandito, que apenas veía a sus hermanos, y de Juan Campos, que apenas se dejaba ver. Los dos matrimonios, que se veían con más frecuencia, también dejaron de verse, como si les faltara materia que debatir una vez fallecida Matilda. De hecho, la reunión en el Asubio con motivo de este último puente de Difuntos fue fruto de la casualidad. Cada una de las dos parejas decidió por su cuenta llegarse al Asubio. Una vez allí, ambas, cada cual por su lado, se sintió reconfortada con la presencia de la otra. Y así fue como Angélica y Andrea continuaron su relación materno-filial y a la vez de profesora-alumna. Así que cuando Angélica puso de relieve su preocupación por el aparente ensimismamiento y soledad en que vivía Juan Campos, no le fue difícil persuadir a Andrea de quedarse algo más de tiempo con ella para supervisar la situación potencialmente explosiva, en opinión de Angélica.

Angélica, sin embargo, ha hecho una reserva mental: ha decidido no explicitar ni detallar delante de Andrea lo que sospecha que ocurre con Fernandito. En realidad, Angélica considera que ésta es su gran baza: su gran momento, su gran juego: estas expresiones bailotean en la conciencia de Angélica como saltimbanquis. Recuerdan un poco a los dos jóvenes que en *El Castillo* de Kafka confieren un aire procaz, cómico, irreflexivo a la suerte del agrimensor. No son personajes, sólo conceptos bulbosos, nociones proliferantes, intuiciones que a medias la realidad confirma y a medias desconfirma. ¿Hay acaso un juego en juego? ¿Tiene quizá Angélica que hacer una apuesta *pascaliana* acerca de la existencia o la seriedad de algo terrible que ocurre en la casa, acerca, supongamos, de la posibilidad de la aparición repentina de un dios o un diablo en la escena? Por otra parte, ¿a qué se mete Angélica en este lío familiar? Ha dado Angélica por supuesto que existe una situación familiar liosa, aunque no puede darse ni siquiera a sí misma detalles precisos de la complicación. ¿No lo está inventando todo? Angélica fue una universitaria lista. Sintió sincera curiosidad por ciertos aspectos de la vida política y cultural. Se da cuenta de que su posición en esta casa es extraña. No obstante ser esposa del hijo mayor, nunca le hizo Matilda el menor caso. Se siente como la *governess* de *The Turn of the Screw*. El entrecruzamiento en la persona de Angélica de figuras literarias y proyectos propios es siempre semicómico. Se siente al borde de una visión y se pregunta: ¿estoy viendo lo que veo, o estoy provocándolo? En última instancia, sin embargo —tanto si lo ve como si lo inventa—, está siendo protagonista de un acontecimiento único. Por fin su matrimonio está dando de sí lo que no dio desde un principio y nunca pareció ir a dar. Ha sido necesaria la muerte de Matilda, la retirada al Asubio de Juan Campos, la presencia de Fernando Campos en el Asubio abandonando su puesto de trabajo en Madrid. Al final, sin embargo, florece la situación con la viscosidad de una gran berza: grandes hojas situacionales se extienden por todas partes, surcadas por lumiacos y gusanas: imágenes horticulturales un poco repulsivas le parecen a Angélica expresivas ahora de la situación que ante ella se extiende como las gigantes hojas blanquiverdes de las berzas de asa de cántaro. Y todo esto no puede compartirlo por completo con Andrea porque el quid de la cuestión es Fernandito. Angélica ha decidido que toda la extrañeza de la situación familiar de los Campos, incluyéndolos a todos, se concentra ahora en Fernandito como en un agujero negro: Fernandito chupa y rechupa toda la energía de la familia. Esto no tendría por qué ser malo ni bueno, pero hay algo no científico, sino mitopoético, en el concepto de agujero negro, que arrastra la imaginación de Angélica. Lo mismo que la muerte de Matilda queda inacabada en esta casa —piensa Angélica—, así Fernandito representa el inacabado sumidero de esta familia, su significación postulada e irrealizable, su negación de su negación, su hundimiento. Y tiene que haber un hundimiento —entrevé Angélica— aunque sólo sea para sobrecompensar el desdén con que fue tratada ella por todos ellos, incluido su propio esposo. Al pensar estas cosas se siente aviesa y mala. Pero se siente, ante todo y sobre todo, en lo cierto. Sentirse en lo cierto es como una ebriedad que embarga ahora a Angélica todo el tiempo y que le permite disimular con Andrea el verdadero filo de sus intenciones y contemporizar durante los almuerzos y las cenas con las insulsas conversaciones monosilábicas de Juan Campos o con los acerbos comentarios de Fernandito, cuando Fernandito se digna aparecer por la casa. El tiempo vuela y no sucede nada. ¿Y si no pasara nada? Al fin y al cabo no podrá prolongar Angélica, ni por supuesto tampoco Andrea, su estancia en el Asubio por tiempo indefinido. Algo tendrá que suceder de hoy a mañana, o mañana, o pasado mañana. O ahora o nunca si Angélica ha de tener razón, y ha de tenerla. Piensa mal y acertarás, Angélica —se dice Angélica a sí misma.

# XVI

Juan Campos ha rehuido todo hacerse cargo de la situación. El Asubio, con sus días ventosos de contraventanas batientes, con la lluvia perpetua y la gran soledad del mar, su treno monótono, su profundidad metalúrgica, su indiferencia mortal, el embarrado cielo, el secreto, el fracaso, la totalidad inabarcable del *Yo soy*, la gran ciénaga del para-sí, le reconforta. En todo esto se adentra Juan Campos como en un laberinto hedónico: he aquí que se ha salvado, he aquí que se ha librado de la muerte, él es el gran testigo, el gran testimonio, el mártir. En lugar de correr aceleradamente hacia su muerte, Juan Campos se echa a un lado y se salva. ¡Dios! ¿Quién quiere morir, deshacerse, desprenderse de este mundo interpretado, repleto de significaciones jugosas? Juan Campos no desea morir. Ante él, ante Juan Campos, se extiende su propia vida como un territorio inefable, asubiado, como una gran disculpa, como una excusa. ¿Qué más hubiera podido hacer Juan Campos? Acurrucado en su butaca ante el fuego se siente bien, se siente vivo. Es sí mismo en una dulce ignorancia de sí. Se disfruta a sí mismo, se es, se desconoce. El muerto al hoyo, el vivo al bollo. Todos se confundieron. Juan Campos, sin embargo, no se confundió. Lee ahora los nuevos poemas de los jóvenes poetas de Valencia. Acaba de leer, por ejemplo: *Recibe tu alrededor / como un amante.* ¿No es esto maravilloso? Allá en Valencia, unos jóvenes editores y poetas han compuesto una revista sin nombres, no hay autores, sólo poemas, sólo textos. Juan Campos les recibe gozosamente en su maravillosa casa del Asubio. Les lee, desconocidos, como él mismo se vive a sí mismo en la penumbra benéfica de su subjetividad pura. ¿Quién quiere morir? ¿Quién piensa en morir? Repite: *Recibe tu alrededor / como un amante... Un libro de haikús abierto al azar, debe ofrecer, de inmediato, una percepción inesperada de alguna porción del mundo: un recodo secreto y, ahora, iluminado.* Así, ahora Juan Campos se ve a sí mismo transformado en luciérnaga, en significación instantánea que emerge, reluce y desaparece: Yo soy, yo no soy. La secuencialidad de la existencia le parece vulgar, la atonía, la insignificancia de las grandes significaciones, la esposa, los hijos... Él se ha salvado, Juan Campos se ha salvado. La vida durará tantos años como duren estas iluminaciones, estos haikús repentinos. ¿Cómo se atreve Emilia a venirle con esta intensa violencia, este gusto mortal, este recuerdo de la muerte? Ha aborrecido a Emilia la otra tarde. La desvergüenza del dolor, la incuria del sufrimiento... Ella pretende ser la primera. Él es el primero y el último. No se asustará: no retrocederá ahora que ha logrado, ileso, llegar al retiro: no dejará que un espúreo sentimiento de culpabilidad procedente de la conciencia ajena, procedente, por ejemplo, de la conciencia de Antonio Vega, le perturbe. ¿Quién tiene derecho a juzgarle? Las cosas sucedieron por sí solas. La flor de la vida se abrió por sí sola. Juan Campos no pudo evitarlo. ¿Hubiera, acaso, podido oponerse o incluso interferir en el despliegue gigantesco de Matilda, aquella gigantomaquia absurda de los negocios, los viajes, las grandes ciudades, los centros financieros del mundo globalizado? Matilda no lo dudó, ni Juan Campos tampoco. Era preciso dar a cada cual lo suyo. Matilda obtuvo *lo suyo,* y Juan Campos también. ¿Quién se atreve ahora a contabilizar las ganancias y las pérdidas de cada cual? La noche es inquietante, la lluvia es inquietante, el viento marítimo es inquietante, y el faro a lo lejos, imprevisto, inútil tal vez, es inquietante. En el profundo reducto de la conciencia de Juan Campos lo inquietante emerge como un amor imposible. ¡Bien! —se dice Juan Campos—, Matilda fue un amor imposible. No la amé todo lo que pude. Si la hubiera amado más aún, ¿la hubiera hecho más feliz? ¿Hubiera Matilda muerto más feliz si Juan Campos la hubiera amado más aún? Matilda tenía la medida de todas las cosas. Cuantificó el amor y el esfuerzo. No deseó ser amada más de la cuenta. Juan Campos hizo lo que pudo: la amó lo suficiente. Fue más bien Matilda quien no le amó lo suficiente a él. Ahora no puede Juan Campos emborronar este cuaderno de dibujos infantiles de la memoria. Aunque quisiera tachar el castillo y el guerrero medieval, emborronar la princesa y el unicornio y el centauro, no podría. Arrancar la hoja, echarla al fuego. Pero... ¿Y si se hubiera atrapado a sí mismo en una trampa tragicómica? Los ha engañado a todos. ¿Sí, o no? No debo pensar —piensa Juan Campos— con demasiado detalle aquello que podría herirme si lo pensara con todo detalle. No debe imaginar Juan Campos al detalle lo que le heriría si se presentara de pronto ante él, como un ladrón, un *hooligan*, un drogadicto en plena noche... Supongamos que de Lobreña viniera un joven cualquiera beodo, drogado, que necesita dinero urgentemente, e irrumpiera en esta habitación consoladora, rompiera los cristales (al fin y al cabo sólo un cristal, un cortinaje de terciopelo profundo, le separa de la intemperie)... Podría ser aquí asesinado, desvalijado. Está a salvo aquí porque le protegen Antonio Vega y Bonifacio y Balbanuz. Está a salvo porque Matilda ha muerto y ya no puede regresar y no puede reprocharle o increparle. De pronto siente miedo, tiene miedo. Puede llamar a Antonio por teléfono (hay una línea interna que comunica el departamento de Antonio y Emilia con el suyo...). Juan

Campos se siente aterrado de pronto. Se ha asustado a sí mismo. Llama por teléfono a Antonio Vega. Es la una de la madrugada. Entra Antonio Vega. Juan Campos y Antonio Vega beben whisky con hielo al amor de la lumbre. Antonio Vega se limitó a decir por teléfono: Ahora voy. Juan Campos no dio explicaciones, como es natural. Se limitó a murmurar: podrías venir un momento, si no estás acostado. Antonio Vega dijo: Ahora voy. Desde ese momento, el repentino terror se ha echado hacia atrás. Ha quedado debajo de la superficie de la conciencia de Juan Campos, que ha podido sumergirse de nuevo en los objetos tranquilos de su despacho, su cuarto de estar: ahora recibe su alrededor como un amante. Ahora, Antonio Vega llama a la puerta y entra. Se acabó. Antonio sirve el whisky, se mueve lentamente con su seguridad madura, su aplomo físico, su inocencia. Tantos años juntos, apenas ha envejecido, los dos miran el fuego. El hielo tintinea en los vasos y el rumor del viento afuera tintinea en los vasos también como una frase acertada, amable, consabida. Con Antonio, regresa la paz de la conciencia no objetivante: ahora Juan no se siente juzgado, ni desdoblado ni arrancado de sí mismo. No hay entre su conciencia de sí en este instante y la presencia de Antonio distancia alguna, resquicio por donde puedan colarse los actos de juicio, las miradas ajenas, los prójimos. En presencia de Antonio, Juan Campos se expande como el aroma de una taza de café, como el gratificante aroma de las tostadas en el tostador. Antonio —que no es de su familia— aleja la odiosa familiaridad judicativa de la familia Campos más allá de todo posible acercamiento, en las afueras acantiladas del jardín de la costa cantábrica, más allá de Lobreña, hacia el monte embriagado por la amarga niebla y el hedor de los colgadizos. Por un instante, Juan Campos piensa, teme, que Antonio le pregunte por qué le ha llamado. Sería, al fin y al cabo, una pregunta natural dada la desacostumbrada hora. Por un momento, considera Juan la posibilidad de inquirir —con una amabilidad de boca chica— si le ha despertado, si le incomoda ser llamado a tan altas horas de la noche. Si, sobre todo, no le resulta extraño que, una vez presente en la habitación, no parezca dispuesto Juan a dar explicación ninguna. Pero se detiene: no llega a formular siquiera esa posibilidad: la costumbre de estar juntos en silencio salva la situación. Antonio es aún, a sus cincuenta años, el joven que de joven respetaba el silencio del maestro de filosofía, del hombre reservado y profundo. ¿Será posible que Antonio Vega no sienta curiosidad ninguna ahora? Juan Campos se recoge sobre sí como un caracol. Cualquier pregunta, por discreta que sea, podría punzar la costumbre y deshacerla. El ritual del whisky —incluso a deshora— es muy antiguo entre ellos. Antonio se acostumbró al whisky con él. Y también al fuego de leños, las lámparas de pie, las pantallas de pergamino, las estancias confortables, las alfombras, los delicados objetos que en las estanterías se alinean mágicos entre los lomos de los libros. Las estancias de Juan Campos, en Madrid y en el Asubio, todas han dicho siempre: yo soy. Y débilmente también: tú eres yo ahora aquí conmigo. Nunca hubo quiebra en esta intimidad dual. ¿La hay ahora? Juan Campos no tiene intención ninguna de averiguarlo precisamente ahora. Así que la pregunta que de pronto Antonio Vega formula le explota en la cara:

—¿Te encontrabas mal? Me asusté al oírte de pronto.

—Perdona, estaríais ya durmiendo.

—No, no. No es eso. Emilia apenas duerme estos días. Nos gusta estar acurrucados, qué sé yo. Ver la televisión un poco, sin fijarnos mucho. Es lo mejor del día, aunque no nos durmamos.

Demasiado largo. Demasiada Emilia. Demasiada precisión. Demasiada intimidad ajena. Demasiada distancia. Juan Campos ha sentido un escalofrío cálido, como un pronto iracundo. Bebe un sorbo de whisky. ¿Qué va a decir? Que Emilia no duerma estos días es una información agresiva. Tras lo de la otra tarde, de Emilia puede esperarse cualquier cosa, cualquier agresión. Emilia aparece de pronto ante Juan Campos como las larvas blancas que pululan repugnantes debajo de una piedra levantada al azar en el prado. En lugar de una piedra seca y lisa, ligeramente húmeda en su parte inferior, todo un estado larvario, blanquecino, múltiple, peligroso, vivo, Emilia insomne, acurrucada contra un Antonio adormilado, viendo sin ver la televisión —que, por cierto, sólo se recibe a medias en el Asubio...

—Deberías llevarla al médico. Quizá un Diazepam administrado con prudencia a última hora de la tarde bastaría para salvar este bache... —La voz de Juan Campos es lenta y tranquila, la voz amable de un intelectual, de un hombre compasivo. Ambos miran al frente. El fuego es compasivo. Ahora los leños incandescentes enteros son como un corazón retórico en una estancia poética, lejana, de un pintor holandés de interiores. Todo es limpio y tranquilo y el fuego es como un corazón benevolente.

—Ya, Diazepam. Lo malo es que la ansiedad de Emilia no es fisiológica del todo. Tú sabes qué es, Juan. Emilia ha sido siempre de constitución fuerte, equilibrada y fuerte, con gusto la llevaría al médico. Y a la vez odio pensar en médicos. Emilia no se merece que pensemos en médicos ahora, ni en pastillas. Lo que le pasa lo sabes tú igual que yo.

Otra vez el silencio. Esta vez la calidad del silencio es muy distinta. De pronto, Juan Campos siente las palabras que acaba de oír como una mirada que le mira distanciándole de sí. La confortable estancia se ha vuelto incómoda. El fuego tiene un resplandor cristalino que le hace sudar ligeramente y que no le abriga. Malestar.

—Lo siento muchísimo. La otra tarde encontré a Emilia muy mal. Confieso que no supe qué decirle... tiene que sobreponerse, es duro hablar así. Todos tenemos... —la voz suave de Juan Campos titubea y Juan, de reojo, observa a Antonio, que ha girado la cabeza y le mira fijamente. Es una sensación muy desagradable, muy definida. Se siente juzgado. Decide proseguir con el tópico que se le enreda en el fraseo como una culebra—... todos tendríamos, Antonio, que sobreponernos. Hemos tenido que hacerlo cada cual como ha podido al morir Matilda. El dolor es individual, incomunicable, de sobra lo sabes. Y la manifestación del dolor, el duelo de cada cual, es tan profundamente distinto en cada cual, que el consuelo resulta casi imposible, el duelo es aislante. La manifestación del dolor que siente cada cual aísla a todos los demás... Me temo que no estuve la otra tarde a la altura de las circunstancias, me temo...

—Emilia te necesita a ti esta vez, no a mí, Juan. —La voz de Antonio Vega, que ahora ha dejado de mirarle y contempla, entrecerrados los ojos, el fuego, es muy baja, muy joven. Recuerda al joven absurdamente inocente que llegó con Emilia, por invitación de Matilda, veinte años atrás al piso de Madrid de los Campos—. Tú eres el que sabes lo que hay que saber aquí y ahora, tú sabes el significado, todos los significados. Nosotros no. Emilia y yo no entendemos qué significa la muerte. Entendemos el amor y la vida y la devoción y la fidelidad y la pasión y la fidelidad —repite Antonio esta palabra como un ensalmo— pero no la muerte. Emilia no sabe qué hacer con la muerte de Matilda. Y yo no sé qué hacer con Emilia. Te corresponde a ti, Juan, nuestro maestro, nuestro único amigo, nuestro buen amigo, decirnos qué es qué. ¿Qué ha pasado? ¿Qué le ha ocurrido a Matilda? ¿Qué quiere decir que Matilda de pronto, en medio de la vida, se nos haya muerto...?

El temblor de la voz de Antonio Vega es tan intenso al final, tan conmovedor, tan sin agresión, tan puro que Juan Campos se vuelve a mirarle: Antonio Vega contempla el fuego fijamente, rígidamente, y su rostro curtido, anguloso, tan joven todavía, inundado de lágrimas.

La rigidez de la posición de Antonio contribuye a dar la impresión de que se ha transformado en una cosa. Sí, su rostro húmedo aparece inundado de lágrimas, pero el rostro mismo, cosificado repentinamente ante la mirada de Juan, no expresa nada. Juan Campos acumula precipitadamente argumentaciones silenciosas, fragmentos de argumentos académicos, que le permitan no sentirse conmovido. Llega a preguntarse incluso: ¿llora porque está triste o está triste porque llora? A todo trance, la compasión debe ser clausurada. Si la compasión se abriera, ¿qué quedaría de Juan Campos? El asunto es grave o, mejor dicho, el asunto sería grave si la presente situación requiriera una decisión por parte de Juan, si tuviera que declarar que a partir de ahora se hará cargo de Emilia. ¿Qué podría significar una declaración así? ¿Cómo puede Juan Campos hacerse cargo de Emilia? Sería, bien mirado, una interferencia en la vida de pareja de Emilia y Antonio. La pena es comprensible. El duelo por Matilda también es asunto suyo: Juan Campos considera por un instante la posibilidad de recordar a Antonio que el primer doliente de este duelo es él mismo, el marido de Matilda. ¿O es que el agresivo duelo, la terca pena de Emilia, va, a estas alturas, a cuestionar el quién es quién de este grupo familiar? Porque se trata de un grupo familiar. Esto fue así desde un principio, formaron un grupo familiar: una familia singular compuesta por dos parejas, una muy joven en aquel entonces, Emilia y Antonio, otra madura ya aunque joven todavía, Matilda y Juan. Matilda aportó al grupo tres hijos. Juan aportó su serenidad, su complacencia, su sentido común. Más aún, Juan aportó a aquel proyecto común de los cuatro la legitimidad más pura: Juan quiso que Matilda, con la asistencia personal de Emilia, desplegara sus grandes alas mundiales, su talento financiero, su iniciativa práctica, su gracia, su sociabilidad, su brillantez. Juan quiso que nada se interpusiera en el desarrollo de esta mujer nueva, igual en todo al hombre, que debía verse libre de las bajunas tareas del hogar una vez que la procreación estaba satisfactoriamente cumplida. De la nurtura de la prole podían encargarse las sucesivas *nurses* y el propio Juan Campos —quien, por supuesto, se prestó desde un principio a alternar sus tareas académicas con la vigilancia de la casa y los hijos—. Todo fue posible porque Juan Campos lo hizo posible. Juan Campos, instantáneamente esta noche, se ha puesto en su sitio, se ha repuesto: si alguien ha sufrido, si alguien ha estado en el origen de la invención de Matilda y, a partir de Matilda, de Emilia y de todos los demás, ése es Juan Campos. En consecuencia, ¿a qué viene esta viscosa novedad dolorida de Emilia, esta viscosidad de un duelo excesivo? Y, sobre todo, ¿cómo perdonar a su fiel Antonio este repentino alinearse con la esposa neurasténica que reclama para sí más parte de duelo del que legítimamente le corresponde? Esta expresión ridícula, *el fiel Antonio*, reanima a Juan Campos. Le parece que es la primera nota de humor que, siquiera mentalmente, ha logrado extraer de su incómoda situación. ¿No es humorístico, al fin y al cabo, que del extraño llanto que como una ráfaga de lluvia ha humedecido el rostro de Antonio Vega no quede ahora, al contemplarlo Campos de perfil, residuo alguno? Sólo una cierta rigidez: sólo percibe el hermoso perfil de Antonio, un hombre ahora hecho y derecho, moreno, huesudo, petrificado. Pero, sin duda, la dichosa expresión, ese *su fiel Antonio*, ha quedado ahí en la conciencia de Campos como una señal de tráfico temporalmente desfuncionalizada, dejada al azar en cualquier parte. La expresión *fiel Antonio* haría más adecuadamente referencia a un criado, a un servidor: a duras penas puede aplicarse a alguien que, como Antonio respecto de Juan o Emilia respecto de Matilda, ha formado parte tan íntima de la vida del matrimonio mayor. Claro está que han sido fieles: el propio Antonio Vega, de hecho, en su extraño monólogo de hace un rato, ha hecho referencia dos veces a la *fidelidad*. Ha conectado la fidelidad con la vida y ha esgrimido ambas cualidades frente a la muerte de Matilda, como quien propone una contradicción insalvable. Lo sorprendente es que, tras el prolongado silencio en que han permanecido los dos hombres en esta confortable estancia del Asubio iluminada por el fuego, lo único que Juan Campos acabe por considerar inasimilable sea la inmovilidad de Antonio Vega: tan grande es que, ahora que las lágrimas se han evaporado de su rostro, no parece haber llorado porque no se ha movido. Como si el llorar conllevase un implícito repertorio gestual que, inconscientemente, quien llora pone en juego para hacer ver que llora: así Juan Campos esperaba (quizá inconscientemente también) que el inesperado llanto de Antonio conllevase alguna clase de gesticulación complementaria, alguna frase o explicación, alguna señal inequívoca de que lloraba porque quería y no simplemente porque no podía evitarlo o porque las lágrimas se le escapaban como una ventosidad tras una mala digestión.

—Antonio, créeme, haré lo que pueda. Es que no sé si se puede hacer algo o no con Emilia, con nadie. No sé, de verdad, si somos accesibles al consuelo. A veces creo que no...

—No te entiendo, Juan. Eso que estás diciendo, ¿lo dices en general?, ¿es una teoría o algo así? Tendrás razón, supongo. Lo único que sé es que Emilia necesita ayuda y no pastillas ahora. Necesita hablar de Matilda y de su muerte y no basta conmigo por más que yo haga, por más que yo diga. Emilia y yo somos lo mismo. Emilia querría hablar contigo, oír lo que sea, que lo dijeras tú. Incluso algo terrible. Dile la verdad, lo que de verdad creas que es la muerte. Eso es mejor que nada. Emilia te necesita, es lo único que te digo esta noche. Y perdona el atrevimiento, resulta que tú querías verme a mí para lo que fuese y yo quería verte a ti para decirte lo que te he dicho... ¡Mira, ha sido una suerte que me llamaras esta noche!

«Bien, ¿y eso es todo?», ha estado a punto de preguntar Juan Campos. Pero se ha detenido en el último momento.

Desearía ser capaz de preguntar ahora si eso es todo. Si todo lo anterior es todo, una especie de resumen. Pero súbitamente le aterroriza la idea de que ese trivial, abstracto término *todo* lo embrolle todo, lo implique todo: le atemoriza la imagen de una espontánea metástasis de la totalidad implícita reactivando, más allá de una simple pregunta, toda una inabarcable situación. Porque, claro está —decide mentalmente Juan Campos—, que esas pocas frases de lamento, de súplica por Emilia que Antonio ha pronunciado en esta reunión improvisada son sinécdoque de una compleja situación —el proceso total del duelo por Matilda— que, lejos de circunscribirse al dolor de Emilia o a la angustia de Antonio por su mujer, alcanzan al propio Juan Campos. Más allá aún: alcanzan al proyecto inicial de las dos parejas veinte años atrás, de tal suerte que, con motivo de la totalidad punzada y de esas pocas frases de Antonio, el *todo* reabriera velozmente el pasado y el futuro a la vez, evocara no sólo las acciones observables, exteriores, de los cuatro, sino también lo inobservable e interno de las intenciones de todos ellos, formuladas o informuladas, los éxitos y fracasos de estos últimos veinte años (que incluirían los fracasos vividos como éxitos y los éxitos vividos como fracasos). Si, por hipótesis, a la pregunta acerca de si lo hablado es todo lo que hay que hablar respondiera Antonio Vega negativamente, ¿qué ocurriría? ¿No aparecería la totalidad entera, en toda su contradicción, extendiéndose a los detalles turbios de la enfermedad de Matilda, al violento rechazo de su muerte, a su agresividad final, a sus denuncias, sus insultos...? ¿No surgiría así el rencor, su rencor? ¿El rencor de quién? A estas altas horas de la noche no está Juan Campos en condiciones de omitir una referencia explícita (si bien, muda) a ese sentimiento desolador, el rencor, su rencor: el suyo propio, el de Juan Campos (el rencor de Matilda, si es que lo tuvo, puede ser puesto de momento entre paréntesis). Ese rencor que a poco que Juan hurgue en sí mismo sabe que siente ahora y que sintió entonces: siente que siente un secreto rencor —quizá injustificable— contra Matilda, contra su amada esposa.

Antonio Vega, que ha terminado su whisky hace rato, se incorpora. Es evidente que desea irse. Juan se alegra de que se vaya. Pero finge retenerle un instante.

—¿Te vas ya? Tómate una última copa conmigo. —Es la voz amable que Antonio reconoce de toda la vida. Se acomoda en su sillón otra vez. Pero rechaza la bebida.

—Preferiría irme ya si no hay nada más, nada urgente. De nuevo, discúlpanos a los dos, a Emilia y a mí, que, sin mala voluntad, quizá te estemos agobiando...

—¡Oh, no, nada de eso! —La voz de Juan Campos es ahora admirable, amable, está otra vez en su sitio, la cotidianidad, la costumbre, la fidelidad de este joven Antonio, tan joven aún a pesar de sus cincuenta años cumplidos, todo lo que significó la compañía de Antonio, la imagen embellecida que Juan Campos pudo hacerse de sí mismo mientras educaba a este joven. Todo, absolutamente todo, lo fácil, lo tranquilo, lo pedagógico, lo indiscutible, rebrilla ahora como una ilusión amorosa: no hay nada que temer ahora. Todo el orden convencional del mundo de Juan Campos, todas las sabias medidas y artilugios ingeniosamente dispuestos a lo largo de los años para que nunca haya quiebras o fealdad, ahora aparecen en su lugar de nuevo como criaturas afirmativas, como éxitos indudables, como bienestar merecido. Antonio se va, desea irse. Pide disculpas. No ha hecho referencia a la totalidad envenenada e inabarcable que por un momento Juan Campos temió que reventara sobre ellos dos como una hemorragia, una metástasis irreducible. No ha pasado nada.

## XVII

Los túneles y las norias del hámster. Fernandito, el hámster. Fernando Campos prolonga su estancia en el Asubio tercamente, tratando de darse a sí mismo una finalidad, sin dar con ella. Todo el círculo completo de la noria lo ha recorrido en una semana, en menos tiempo. El resentimiento contra el padre, el amor al padre, el enternecimiento y la detestación, la huida del hogar paterno y el refugio en casa de Boni y de Balbi, el amor carnal, tan dulce siempre, de Emeterio, el dejarse querer, el fingir que no siente los celos que siente por la novia de Emeterio. La conversación con Antonio Vega, el cariño de Antonio Vega, el cariño por Antonio Vega, las conversaciones con los hermanos, los sobrinos. La finalidad... ¿qué hace aquí, para qué está aquí Fernandito, el hámster? Sucede, en efecto, que lleva ya unos quince días en el Asubio: examinada su situación desde fuera, resulta ridícula. Y Fernandito es extraordinariamente sensible al ridículo: en esto es muy español Fernando Campos. El ímpetu del Porsche cruzando los seiscientos kilómetros entre Madrid y Lobreña, la súbita llegada sin avisar al Asubio: salida de caballo andaluz. ¿Y ahora, qué? ¿Parada de burro manchego? También Fernando Campos —como Angélica— cree que algo tiene que pasar. A diferencia de Angélica, que se limita a regodearse en la posibilidad, de momento no confirmada, de un desastre, Fernandito sospecha que algo grave ha sucedido ya, porque siente en su propio corazón que ya ha sucedido lo más grave y que por eso está él aquí, dispuesto a pedir cuentas a su padre. El asunto es que lo sucedido, sea lo que sea, no acaba de cobrar del todo un perfil inequívoco. No es sólo lo más grave que Fernandito no se sintiera amado. ¿O era eso lo más grave? Se sintió amado antes y desamado después. Hubo un antes y un después que Fernando Campos sitúa más o menos al acabarse el bachillerato: hasta los dieciséis él era el preferido de su padre. Fueron los años brillantes del amor paterno. En esta agobiante ronda circulatoria de Fernandito, el hámster, estos días, hay a ratos una melancolía ratonil que es verdadera y que apenaría sinceramente a Antonio Vega si Fernandito lo confesara: fueron los años gloriosos de la primera juventud de Fernandito y también de la colaboración pedagógica de Antonio y Juan Campos. Se sentían integrados todos los niños, jóvenes ya, Andrea, Jacobo, Fernando, Emeterio, en un programa definido y alegre, en una gran ruta aventurera: se sentían bucaneros y aviadores y montañeros y lectores de libros y escritores de libros las tardes de lluvia. El pequeño núcleo de melancolía que es como una almendra y que Fernandito roe como un hámster deteniendo su noria, es aquel momento de adivinación, de intensa preparación, en el cual, cada uno de los cuatro, también Emeterio, tenía un destino confuso y brillante preparado al final de la adolescencia. Antonio Vega creía en ese destino y fue el estupendo *sherpa* de todos ellos. Y Juan Campos era el alto coronel del regimiento de los lanceros bengalíes, el impresionante jefe indio águila blanca, el novelado padre, el sabio padre. ¿Quién aflojó primero la atención necesaria que mantenía en pie toda la dulce atención juvenil que hubiera podido durar meses y meses, años y años, la vida entera de todos ellos? Hay algo inmortalmente dulce y fuerte en la imagen paterna. Ni siquiera es necesario que el padre haga grandes cosas. Basta con que esté ahí y sea accesible en su distancia encantada, en su profundidad narrada, novelada, poetizada. Una vez pasada la juventud, una vez adentrados en la madurez, un padre que ha tenido esas características para los hijos no se deshace nunca. Así que la almendra de melancolía que a ratos roe Fernandito en su noria es realmente conmovedora. Pero todo se vino abajo después, todo el antes se desplomó en el después súbitamente. O al revés, todo el después se desplomó sobre el antes nihilizándolo, volviéndolo variable, discutible, modificable, interpretable. Andrea y Jacobo, que eran criaturas más sencillas, se divirtieron casándose, escalando puestos en el banco Jacobo, teniendo hijos Andrea... Pero Fernandito no podía seguirles por esa vía de la normalización, la igualación, la socialización. El gran orgullo de ser único, original, atrevido, descarado, pícaro, avispado, hábil, alegre, imagen de Matilda, todo eso funcionó a la vez como un inmenso logro brumoso, logrado ya antes de lograrse, obtenido como un premio mucho antes de obtenerse. Y este premio inmaduro, este logro irrealmente logrado, que, en esencia, consistía en volver a Fernandito intensamente consciente de sí mismo, como un único resplandeciente a quien su padre amaba, aisló a Fernandito en un *yo soy* que aún no era, en un *yo* que, habiendo de ser en el futuro, se veía sometido al mismo coeficiente de adversidad de todos los mortales y muy en especial de la vida contingente que se inicia pasada la primera juventud. Se trataba de guardar el germinal pasado como un manantial incesante que refluía del pasado al futuro y del futuro al pasado en una circulación venturosa. Entonces Juan Campos abandonó a su hijo pequeño. ¿Fue Juan Campos consciente de que abandonaba a su hijo? No hubo, ciertamente, escenas dramáticas. No hubo ninguna ruptura visible. Sólo un aflojamiento de la atención, un adelgazamiento del gozo. Dejó Juan Campos, de pronto —quizá sin darse cuenta del todo—, de interesarse por su hijo. Una vez iniciada la facultad, pareció incluso que el propio Fernandito se alegraba de librarse un poco de la atención paterna, que tan cálida había sentido durante su niñez y primera juventud. Dio la impresión —tan característica de los estudiantes de primero y segundo de facultad— de saberlo todo y creerse autosuficiente. La relación con Antonio Vega continuó fluida, tanto o más que en los años de bachillerato. En cambio, entre Juan y su hijo pequeño surgieron discusiones que procedían en gran parte de esa, en última instancia, inocente autosuficiencia del joven universitario, pero que Campos no parecía en condiciones de asimilar del todo. En el verano que iba de segundo a tercero de carrera, de pronto se estableció una barrera extraña: agresiones, injurias: Fernando acusó a su padre de ser un cenizo desinteresado de la realidad. Le acusó de no importarle nada nadie. Juan Campos no quiso discutir nada, dio la impresión de haber desaparecido. Se convirtió en un padre desencantado, quizá acobardado. Intervino Antonio Vega del modo más sencillo que podía. Le dijo:

—Fernando, tienes que hablar con tu padre.

—¿Y de qué?, no se entera de nada —declaró Fernandito.

—Eso no lo sabes tú. Tu padre es un sabio y un hombre de gran sensibilidad, tienes que hablar con él porque te quiere.

La conversación con Antonio conmovió a Fernandito. ¿No era ésta, al fin y al cabo, una prueba, una nueva prueba, un examen que separaba la sosa juventud primera de la nueva juventud, donde la niñez poco a poco se sumía, borrándose? Recordó incluso un texto de san Pablo, el principio de un texto de san Pablo: *Cuando era niño jugaba a cosas de niño...* Sólo recordaba ese comienzo, pero ahora ya no era un niño, ni siquiera un bachiller. Era un hombre mayor: los juegos de ahora tenían un carácter más fuerte: la vida resplandecía adelgazada, fibrosa: un arco tendido hacia el futuro. Por eso la sugerencia de Antonio le pareció magnífica: *Hablaré con mi padre, le recuperaré,* se dijo Fernandito. Era el final del verano de aquel segundo verano de la facultad. Fernando, a última hora de la tarde, entró en el despacho de su padre, que leía ante la chimenea, encendida ya porque había sido un día lluvioso, invernizo. Su padre levantó la cabeza. Fernandito dijo:

—Hay una cosa de mí que no sabes. Si quieres te la digo. Si no quieres, no.

Le impresionó ver a su padre en su sillón de costumbre, con el jersey de cuello alto que se ponía al atardecer. Sintió que le amaba. Sintió que todas las peleas precedentes de ese verano o del curso anterior eran bobadas. Sintió sin embargo, en ese mismo momento, que era verdad que su padre se había desviado, había desviado la atención desde Fernandito hacia otras cosas, hacia sus libros. Ésta era la gran ocasión de recuperar la atención paterna. Juan Campos alzó dulcemente la cabeza y contempló a su hijo. Parecía cansado, como alguien que ha dado una cabezada muy ligera y que se despierta de pronto. De hecho se frotó los ojos con la mano izquierda y preguntó vagamente:

—¿Y qué es lo que quieres decirme?

—Antes de que te lo cuente, tienes que quererlo oír. Tienes que decir: Quiero oír lo que quieres contarme. ¿Quieres oírlo o no quieres oírlo?

—Claro, por qué no. Cuéntame lo que quieras.

—Yo soy maricón. ¿Qué te parece?

—¡Qué va, hombre, qué va! ¡Qué vas a ser!

Fernandito no esperaba esta reacción. Era la única reacción que no esperaba: este tono ligero, como si hubiera declarado cualquier cosa insignificante: que quería ser torero o que acababa de enamorarse de una compañera del curso. La palabra *maricón* se le había apelotonado en la boca como un coágulo de sangre. No había otra palabra según Fernandito mejor para designar lo que quería que su padre supiera. *Homosexual* en comparación con *maricón* no valía un duro. *Maricón* era formidable, rotundo, peligroso, nuevo. Era un gran secreto revelado. Tenían que saltar chispas. Fernandito era un crío aún y, sin querer, una estética de *cómic* presidía su imaginación. De alguna manera esperaba que a su padre se le saltaran los ojos de las órbitas, que gritara un *¡Eso nunca!* O quizá un melodramático *¡Hijo mío!* Pero nunca ese *¡Qué va, hombre, qué va! ¡Qué vas a ser!*

Matilda vivía aún cuando esto. Con Matilda no había problemas. Nunca tuvo problemas con su madre Fernandito, porque su madre le hacía sentirse vivo y guapo, lince y rápido como ella misma.

—¡No te quiero, mamá, no te quiero ni una pizca. Soy igual que tú, idénticos los dos. No te quiero ni una pizca ni tú a mí!

Y Matilda se echaba a reír y le revolvía el pelo y le decía que no sabía de qué hablaba. Y le decía que le quería con un amor electrizante y no con un amor vacuno.

—Nosotros somos veloces guepardos, Fernando. Nos queremos a ciento diez kilómetros por hora durante cincuenta metros consecutivos.

Y Fernandito luego preguntaba:

—¿Y luego qué?

—Luego nos vamos a comernos la joven cría de gacela al cubil, que hemos cazado entre los dos.

—Sí. Mami, sí. ¿Y qué nos pasa luego? A ver. Suponte que se nos escape la joven gacela, ¿entonces qué? Nos quedamos exhaustos tú y yo. Yo te he visto exhausta.

—Mentira, Fernandito, ¿cuándo me has visto tú a mí exhausta?

Fue terrible: una premonición desgarradora. Pocos años después Fernandito vio exhausta a su madre. Era una visión terrible: la intensa belleza mortal que acometió a Matilda a ojos de su hijo, cuando no podía levantarse ya, ni casi hablar, tumbada en el sofá sin querer ver a nadie, sólo a Emilia. Entonces supo que la amaba y, una vez más, sintió aquel electrizado amor, electrizante, que procedía de un sentimiento de identificación muy profundo. Era un sentimiento complejo, que Fernandito no logró analizar en vida de su madre y que, tras morir su madre, se le quedó ahí como una imagen congelada, un relampagueo inmóvil, una corazonada instantánea, un aliento divino y mortal. Y pensaba Fernandito, a la vez que se iba a su cuarto a llorar, porque Matilda no quería que nadie la viera, ni siquiera sus hijos, en aquel estado, que aquello no era amor maternal, materno-filial, era un amor descarnado, de guepardo, de criatura que existe en un fulgurante ahora y que desaparece dejando sólo la melancolía de su paso, su aceleración, su fracaso. Nunca tuvo ocasión, realmente, Fernandito, de hablar con calma de estas cosas con Matilda. Decirle que no la quería ni una pizca era tirarle de la lengua. Pero Matilda no caía en esa trampa: tendía a reírse y hacer reír a Fernando. La imagen del guepardo era sólo una de las imágenes que se le ocurrían. El amor maternal creyó Fernando encontrarlo en su padre y en Antonio Vega. El Fernandito niño y adolescente amó golosamente a su padre como los niños y los adolescentes aman la rutina de sus juegos y de su casa familiar. Por eso, cuando Fernandito, casi inocentemente, se distanció del amor paterno (casi parecía obligatorio, si uno era universitario, distanciarse de las amorosas rutinas familiares, fingir que le resultaban casi cargantes), se sintió abandonado y aislado como nunca se había sentido con ocasión de las ausencias de Matilda. Su madre y él se querían a gran velocidad, y Fernandito contaba con que, transcurridos los instantes de intenso afecto —que eran generalmente también instantes de gran comicidad y explosiva alegría entre los dos—, era natural que madre e hijo se distanciaran. La distancia física no les distanciaba. Al distanciarse de su padre, en cambio, y sobre todo al sentir que su padre le desatendía, se ensimismaba en sus libros, Fernandito sintió el distanciamiento como una herida mortal. Estaba, claro, Antonio Vega, pero Antonio Vega no era su padre. La amistad con Antonio era importante, pero el distanciamiento del padre, que creció al morir Matilda, hizo que Fernandito se sintiera menospreciado, abandonado. Deseó vengarse, por eso estaba ahora en el Asubio: para vengarse. Cuando, aún en vida de Matilda, declaró a su padre, como quien escupe o pega una patada o una bofetada, que era maricón, la intención de Fernando Campos fue rescatar la atención paterna, conmovido por las observaciones de Antonio Vega mencionadas más arriba. Creyó ingenuamente que, semejante declaración, la palabra gruesa, el escándalo, conmovería a su padre. Y no percibió ninguna reacción. El ¡qué vas a ser! no estaba pensado para tranquilizar, ni siquiera para oponerse a esa idea. Significaba que Juan Campos no tomaba a su hijo en serio, ni en eso ni en nada. La conversación prosiguió, como es natural, algo más, porque Fernandito preguntó:

—¿Qué pasa contigo? ¿No te sorprende? ¿Es que lo sospechabas? ¿Lo sabías ya?

—No me sorprende porque no me parece grave. Es una fase. Todos los jóvenes pasáis por una fase de inseguridad erótica. Es bastante natural. No tiene importancia.

Ése fue el momento en que, por primera vez, Fernandito sintió una intensa antipatía por su padre: la antipatía y el recuerdo del amor que había sentido por él se entrecruzaron en la conciencia de Fernandito. Y no lograba saber qué significaba aquel entrecruzamiento que determinaba una intensa reacción afectiva sin concepto. Se sintió desilusionado, se sintió furioso: sintió que había ofrecido su verdad más profunda, su alma, y en lugar de atraer al padre, fascinarle, todo seguía igual. Es curioso que ese momento determinase la primera herida narcisística que Fernando Campos experimentó en su vida. Estaba de pie frente a su padre, seguía de pie. Casi cualquier solución, cualquier iniciativa paterna hubiera sido suficiente, un simple: Siéntate y hablamos del asunto. Incluso una repetición de lo que acababa de decir, algo más detallado, expresado con una viveza mayor, hubiera bastado para prolongar la conversación, la convivencia. Fernando no tenía más expectativa en aquel momento que conmover o escandalizar a su padre, y lo que de hecho tenía ante los ojos era un hombre cómodamente instalado en su sillón, que miraba de vez en cuando el libro que tenía sobre las piernas, cerraba los ojos y daba la impresión de querer despedirle. Fernando Campos sintió que quería marcharse y a la vez que irse, sin añadir algo más, equivalía a una retirada vergonzante. Pensó: si me voy ahora, sin exigirle nada, sin sonsacarle nada, nunca jamás podremos hablar mi padre y yo. Así que dijo:

—Bueno. Me largo. Ya veo que te da igual. Te interesará quizá saber que me acuesto con Emeterio. Llevamos así mucho tiempo. Nos damos por el culo. Y esto te lo digo para tenerte informado. No volveré a hablar del asunto contigo nunca más.

—Como quieras —murmuró Juan Campos—. Haz lo que quieras: vete o quédate. A mí no me parece grave. Lamento no haberme emocionado, si es eso lo que te preocupa. Es una fase. Dentro de unos años, ya veremos.

—Dentro de unos años —repitió Fernandito— ya veremos. Sí.

Abandonó la habitación. Se sintió realmente descompuesto al salir. No sabía qué hacer. Pensó: le contaré a mi madre lo que ha pasado. Denunciaré a este hijo de puta ante mi madre y ante todos: se lo diré a mi madre, se lo diré a Emeterio. Una vez fuera del despacho, la rabia le ocupó como un dolor de estómago: le hubiera gustado llorar o dar gritos o volver a entrar en la habitación e insultar a su padre. Pero se limitó a entrar en su cuarto y tumbarse en la cama y permanecer allí despierto hasta la madrugada. No había sucedido nada. Aquella negación que procedía de su padre vitrificó la conciencia de Fernandito. Emeterio le notó muy extraño al día siguiente, y sobre todo Antonio le notó raro y distante. La enfermedad de Matilda explotó después. Fernando y su padre no volvieron a referirse a este asunto nunca más.

# XVIII

Fernando Campos echó de menos los tópicos en aquella ocasión. Una reacción paterna convencional le hubiera disgustado menos. Había elegido la forma más explosiva para expresarse, el término *maricón*, lo más exagerado: el resultado fue nulo: no hubo reacción, ni siquiera reacción convencional. Juan Campos se limitó a disolver la violencia declarativa de su hijo en una incredulidad que al chico le pareció acomodaticia, comodona, pasiva. Hubo, debe reconocerse, una cierta inconsecuencia en la reacción del chico. En cierto modo no estaba autorizado a esperar una reacción distinta de su padre: era parte esencial de la educación de los jóvenes Campos el rebajar la emotividad: esa rebaja se había practicado en la casa desde niños. Fue, sin duda, una influencia de la educación anglosajona de Matilda Turpin. Frente al sentimentalismo, al ternurismo, un tanto ridículo, de las madres españolas, los continuos besos y abrazos, los «tesoro mío» y demás, en casa de los Campos se practicaba una afectividad rebajada. Esta rebaja corría paralela a la alteración sistemática de los papeles tradicionalmente atribuidos al padre y a la madre. Dado que la ejecutiva era Matilda, y —contra el tópico— era el padre el que se quedaba en casa, el contemplativo, hubo desde un principio una necesidad pedagógica de invertir las imágenes de los papeles correspondientes a cada cual. A esto se añadía la presencia benevolente de Antonio Vega, que cumplió durante toda la niñez y adolescencia de los chicos un curioso papel multiforme, paterno-maternal, que integraba las nociones de jefe de filas, capo de la banda, capitán del equipo, paño de lágrimas, hermano mayor... Era Antonio quien de verdad estaba siempre en casa, quien estaba pendiente, quien les acompañó al colegio de pequeños, les ayudó a repasar las lecciones y los exámenes. Así que a él se le protestaba, se le discutía, se le lloraba, se le besuqueaba, se le obedecía o desobedecía. La reacción de Juan Campos, su no-reacción, fue, después de todo, una reacción característicamente familiar que Fernandito debía automáticamente haber entendido. ¿Por qué no la entendió? ¿Y por qué, tras considerar si contárselo a su madre, decidió no hacerlo? ¿Por qué Fernandito decidió no contar a su madre que era *maricón*? O, dada la peculiar atmósfera de la casa, ¿por qué no decírselo a Antonio Vega, como tantas otras cosas?

Fernando Campos recuerda estas cosas ahora. La escena con su padre se hundió pronto en el desconcierto del cáncer de Matilda. La enfermedad no unió entre sí a los Campos, aisló a cada cual consigo mismo, al desmoronarse la energía materna que incluso a distancia les unificaba, sustituida ahora por la enfermedad. Fue significativo que Matilda no quisiera dejarse ver. Quizá este rechazo a aparecer enferma ante sus hijos fue lo más perturbador para Fernandito. Andrea y Jacobo lo aceptaron más fácilmente: son cosas de mamá, siempre ha decidido cómo ha de hacerse todo, y ahora también. En cambio, Fernandito recordaba la alegría materna, la gracia, el sentido del humor, echaba eso de menos. Su madre le dejó entrar a la habitación donde pasaba el día antes de ir al hospital en un par de ocasiones. Estaba muy delgada, se había arreglado con mucho cuidado, parecía muy cansada. El sentimiento de extrañeza era tan fuerte que Fernandito, que era habitualmente un conversador locuaz, apenas pudo articular palabra. Fueron visitas muy breves. En las dos ocasiones estuvieron presentes Juan Campos y Emilia. En la segunda ocasión, Antonio Vega acompañó a Fernando esperándole en la sala. Luego dieron un paseo por Madrid los dos juntos. El volumen de la enfermedad ocupaba todo el espacio de la conciencia: la delgadez extrema, la voz apagada, la lentitud de los gestos. Quizá para recibir a su hijo Matilda había tomado algún calmante, tal vez morfina. Fue desolador. Y fue como si se cumpliera aquella premonición de que alguna vez habrían de hallarse exhaustos el uno frente al otro. Matilda era ahora el guepardo exhausto que apenas reacciona cuando el cazador le empuja después de haber recorrido, como una exhalación, sus cincuenta metros a ciento cincuenta kilómetros por hora. Antes de aquello, sin embargo, ¿por qué no refirió a su madre lo de la dichosa homosexualidad, si tanto le preocupaba? Fernando decidió por entonces (es decir, entre el momento de la fracasada conversación con su padre y el momento de aparecer la enfermedad de Matilda) que su propia homosexualidad le preocupaba muy poco y que el motivo por el cual decidió contárselo estrepitosamente a su padre había sido más la voluntad de hostilizarle que la búsqueda de apoyo o consejo. Decirle *soy maricón* fue como explotar un petardo a sus pies, como dejar caer una fuente de cristal en un suelo de losa. Fernandito reconoció que al hacer explotar aquel petardo se había apartado bruscamente de las costumbres de su casa, del estilo pedagógico de los Campos, para servirse de un tono hispánico, goyesco, de pintura negra: equivalente a decir *maricón* hubiera sido pintarse los labios o presentarse con tacones. Se trataba de llamar la atención, de hacer saltar del asiento al inmóvil padre incomprensible. Fernandito sospechó entonces que la inmovilidad paterna, su amable pasividad podía ser una gran máscara. Tras tanta impasibilidad, ¿qué se escondía?

Hubo en el exabrupto de Fernando Campos una mezcla escénica de súplica y agresión: fue como si, animado a dirigirse directamente a su padre por Antonio, hubiese Fernando repasado a gran velocidad la lista entera de sus recursos, sus posibles. Y eligió *maricón* como el disfraz más intrigante. Es cierto que Fernando tradujo mediante la palabra *maricón* un complejo estado de ánimo que incluía, por supuesto, sus agradables relaciones homoeróticas con Emeterio (que no habían tenido, sin embargo, prolongación ninguna en su vida universitaria) y que volcó sobre esa vivencia erótica una figura pública, un calificativo, un juicio social peyorativo, que le parecía resultón. La relación con Emeterio era muy estable aunque también discontinua a causa de la vida académica de Fernando. En esa discontinuidad había que incluir las novias provincianas de Emeterio que Fernando fingía ignorar y con quienes Emeterio mantenía relaciones profusas pero superficiales: Emeterio en esto hacía lo que se hacía en los grupos juveniles de Lobreña, todo el mundo ligaba los fines de semana. Entre ellos dos no se referían a su relaciones amorosas en término ninguno. Aquí era Fernando cuidadoso y Emeterio, en cambio, inocente. Ambos daban por supuesto que lo que hacían no requería explicaciones ante ellos mismos ni tampoco justificaciones ante los demás: estaban acostumbrados a ese interior afectivo de juego y experimentación corporal desde hacía años. Fernando sospechaba que una verbalización demasiado explícita del asunto hubiera perturbado a su compañero de juegos. Y Emeterio —quizá menos inocente, de hecho, de lo que parecía— aceptaba gustoso el vivirse los dos en la confianza gratificante del deseo sin necesidad de hablar de ello. Así que seleccionar la frase *soy maricón* para presentarse ante su padre después de un período de distanciamiento fue una argucia de Fernandito, un efecto buscado, equivalente en el fondo a aquel maravilloso efecto que Fernando, de crío, buscaba y obtenía al encaramarse de pronto en una roca puntiaguda al borde de la rompiente (tras haber observado que había profundidad de sobra para un cole) y exclamar ¡mira qué cole!, ante los temerosos ojos de Juan Campos o de Antonio y los demás hermanos. Lo que ocurrió fue que —a diferencia de la situación de la zambullida infantil que permitía al astuto Fernandito un previo cálculo de la peligrosidad del salto— Fernando se impresionó a sí mismo con su declaración: Fernando Campos fue el primer escandalizado por su propia frase. Había empleado un término vulgar, callejero que designaba, como Fernando sabía, un mundo turbio donde se entrecruzaban, carnavalescos, bujarras y nenazas, policías y drogatas, putas y putos: era, a sus ojos de entonces, un término insultante que desvelaba implosivamente toda suerte de vicios y maldades efectistas. Le pareció infalible. Tan infalible como arrojarse al mar desde una roca. En la situación del cole Fernandito sabía más o menos dónde se tiraba, aprovechaba el lomo creciente de la ola para ganar profundidad. En cambio, la profundidad paterna le desconcertó nada más entrar en la habitación. Su padre era un mar inmóvil, gris-azul, poderoso e inmóvil. Era como arrojarse al Cantábrico desde el bote o la motora una tarde de maganos. Daba miedo el anélido mar, gravemente ondulante y sin fondo. Daba miedo Juan Campos aquella tarde, sentado ante la chimenea y como dormido. Ya no era el buen padre distante pero afectuoso, interpretado siempre en los términos de alegre camaradería de Antonio Vega. Era ahora un solitario fondo marítimo, ondulado y temible. Por eso el exabrupto sonó terrible al propio Fernandito. Y por eso la reacción paterna, tan neutra, le enfureció tanto. No sabía, cuando abandonó el despacho, si su furia obedecía a sentirse engañado porque su padre era un mar somero que desvirtuaba el formidable cole del chaval o al revés, siendo un mar infinitamente profundo y arcaico, el cole del chico, en toda su peligrosidad, no había causado el más mínimo impacto. Nada más trancarse en su dormitorio, un pelotón agigantado de ocurrencias se apoderó de Fernandito y le rebotó dentro de la cabeza como en el interior de un frontón inmenso. ¿Por qué su padre estaba tan inmóvil, tanto que daba la impresión de no sentir ni padecer? ¿Por qué comparado con su padre era tan móvil su madre, tan fugaz, tan alegre? Y también tan distante como el padre, sin embargo. ¿Y por qué no hacer la misma prueba con la madre? ¿Por qué no someter a Matilda al mismo experimento teatral que acababa de neutralizar tan desconcertantemente Juan Campos? Hubo dos tiempos, pues, a partir de aquella tarde: todo el tiempo anterior, que era la niñez, y todo el tiempo posterior que se convirtió en un presente ambiguo e incómodo. Al cabo de un par de horas las cuatro paredes del dormitorio se le vinieron encima a Fernandito y fue en busca de Emeterio... para sentir su presencia y no contarle nada. Omitir lo sucedido era parte esencial de la conservación del mundo. Y, curiosamente, algo parecido ocurrió con Antonio, quien, más perspicaz, había inquirido acerca del estado de ánimo de Fernandito, que le pareció sombrío. También con Antonio omitir lo sucedido formaba parte de la estrategia de defensa y protección de Fernando Campos y su mundo. ¿Y Matilda? Matilda, como siempre, iba y venía o llamaba por teléfono. No resultaba ni más ni menos inaccesible que antes. Fernando sin embargo decidió protegerla a ella también a la vez que se protegía a sí mismo de la radiación extraña que, a su juicio, determinaba la inmovilidad paternal. Como si hubiese detonado un ingenio nuclear tras la fallida conversación con Juan Campos, su hijo le observó con una mezcla de hostilidad y temor. ¿Por qué estaba tan quieto? ¿Qué ocultaba en su silencio y su inmovilidad? Y una nueva pregunta surgió por entonces: ¿a quién de los dos, a mi padre o a mi madre, me parezco yo mismo más en el fondo? Fernando Campos se daba cuenta de que al hacer acerca de sí mismo una declaración como la que acababa de hacer ante su padre, no estaba proponiendo nada concreto: no estaba preguntando nada o exponiendo un problema o una dificultad: estaba sencillamente imponiéndose. Entonces se le ocurrió a Fernando que su reacción de aquella tarde tenía gran parecido con la actitud de su madre ante todos ellos y en especial ante su marido: también Matilda había impuesto, en opinión de Fernandito, mucho antes de que Fernandito y sus hermanos se dieran cuenta, un modo de vivir la familia que tenía muy poco en común con las familias españolas habituales. Muy pocas mujeres de la edad de Matilda estaban en condiciones de iniciar una brillante carrera económica como altas ejecutivas. E incluso dentro de las universitarias más cualificadas, ninguna tenía las posibilidades y conexiones económicas precisas para que un proyecto así saliera bien: mi madre, decidió Fernandito, y yo somos iguales: los dos hemos necesitado imponernos para no ahogarnos en este mar del tedio que es mi padre. Esta idea le sobrecogió y reanimó como nos revive de pronto una ocurrencia feliz, una hipótesis omnicomprensiva, que parece dar cuenta de pronto de todos los detalles de nuestras vidas. Entonces se le ocurrió —como una ocurrencia complementaria— que ahí sí que tenía un asunto que podía tratar con Antonio Vega sin necesidad de perturbar la calma, la deliciosa buena armonía de esa amistad.

—¿Tú crees, Antonio, que mi padre y mi madre estuvieron enamorados alguna vez? —Había hecho por encontrarse con Antonio en el garaje.

El garaje era ya entonces el lugar natural de Antonio Vega. Se había construido en una esquina una habitación que en un principio sirvió para guardar las herramientas del jardín a la cual se añadió luego un pequeño banco de carpintería, más tarde una mesa camilla que desecharon Boni y Balbi y que Antonio recubrió con un tapete portugués de colores vivos y por último instaló la salamandra, un estufón rectangular con un bonito tubo de humos pavonado que salía por un lateral del garaje. Este cuarto sustituyó al cuarto de jugar de los niños cuando los niños se hicieron mayores: era un sitio apto para la tertulia y rondas de Coca-Colas y cafés y cervecitas Mahou. Era un lugar delicioso que Fernando y Emeterio adoptaron en seguida como propio y que llamaban en recuerdo de los libros de Richmal Crompton y de Guillermo el cobertizo. Característico del ascendiente que Antonio tenía sobre los jóvenes y la confianza que inspiraba fue que reunirse allí fuese desde siempre una costumbre tranquilizadora para Emeterio y Fernando. Y ahí fue donde Fernandito lanzó como un complicado aparejo, como una historiada guadañeta de maganos, su pregunta acerca del enamoramiento de sus padres. Mediante esta pregunta, Fernando pretendía comprenderlo todo acerca de su padre y de su madre sin comprometer nada propio, de momento al menos. No es que quisiera engañar a Antonio u obligarle a revelar secretos familiares: se trataba, efectivamente, de explorar, en compañía de Antonio, el misterio insondable de su casa. Porque a esto, en definitiva, había venido todo a parar: la explicación del mundo, la fascinación del mundo, la comprensión de sí mismo, incluido su amor por Emeterio y por su padre y por su madre y por Antonio, todo estaba ahí en la casa accesible, a la vista, al alcance de la mano, dado todo de una vez ante Fernandito y distanciado a la vez de Fernandito por la incomprensible estructura de la conciencia individual, su conciencia singular de tan difícil acceso a esa edad.

—¿Y eso a qué viene? —Antonio hizo esta pregunta sonriendo. Fernando recuerda todavía cómo estaban sentados los dos, uno junto al otro, en un sofá destripado de dos plazas instalado frente a la salamandra. Antonio tenía las piernas estiradas apoyadas en un taburete de madera. Fernandito, al hacer la pregunta, recogió las piernas y se enderezó en su asiento. Este movimiento rápido del chico hizo que Antonio se volviera a mirarle. Hubo una pausa. Antonio vio al adolescente crecido transformado ya en un chico mayor tan delgado. Había heredado los rasgos nórdicos de su madre: los ojos claros, la estructura ósea del rostro y el pelo negro paterno. Era muy atractivo. Lo que más sorprendió a Antonio aquella tarde fue el aspecto contraído, tirante, del rostro aviejado. Antonio prosiguió entonces temiendo haber empleado un tono demasiado casual—: Quiero decir, que no entiendo tu pregunta. Está claro que tus padres se casaron enamorados y así han seguido. ¿Por qué preguntas eso?

—Es que no se parecen nada... —titubeando, repitió—: ... no se parecen.

—¡Claro que no! Por eso se complementaban bien, porque no se parecían. Sigo sin entenderte: parece como si quisieras decir que puesto que no se parecían no podían enamorarse uno de otro, eso sería una bobada.

—Supongo que sí.

—¿Entonces?

—Fui a hablar con mi padre como tú querías. No sirvió de nada. Estaba como dormido.

—Pero, ¿qué hablasteis?

—No hablamos de nada, estaba como dormido —repitió Fernandito.

Era el momento de contar lo de *maricón*. Fernando decidió no contarlo. Sintió de nuevo que entrarle a su padre de aquel modo no tenía la menor importancia, de pronto vio claramente que gracias a aquella ocurrencia agresiva había dado en el clavo: había puesto al descubierto lo que su padre no era o, quizá, lo que ninguno de los dos era, tampoco su madre: no se amaban: no amaban a sus hijos tampoco. Estaban todos, hijos y padres, en aquella casa fuera de juego, accidentalmente ligados entre sí por un plan de vida carente de significación. Fernandito sintió frío entonces y deseó no haber iniciado esta conversación con Antonio Vega, quien, a todas luces, no sabía por dónde andaba el chico.

—Si te fijas, Antonio, no tiene nada de raro. En esta casa nunca hablamos, como mucho hablamos tú y yo. Hablamos por parejas. Tú y yo, mi madre y yo, Emilia y tú...

—Tu padre y tu madre —sugirió Antonio.

—Es de suponer que hablarán entre ellos. La cosa es cuándo. Y de qué, ¿de qué hablan?

—Vamos a ver, Fernando. Estás poniéndote borde, ¡yo qué sé de qué hablan! No hace falta saberlo, además. Hablarán de tonterías como todos, ¿de qué crees que hablamos Emilia y yo?

—Vosotros os queréis.

—¡Hombre, sí!

—Entonces no hace falta hablar.

De esta conversación se acuerdan los dos. Éste es un pasado que cada uno de los dos, Fernando y Antonio, han retenido y repetido en su memoria, alterándolo quizá pero en lo esencial preservándolo, con conciencia de su importancia y, sin embargo, sin poder decir por qué fue en su día importante. Esta conversación en el cobertizo tuvo para Fernando y Antonio la misma clase de consistencia insumergible —como un corcho que flota en el agua— que tuvo para Fernando la escena del exabrupto con su padre. En ambos casos, la sensación de que algo importante sucedía se combinó con la sensación de que el significado mismo, la importancia, no se clarificaba. Ambos tuvieron la impresión de que en sus vidas aquello había de contar más tarde, aun cuando el recuento diese, al suceder y también mucho después, una cifra borrosa. La conversación tuvo una prolongación que nítidamente interfirió con el sentido de lo importante para cada uno de los dos: para Antonio aquella pregunta de Fernando acerca de si sus padres se amaban fue una sorpresa: no se había dado cuenta hasta aquel momento de que su fidelidad y respeto por Juan y Matilda excluía casi por completo la crítica: dar por supuesto que se amaban, formaba parte integrante de la identidad afectiva, colectiva, en el interior de la cual Antonio había vivido todos aquellos años. No pudo responder a Fernando adecuadamente en el cobertizo en aquella ocasión, porque para hacerlo hubiera tenido que, en un abrir y cerrar de ojos, reexaminar todo el pasado común vivido en aquella familia. Y esto hubiera incluido un replanteamiento incluso de su relación con Emilia y de la relación de Emilia con Matilda. Era demasiada cantidad de memoria para reinterpretarla toda entera en un solo instante. Para Fernando, en cambio, la respuesta bienintencionada pero vaga de Antonio Vega supuso una confirmación del quebranto interior de su vida familiar que ya tenía decidido de antemano. El interés de Fernando Campos por su familia, por sus padres, aquella firme voluntad de no salir fuera y de examinar con lupa el interior de su interior, tenía, como a priori, la imagen de un quebranto: sus padres no se amaban y no amaban a sus hijos. Naturalmente, esta situación iba, a ojos de Fernandito, encarrilada por el estilo rebajado, frío e irónico de la familia: no era una tragedia estrepitosa, era un drama secreto y larvario. Y esta interpretación le complacía —no obstante su obvia terribilidad— porque venía a ser como una ocurrencia brillante: haber presupuesto el desamor familiar le complacía como nos complace descubrir una verdad o leer un poema certero. La satisfacción de dar con la verdad o con la expresión acertada es autosuficiente: paladeamos, como estetas, lo terrible, en esa suspensión de las consecuencias de lo terrible que es propia de la experiencia estética. De aquella conversación sacó Fernando Campos una confirmación que también llevaba tiempo haciendo: se dio cuenta de la sinceridad del afecto que Antonio sentía por todos ellos, incluidos sus padres. Fue la percepción de esa sinceridad y de ese afecto lo que —por analogía con sus reservas al hablar con Emeterio— le impidió contar lo que de verdad había sucedido en la conversación con su padre. A toda costa, Antonio y Emeterio tenían que ser salvados del hundimiento de la familia Campos. Porque aquel Fernandito de veinte años era en gran parte todavía un crío que acababa de leer sobrecogido los relatos de Edgar Allan Poe y se vivía a sí mismo —al menos intermitentemente— como un enfermo y pálido héroe romántico encerrado en la mansión del desamor y la crueldad. La alegría estaba fuera de la casa, alegría era la vida en la facultad, era Emeterio y también la charla con Antonio. Y, curiosamente, alegría era también la relación con su madre, férreamente entresacada, eso sí, de la vida familiar. Lo bueno de Matilda a ojos de su hijo menor era que se prestaba, sin darse cuenta quizá, a un juego que el propio Fernandito denominaba amatorio: era como una novia agreste que iba y que venía, que aparecía y desaparecía, que le tomaba el pelo y que le hacía reír. Para Fernando Campos, la enfermedad de Matilda fue lo incomprensible mismo: un terror que superaba todos los terrores de los cuentos de terror de Edgar Allan Poe o de Bécquer. Todos los relatos anglosajones almacenados en su dormitorio, repletos de historias extrañas y ambiguas. La enfermedad de Matilda fue un disolvente espiritual puro que parecía no ir a dejar, una vez consumada, identidad ninguna para ninguno de ellos. De aquí que el extremado duelo de Emilia por Matilda (que Fernando Campos había comprendido con toda viveza a los pocos días de llegar al Asubio y acerca del cual tenía intención de hablar con Antonio) le pareciera más limpio y consolador, más próximo a la vigorosa personalidad de su difunta madre que aquella presencia retrotraída, acomodada, de Juan Campos.

Fernando recuerda estas cosas ahora con gran viveza, como si acabaran de suceder, no obstante haber tenido lugar varios años atrás y recuerda también cómo el contenido de este recuerdo se desplazó hacia abajo para hacer sitio a la voluminosa enfermedad y desaparición de su madre. Ahora, instalado en el Asubio —con lo que está cobrando la alargada figura de una provisionalidad extraña—, los recuerdos emergen de nuevo, en distintos grados de intensidad, lesividad, felicidad e infelicidad. Como si, involuntariamente, el propio Fernandito, al querer a toda costa permanecer en el Asubio cuando ya la excusa de la gripe tiene que haber dejado de ser verosímil en la oficina de Madrid, reinyectara presencialidad en los hundidos datos mnemónicos, como un buceador que rozando el fondo despierta los pecios sumidos en el sopor bituminoso y limoso del fondo y todo a la vez en su desfigurada presencia —ausencia— se deja ver de nuevo, incomprensible. De hecho, Fernando Campos ha tenido que telefonear ya un par de veces a su enlace en la oficina. No ha dado grandes explicaciones, está dispuesto a perder ese empleo si hace falta. Más aún, la posibilidad de perder el empleo al no justificar su ausencia durante un tiempo tan prolongado añade vigor a su presencia en la casa paterna. Y constituye, de paso, un exabrupto más, un acto real, como pegar una patada o un grito de pronto, que tendría que llamar la atención paterna, si aún existiera en la viscosidad muda de Juan Campos algún resorte ejecutivo. Por eso los recuerdos de Fernando Campos se agrupan y reagrupan velozmente ahora, como adherencias súbitas, extractadas del fondo, líquenes pseudópodos que acompañan al buceador, al alzarse de nuevo, de un vigoroso talonazo, al aire celeste de la superficie. Antonio Vega, en cambio, que conserva la situación del cobertizo en la memoria relativamente intacta, no la vive ahora como una experiencia mnemónica directa (sino sólo como parte de su profundo afecto por Fernandito) porque todo el espacio de su conciencia, todo el malestar y toda la memoria lo está ocupando Emilia.

# XIX

Angélica ha pensado mucho todos estos días. La sensación de pensar y estar teniendo una experiencia es tan fuerte como un vendaval que no moviera, no obstante su desmesurada virulencia, ni una hoja. El Asubio está enteramente sumido en su norteña inexpresibilidad. El verde del jardín, los lentos árboles, la piedra de la casona, las rutinas de Bonifacio y Balbanuz allá abajo en su casita de guardeses o Emilia y sus ayudantas de cocina, confieren a todo el conjunto un aire semoviente de normalidad altoburguesa. Hay un vendaval dentro de Angélica que sulfura a la propia interesada haciéndola sentir y resentir y presentir mucho más de la cuenta o —quién sabe— quizá mucho menos de la cuenta porque la inmersión hermenéutica de Angélica en el Asubio ha traído consigo al mismo tiempo que un tornado una inmensa calma chicha. No sólo no ha pasado nada, sino que a fuerza de esperar que sucediera algo gordo de un momento a otro, ha acabado Angélica cansándose muchísimo y poniéndose por fin sentimental. Se siente, una vez más, dejada a un lado, sólo que ahora ni siquiera hay la inminente muerte de un gran personaje en la familia para justificar la agitación, la depresión o el sentimentalismo. Como si el ensimismamiento mórbido de Juan Campos fuese una sustancia pegajosa, una adormidera virtual, todos duermen o aparecen y desaparecen con un aire adormilado equivalente al color gris del cielo intransitivo y el flojo sirimiri. Y en el jardín, en los acantilados por donde Angélica con paso vigoroso luce sus apropiados *outfits* escoceses, hace buena temperatura: una como calidez humectante —el termómetro ha subido varios grados— que no casa con el ahora excesivo calor de la mansión donde todo el mundo sigue encendiendo chimeneas y sentándose en torno a camillas con braseros eléctricos y de alguna manera tiritando a contrapelo de Angélica que con gusto se pasearía por la casa en camisón o en *shorts*. Angélica, además, está comiendo mucho, casi demasiado. Da la impresión de que el muermo vigente en el Asubio se registra contrapuntísticamente en la cocina, de tal suerte que la comida principal, el almuerzo, es lento y, para los tiempos que corren, copioso. Hay una presencia semanal del cocido montañés y un intercalado de muy ricos y variados arroces con amayuelas o con rape, o las dos cosas, o con pollo, o con costillas adobadas. Casi sólo por cortesía al principio, Angélica se servía siempre una segunda vez. Esto ha ido creando un poco un hábito. Angélica se siente sumamente sorprendida, además: en realidad Angélica está teniendo ahora su primera oportunidad de convivir con los Campos diariamente. De recién casada visitaba el piso de Madrid a la hora del té casi siempre. La gastronomía era distinta entonces, más ligera. Más parecida al mundo de carnes frías y ensaladas de lechuga y tomate y pepino y de maíz que Angélica organiza en su casa de Madrid. ¿Qué puede haber pasado en la cocina? —se pregunta Angélica—. En el Asubio, la cocina estuvo siempre a cargo de Balbanuz con la supervisión remota de Matilda y próxima de Emilia cuando pasaban temporadas en el campo. Tras la muerte de Matilda y la decisión de retirarse al Asubio que tomó Juan Campos, acompañado de Emilia y de Antonio, los arreglos culinarios se limitaron a adaptar las costumbres estivales de toda la vida, con Balbanuz una vez más al frente de la cocina. Balbanuz era una espléndida cocinera de joven y siguió siéndolo una vez casada. Todo el mundo, Matilda la primera, ha elogiado siempre sus asados, su bechamel, sus arroces, su menestra de verduras, sus fritos variados. Emilia, que nunca comió mucho y que ahora apenas come, pero que considera obligación suya organizar eficazmente la casa, se guía por Balbanuz a la hora de confeccionar el menú de cada día. Y Balbanuz opina que, ya que los señores sólo hacen una comida fuerte al día, el almuerzo, hay que procurar que sea un almuerzo sustancioso. Y, en efecto, el punto de Balbanuz complace a todos, a Juan Campos en primer lugar, que es de buen diente, a Antonio y a los chicos cuando están. Este lado gastronómico del Asubio reproduce fases muy anteriores de las casas burguesas de la zona cuando los almuerzos se componían de tres platos como mínimo, aparte el postre. Y el asunto es que Angélica, que de recién casada deseando en lo posible imitar la imagen dinámica y delgada de su suegra se cuidaba mucho, ahora se ha abandonado un poco, especialmente esta temporada en el Asubio que, dada la monotonía de las vidas de toda la familia, y la tendencia de todos ellos a recluirse en sus asuntos o en sus cuartos, el almuerzo en común viene a ser la única distracción. Así que ahora por las tardes Angélica se siente repleta, acalorada y de vacío. Es como si Angélica se viera dividida entre dos mundos: su viejo mundo madrileño dietético con su rúbrica de alimentos crudos y este nuevo mundo tan satisfactorio de alimentos cocinados, de guisos y de salsas, que hacen sentirse a la vez a Angélica muy rellena y muy vacía, porque este segundo mundo de los guisos parece autosubsistente y carente de significación especial. Lo único que ha permanecido invariable es la relación con Andrea, que ha seguido siendo tan cordial como siempre: sólo que está a punto de acabarse porque Andrea, en vista de que no sucede nada en absoluto, lleva ya varios días de telefoneo incesante con su marido y con sus niños, y parece dispuesta a regresar a casa en cualquier momento. Tiene intención de viajar a Madrid en tren. Y así lo hará mañana por la tarde. Parecería natural que Angélica la acompañara, puesto que la idea fue quedarse en el Asubio para acompañar a la hija de la casa. Una curiosa insinuación verbal de Juan Campos, sin embargo, da pie para que Angélica se quede.

—No te vayas tú, Angélica, si no tienes que hacer nada urgentísimo en Madrid, que veo que te está sentando el campo bien y así tendremos un pretexto para que Jacobo venga a vernos los fines de semana —ha declarado Juan Campos a la hora del café uno de estos últimos días.

El tono de voz de Juan Campos ha sorprendido a Antonio Vega. Sí, es el tono amable del Juan Campos de siempre. Pero es un tono de voz que viene de otro tiempo. Antonio tiene la impresión de que Juan Campos habla desde un tiempo muy anterior al tiempo presente: es la voz familiar, sin duda. Pero la referencia a que el campo está sentando bien a Angélica es demasiado personal, considerada, para el tono genérico y apagado del Juan Campos ensimismado y monosilábico de los últimos tiempos. Es como si de pronto, tras una larga convalecencia, Juan se sintiera mejor y alzara la cabeza y contemplara a su nuera con una nueva simpatía. Y sorprende a Antonio Vega sentirse sorprendido por esto —que desde cualquier punto de vista es una buena noticia, puesto que de confirmarse el nuevo tono, significaría que por fin ha abandonado Juan su reticencia—: es como si hubiera Antonio descontado ya la integración de Juan en la vida normal, en el trato considerado y amable con la gente de su casa y le hubiera condenado a su reino sombrío. ¡Se avergüenza Antonio de haber en su interior condenado tan deprisa a Juan a quien conoce tan bien de tantos años! Esa tarde no está Fernandito en la casa. Nadie, excepto Antonio, ha reparado en el nuevo tono de voz de Juan. Pero ha quedado claro para todos los presentes, incluida Emilia, que Angélica no se irá a Madrid con Andrea porque no tiene en Madrid mucho que hacer y el Asubio le está sentando bien. El plan para el día siguiente es sencillo: Antonio Vega llevará a Andrea a tomar el tren a Letona, Angélica les acompañará, hará unas compras y regresará con Antonio al Asubio esa tarde. Angélica, sin saber ella misma por qué, se siente remozada. Como si esta pequeña excursión, unida a la prolongación de su estancia en el Asubio, fuera un milagro.

La palabra *milagro* se le ocurrió a Angélica a la vez que aceptaba la invitación de su suegro. También Angélica se sintió muy sorprendida y como iluminada repentinamente. Así se lo dijo a Jacobo por el móvil esa misma tarde insistiendo mucho en lo sorprendida que se hallaba y en que todo ello era un milagro.

—¿Pero el qué, churri, el qué es un milagro?

—Bueno, todo. ¡El que tu padre sea de pronto tan consciente, así de pronto, tan atento, que comprenda por fin la situación...!

Jacobo está sintiendo un larvado malhumor. Por otra parte, le da igual que su mujer vuelva a Madrid o se quede en el Asubio. En el banco están las cosas de tal modo que Jacobo prefiere por las tardes acabar en el gimnasio y tomarse una cerveza al final con los colegas, a sentarse en casa con las cenas frías de Angélica y los programas de televisión. No, por supuesto, para siempre, pero la invitación paterna le permite a él también un desahogo que en la vida de un alto ejecutivo en estos duros tiempos de la gran banca viene a ser, sí, por qué no, todo un milagro. Que Jacobo sea un marido obtuso es, en opinión de Angélica, mejor. Que sea cariñoso, que gane bien, que tenga una familia, como Jacobo tiene, incluso sin Matilda, tan notable, que sean ricos, porque Jacobo ha quedado, lo mismo que los otros dos hermanos, bien apañado una vez hecha la testamentaría de su madre, en fin, que no esté al tanto por completo de las más sutiles corrientes interiores de lo que acontece, le parece a Angélica muy apropiado para un chico y, por así decirlo, muy viril. Un exceso de sensibilidad delata cierta pluma que Angélica prefiere, siendo como es liberal de corazón, disfrutar en casa ajena. Tengo muchos amigos gays, es una frase muy de Angélica estos últimos años. Al dejar a Jacobo y retornar el móvil a su bolso, Angélica se mira en el espejo del tocador de su cuarto y se ve borrosa como si no pudiera enfocar bien, de pura excitación, su imagen reflejada. El Asubio fractal que el dormitorio de Angélica y Jacobo contiene se amontona en el espejo, con un efecto de boscaje, debido quizá a la luz indirecta de una pantalla de pie: la ondulación de ramas y de nubes al atardecer, un ululato vegetal del cárabo, quizá, en el oscurecido alrededor del Asubio, un zureo de palomas que anidan bajo las tejas. Una sensación muy jaspeada invade a Angélica ahora, un efecto achampañado que presagia un relanzado latir del corazón. ¿O qué? Angélica se siente muy verbosa todo ese fin de tarde y al día siguiente, mientras ayuda a Andrea con las maletas, con las bolsas, mientras compra un frasco de colonia en una droguería próxima a la estación, mientras regresa al Asubio sentada junto a Antonio Vega, tan amable.

En vista de que no daba durante esa temporada en el Asubio con nada realmente terrible y ni siquiera sobresaliente en la monótona vida de los Campos, Angélica ha estado observando y reflexionando mucho acerca de los hombres de la casa. Antes de casarse, Angélica fue una chica muy de chicos, tuvo varios novios, no del todo enamorados de ella ni ella de ellos, pero todos, eso sí, muy dispuestos a dejarse interpretar. Angélica es, al fin y al cabo, una chica intelectual. Se lleva regular con las mujeres, excepción hecha de Andrea, pero considera que se lleva de cine con los hombres. He aquí que a diario se ha visto confrontada en el Asubio por tres hombres: Fernandito, Juan y Antonio. Tres hombres muy distintos entre sí, ha decidido Angélica. A Fernandito, que la trata con una perpetua guasa, le detesta. Le tiene puesto junto con Emeterio en esa lista de hombres que más vale no menear. En cambio, Juan Campos en su ensimismamiento y Antonio Vega en su solicitud le parecen a Angélica admirables. Se siente tiernamente inclinada a comprenderlos, a preocuparse por ellos, sobre todo por Juan Campos, aun cuando ya está mayor y el verdaderamente atractivo en esta casa sea Antonio. Antonio es el más guapo, pero en cambio, la sombría presencia de Emilia es disuasoria. Juan Campos es el más interesante. En esto ha cambiado Angélica bastante: de recién casada todo su interés quedó fijado por Matilda. De Juan Campos le interesaba sólo su prestigio académico, poder decir que era catedrático de Metafísica o de Historia de la Filosofía, o lo que fuese, sonaba bien entre sus amistades. Pero Matilda, siempre ausente, omnipresente a la vez, fue un modelo a imitar, a admirar, y a la vez un modelo detestable que no prestaba a Angélica la más mínima atención. Está mejor muerta, las cosas como son —pensaba—. Creyó Angélica al principio que lo que en el Asubio sucedía estaba fuera de Angélica oculto en la situación, en el espacio, en el tiempo, en las otras personas de la casa, en otras vidas. Pero, un poco a compás de la nueva dieta rica en carbohidratos y salsas bien trabadas, ha ido Angélica pensando que lo extraño también estaba en ella misma, fuera parte lo que quede fuera, sea siniestro o no. Y lo que hay en ella misma ha sido un enternecimiento progresivo, un deseo de comprender a Juan Campos y un convencimiento, cada vez más nítido, de que su ensimismamiento, su tristeza, su duelo, necesitarían un consuelo de mujer. De alguna manera, al nivel cortés, sociable, de las relaciones familiares, le ha parecido a Angélica que su suegro la trataba con una deferencia especial. Pero cuando la invitó a quedarse en el Asubio se hizo la luz y fue como un milagro. Fue un milagro. Ha dejado Angélica de pronto de sentirse de vacío, ahora se siente significativa y en suspenso, tentativa y a oscuras, y a la luz de sentimientos que, no por prohibidos —si se confirmaran—, dejarían de ser menos profundos o menos verdaderos. El amor que mueve todas las estrellas no hace acepción de suegros y de nueras.

## XX

Ha levantado el tiempo un poco. Se ha tomado un respiro el calabobos y no llueve. No hace sol seguido, sólo a ratos. Está agradable el mundo circundante. Una calor que es ya inverniza y humectante. Hay un brillo algo apagado pero vivo, un sí-es-no-es meteorológico. Esto, ¿qué significa? Esto significa que las cosas, el duelo por la muerte de Matilda entre otras cosas, está un poco pasando a mejor vida, está aflojando un poco para bien. En opinión de Angélica, la vida merece vivirse. Y más ahora que, a finales de noviembre, con las fiestas navideñas casi encima, hay un renuevo aéreo de ilusiones prohibidas y secretas. La gracia está —decide Angélica— en que el amor sea su secreto. Un secreto en parte compartido (con Juan Campos) pero silenciado: y en parte insinuado aunque no compartido (por Antonio Vega, por culpa de la Emilia). Viene a ser todo un poco como un trébol o trío, en la línea floral del *edelweiss*, una flor sosa y gris, porque un *edelweiss* es soso y gris, pero difícil de lograr. A estas alturas de la vida, no soportaría Angélica otra flor. Quizá como única otra opción la única flor bianual del cactus o higochumbo, la chumbera (Angélica no tiene lo floral del todo claro). Está, pues, la pelota en el tejado. Las frases hechas rebotan en el corazón de Angélica como en una partida de ping-pong, jugada entre dos chinos de Pekín a la velocidad de la luz. Se siente Angélica, Matilda.

El amor es así de pronto, un transformismo. Porque da la casualidad de que, el otro día, coincidió con Juan Campos en el campo. El humedecido prado verde, que entre sol y sombra se extendía ante los dos, como un edén pequeño, ultradiscreto. *Discreción* es ahora la palabra clave de la vida de Angélica. Con Jacobo habla más ahora que nunca por el móvil, para practicar la discreción, como quien dice. ¿Qué sería de una discreción que no pudiese ser ejercitada de continuo? Pero es difícil ejercitar la discreción en una casa de personas muermas, que apenas se hablan entre sí. El silencio como epítome de la discreción no es una opción que Angélica considere válida. Para ser discreta de verdad, necesitaría Angélica un sólido número de posibilidades de ser muy indiscreta de muy diversos modos a lo largo del día. ¿Puede ser uno discreto y no indiscreto, si se pasa el día completamente a solas? Imposible. La discreción es sin duda una virtud del ser-con. Pues bien, he aquí que el otro día coincidieron Juan y Angélica *after breakfast* en una situación que bien podría describirse como anglosajona. Todo era indiscutiblemente muy inglés: el invernizo cielo azul y gris, el verde prado que resplandece tras la lluvia y no da un ruido, la gaviota que, espontáneamente, cruza el aire dando gritos en la dirección de los acantilados y del faro, el retumbo lejanísimo del mar, la humedad del aire que embellece tanto el cutis, la tranquilidad de tener todo un día por delante para hablar, como en los cuadrángulos de Oxford y de Cambridge. Y el don supremo de tener mucho que hablar y no poder hablarlo todo de una vez porque lo inglés, lo verdaderamente inglés, es ser discretos. Sucedió aquella mañana que Juan Campos se acordó de su mujer, Matilda, en unos términos poéticos que facilitaban la conversación con su nuera, porque podía ser mentada la difunta en el aura nostálgica de un recordatorio general.

—A mí me encanta montar en bicicleta, ¿sabes, Juan?

—declaró Angélica de pronto. Y era verdad. De novios hacían excursiones en bici Angélica y Jacobo, hasta el punto de descender, en una ocasión memorable, desde Cotos hasta Cercedilla por el accidentado Camino de Schmidt. Sus bicicletas de montaña aún se conservan en el piso de Madrid del matrimonio, desinfladas.

El ciclismo trajo consigo, aquella mañana, varios tópicos a distintos grados de profundidad conversacional: hablaron de la cultura de la bici en Alemania y en Holanda, y por supuesto en las grandes universidades británicas, y también en parte en Bélgica, aunque no tanto, a consecuencia de ser los belgas —en opinión de Angélica—, divididos como están en flamencos y valones, mucho más bordes de por sí que, por ejemplo, los daneses o los encantadores holandeses, que ésos sí que son de bicicleta, y no como en Madrid, que, por culpa del Partido Popular, no hay carril-bici en ningún sitio y hay que irse al quinto pino para andar en bicicleta.

Estaban guapos los dos, allí en la finca, no teniendo que hacer nada en todo el día. Eran la gran derecha en su versión fractal más depurada, con tiempo por delante y el marido un alto ejecutivo, currando de ocho a ocho a mayor gloria del capitalismo de ficción. Y estaban, los dos, guapos y proporcionados en la edad, la mujer joven con su aire deportivo, pensando en bicicletas, y el intelectual mayor, el gran viudo, millonario sin quererlo ser. En un como quien no quiere la cosa, ambos eran iguales, con una analogía de proporcionalidad estéticamente satisfactoria. Por eso se acordó Juan Campos de uno de los más bellos poemas, más vitales, de su buen amigo y maestro —mucho mayor que Juan Campos, por supuesto— José Antonio Muñoz Rojas. Y recitó con su buena voz, discreta, de barítono, que sabe que en el campo los recitativos se hacen en *low key,* sin competir con las gaviotas:

*Bella ciclista, tu ave de pedales*
*conduces por un aire de jardines,*
*de prados, aguardando entre los troncos*
*a que estalle final la primavera.*

*El viento en tus oídos te proclama*
*única emperatriz de los ciclistas.*
*Te persigue, te pide los cabellos;*
*tú se los das y te los va peinando.*

Fue como un milagro. Fue un milagro. Fue también una ocasión inmejorable para ejercitar la discreción. Angélica se dio cuenta en ese instante que, otra Angélica, ella misma, en una vena indiscretísima, hubiera, emocionada y conmovida, sacado el móvil —que llevaba por cierto en el bolsillo de su falda-pantalón— y telefoneado a su marido para contarle que su padre acababa de recitar, así, de pronto, un poema dedicado a una pérfida ciclista. Pero... la discreción se impuso, como un guante.

—¿Sabes, Juan, el bien que me está haciendo esta estadía prolongada, con vosotros, contigo?

La voz de Angélica fue tan baja como un arrullo, sin llegar, ni de lejos, al arrullo. Eso hubiera sido indiscretísimo.

—¡Lo sé, Angélica, lo sé. Por eso me empeñé en que te quedaras. Porque te está probando el campo bien, lo ve cualquiera, has cogido hasta color!

Angélica pensó —como si en bicicleta, a tumba abierta, se arrojara monte abajo hacia su fin—: ¿y ahora, qué va pasar? ¿Qué digo ahora?

Era difícil, de verdad, saber qué había que hacer en semejante caso. Al fin y al cabo, ser bella ciclista incluía, según el propio Muñoz Rojas —que cita a Jorge Guillén como testigo—, ser pérfida a la vez. Angélica percibe que se halla en este instante, en el Asubio de sus más intensos sueños de recién casada con Jacobo Campos, en el más profundo corazón de una perfidia de alto *standing*. Afortunadamente, el aire del Cantábrico inspira a Juan Campos ahora junto con la compañía femenina. Todo ello sucede levemente, por encima, como en un relato sobre la falta de sustancia, una descripción de la insoportable levedad del ser definitivamente posmoderno. Por eso se siente Juan Campos abocado ahora a lo confesional. Bien entendido, por supuesto, que en su lenta memoria genital no hay brizna alguna de erección, no la hay. La compañía femenina, la compañía aromática de los prados montañeses y el aire marinero, no invitan al dislate, sino al centro. Son centrípetos. Todo sucede como si el bien, la propia vida, triunfara sobre el mal, la amarga muerte y el pasado, con ocasión de estas imágenes de chica en bicicleta.

—La verdad, Angélica, es que hablando contigo, el recuerdo de Matilda, esta mañana, es como un aire nuevo, una alegría en este largo duelo por Matilda que se ha vuelto mi vida.

Y vuelve Juan Campos a recitar ahora, con voz más baja aún que antes, más entristecida, más punzante, como sólo un hombre de su edad y sabiduría sabe usar su memoria de elefante, curtida en las paráfrasis de la *Fenomenología del espíritu*: parece, dice, que Matilda dice, lo que dice la ciclista de mi buen amigo José Antonio Muñoz Rojas. Mira, Angélica, qué hermosa es esta estrofa. Parece que escuchamos a Matilda ahora:

*Nadie me espera, nadie me despide;*
*mis cabellos y el viento, los pedales,*
*los troncos y los ríos son los puentes;*
*sin partida o llegada, siempre voy.*

Y ahora Juan Campos, exaltado por su propia evocación del poema de Muñoz Rojas y seguramente por el recuerdo de su mujer y alentado por la atención de una mujer joven, su nuera, recita:

*Siempre va, Matilda, siempre va, aunque suspiren*
*árboles melancólicos y lloren*
*los ojos de los puentes ríos de llanto.*
*No pesa el corazón de los veloces.*

Y repite Juan Campos, mirando de frente a Angélica y asiéndola por los hombros:

—No pesaba, Angélica, el corazón de los veloces. Así fue. Por eso me sentí, Angélica, tan solo al final, tan preterido, tan marginado al final. Porque el corazón de los veloces no pesaba, ni Matilda tampoco. Y en cambio era yo, sin duda alguna, un peso muerto.

A Angélica acaban de saltársele las lágrimas de los ojos y apoya la cabeza en el hombro derecho de su suegro. El amor es más discreto que el desamor. Sin duda alguna.

# XXI

Mediodía soleado de diciembre. El comedor del Asubio tiene el tintineo discreto de un reservado en un restaurante de lujo. Ésta es la impresión de Antonio Vega. Es el viejo comedor familiar que en esta última etapa del Asubio, coincidiendo con la instalación definitiva de Juan Campos en la casa, ha cobrado un aire de lujo gracias a un par de bodegones de gansos y de patos y a una mano de pintura. También se han cambiado las antiguas cortinas de cretona floreada por otras muy parecidas pero nuevas. Sigue conservando su aire de residencia de campo. La austeridad decorativa, sin embargo, que Matilda imprimía a sus casas —su escasa afición a empapelar o pintar o repintar las paredes— ahora se ha visto sustituida por una cierta acumulación de objetos bellos: un nuevo aparador de caoba, una elegante pieza de caoba del XIX, y se han tapizado las sillas. Antonio recuerda este comedor de los primeros años como un lugar bullicioso, una prolongación del cuarto de jugar de los niños. Y es, quizá, sólo el contraste entre la falta de decoración de antes y la elegante presencia de detalles decorativos de ahora lo que le hace pensar en un lugar reservado, no del todo parte del Asubio. Este mismo sentimiento, a decir verdad, lo tiene también, o ha comenzado a tenerlo, Antonio Vega en relación con las habitaciones privadas de Juan Campos. El despacho y el dormitorio de Juan, que antes fuera el dormitorio conyugal, y que ocupan toda un ala orientada al mediodía de la planta baja, al haber sido redecorados y haberse construido amplias estanterías para instalar la copiosa biblioteca particular de Juan, ha cobrado un aspecto de casa inglesa, de decoración de *House & Garden.* Todo ello, sin duda, muy en la línea anglosajona del gusto de Matilda, sólo que ahora más cuidados los detalles, con mejores piezas traídas del piso de Madrid: en tiempos de Matilda todas las casas, incluido el piso de Madrid, tenían en común un cierto aire de provisionalidad. Eran casas bonitas pero un poco sin rematar bien del todo. Había una mezcla de muebles valiosos y mobiliario de uso común. Las cortinas y las tapicerías del mobiliario se renovaban rara vez, con lo cual cobraban pronto un aire gastado, destartalado: casas de buen gusto que daban la impresión de estar habitadas por personas que tenían siempre prisa, gente poco casera que preferían dejar las casas como estaban, en vez de tenerlas que cuidar. Ése fue el motivo, en el caso del Asubio, de que la casa conservara durante muchos años el mobiliario y la decoración un tanto provisional de los Turpin, una decoración veraniega que no contaba con ser utilizada en invierno: la austeridad del Asubio, que en los primeros años del matrimonio Campos fue un distintivo especial, un estilo propio, acabó convirtiéndose en una especialísima falta de estilo, una especie de deliberada incuria equivalente a pasarse el día en *tweeds* o con jersey. Sentarse en sillones desvencijados le parecía a Antonio Vega, al principio, el colmo de lo elegante. El comedor, pues, tan familiar, le resulta, este mediodía, a Antonio Vega, no del todo familiar: le parece convencionalmente elegante como el comedor reservado de un restaurante de lujo. Hay más: Antonio detecta esta última semana una como nueva vivacidad que corre a cargo de Angélica por una parte y que casa —al menos a ratos— con una nueva locuacidad de tonos apagados por parte de Juan. Fernandito a su vez acude más puntualmente a los almuerzos que al principio. Hace ya muchas semanas que el pretexto de la gripe dejó de funcionar. Y Fernandito no ha hecho el menor intento de reavivar el pretexto. Parece dar por sentado que por razones misteriosas, quizá simplemente por capricho, ha abandonado su empleo en Madrid y va a quedarse en el Asubio para los restos. Antonio tiene la impresión de que Fernandito planea una travesura. Parece rejuvenecido. Ahora habla frecuentemente con Antonio en el garaje y en el cobertizo del garaje. Parece reanimado, aunque su conversación es trivial, no tiene interés en hablar de nada y mucho menos de su padre o de su madre o del duelo.

La nueva relación entre Juan y Angélica no podía escapársele a Fernandito. Que una inesperada intimidad se produjera entre estos dos, fue una posibilidad que consideró nada más ver cómo Angélica, en vez de irse con Andrea a Madrid, se quedaba en la casa. Nada mejor para una sensibilidad vengativa que asistir al comienzo de un cortejo bufo entre un suegro y su nuera. Todo el esquematismo burlesco de las comedias de enredo, combinándose con el pesimismo moralizante de la literatura satírica, puede hacerse, sospecha Fernandito, presente en cualquier momento. Su padre se pondrá en ridículo casi con seguridad si la nueva relación amorosa se confirma. De momento es interesante observar a Juan en su nueva amabilidad no-comprometida. Si se tratara de una persona más joven, si Angélica tuviera veinte años y no los treinta y dos que tiene, cabría esperar algún desliz de bulto, por ejemplo que acariciara la mano de su presunto amante. Fernandito se relame pensando en este hacer manitas repentino. Pero confía que su padre guarde las apariencias aunque sólo sea por simple cobardía. Por otra parte, aún le respeta lo suficiente, aún le ama lo bastante, como para no acabar de creerse del todo su propia malignidad: Fernandito confía, en el fondo de su corazón, que la comedia maligna de amor entre suegro y nuera no tenga lugar. Si tuviera lugar, Fernandito quizá no estaría en condiciones de disfrutar el crudo humor de la situación. ¿Se habrá dado cuenta Antonio de la comicidad del posible ligue de estos dos? Al darse cuenta Fernandito de la preocupación de Antonio por Emilia decide no comunicar jocosamente sus impresiones a Antonio.

Fernandito está un poco perdido estos días. Más perdido o confuso de lo que reconoce ante sí mismo. Sentirse perdido es una experiencia desazonadora porque es nueva. Por eso no quiere volver a Madrid. De pronto, su excelente empleo ha perdido todo valor. Ha telefoneado a su contacto de la oficina para decir que lo deja. Su amigo no le toma en serio, pero lleva un mes sin aparecer por allí y tendrá en breve que decidirse a volver o escribir una carta de dimisión. Sólo un chico de su posición económica puede permitirse ese lujo. Ahora no quiere saber nada de un empleo que cualquier chico de su edad consideraría el logro de su vida. Hay una cruel satisfacción en este despilfarro: mandarlo todo a la mierda es una satisfacción narcisística que Fernandito se permite sin remordimiento, sólo para descubrir que, una vez tomada la decisión de dejarlo todo, se encuentra de más. La intención inicial, la venganza, que la velocidad del Porsche pareció encarnar en el viaje al Asubio, se ha difuminado ahora. Juan es para su hijo un objeto iridiscente que a ratos inspira afecto y que inspira curiosidad incluso cuando inspira hostilidad: una hostilidad difractada. La pregunta de fondo sigue siendo: ¿qué pasó entre sus padres? ¿Qué fue lo que pasó? ¿Hubo un solo factor o muchos factores? Y, caso de hablar de culpa, cómo distribuirla: ¿cargarla toda sobre Juan o también sobre Matilda? ¿Y qué clase de culpa sería ésta? ¿Y por qué hablar de culpa y no más bien de destinos distintos, de proyectos distintos?

La terrible muerte de su madre hizo que Fernando sintiera que el mundo entero se venía abajo: que la energía, el orden del mundo, se derrumbara sin más explicaciones. E instintivamente, injustamente, con un egotismo todavía infantil, decidió Fernando reclamar al superviviente una explicación (de modo no muy distinto, aunque menos profundo), como Emilia. Por otra parte, había la sensación de abandono, de la cual, no obstante ser responsables ambos padres, sólo se presentó con agudeza ante Fernando al morir la madre. Mientras Matilda vivía, e iba y venía, el abandono tenía un corte deportivo, un enérgico estilo anglosajón de quererse y entenderse a distancia, o de cerca en vacaciones o con ocasión de las fiestas. Todo esto unido, y por así decirlo embrollado o apelotonado en un único conjunto sentimental, hace que Fernandito, ni quiera irse de la casa, ni sepa del todo qué quiere hacer en la casa. Y ahora ha surgido esta ocurrencia maligna de que Angélica y su padre se entienden. El otro asunto que retiene a Fernandito en el Asubio es Emeterio. ¿Está Fernando enamorado de Emeterio? Lo cierto es que siente que Emeterio es propiedad suya. Y Fernando es además consciente de que Emeterio le quiere: saberse querido es también una propiedad que Fernandito aprecia. Pero sucede que Emeterio tiene una novia, una novia paleta y desangelada —en opinión de Fernandito— con quien Emeterio según parece se acuesta los fines de semana. Este mundo de la novia de Emeterio empieza a resultarle insoportable a Fernando Campos. ¿Y si el quererle de Emeterio fuese sólo una fase, un amor adolescente, un residuo del tiempo de los juegos y de la camaradería infantil y juvenil, que se va apagando hasta ser sólo un recuerdo? No se decide a dejar en paz a su padre y no se siente capaz ahora de dejar en paz a Emeterio. Quiere saber si de verdad Emeterio le quiere tanto como sospecha. Podría tratarse de una sospecha infundada. Si me quisieras dejarías a esa guarra —ha dicho Fernandito hace días—. Y Emeterio le ha contemplado boquiabierto. ¿Qué tienes que ver tú con ella? —ha preguntado—. Ella es ella y tú eres tú. Y de ahí no ha podido sacarle. Esto, pues, se suma a todo lo anterior y le hace sentirse confuso y perdido. Y tiene también la sensación de que Antonio, preocupado cada vez más por Emilia, no es ya del todo el que era, o no está ya tan disponible como estaba, aunque Fernandito sabe de sobra que el afecto entre los dos no ha cambiado. Se siente Fernando solo en el mundo, necesitado de ternura: sintiendo que la ternura se le debe, aunque él mismo no la siente, no la dé, o no la demuestre.

—La curiosidad es sin duda un condimento, *like pepper and salt.* ¿No te parece, Angélica? —ha declarado Fernandito dirigiéndose expresamente a Angélica.

—En eso sí que estoy de acuerdo yo también —sigue Angélica la onda.

—Claro que estás de acuerdo —comenta Fernandito—. Se ve a ojos vistas que lo estás. Y lo que pica la curiosidad, ¡Dios! ¿Te pica la curiosidad a ti, Angélica?

—A mí sí —declara Angélica—. Siempre desde niña he sentido una inmensa curiosidad por todo, por la vida, por el mundo, por las personas. Siento una gran curiosidad por todo.

—¿Ves, papá, cómo a diferencia de ti, siente Angélica una gran curiosidad por todo? Tú, en cambio, ya no sientes gran curiosidad por nada, ¿a que no?

—Tu padre es la persona más curiosa, mira, en esto te equivocas, todo le interesa, todo todo.

—Nada humano le es ajeno a mi papá —comenta Fernandito—. Anímate, Angélica, y tómate una patatita más, salteada.

—Ah, no. Estoy comiendo demasiado, no y no.

—Es el campo, Angélica, es el campo. Que te revitaliza el paleocortex, donde residen los profundos sentimientos que compartimos con las ratas y las boas constrictor. La curiosidad, Angélica, y el apetito son, mi amor, uno y lo mismo. Una hambruna liliput que el sistema límbico te empapa totalmente, Angélica, hasta entonarte y darte un aire nuevo: un *ballet ruse* de la neurona, Angélica, mi vida, que te impronta, que te impregna, una no-nada que lo es todo. Esa última soba y pulimento neuronal que lo es todo y no es nada. ¡La curiosidad y el apetito que da el campo!

El mediodía benévolo de diciembre tiene ahora un corazón dormido, dormitivo: en el comedor del Asubio hay un reposo ahora como una mala hierba, unas ortigas tiernas aún que si rozan la piel —que casi no la rozan— apenas ni la ampollan, porque son muy jóvenes, como las verdes lagartijas o los grillos más chicos que aún no han dado ni un cri-crí: una situación que Fernandito domina bien —en su inconsciencia maliciada— porque tiene un tono últimamente de *nursery rhyme* y de inocencia. Emilia ha levantado los ojos, se ha enderezado en su asiento, ha sonreído. Viéndola sonreír se entristece Antonio: ha visto sonreír poco a Emilia en estos meses. Emilia sonríe porque el fraseo agresivo y guasón de Fernandito le ha recordado la viveza de Matilda cuando Matilda, ágil y fuerte, les hacía reír a todos. Y Emilia sonreía, derecha en su asiento, atenta a los detalles de la reunión, recordándolo todo.

¿Es posible —piensa Antonio— que Angélica no registre toda esta carga de agresividad? Antiguamente, cuando Fernandito tiraba puntadas a sus hermanos, a sus padres, Antonio estaba al quite. Entonces era fácil, porque Matilda vivía. Su ausencia y sus llamadas telefónicas producían más impresión de proximidad que la constante proximidad de Juan Campos. Al menos para Fernando, la ausencia materna nunca significó lejanía: sólo como una promesa aventurera, situada en el futuro: la promesa de un viaje exótico, nuevas anécdotas... Matilda casi nunca traía regalos a casa, rara vez compraba nada. Antonio no recuerda ahora que Fernando, a diferencia de sus dos hermanos, echara nunca en falta regalos de su madre. Su madre contaba historias de gente que había conocido, y —más importante aún—: se dejaba contar historias: animaba a su hijo pequeño a que contara historias del colegio, invenciones muchas veces, e incluso mentiras. Era un mundo de agudeza verbal, de ingenio narrativo. Este mediodía, sin embargo, Antonio ha detectado una agresividad desacostumbrada. Y le sorprende que Angélica no haya advertido, ni siquiera en parte, el tono zumbón. Antonio Vega se ha dado cuenta por supuesto de que el humor de Juan Campos está cambiando. Y es obvio que Angélica se encuentra a las mil maravillas. Antonio ha advertido también que se ha ido estableciendo una nueva relación entre el suegro y la nuera. Que esta relación sea incluso difusamente erótica le resulta tan inverosímil que Antonio la ha desechado por principio. Sin embargo, el obvio doble filo de las frases de Fernandito le lleva a sospechar de nuevo: ¿cómo se produce el tránsito de la inverosimilitud a la verosimilitud? Resulta inverosímil para Antonio que un hombre de la edad de Juan —por quien tantos años ha sentido admiración y respeto, y a quien debe una parte importante de su educación, y que desde la muerte de Matilda parece tan ensimismado— vaya a entregarse ahora a un coqueteo insulso con su nuera: es una ocurrencia ofensiva, y el serlo, añade inverosimilitud a la inverosimilitud: Antonio está muy lejos de cualquier intención censoria de Juan. Esto no obstante, a raíz de la fallida apelación que Emilia hizo a Juan hace días, con su secuela de la conversación entre Antonio y Juan, hay en la conciencia de Antonio un germen de inquietud: no hay reproches, no hay censura explícita, pero hay inquietud: una sensación de hallarse ante un Juan Campos menos familiar que de costumbre: demasiado ensimismado para resultar, curiosamente, verosímil del todo. Hay en el ensimismamiento de Juan Campos, en opinión de Antonio, un grado de inverosimilitud que, de pronto, paradójicamente, da la impresión de casar y de ajustarse con esa otra inverosimilitud que supondría el más ligero coqueteo con su nuera. No puede Antonio aceptar ni siquiera una sombra de sospecha con respecto a Juan. Por lo tanto, apunta la malicia de Fernandito en la lista de las cualidades positivas y negativas del chico: es natural que sea agresivo con su padre: ya lo han hablado, además. Pero es evidente, por otra parte, que en estos días el ensimismamiento de Juan Campos se ha levantado. Tiene un aspecto más soleado, que casa con la bonhomía de la nuera. Antonio los ha visto varias veces paseando por delante de la casa y por los acantilados.

Una enseñanza de Juan Campos fue ésta: piensa bien y acertarás. Veintitantos años atrás, cuando empezaron, esta enseñanza fascinó a Antonio Vega, que procedía de una familia alegre y trabajadora, enemiga de los cuentos. Ser cuentera era lo peor que la madre de Antonio podía decir de cualquier otra mujer. Tú estate a lo tuyo —decía su madre—. Y la frase de Juan Campos tenía el encanto de repetir, amplificada éticamente, la idea de su madre. Contradecir el célebre refrán castellano, le pareció un lema ético de primera magnitud. Por eso, pensar mal ahora, o medio mal, por más que las insinuaciones de Fernandito parezcan verse confirmadas por los paseos pitongos de Angélica y su suegro por el jardín y los acantilados, le parece inverosímil. Inverosímil verse sospechando así, e inverosímil lo sospechado mismo, la absurda atracción entre estos dos. Podría, además, ser una atracción inocente. ¿Por qué pensar en una atracción erótica? Muy bien podría ocurrir —medita elaboradamente Antonio Vega— que con Angélica se sienta Juan más desahogado a estas alturas que con Fernandito o con Emilia o con Antonio. Al fin y al cabo, Angélica nunca participó en la vida familiar en vida de Matilda. Y este sencillo dato sirve para explicar que ahora Juan y Angélica, al no tener tanto y tan grave en común como los demás, tengan en común el simple futuro inmediato, el placer de hablar del tiempo o de cualquier otra cosa que no evoque ni a Matilda, ni el duelo por Matilda, que se vive en el Asubio. Esta reflexión tranquiliza a Antonio Vega.

En el comedor se toma el café ahora. Éste era un momento divertido en tiempos de Matilda, cuando estaban todos. Los chicos —y a veces los mayores también— cambiaban de asiento, se hacían corros. Se hacían planes para la tarde, para el día siguiente. Ahora todo sucede mucho más despacio. No están todos, faltan los dos mayores, falta Matilda. De hecho, tomar café últimamente es una costumbre que se ha preservado, reducida. Emilia sirve el café, excelente café. El poder de la costumbre se apodera una vez más de todos. Antonio detecta sólo la lentificación de este proceso (que, paradójicamente, dura mucho más tiempo, abreviado, de lo que duraba, dilatado, años atrás) y también advierte la modificación, estos últimos días, del miniproceso de la relación entre Angélica y Juan. Parece imposible que aparezcan tantos hiatos en un espacio tan reducido. Entre Juan y Angélica, por un lado, y Fernando, Antonio y Emilia, por otro, hay un vacío, subvaciado a su vez por otro vacío que se extiende entre la pareja de Emilia y Antonio y Fernandito. Pero la distancia que separa a Fernando de ellos dos —piensa Antonio— es más somera y menos profunda que la distancia que les separa a los tres del suegro y la nuera. A su vez, en torno a Emilia, se tiende el descorazonador hueco de la ausencia de Matilda que, no obstante el cariño de Antonio y el correspondido cariño de Emilia, ninguno de los dos parecen ser capaces de cerrar por el momento. Lo más característico de estos sistemas de oquedades es que Juan y Angélica sonríen. Angélica parlotea mucho (tanto como siempre, en esto no hay novedad) y Juan parece entretenerse con lo que Angélica le cuenta o le pregunta. Acaba de preguntarle si cree que un pueblo que pierde su metafísica está más perdido que si pierde sus reservas de oro. Juan Campos ha sonreído casi estrepitosamente, en opinión de Antonio, al responder:

—¡Qué preguntas antiguas se te ocurren, Angélica! Metafísica y reservas de oro. Son problemas zubirianos, diría yo, son preguntas que no se hacen ya. La metafísica no se lleva ya, ni el oro. ¡Ahora nos conformamos todos con bisuta!

—Ahora os conformáis todos con historias, ¿no, papá? —intercala Fernandito velozmente—. ¿Te referías a eso con bisuta? Historias, biografías, autobiografías, diarios, dietarios, memorias públicas y privadas. ¿Estás escribiendo tus memorias tú, papá? Angélica, que es una chica guay, ducha en Internet y en *pecés*, te sería de gran ayuda, ¿a que sí, Angélica?

—¡Ah, me encantaría!

—¿Lo ves, papá? ¡Sin moverte de tu Asubio acabo de encontrarte secretaria...!

—No, yo no soy memorialista. Ni me interesa nada mi autobiografía. *The past is past.*

—¿Ah, sí? —Fernandito se ruboriza de placer, piensa Antonio. Ahí está elegantemente sentado de lado en su silla del comedor, un brazo sobre el respaldo, el izquierdo, sosteniendo un pitillo con la mano derecha, resplandece oscurecido, ondulante, como el cuerpo de un joven buceador bajo el agua—. Seguro que te acuerdas de lo que Zubiri decía, Javier Zubiri, tu maestro, me refiero.

—No fue mi maestro Zubiri, pero bueno, ¿qué decía?

—Pues decía que el truco, o lo que él llamaba la esencia de las biografías, era hacer ver cómo se las arreglaba alguien para encontrar la manera de ser siempre el mismo no siendo nunca lo mismo... talmente tu caso, ¿a que sí?

Juan Campos sonríe una vez más y contempla, ladeada la cabeza, a Fernando. Antonio, que les observa a los dos, se siente inquieto sin saber por qué. Se siente Antonio ridículo, además. ¿A qué viene este miedo infantil a que un padre y un hijo —cuyo único problema hasta la fecha ha sido no relacionarse o hablar con fluidez de sus cosas— charlen de sus cosas? Al fin y al cabo, todo indica que va a tratarse de una conversación de cierta altura, que no implicará verosímilmente el menor derramamiento de sangre. La verosimilitud no es, sin embargo, un sentimiento de Antonio estos últimos tiempos: tanto por el lado del malestar de Emilia como por el lado de los Campos, un sentimiento de familiaridad irreconocible, de terror familiar, de inverosimilitud agresiva, le invade de continuo. Así que observa o, más aún, espía al padre y al hijo en este parloteo filosófico de sobremesa, como si lo inverosímil fuera a presentarse de pronto en carne y hueso, irreductible y trágico, en este soleado comedor del Asubio.

—A mí me parece —interviene Angélica— que eso que dices de Zubiri es muy profundo, Fernando, muy profundo. —Angélica ha repetido la expresión «muy profundo» con el gesto de quien saborea una tartaleta de merengue y limón—. Y también me parece que es verdad que talmente a tu padre le refleja, yo diría que al dedillo. Siempre Juan ha sido a la vez la misma persona inteligente y encantadora y siempre en busca de nuevos horizontes, buscando la verdad por todas partes...

—¡Bravo, Angélica! Papá el degustador de la verdad. Espléndido.

Antonio Vega observa una blanda variación en la dirección de la mirada de Juan: contempla a su hijo, entrecerrando los ojos, como si se hallara muy lejos. Y, al hablar, vuelve ligeramente la cabeza hacia Angélica con el tono de voz de quien hace una confidencia:

—¿También tú, Angélica, percibes una cierta hostilidad en los comentarios de mi hijo Fernando?

—¿Cómo también yo? Yo no percibo hostilidad, Juan. No, ninguna —contesta Angélica con viveza.

—Yo en cambio sí percibo una cierta hostilidad en las palabras de mi hijo, un plus de hostilidad inmerecido, un retintín hostil. No sé si por no haber sido yo un Zubiri, o por no haber escrito mi autobiografía, o mis memorias, o quién sabe qué. Quizá mi buen hijo Fernando pone en tela de juicio mi competencia filosófica ahora. Yo mismo he puesto en parte en duda mi competencia filosófica... Siempre.

Fernando contempla a su padre guasonamente, encantado del giro que está tomando la conversación. Angélica vuelve el rostro alternativamente a uno y a otro: Antonio piensa que Angélica no sabe de qué hablan. No es una situación agradable. Ninguno de los dos, ni el padre ni el hijo, van a agredirse directamente: se mantendrán en este terreno semineutral de las puntadas hasta que uno de los dos, o los dos a la vez, se cansen y lo dejen. Antonio cree, además, que la circunstancia de haberse puesto en comunicación verbal padre e hijo a esta hora del café y en presencia de todos los demás significa que para ambos cualquier comunicación seria, profunda o privada es ya imposible. Aislados los dos juntos no tienen nada que decirse, pero pueden agredirse en público, batirse en público, desazonadoramente.

—Lo más curioso de mi padre, Angélica —Fernandito habla ahora en la dirección de Angélica pero un poco como si hablara a un público más amplio, compuesto únicamente por Antonio, puesto que Emilia acaba de retirarse—, es que se ha vuelto inaccesible como quien pone el parche antes de la herida. Nadie ha tratado nunca de acceder a él. Pero él se vuelve inaccesible por si acaso. Y esto es curioso. No es como si, agobiado por las demandas de todos, como el protagonista del poema de Kipling: *todos le reclaman, nin-*

*guno le precisa,* mi padre se aislara en una torre de marfil agobiado de responsabilidades: se ha refugiado en una torre de marfil antes de verse agobiado por ninguna responsabilidad: el aislamiento y la voluntad de encastillamiento precedió a la demanda que se le hacía. No hubo demanda, no tuvo la menor responsabilidad, todo el mundo le dejó en paz siempre, pero he aquí que mi padre, por si acaso, se encastilló en una torre de marfil y se volvió, por si acaso, inaccesible. ¿No es esto fascinante?

Juan Campos sonríe. Y Antonio Vega —asombrado por la violencia y malicia de la descripción de Fernandito (que, de pronto, por cierto, le parece certera)— aparta la vista de la escena y, sin moverse de su sitio, espera recogido el desenlace de esta situación. ¿Se defenderá Juan? ¿Tendría derecho o sentido que se diera por ofendido? ¿Dejará pasar esta obvia agresión de su hijo para continuar amablemente dando conversación a Angélica? Es evidente, en opinión de Antonio, que Angélica no entiende qué está pasando entre los dos. Pero a la vez es evidente —y esto es una nota cómica— que Angélica se siente llamada a tomar parte en este asunto, este debate, sea el que sea, sea como sea. Y así, en efecto, interviene:

—¡Yo no creo, Fernando, que Juan se haya encastillado en una torre de marfil o, mejor dicho, creo que sí se ha encastillado en una torre de marfil porque la crisis del siglo veinte no nos da a ninguno ninguna otra alternativa!

—¡Bravo, Angélica! —exclama Fernando batiendo estrepitosamente palmas.

Juan Campos se levanta de su asiento. Sonríe. Se dirige a Antonio, que aún permanece sentado, con un ademán suave, convaleciente:

—¡Ya ves, Antonio, cómo están las cosas! ¡Me retiraré ahora mismo a la torre de marfil de mi despacho en vista de lo visto!

Juan Campos se retira. Angélica se levanta y va tras él. Los dos entran en el despacho y cierran la puerta. Fernandito y Antonio se contemplan a través de la mesa en silencio.

—Ya has colocado a tu padre donde querías, ¿verdad que sí? —comenta Antonio.

—Pues, francamente, no lo sé. Es verdad que es inaccesible, pero a fuerza de indiferencia: le da todo lo mismo. Por eso es inaccesible.

—¿Te has propuesto, quizá, mejorar la vida de tu padre a estas alturas o mejorar vuestra relación a base de tomarle el pelo?

—¿Ah, tú crees entonces que le estoy tomando el pelo?

—La verdad es que sí, creo que estás resentido contra él y te aprovechas de la ingenuidad de Angélica para tomarles el pelo a los dos. Te divierte que tu padre no pueda no darse por aludido y a la vez que Angélica no sepa de qué hablas. Tendría gracia si no fuera, a estas alturas de la vida de todos nosotros, un juego melancólico.

—Bueno, Antonio, acepto lo que tú quieras decirme. Lo que viene de ti lo acepto siempre. Pero es un hecho que esos dos, mi padre y Angélica, se viven como un roto para un descosido ahora mismo. A saber quién de los dos se considera descosido o roto. En cualquier caso son tal para cual. Y se han enamorado, o creen que se han enamorado. ¡Y yo he decidido darles caña, porque se la merecen y también porque no tengo mejor cosa que hacer...!

—¿Has dejado tu empleo?

—¿Y por qué no? No necesito vivir de un sueldo. Y hay una deuda que pagar aquí. ¿No crees que hay una deuda que pagar aquí, Antonio?

—No lo sé. ¿Qué deuda? ¿Quién tiene que pagar una deuda y a quién?

—Mi padre está en deuda con todos nosotros. Con vosotros dos para empezar, con Emilia y contigo. Y después conmigo. Es una deuda, la mía al menos, con la que mi padre no contaba, porque se ha considerado siempre un hombre perfecto, un santo laico, un impostor que cree su propia impostura. Pero yo demostraré, se lo demostraré a él mismo, que su vida es una gran mentira...

—¿Y valdrá la pena, Fernandito? ¿Crees tú que vale la pena a estas alturas enfrentarte a tu padre para descubrir que es un impostor? ¿Y si estás confundido? ¿Y si, por lo que sea, te has puesto contra él y es contra ti mismo contra quien te enfrentas?

—Dará igual, Antonio. La verdad nos hará libres. Una cierta verdad, al menos, que no se ha dicho nunca en esta casa.

Ya es de noche. Emeterio ha ido a buscar a Fernando y se han ido juntos en el coche. Antonio se ha retirado temprano a su lado de la casa. Ha pasado la tarde viendo la televisión sin enterarse de nada. Emilia, con ayuda de las chicas, ha recogido la casa, el comedor, la cocina, y se ha sentado junto a él. Está como dormida. Hacia las ocho de la tarde, Antonio ha hecho una tortilla a la francesa y calentado un poco de caldo. Emilia ha tomado algo de caldo. Lo desolador no es nada que suceda entre ellos, están bien juntos. Emilia sonríe con frecuencia cuando está a solas con Antonio, aunque a Antonio le parece que es una sonrisa triste, más preocupante incluso que la seriedad. Es de suponer que allá en el despacho, al otro lado de la casa, hablan de filosofía y de la vida animadamente Angélica y Juan. Antonio ha decidido considerar esa relación como un *flirt* insustancial, una distracción que aliviará, quizá, la murria crónica de Juan Campos. Cuando por fin se acuestan, Antonio se queda en seguida dormido. Se despierta sobresaltado al cabo de una hora. Encuentra a Emilia a su lado, sentada en la cama, con los ojos abiertos. Habla en voz muy baja, como han hablado tantas veces, en la cama, por las noches, a lo largo de los años:

—¿Sabes, Antonio? Matilda quería que les cuidáramos a todos. A Juan, a los niños. Quería que nosotros, tú y yo, ocupáramos su lugar cuando faltara ella. Y yo dije: *Pero es que no vamos a poder. ¿Cómo vamos a ocupar tu lugar nosotros dos? Aunque queramos no podremos.* Y Matilda dijo: *Si queréis, podéis. Y estoy segura de que queréis. Porque yo no hice las cosas bien. Me equivoqué.* Yo no la entendía y le dije: *¿En qué te equivocaste? No te equivocaste. Yo contaba con vivir,* contestó Matilda, *mucho tiempo, muchísimo más tiempo, tanto como Juan y entonces arreglarlo. Ocuparme de todos entonces. Pero no me dio tiempo. Y ahora ya no puedo.* Estaba tan contenta al principio, eso dijo. Que estaba muy contenta cuando nos pusimos las dos a los negocios. Yo también estaba muy contenta. Ya no se podía pensar después en otra cosa. Entonces se declaró la enfermedad de golpe. Y ahora ya no hay tiempo porque Matilda ya no está...

# XXII

Angélica se ha retirado a su habitación por fin, son pasadas las doce de la noche. Han pasado juntos la tarde, con la interrupción de la merienda, que han tomado ellos dos solos, una costumbre veraniega del Asubio, hacerse cada cual su merienda-cena. Es una situación tan tonta —ha decidido Juan Campos— que no puede ser peligrosa. Angélica es una tonta. Y sería sólo tonta, si un remoto rencor contra Matilda no la aguzara un poco. Juan no advirtió este rencor hasta hace unos días. La verdad es que, igual que a Matilda, la novia de Jacobo le pareció una boba con buen tipo, de buena familia, y ciertas pretensiones culturales, en esa línea semiculta de los treintañeros de hoy en día. Juan sabe lo que pasa en su casa. No está tan ensimismado como aparenta. Y desde la irrupción de Emilia en su despacho, seguida por la declaración de hostilidades de Fernandito, el ensimismamiento se ha ido sustituyendo por una alerta embozada. Ahora Juan Campos no está ensimismado, ahora es una alerta mantenida en reserva: ahora Juan Campos es un reservado. No teme por su seguridad sentimental (nadie puede llegar hasta el centro de Juan Campos: quizá ni siquiera hay un centro), pero teme la incomodidad que sería la secuela de un dolor o un duelo muy pronunciado por parte de Emilia, o una hostilidad incontrolada de Fernandito. A esto se han añadido, por pura casualidad, Angélica y sus confidencias. Angélica le resulta a Juan Campos cómicamente trágica, y su situación, tal como la propia Angélica la describe, una fuente de comicidad casi pura. Las cuitas de Angélica le divierten por pura maldad, como ya descubrió Bergson en *La risa.* Y la risa es contagiosa. Se dice que nadie se reiría si estuviera, por hipótesis, completamente solo en el mundo. Pero Juan Campos, ensimismado como está, engastado como está en su reserva, ¿con quién se ríe ahora de Angélica? ¿Quién proporciona a Juan Campos ahora sociedad suficiente para que reírse de Angélica sea contagioso y se le contagie al propio Juan Campos que, en apariencia al menos, cerrado en su despacho hasta a altas horas de la madrugada se ríe solo? Juan, a solas con Matilda ahora, se ríen juntos de Angélica, la absurda y guapa esposa de su hijo mayor. *Mi amante se ha convertido en un fantasma: yo soy el lugar de sus apariciones.* Esta frase de Arreola, el narrador mexicano, que Juan oyó hace tiempo —con seguridad después de la muerte de Matilda— preside ahora esta punzada cómica que Angélica le causa y que no causaría el menor efecto cómico sin la presencia fantasmal de Matilda en su conciencia. Y bien, mi amor, ¿y ahora qué? —dice Juan Campos entre sí, tan por lo bajo que sólo Matilda lee sus labios—. Angélica y Juan han pasado la tarde analizando el matrimonio de Angélica y Jacobo: una curiosa ironía —piensa Juan— el que contrariamente a la presunción, por parte de Fernandito, de la culpabilidad erótica paterna, lo único que haya habido entre suegro y nuera haya sido un debate de alto nivel acerca de la continuidad de la vida matrimonial. La comicidad, en este caso, procede directamente del alto nivel. Desde un principio ha comprendido Juan que ningún otro nivel, excepto el más alto, satisfaría la voluntad confesional de su nuera. Y de esto es Matilda —fue Matilda— quien le enseñó a reírse. Y quizá también a sentirse —brevemente, eso sí— culpable por reírse de las desdichadas criaturas mortales de quienes Matilda y Juan se reían de jóvenes. ¡Fue tan dulce al principio, fue tan nuevo y tan puro y tan cómico al principio! Una furtiva lágrima no resbala ahora —salvo tal vez hacia adentro— en recuerdo de la Matilda Turpin de veinticinco años que apareció aquella mañana de octubre en el bar de la Facultad de Filosofía de Madrid y pidió una caña y un bocadillo de tortilla en la barra del bar.

Matilda, sin corazón: no tenía corazón, el corazón tiene razones que la razón no entiende, y Angélica —que en el curso de la tarde ha recordado el texto pascaliano— ha declarado que la innegable inteligencia de Matilda era una inteligencia sin afectos, desafecta, despegada. Por eso pudo dedicarse al más despegado y brillante de todos los negocios: la bolsa. Su suegro ha sonreído, ha asentido, no se ha comprometido en exceso esta noche: mientras escuchaba el agitado y en el fondo monótono y repetitivo parloteo de su nuera, Campos decide omitir, al menos de momento, los lados del comportamiento de Matilda que delataban su fuerte corazón (salvaje quizá, pero también cálido): hay que echarle hilo a la cometa de Angélica, dejarla que se cueza en su salsa, que se desplome del alto coturno de su comineo de alto *standing*: la gracia estará en eso, en verla desplomarse de buenas a primeras, más tarde o más temprano. El único comentario veladamente guasón de Juan ha sido:

—¿Y si..., Angélica, hubiera sido justo al revés?

—¿Cómo al revés? —ha inquirido Angélica con la vivacidad sobresaltada de quien se siente repentinamente agredida por un mosquito. Es un efecto muy cómico éste de los sobresaltos de Angélica cuando, interrumpida en una de sus tiradas por una sugerencia ajena, por nimia que sea, todo el discurso se le viene abajo: parece desconsolada de pronto, como a punto de llorar.

—Pues al revés: que el que no tuviera corazón fuese yo, y Matilda en cambio la que tuvo corazón por los dos y aún lo tiene.

—¡La prueba de que tú tienes corazón es lo que dices ahora! ¡Si no lo tuvieras no lo dirías! —ha exclamado Angélica.

Ahora se disuelve Angélica en la penumbra. Tiene tan poca importancia que entre su presencia real y su presencia irreal apenas hay distancia. Es un fantasma pobre, un fantasma que puebla el mundo real de Juan Campos, volviéndolo cómico, imaginariamente cómico. Matilda es, en cambio, el gran fantasma que esta noche, como tantas otras desde su muerte, da la impresión de aparecer y desaparecer por propia voluntad. Juan tiene la impresión de que Matilda no acude a su convocatoria: da igual que otros la evoquen como lo hizo Emilia la otra tarde, como lo hace a diario Fernandito, con su belleza andrógina que tanto recuerda a la de su madre y cuyo genio irónico tanto tiene, en agraz, de Matilda. Matilda ha superpuesto, a su ausencia mortal, su ausencia fantasmal, y Juan Campos, con una terquedad que recuerda la terquedad minuciosa del amor, la evoca en vano. Cuando Juan quiere, Matilda no quiere. Cuando Juan no quiere, Matilda le transforma en el lugar de sus apariciones y le invade. Es como si regresara de nuevo de los viajes, imprevisible. Y amante. Juan Campos musita y nadie lee sus labios, lo irritante acabó siendo eso: que ella era mi amante y yo su amado. Nunca logré invertir estos dos roles.

Esta noche ciega. Se ha levantado el viento del mar. Afuera ruge el mar. Afuera, sin luna, cruje el viento marítimo de los acantilados. Afuera, en el jardín del Asubio, los castaños de Indias enmohecidos, sacudidos, asienten doblegándose a la corrupción de sus copas verdeantes del verano lejanísimo. Afuera vendrá la lluvia, arreciará el viento, no habrá ninguna luz, y abajo Lobreña será un pueblo anticuado y cerrado de casonas obliteradas por la lluvia y el viento y la continuidad salobre de todos los difuntos pasados, presentes y futuros. Y dentro, en el interior del cuarto de estar de Juan Campos, la memoria no es una línea recta, ni hay en el corazón o en su voluntad ya líneas rectas. Pero es viva, sin embargo, la memoria advenediza, turgente, casi procaz, que ahora atrae hacia sí misma, desde fuera de sí misma y desde dentro de sí misma a la vez, en un juego de espejos y de voces, el tiempo anterior, el desfondado. Afortunadamente dentro del despacho de Juan Campos el fuego de la chimenea se reaviva por sí solo como el fuego crepitante de una leyenda antigua. Y el mármol cálido y sonrosado de la chimenea tiene la calidad, al tacto, de la piel joven, de la mujer joven, del Juan joven que se dejó amar por Matilda.

# SEGUNDA PARTE

—

# JUAN Y MATILDA

## XXIII

Allá por el año 88 comenzó a sentirse solitario, abandonado, filosófico, Juan Campos. Él mismo usó esta expresión, *filosófico*, para designar su actitud una tarde de conversación con Antonio Vega, que llevaba en la casa ya unos catorce años. El despegue de Matilda fue por esas fechas, a finales de los ochenta. Antonio no entendió el porqué de *filosófico*, y comentó que llevaba siendo filosófico y profesor de Filosofía casi media vida ya. Sentirse filosófico —declaró entonces Juan— es sentirse como yo me siento ahora: caviloso: lo que allá en USA llaman *blue, I'm feeling blue.* Entonces contó que se sentía muy solo sin Matilda, se sentía desamado, era terrible sentirse desamado al sentirse amado. Antonio le escuchaba absorto y sorprendido, puesto que Juan no era de ordinario amigo de confidencias. Era horrible —contó Juan— sentir en carne viva aquel amor de Matilda que, sin proponérselo, al amarle, le succionaba, le vaciaba, le anulaba, le traía a mal traer, le jodía vivo.

—Matilda me está jodiendo vivo, Antonio.

Antonio no salía de su asombro cuando oyó aquello.

—¿Pero cómo jodiéndote? —acertó a preguntar Antonio.

—¿Te escandaliza oír esto?

—No, no sé. Me extraña. A mí me parece que os queréis mucho...

—Ahí está el asunto: que nos queremos mucho. Más ella a mí que yo a ella, quizá.

—¿Entonces...?

—Tú sabes que yo mismo la he animado a meterse en negocios. No se hubiera decidido sin mi aprobación.

—Lo sé... Lo siento, no veo el problema. Comprendo que te sientas solo: yo mismo echo de menos a Emilia. Pero así es como han salido las cosas. Es lo que hemos convenido, los cuatro.

—Ya, ¿pero no te parece que a veces no es suficiente tener algo decidido? A veces decidimos hacer cosas que nos contrarían, que nos lían.

Juan recuerda ahora, esta noche, el sencillo rostro de Antonio en blanco. Nunca le había hecho Juan una confidencia de esta naturaleza, y ahora que se la hacía, no sabía Antonio cómo procesarla. Por fin acertó a decir Antonio:

—No sé. Yo no entro ni salgo en esos complicados mecanismos mentales. Yo estoy seguro de que os queréis. Claro que sí. Eso es lo esencial.

—Eso es lo esencial, desde luego, claro que sí —repitió Juan y añadió—: Me siento solo. ¡Yo la ayudé tanto!..

—¿Y ahora lo lamentas?

—No. No lo lamento, pero no me alegro. Al no poder alegrarme, no lamentarlo no es bastante. Tendría que alegrarme y no me alegro...

Esta noche interior. *Nada hay dentro, nada hay fuera. Lo que hay dentro, eso hay fuera.* He visto sólo una ciudad por dentro / fuera no hay nadie. / He visto sólo una ciudad por fuera / dentro no hay nadie... Calcomanía blanca de la nada durmiente. ¿Qué versos son estos que irrumpen ahora en Juan Campos sin convocarlos, por sí solos, como vencejos velocísimos, multipropiedad del estío en la ciega noche del norte, del Asubio? Matilda es un nombre propio que denota toda Matilda, su significado (Sinn), pero con la referencialidad (Bedeutung) quebrada. Matilda es el referente de su nombre propio que ahora, como en vida, es y no es, está y no está, rehúsa ahora ser el referente inequívoco de su nombre propio. Nada hay dentro, nada hay al fondo, la memoria infiel es más infiel aún de lo que Juan Campos llegó a ser con Matilda cuando, a la vez que se dejaba amar, resentía el rumbo que la vida de Matilda iba tomando. Un rencor minúsculo fue la forma que la infidelidad adoptó en su caso. Además, ya tenía la decisión tomada. Lo negó. Esa negación fue un trámite. Un trámite innecesario porque Juan, desde el primer momento, admitió la validez de la decisión de Matilda de ejercer su carrera. Hubiera sido preferible quizá que su relación hubiese sido más vulgar, más convencional: si hubiesen sido un joven matrimonio medio en aquella España de los ochenta, la decisión de Matilda de meterse en negocios hubiera sido igualmente firme quizá, pero menos profunda, más de moda. Al fin y al cabo eran tiempos de liberaciones, también de la liberación de la mujer. Si la relación del matrimonio hubiera sido más común de lo que era, hubiera habido una discusión, un rifirrafe, un tira y afloja, un «no esperarás que me quede con los niños solo», o un opuesto «no esperarás que me quede en casa con la pata quebrada». Hubiera habido mutuos reproches y unas cuantas reconciliaciones seguidas de reproches antes de que, finalmente, Matilda hiciera su santa voluntad. Y en la idea misma de reconciliación hubiera habido su poco de reproche, como el regusto agridulce de las comidas chinas, una como redolencia del excesivo ajo en los filetes rusos. Pero no hubo nada de eso, porque la relación entre los dos no fue vulgar, nunca lo fue, ni al principio ni después. Porque desde un principio, desde los primeros momentos del mutuo apego físico, decidieron adoptar la idea rilkeana de que el matrimonio consiste en dos soledades que mutuamente se respetan y reverencian. Cuando se conocieron con veinticinco, y se encontraron mutuamente hermosos y brillantes y se acariciaron y se acostaron, les exaltó la idea, paradójica, de que eran dos soledades en aquel mismo instante —no obstante el intenso apego que entonces vivían— y que seguirían siéndolo siempre. Su noviazgo y sus primeros años de matrimonio estuvieron presididos por esta racionalidad paradójica de las dos soledades. Implícita, pues, en esta noción de soledad en compañía, estuvo siempre la idea del posible desarrollo independiente de cada uno de los dos. Juan se consagraría a la meditación filosófica, a sus publicaciones y a sus clases, y Matilda... Se consagraría a su propia vocación, fuese cual fuese. Porque aquí sí hubo una cierta ambigüedad al principio. De acuerdo con la tradición multisecular, Juan Campos desarrollaría su vocación con su carrera, sus publicaciones y demás. El entusiasmo, en cambio, que Matilda obviamente sentía y decía sentir por su brillante carrera de económicas no acababa nunca de parecer del todo a Juan —y quizá al principio ni siquiera a la propia Matilda— una vocación tomada en serio. Debido en parte a la misma intensidad del entusiasmo de Matilda, su vocación y habilidad para los estudios económicos daban la impresión de ser un *hobby*. Tanta devoción ponía en entender y explicar a su novio la balanza de pagos o las estructuras macroeconómicas de la sociedad capitalista, que no daba la impresión de que eso fuera nunca a constituirse en un serio proyecto vital. Y hubo, claro está, el parón de los hijos. Matilda daba la impresión de que jugaba a ser una economista brillante y que dedicaba a la economía tanta devoción como suele dedicarse a jugar al golf o a montar a caballo o a tocar el piano... cuando uno no se propone ser más tarde ni golfista, ni jinete ni pianista profesional. Por otra parte, Matilda no dudó nunca a la hora de aceptar sus embarazos: lució su maternidad en su elegante cuerpo las tres veces consecutivas que se quedó embarazada e hizo toda la gimnasia prenatal que le dictó su sensatez y los textos sobre el asunto que leía. No hubo, pues, durante los aproximadamente quince primeros años necesidad alguna de poner a prueba la descripción rilkeana de matrimonio. Sí —aceptaban los dos—: eran dos soledades muy bien avenidas que se gustaban y adoraban mutuamente. No había en la práctica divergencia específica en los proyectos de cada cual. Los dos se habían embarcado en el proyecto común de un matrimonio feliz y deleitable cuyo fruto eran tres hijos estupendos, con la adición —ésta sí peculiar y directamente inspirada por las costumbres anglófilas de Matilda— de Emilia y Antonio. Por otra parte (y ésta era, a la hora de hacer el recuento del asunto, una obvia tercera dimensión) había el bienestar económico del que gozó desde un principio la familia Campos. La gracia estaba en vivir austeramente en la abundancia y el confort heredados. Sorprendía, eso sí, un poco al principio a Juan, la completa ausencia de conciencia crítica de Matilda en lo relativo a su heredada solvencia económica. Matilda, de joven, encarnaba, sin el menor remordimiento de conciencia, la imagen de una rica heredera que vive austeramente, bienhumoradamente, su fortuna, porque lo elegante es vivir el gran dinero así. Todo conspiró al principio a favor de la vida fácil: el concepto de las dos soledades era sólo una elegante teoría adoptada por un matrimonio de dos jóvenes ricos que se aman muchísimo y que en la práctica no querrán ser, cada uno por su lado, una soledad distinta e independiente de la otra. Y sin embargo el hecho fue que al cabo de quince años, algo menos quizá, se habían convertido en esa por definición paradójica figura de la pareja *growing closer and closer apart.* Y sucedió que, siendo como habían sido siempre, inteligentes y autoconscientes, cuando la bifurcación de los dos proyectos de cada una de las dos soledades se hizo real, no había ya nada que decir, nada que añadir, ya estaba todo dicho. Así que, por absurdo que parezca, no lo hablaron. No habían parado de hablar desde el día en que se conocieron en la Facultad de Filosofía y Letras de Madrid hasta el momento que Matilda decidió organizar Gesturpin. Cuando llegó ese momento, sin embargo, siguieron adelante: pero eso no lo hablaron, lo hicieron.

Por otra parte hubo en la decisión de Matilda una circunstancia exterior, única en su género: la presencia tutelar de los banqueros-*scholars*, amigos de sir Kenneth, que se carteaban en latín. Estas demoníacas personas no tuvieron jamás la menor duda: la joven, la maravillosamente guasona y ágil Matilda, que jugaba al póker con su padre y con todos ellos, iba —casada y todo— a irrumpir en bolsa como un asteroide inesperado. No hablaban de otra cosa. Eran los altos directores de la Banca inglesa, que habían hecho Clásicas *(Greats)* o Historia en Cambridge y en Oxford, y que consideraban que nada preparaba tanto para una eficaz gestión financiera como haber descifrado a Esquilo en la juventud, o recitar a Virgilio de memoria. Eran personajes brillantes y velados, como mandarines de las complejas dinastías imperiales chinas, que no aparecían en los periódicos o sólo raras veces y que formaban parte de las asesorías financieras de la Corona británica. Matilda los trató a todos desde muy joven y cuando, de pronto, anunció que se casaba con el hijo de un médico español se sintieron todos humorísticamente descorazonados. Así que cuando, tras la muerte de sir Kenneth, anunció Matilda que iba a montar una gestoría financiera para inversores en bolsa y que iba a utilizar su propio primer apellido, Turpin, reminiscente del célebre Dick Turpin, para designar su compañía, les pareció a todos que por fin Matilda había llegado a ser la que era desde siempre. Matilda tuvo que reconocer, hablándolo con Juan, que la calurosa acogida que su proyecto tuvo entre los banqueros fue determinante, si no de la decisión misma, sí de ciertos aspectos estilísticos de la decisión: sería una financiera de nueva planta. A finales de los ochenta, muy pocas mujeres españolas o anglosajonas estaban en condiciones de emprender un proyecto tan ambicioso como el de Matilda y casi ninguna de obtener el asesoramiento y el apoyo efectivo que un proyecto así necesitaba. Matilda sería la primera, o una de las primeras, innovadoras: una mujer casada, con tres hijos, con energía y gracia suficiente para, sin descuidar su vida matrimonial y su familia, sacar adelante un complejo proyecto financiero. La perspectiva de discutir con sus viejos amigos los nuevos y vigorosos asuntos de la Bolsa Internacional comunicó un suplemento de energía al corazón de Matilda. Por absurdo que parezca, fue por este lado —el más externo a la decisión misma— donde aparecieron las primeras quiebras de la confianza de Juan Campos. Sintió que su mujer se enamoraba —metafóricamente, sin duda— de un nuevo estilo de intelectual: el intelectual-hombre de acción. Porque lo interesante para Matilda era que los banqueros escoceses e ingleses que la apoyaban eran de verdad intelectuales humanistas en una línea muy del XVIII, con un cierto aire de déspotas ilustrados, de benevolencia distante y aristocrática, que resultaba cautivadora, pero también, al menos para Juan Campos, en parte difícil de asimilar, en parte hiriente. Y aunque Matilda aseguraba que él mismo, Juan Campos, era su único *scholar* verdadero, otra se le quedaba dentro a Juan, un endurecimiento mínimo y, al parecer, inextirpable. De la misma manera que Matilda no tuvo nunca remordimiento de conciencia por ser rica y disfrutar austeramente de la fortuna de su padre, no tuvo remordimiento tampoco a la hora de dejar a los hijos en casa con Juan y con Antonio y llevarse a Emilia de asistente personal. En la calcificación del endurecimiento minúsculo, pero inextirpable, de Juan, este factor de la falta de sentimiento de culpa por parte de Matilda tuvo una importancia considerable. Si Matilda hubiera, de algún modo, sido vergonzante, exigido con violencia su derecho a realizar su propio proyecto profesional, a costa incluso de abandonar la educación de sus hijos, si Matilda hubiera sido una mujer más vulgar, la calcificación tal vez no se hubiera producido. Una mujer más vulgar hubiera tratado de persuadir a su marido de que tenía razón, de que tenía derecho, de que era legítimo tratar de compaginar sus intereses profesionales con su vida familiar. Y en la posible virulencia de este debate, hubiera sido posible detectar —Juan lo hubiera detectado de inmediato— un sentimiento de culpabilidad. Y ese sentimiento hubiera servido para lubricar el severo desapego de Matilda a los cuarenta y tantos —porque desapego fue, sin duda, y repentino, sin dejar de ser por ello a la vez paradójicamente una reafirmación de su amor por Juan y su familia—. En lugar de justificarse, Matilda organizó las cosas, la vida de los hijos y la vida de la familia, con gran exactitud. Al irse Matilda, llevándose consigo a Emilia, no fue con Juan con quien deliberó durante largas horas acerca del programa de actividades escolares y extraescolares de los niños, sino con Antonio Vega. Juan asistió a este compacto curso de pedagogía doméstica con un sentimiento de perplejidad y una punta de guasa, sólo para descubrir que ni perplejidad ni sentido del ridículo embargaban en modo alguno a su mujer o a su amigo. Desde un principio Antonio Vega tomó completamente en serio su encomienda —que en lo esencial sólo era una prolongación de las tareas de tutoría y supervisión que llevaba ya realizando muchos años—. Le parecía a Juan, con todo, sorprendente que Antonio no reprochase a Matilda o a Juan o a la propia Emilia el que, con motivo del proyecto profesional de Matilda, fuese a quedar él mismo separado de Emilia durante largos períodos de tiempo. Juan llegó a plantear este asunto a Antonio en una ocasión, aunque evitó referirse directamente a la situación de Emilia y Antonio. Lo planteó como cosa más bien suya:

—Yo me siento un poquito abandonado, Antonio. Echo de menos a Matilda como tú, supongo, echarás de menos a Emilia. ¿No te sientes tú como dejado atrás un poco, al otro lado de la puerta, desactivado?

—No me siento así, no —contestó Antonio Vega—, porque no estamos desactivados ni tú ni yo, ni tampoco estamos solos. Están los niños, estás tú, están Emilia y Matilda que nos llamarán por teléfono y que pasarán con nosotros varias veces al mes unos días. Mi padre trabajó en la mina en Asturias muchos años y no venía por Letona más que una vez al mes, o menos, y nunca nos sentimos abandonados. Era natural que nos dejara en casa y se fuera a ganarlo donde había de qué...

—Pero Matilda no tenía obligación de salir de casa para ganarlo, ya lo tenía aquí. Matilda, a diferencia de tu padre, que era pobre, es rica. Y el papel de Matilda en esta casa es el papel que desempeñó muy bien tu madre. Y no el que desempeñaré yo ahora haciendo las veces de Matilda, o tú, haciendo a la vez de padre y madre sin tener por qué.

Algo así vino a ser la conversación. Juan Campos recuerda esta conversación aún, aunque no recuerda en qué acabó aquello. Tiene esta noche la impresión Juan de que no consiguió comunicar su inquietud a Antonio, y que Antonio, con la misma naturalidad de Matilda o de Emilia, daba por sentado que todos estaban haciendo todo bien. Juan tiene idea de que Antonio añadió algo así:

—Ahora no es como antes ya, más vale así. Ahora todo está cambiando, pero todo seguirá igual, mejorará, si no nos empeñamos en ver tres pies al gato.

Una respuesta insatisfactoria ésta en opinión de Juan. Quizá no fue exactamente eso lo que dijo Antonio, sino sólo lo que Juan recuerda.

Hubo, bien mirado, más años de vida conyugal —unos dieciocho— que de vida profesional para Matilda —unos trece—. En ambos casos, Matilda estuvo siempre claramente expuesta. No hubo nunca equívocos: Matilda nunca declaró que su ideal fuese la vida de mujer casada entregada a la maternidad y a las tareas caseras. A medida que los niños iban haciéndose mayores, Matilda fue pensando que lo suyo estaba en los negocios. Y nunca lo ocultó. De tal manera que Juan no pudo llamarse a engaño cuando, tras la repentina muerte de sir Kenneth, tras la testamentaría y los obligados viajes entre Londres y Madrid, fue obvio que Matilda se ocuparía de la fortuna familiar y que aprovecharía la oportunidad de activar una posibilidad de sí misma mil veces imaginada pero nunca puesta en práctica. Y fue fascinante que (aun habiendo declarado Matilda con frecuencia que ésa era su intención) Juan nunca la tomara en serio. Así que cuando Matilda alquiló un local en Madrid —unas oficinas— y rehabilitó la oficina de su padre en la City londinense, Juan se quedó asombrado. Pronunció una frase absurda:

—Esto viene a ser como la muerte. *In media vita in morte summus.* Y la muerte no esclarece la vida, simplemente la interrumpe, la vuelve absurda.

Matilda protestó. Negó que su dedicación explícita a los negocios fuera equivalente a esa interrupción de la vida que es la muerte. Y Juan fingió reconocer su exageración y retiró la expresión. Los primeros viajes de Matilda e, incluso, sus primeras jornadas laborales en Madrid para montar la oficina hicieron sentirse a Juan muy solo.

—No sé qué hacer sin ti en casa —declaró Juan.

—Es sólo al principio, es un cambio de rutinas, nada esencial cambia entre nosotros.

Y era verdad. Hubo escenas cómicas: Juan reprochó en broma a Matilda que le abandonara en plena abundancia:

—Me dejas en la abundancia, en una vida de lujo y bienestar.

—Bueno, mejor, eso es bueno, ¿no?

—No, no es bueno. Es lo peor de todo. No tengo derecho a quejarme. Me dejas perfectamente instalado. Hasta un buen servicio doméstico en la casa, cosa que nadie tiene ya hoy en día. Pero nosotros sí. Vivo como un rey.

—Pues eso es bueno —repitió Matilda.

—Pues no, no es bueno. Es lo peor de todo.

—¿Preferirías que te dejara arruinado? —llegó a preguntar Matilda, riéndose.

—Francamente, casi sí. Me has convertido en un rentista. Si me jubilara esta misma tarde con cuarenta y tantos, no pasaría nada en absoluto.

—Pero hombre, Juan, una persona como tú no se jubila ahora, ni con cuarenta ni con cien: mientras tengas energía intelectual, mientras estés activo, intelectualmente despierto, no hay ninguna diferencia entre tú y yo. ¿Querrías que me quedara aquí? Di la verdad. Si tú me dices ahora mismo que pare todo, que lo deje todo y que sigamos como estamos, yo...

—Nadie está hablando de que pares nada. Lo único que digo es que no me dejas decir nada. No tengo nada que añadir. Has dejado todo tan bien organizado que mi obligación es estar contento con la presente situación. No tengo ni derecho al pataleo.

—Bueno, pues no. No lo tienes.

Esta versión cómica de la situación alternaba con una no formulada inquietud por parte de Juan y también, quizá, por parte de Matilda. No obstante su entusiasmo por su nuevo proyecto, Matilda sintió, a su manera franca de tratar las cosas, un remordimiento no expresado, una sensación de que faltaba una cierta perfección, la perfección del proyecto común de los dos. ¿Hubiera sido preferible que se dedicaran los dos a los negocios? ¿Hubiera sido preferible que se dedicaran los dos a la práctica y a la teoría filosófica? ¿Hubiera sido preferible que Matilda hiciera un cursillo acelerado acerca de lo bello y lo sublime en Kant, en Schiller y en Schelling? Era una situación cómica y, a ratos, los dos conseguían realmente reírse con ella. Pero la risa no acababa de iluminarlo todo por completo. Fue desesperantemente simple. La opción de Matilda era razonable. Implicaba, sin embargo, algunos elementos no convencionales que podían ser declarados objetivamente discutibles: era verdad que los tres chicos estaban ya criados —Fernandito, el más pequeño, tenía trece por aquel entonces—. Era verdad que Juan se quedaba solo: incluso dando por supuesta la buena voluntad de Juan, era imposible combinar las dos actividades profesionales. Y este problema no lo tenía sólo una rica heredera como Matilda, lo tenían ya muchas chicas de la edad de Matilda que a finales de los ochenta dejaban su casa para ir a trabajar. Juan era muy consciente de la situación: que Matilda fuese una rica heredera no añadía nada esencial al problema: lo esencial era que Matilda tenía una ocupación a la que dedicarse con seriedad y que implicaba abandonar su casa. Todas las humildes secretarias tenían el mismo problema. Los aún exiguos sueldos de una auxiliar administrativa de la época (unas setenta mil pesetas de entonces) tenían que dar para pagar a una asistenta que se quedara con los niños desde las siete de la mañana hasta las cuatro de la tarde, y salía del sueldo de la chica. Pero salir de casa, irse de casa no era diferente: el problema era el mismo, la única diferencia es que en la clase social de Matilda, y sobre todo en el mundo británico, la educación de la prole la llevaron siempre a cabo los preceptores y los criados. Y así seguía siendo en casa de los Campos, incluso antes del despegue de Matilda. El peso de la educación recaía ya entero o casi entero en Antonio Vega. Así que no tenía Juan Campos argumento ninguno práctico, sino sólo un remusgo que oponer a Matilda. Y dada la relación franca y abierta entre ellos, los remusgos estaban de sobra. Siempre habían dicho los dos: lo que tengas que decir, dilo. Incluso lo que creas que sientes, aunque no estés seguro, dilo... Bien es cierto que era Matilda la que insistía siempre en la transparencia completa, y Juan, a fuer de filósofo (la claridad es la cortesía del filósofo también en la vida privada) asentía. Pero en aquella ocasión, la claridad estricta le resultaba a Juan imposible de practicar: una voluntad de transparencia ahora le desnudaba de un modo extraño, le ponía en evidencia. No podía decir: siento unos celos que no son celos, pero que sí son celos, de tus banqueros ingleses, los amigachos de tu padre. Ya sé que son vejestorios la mayoría, mucho mayores que tú. Pero presiento que entre tú y ellos dibujáis un círculo en el suelo y os metéis dentro y yo quedo fuera. ¿Cómo no me voy a quedar fuera si apenas sé lo que es una sociedad anónima?... Esto no podía decirlo, porque Matilda hubiera contestado: pues si no lo sabes lo aprendes. ¿No he aprendido yo lo de Schiller y la educación estética del hombre? Pues tú lo mismo. Y era verdad que Matilda se había apasionado especialmente al leer los artículos de Juan y al discutir temas filosóficos. Juan tenía que reconocerlo: se había esforzado no sólo en las sobremesas y tertulias: su inteligencia rápida era muy hipercrítica y amiga del debate intelectual. No le interesaba mucho la literatura (apenas leía novelas o poesías) pero en cambio la apasionaba discutir ideas. Hubiese sido una competente tutora de filosofía de habérselo propuesto. En cambio, lo contrario no era verdad: la inteligencia de Juan Campos era verbosa, pero no rápida: era más bien minuciosa, con una considerable habilidad para poner en conexión entre sí datos aportados por la erudición histórica (tenía buena memoria), pero rara vez alcanzaba una conclusión o una intuición filosófica de un salto: era moroso y premioso. Era un académico anticuado, aficionado a la especulación metafísica, que abandonaba con gusto por el cotilleo con los colegas. Era aficionado a discutir vidas ajenas: los doctorandos, los miembros del claustro, los problemas de la facultad y el decanato... Todo eso lo aborrecía Matilda. Ese claustro vuestro es paleto —decía Matilda—. Y la verdad es que cuando se reunían a cenar los matrimonios del claustro, las bromas de Matilda al salir, imitando a las doctas esposas, rebotaban en las fachadas del Madrid nocturno. Decía: he ahí los catedráticos *pot-au-feu*, en compañía de sus señoras ex seminaristas (una malignidad muy de Matilda ésta). ¡Era tan divertida, tan mala! Tan capaz de tomar parte en aquellas cenas de matrimonios académicos, que detestaba, y dar el pego. Juan tenía la impresión, a veces, de que Matilda era casi inconsciente de sí. Como si en su caso único la santidad fuera verdaderamente inconsciencia. Podía ser maliciosa y a la vez santa. Y el efecto que causaba en las cenas de matrimonios era cómico y conmovedor a la vez. Desde el primer día la pareja causó un impacto notable. En aquel tiempo Juan era sólo un profesor auxiliar, que acompañaba al titular y poco menos que le llevaba la cartera. Las primeras cenas fueron increíbles. Iban a cenar gamo al Pardo. Era a finales de los setenta. Aún las esposas de los académicos del departamento de Filosofía tenían un aire retro, años cincuenta, un résped ingenuo, una mirada de reojillo que calibró instantáneamente la absoluta elegancia de Matilda (que no podía haber elegido para las primeras ocasiones trajes más lisos, más sin pretensiones).

Juan Campos recuerda, esta noche interior del Asubio, el estremecimiento de entonces, como si el viento exterior, un turbión cantábrico, hubiese abierto de par en par una contraventana de la sala: ¡el orgullo que sintió de estar casado con aquella criatura exótica, elegante, ingeniosa, mordaz y compasiva al mismo tiempo! La amaba. Cuesta creerlo ahora —piensa Juan Campos—, pero tal vez con ocasión de aquellas cenas de matrimonios académicos, que se celebraban con una periodicidad mensual, sintió que amaba a Matilda sin reservas, que amaba él más, mucho más, de lo que él mismo era amado. No me elegiste tú a mí, sino que te elegí yo a ti, Matilda —pensó entonces—. Y vuelve a rumiar melancólicamente ahora, sabiendo que eso después no fue verdad. Nada fue verdad. Que nada fuera verdad es el fundamento de su presente melancolía, cronificada melancolía de superviviente, de impostor. Soy un impostor, fui un impostor. ¡Qué pobres los conceptos! Si no estuviera agotado —piensa Juan Campos—, si no fuera ahora lo que he llegado a ser: el incapaz de proferir o proferirse, esta simple frase *soy un impostor*, requeriría una explicitación de mil folios. Esta coquetería de los mil folios le entretiene por un instante: porque le cuesta fijar la atención en lo que ocurrió en la Matilda de entonces, sofocada por la Matilda inconvocable de ahora, la fantasmal Matilda omnipresente que rehúsa toda presentación emocional, toda presencia salvo la instantánea presencia cruel de sus lacerantes apariciones y desapariciones. Echa de menos a Antonio Vega. Ahí se detiene y ahí, en Antonio Vega, se tranquiliza durante un buen rato. Mañana le contará todo esto a Antonio Vega. Antonio sabrá terminar esta historia inacabada, este relato de cristales rotos que se clavan en la carne de la conciencia como espejos. Matilda era hermosa. Las esposas de los catedráticos, obtusas y perspicaces, garduñas, lo supieron desde el primer momento y la adoraron desde el primer momento con su sencillez de corazón pueblerina. Y Juan se contempló en aquel espejo maravilloso de la adoración que su mujer inspiraba en las esposas de los catedráticos porque sabía inglés y francés, porque sabía qué traje de tarde era el traje de tarde apropiado, porque sus largos dedos de uñas pulimentadas recordaban los guijarros de los veloces regatos de montaña, porque era inaccesible cuanto más accesible. Y que Matilda, al salir, se riera de ellas, era parte de la inocencia afectuosa y maliciosa de Matilda: una combinación perturbadora que hizo que Juan Campos, de joven, creyera que el amante era él y no el amado. Y el caso es que Matilda —incluso con su brillante título de Económicas— sabía mucho menos que las esposas de los catedráticos, que eran todas licenciadas en esto y en aquello. *Sólo catan con inmaturo espíritu mil cosas altas* —Juan recuerda esta noche que cuando hizo esta referencia a Píndaro, Matilda discutió con él furiosamente—: recuerda la furia de Matilda, su ingenuidad furiosa, pero no recuerda el contenido de la discusión. Y, sin embargo, eran incompatibles. El problema fue siempre lo contrario de lo que parecía: no que Matilda no se adaptara a las esposas del claustro, sino que las esposas del claustro no se adaptaban a Matilda: sentían demasiada curiosidad por ella: la encontraban demasiado guapa y demasiado elegante y demasiado inteligente: la admiraban y su admiración era una barrera infranqueable. Y Matilda se dedicó seriamente a sus hijos aquellos años, y también se dedicó a Juan Campos porque le amaba: que sea esto la piedra de escándalo, la contradicción de este relato: Matilda Turpin nunca dejó de amar a Juan Campos. Ni cuando estuvo con él ni cuando se alejó de él: siempre le amó apasionadamente, e hizo todas las cosas que los amantes apasionados, y hasta suicidas, hacen por el amor de quienes aman. La vida de Matilda durante los primeros dieciocho años de matrimonio fue lisa y llana, clara como un mapa escolar, con todas las provincias en colores y los ríos color agua y los montes color brezo.

# XXIV

¿Cuánto tiempo son 18 años? Todo el mundo sabe que el tiempo cronológico y el psicológico no coinciden. Visto desde el final, aquel período matrimonial de Juan y Matilda pareció visto y no visto. De pronto el hijo menor, Fernandito, tenía trece años y galleaba en el patio del colegio y en casa. Visto desde dentro, pareció una eternidad. Pareció la felicidad. Y lo fue. Fueron años felices. Esa felicidad, por supuesto, era o fue una totalidad que, al recontarse, sólo puede verse por lados. Y hubo dos grandes lados: el lado de los niños que crecían y el lado del desarrollo dual de dos proyectos vitales, el de Matilda y el de Juan, que funcionaban al unísono. Es una obviedad decir que una pareja son dos y que, por mucho que se quieran, son estrictamente distintos entre sí. De aquí que, de acuerdo con las costumbres, el proyecto central de la pareja fue el proyecto de Juan: estudiar, escribir y enseñar filosofía. Los intereses profesionales de Matilda, su fascinación por la actividad económica que había heredado, junto con la fortuna de su padre y los amigos de su padre, quedaron en suspensión, aunque no desactivados. Por un tiempo, mientras los niños crecían morosamente (convirtiendo cada festividad y cada tarde de domingo y casi cada tarde de la semana en un laberinto, un verde prado también, de síes y de noes, intensos como amapolas y tan fugaces como las amapolas mismas),

Juan Campos, con Matilda en casa, ayudada por Emilia y Antonio y la cocinera y la doncella, pudo cerrarse en el despacho y preparar sus clases, leer sus libros de filosofía alemana, aparecer al final de la tarde, benévolo y tranquilizador y remoto y a salvo del ruido que, a medida que los niños crecían, iba haciéndose más intenso, porque sábados y domingos cada niño aportaba un mínimo de dos o tres compañeros del cole. Juan Campos no fue nunca un Luis Felipe Vivanco: jamás sintió lo equivalente a *con mi niñita nueva entre los brazos salgo a la primavera,* jamás exclamó: *¡Oh tiempo de las niñas jugando a sus casitas / tiempo de los maíces y el camino encharcado!* La paternidad no fue un sentimiento claro y distinto para Juan, de la misma manera que la maternidad no lo fue para Matilda. La diferencia consistió en que Matilda tuvo que ocuparse de los niños y Juan pudo eludirlos sin aparente merma del gratuito prestigio paternal que los niños conceden al padre, haga lo que haga. Y los niños, cuya nurtura aburría ligeramente a Matilda, tenían, en lo especulativo, algunas compensaciones para Juan y también para Matilda: cabía discutirlos, en el dormitorio conyugal o a las horas de las siestas, desde la perspectiva de una ideal *paideia.* Así, las preguntas de los niños resultaban dulcemente inquietantes y agudamente inquisitivas también: ¿la muerte de la tía Manolita y la muerte del vencejo que encontraron el verano pasado al pie de un muro en el Asubio eran muerte lo mismo? Que un difunto vencejo, una vez fallecido y reseco e invadido de hormigas, se hubiera, eso no obstante, ido últimamente al cielo resultaba verosímil, porque parecían los vencejos provenir del cielo y desaparecer por temporadas en el cielo, e irse y venirse constantemente de su agujero del muro al cielo, chillando exaltados, abrazados al aire con el maravilloso semicírculo de sus fuertes alas negras. Pero ¿y la tía Manolita, que no era a todas luces celestial? ¿Cómo iba a irse al cielo después de muerta si, incluso en vida, no se movía del sillón, aquella gotosa hermana mayor del padre de Juan Campos? No parecía el cielo, en modo alguno, un lugar confortable o habitable para las tías-abuelas. ¿Venían los niños de París? ¿Venían de París ya vestidos con sus zapatitos y todo? La inspección y discusión de bebés fue asunto de gran importancia en casa de los Campos hasta los seis años o siete de Fernandito, cuando ya Andrea y Jacobo estaban al cabo de la calle, pero aún Fernandito quería saber si los niños venían al mundo con Dodotis, o cómo. ¿Y los Reyes Magos? ¿Había que mentirles —si es que eran mentiras— a los niños? Había que decirles la verdad. Había que contársela. Y Matilda y Juan descubrieron, fascinados, que el gran contador de verdades, entresacándolas de las mentiras, no era ninguno de ellos dos, sino Antonio Vega, que llegó a inventar un cielo común supracelestial para los vencejos y tía Manolita, un cielo afirmativo, tan fuerte y vehemente, más vehemente que la luz del sol, donde ya en vida habitaban a la par vencejos y personas, el cielo de la alegría de vivir. Esto, por supuesto, incluía un punto fatal, empíricamente verificable por los niños, a saber: que el descarnado vencejo, pasto de las hormigas, hallado al pie del muro en el Asubio, no se alegraba de vivir y no parecía vivir, y estaba muerto. Pero Antonio tenía un arte raquero, de antiguo pícaro, para soslayar las dificultades distrayendo la atención. Antonio Vega, que no tenía principios, tenía en cambio, pedagógicamente hablando, clarísimos fines: había que vivir con entusiasmo y devoción el día a día, y en esto Matilda se parecía más a Antonio que Juan.

Tanto en las reuniones del claustro, como en las cenas o cócteles del lado de Matilda, había las otras parejas coetáneas de Juan y de Matilda, que vacilaban o que fracasaban. Y éste era un punto de vanidad para el joven matrimonio Campos, que hacía que se miraran de reojo o comentaran después: eso a nosotros no nos va a pasar. No iba a pasarles porque ambos estaban decididos —o quizá sólo Matilda, ¿quién es capaz de saberlo a estas alturas?— a aplicar el ingenio al matrimonio. ¡Claro que había divergencias de opinión, y más que eso! ¡Había divergencias de actitud vital entre los dos! Pero todo podía ser hablado, debatido, examinado en el retiro común de los descansos, las siestas, las pausas de los críos: hablarían sin cesar, se expondrían el uno ante el otro con una desnudez más limpia aún que la desnudez preternatural de Adán y Eva: más limpia porque no era ideal, sino real: causada deliberadamente por cada uno de los dos y no incausada o causada por Dios a imagen y semejanza Suya. Y en esa discusión autoconsciente y continua en que a juicio de ambos se cimentaba la estabilidad del matrimonio, hubo un curioso asunto que fue la actitud ante el error. Matilda había aprendido de los anecdotarios de la formación de los hombres de empresa que había toda una *psicología del criterio equivocado*: Matilda decía —evocando las conversaciones con sus banqueros humanistas— que en el mundo de las inversiones el comportamiento de las gentes era con frecuencia errático o contradictorio o estúpido. Y que las malas decisiones inversoras tenían con frecuencia lugar a espaldas del propio inversor, inconscientemente. De aquí que era imprescindible para entender a fondo las inversiones y los mercados, entender muy seriamente nuestras irracionalidades: tan valioso para el inversor como la capacidad de analizar balances y cuentas de pérdidas y ganancias era examinar la emoción que recarga, positiva y negativamente, nuestra relación con el dinero: un análisis del miedo y la avaricia a la hora de adquirir o de vender acciones era esencial. Ahora bien, proseguía Matilda: ¿qué pasa con los errores intelectuales? ¿No tendríamos que hacer, nosotros los filósofos (Matilda se incluía aquellos años en esta categoría), un pormenorizado análisis práctico de nuestros criterios equivocados? A esto respondía Juan diciendo que el examen del error era, por supuesto, parte integrante de la investigación filosófica desde Platón a nuestros días: la posibilidad del error es parte esencial de la búsqueda de la verdad. Ésta era una respuesta contundente que, sin embargo, no satisfacía a Matilda porque era obvio que los errores filosóficos llenaban páginas y páginas que, una vez cometidos, eran repasados y repensados y vueltos a cometer por sus sucesores. Y es que —pensaba Matilda— los errores filosóficos, a diferencia de los errores de los inversionistas, no parecían tener consecuencias prácticas. Desde ese punto de vista admirablemente absoluto, logomáquico, en que la gran filosofía se ha situado siempre, verdad y error resultan ser perennes datos de una investigación antinómica. En última instancia nada grave sucede si un filósofo yerra. Si un inversionista yerra, se arruina. Había aquí una cierta injusticia que la inteligencia práctica de Matilda hacía a la inteligencia contemplativa y verbal de Juan. Pero había también un punto de buen sentido, de sentido común anglosajón, que impulsaba a Matilda a no contentarse con las verdades y errores de una cadena argumental, sino a desechar lo no productivo. Una tesis doctoral, o todo un libro, sin embargo, podían escribirse y premiarse, tanto si incluían las evidencias confirmadas como las evidencias no confirmadas o incluso absurdas.

Durante unos años, muy al principio, Matilda abrigó la idea de convertirse ella misma en estudiosa de la filosofía. Tenía la impresión, leyendo los escritos de Juan o traduciendo textos filosóficos del inglés —que Juan no dominaba—, que los asuntos de los filósofos, con toda su gravedad y relevancia, quedaban como atenazados por una problematicidad que a Matilda le parecía sorprendente: la gracia parecía consistir en filosofar, investigar, a sabiendas de la imposibilidad de reducir nunca el problema a una solución definitiva. Dada la gravedad de los asuntos tratados, la muerte, la existencia de Dios, la naturaleza limitada del conocimiento humano, el bien y el mal, cómo hacer lo uno y evitar lo otro, incluso el análisis del juicio de gusto, que nos permite decidir por qué una cosa es bella o es fea, todo esto permanecía irresoluto, produciendo, sin embargo, una gran cantidad de movimiento intelectual: le interesó la definición de idea trascendental en Kant, según la cual una idea es un concepto que da mucho que pensar sin podérsele asignar nunca una intuición correspondiente. No daban, sin embargo, los filósofos la impresión de ser personas atareadas, empeñadas en buscar una solución a los problemas, más bien daban la impresión de estar confortablemente instalados en la problematicidad de sus asuntos, buceando apaciblemente en el sumidero de miles y miles de páginas y ofreciendo con frecuencia brillantes soluciones, históricamente aceptadas para ser más tarde históricamente rechazadas también. En conjunto, la actividad de Juan producía una impresión quiescente: confortable e incluso —y aquí es donde entraba el proyecto de Matilda— un poco exclusiva: con frecuencia Matilda se había sentido excluida en una conversación filosófica por no estar del todo al tanto de la terminología. Era un mundo petulante, en una línea muy autárquica y autorreferente que alcanzaba en ocasiones gran belleza retórica. Las palabras de los filósofos eran muy poderosas, sonaban como grandes timbales de una gigantomaquia que, de buenas a primeras, se acababa al acabarse la clase, al acabarse la tarde, para irse a cenar, para quedarse a chismorrear un poco. Y era un mundo presidido, al menos el mundo académico donde se movía Juan, por unas considerables dosis de rutina: la búsqueda de la verdad era tan ardua y duraba tanto, y la búsqueda y la recopilación de la información necesaria para cualquier trabajo era tan copiosa, que el ánimo individual se destensaba fácilmente al cabo de unas cuantas horas de lectura e investigación. De hecho, decidió Matilda, casi era preferible filosofar con desgana: de ese modo las secuelas del no dar con la verdad ni de un día para otro, ni de un mes para otro, ni de un año para otro, se difuminaban graciosamente. El ocio era el principio de la filosofía. Una cierta actitud espiritual que liberaba a las almas filosóficas del negocio, la negación del ocio, y las ponía en trance de ser iluminadas, beatíficamente, en un futuro bien distante. Una investigación filosófica podía durar veinte años. El estudio de un filósofo como Hegel podía durar catorce años. Una tesis doctoral acerca de, por ejemplo, la teoría de las categorías de Nicolai Hartmann podía durar toda una vida. A medida que los niños crecían y cada vez era menos indispensable que Matilda les organizara las meriendas, una cierta inquietud no localizada se apoderó de Matilda. Juan no parecía del todo satisfecho con la idea de que su mujer se pusiera a estudiar filosofía.

—Sería redundante un poco, ¿no te parece? Los dos al alimón pensando el mismo pensamiento. Profiriendo lo pensado a la vez, como a coro, un pensamiento conyugal y dual, como las canciones de las Hermanas Fleta.

Los niños crecían y el dinero llegaba con regularidad. Y con discreción. Tenían una cuenta conjunta en el Banco Santander y dos cuentas separadas, una para cada uno. Matilda organizó las cosas de manera que Juan se sintiese cómodamente instalado sin estridencias. Matilda llevaba las cuentas. De las finanzas se ocupa mi mujer —decía siempre Juan— y todo el mundo entendía que, siendo Matilda una brillante licenciada en económicas, lo suyo era llevar las cuentas y lo otro, la vida contemplativa, era cosa de Juan.

—¿No vivimos por encima de nuestras posibilidades, Matilda? —preguntaba Juan en ocasiones con ese aire lánguido de quien no parece estar muy interesado en la respuesta.

—No, querido. Tenemos inmensas posibilidades. De hecho, ahorramos dinero, cada mes un poco.

Y ahí quedaba la cosa. Hubiera debido quedar la cosa ahí, quizá, y no fluctuar mentalmente y no sobrevolar inesperadamente como una polilla sobre las conversaciones en el momento más inesperado. Matilda estaba acostumbrada a una vida cómoda pero austera. Gastaba poco en sí misma y se apañaba con la ropa que tenía y una costurera particular que iba adaptando, alargando o acortando, su ropa a compás de la moda. La verdad es que todo pareció, en muy pocos años, haberse vuelto rutina, haberse consolidado. Matilda era un ama de casa eficiente y Juan era un marido casero, aficionado a invitar a almorzar a algún colega de la facultad los domingos, pero poco aficionado a acompañar a su mujer a sus contadas visitas sociales. La casa tenía un aspecto severo, muy académico, atestado de libros, no sólo el despacho de Juan, sino la sala de estar y una parte del pasillo. Era una bonita casa en lo que era por entonces una zona aún sin edificar del todo al final de la calle Orense. Juan se embarcó por esas fechas en sus estudios del idealismo alemán: era el cuento de nunca acabar. El idealismo, tal y como lo veía Matilda desde fuera, era una voluminosa serie de libros bellamente impresos y encuadernados que, cuando Juan le leía fragmentos seleccionados, daban la impresión de estar llenos de energía: la vida del concepto, el acto del entendimiento como vida, la experiencia filosófica como experiencia total. Esto hacía vibrar a Matilda. Pero era más bien la imagen, la idea de que todo esto pudiera funcionar algún día en su vida como una inspiración, que el que funcionara día a día en la vida de la familia Campos. Lo cotidiano era la rutina de un matrimonio bienavenido e instalado con todas las comodidades de la alta burguesía y también con todo su buen gusto: no se trataba de figurar, de lucirse, sino de, sencillamente, ser. Y Juan Campos se convirtió en un filósofo cuya única urgencia inmediata era preparar las clases de la facultad. Era un buen expositor, pero la preparación de las clases le exigía, dado el escaso nivel, según Juan, del alumnado, una tarea de simplificación y divulgación que, en conjunto, le irritaba. Es imposible simplificar a Hegel sin desnaturalizarle, exclamaba con frecuencia. ¡Hegel es inseparable de la lengua alemana y de toda la elocuencia académica y alemana en que su filosofía aparece expresada! No hay un Hegel para niños o para adolescentes o, incluso, para universitarios políticamente inquietos. Hegel está *au desús de la melè.* Y los Campos también estaban a salvo del batiburrillo de los años finales del franquismo y de la instalación de la democracia en Madrid. Llegó un punto en que los viajes a Londres empezaron a parecerle a Matilda escapatorias. Se divertía más en Londres que en Madrid, veía más gente, veía, sobre todo, la actividad de enjambre de la City londinense donde sir Kenneth se movía como pez en el agua: le gustaba a Matilda ir a almorzar a la City con su padre. Había un aire de vitalidad. Había una presencia vibrante, confusa, energizante, del mundo entero en aquellas oficinas. Leer el *Financial Times* o las secciones económicas de los periódicos era revivir otra vez las inquietudes universitarias que precedieron a su matrimonio. Releyó por entonces algunas de las biografías de John Maynard Keynes con su insistencia en que el estudio de la economía no fuese una simple gimnasia intelectual, sino que sirviese, directa o indirectamente, para mejorar la vida humana.

Al regresar a Madrid tenía invariablemente Matilda una sensación de aparcamiento. El magnífico piso de la calle Orense le hacía sentirse a ella misma aparcada, dotada de un aire entre sublime y gracioso, como un instrumento musical, un violonchelo o un piano de media cola en desuso que adorna, sin embargo, cualquier elegante sala de estar.

Y esta sensación de hallarse aparcada se recrudecía al no poderla comunicar con claridad a Juan, que se mostraba feliz de verla de vuelta pero que no daba la impresión de haber sufrido soledad ninguna en su ausencia. Las buenas ausencias que Juan guardaba a su esposa transpiraban un subrepticio aire de desafíos, como si dijera: he, en tu ausencia, Matilda, continuado empeñado en la contemplación y el conocimiento de todas las cosas. No las he realizado, eso queda al cuidado de los gestores amigos de tu padre, simplemente las he valorado en lo que valen por sí mismas. Y era verdad que Juan valoraba la sabiduría por encima de todas las cosas, con una especie de voluntad freudiana de construir la cultura e incluso la felicidad matrimonial a base de posponer el gozo. Sólo al final podía lograrse la exaltada inteligencia que se contempla a sí misma inteligiendo, como Dios.

Y Matilda, entretanto, a la vuelta de sus viajes a Londres, al sentirse aparcada, se liberaba de la cautivadora rutina de la vida de Juan y de ella misma como esposa, inventando nombres para unas imaginarias agencias de inversión. Por supuesto, había la gran agencia de bolsa paterna. Se le ocurrieron dos nombres que le hacían particular gracia: GesTurpin, S. A. y Narcisa Investments. En ambas denominaciones había sentido del humor, ironía —la gran reflexividad, imitada de George Soros, a quien había conocido en compañía de su padre en las oficinas de Central Park—. Sí, el sentido del humor, la autocrítica: esto era la vida del concepto: Hegel mismo, el acto del entendimiento que era vida. Y Juan no lo entendía. Y que no lo entendiera era la melancolía insoluble, el fracaso. Esta palabra, *fracaso*, menudeaba ahora —al cabo de los años—, como un moscardón. Y Juan, que —según creía Matilda— se sabía Hegel palabra por palabra y toda la tradición del clasicismo romántico alemán, no lograba hacerse cargo de esta gran hazaña vigorosa y alegre de los *leverage buyouts* de Matilda, por poner un ejemplo. Por entonces aún no se daba cuenta Matilda de que Juan en realidad sí lo entendía: y lo odiaba: y la odiaba: odiaba aquella eterna juventud emprendedora, *lo mujer* de Matilda. Una parte de la complicación procedía de que, a la vez que sus obligaciones maternales iban disminuyendo a medida que los niños crecían, no decrecía su devoción por Juan. Juan seguía resultándole atractivo, guapo, y, por qué no reconocerlo, tan misterioso ahora tras tantos años de matrimonio como cuando le conoció en el bar de la facultad. Juan se dejaba querer. Juan no se hacía querer: se dejaba querer. Era fascinante por eso, por su natural propensión a dejarse cuidar, atender, rodear de afecto. Así, no sólo Matilda, sino el propio Antonio, formaban parte de esa absurda corte —en sus momentos de mal humor denominaba Matilda así a los amigos, alumnos, etc., que rodeaban a Juan:

—Eres, Juan —bromeaba Matilda a veces—, un becario natural de la vida: has nacido para enganchar una beca tras otra, una canonjía tras otra: eres un prebendado nato.

Y Juan se reía:

—Mi canonjía óptima máxima eres tú, mi vida —decía Juan riendo—: tú eres la beca de todas las becas que me ha caído a mí por guapo.

Y Matilda le abrazaba y era verdad que le parecía guapo. Quizá Matilda nunca unificó del todo sus dos devociones, sus dos deberes: era devota de Juan, le amaba todo lo que debía y mucho más. Y era también devota de sus hijos, pero sus deberes con ellos cobraron en seguida un perfil kantiano: ocuparse de ellos fue un imperativo categórico cuando eran pequeños y no del todo una devoción. No le parecía a Matilda del todo comprensible la posición de quienes mantienen que tiene que haber en cada casa una madre que espere a los niños cuando, crecidos éstos, regresan a las tantas de los guateques o de las juergas con los amigos o de acostarse con la novia o el novio. No veía Matilda que su función materna pudiera prolongarse en una especie de benevolencia acrítica y no tenía la seguridad de que los niños, por el mero hecho de quedarse ella en casa acompañando a Juan, fueran a apreciar más su hogar familiar. No tenía además, habiendo quedado huérfana de madre muy joven, una cultura casera adecuada: sir Kenneth fue un estupendo padre que siempre llevó a Matilda consigo: a medias confidente, a medias cómplice, a medias hija adorada. Y sir Kenneth tenía, además, un carácter anticuado, de vividor, de explorador o de viajero: en el XIX hubiera acompañado a los viajeros que buscaban las fuentes del Nilo o que se quedaban presos entre los hielos en busca del Polo Norte. Sus negocios tenían este componente también, de arte más que de técnica: tenía vista para los negocios, le encantaba reunirse con financieros amigos de la City o de Wall Street e internarse con ellos en las nuevas selvas de la comprensión del mundo contemporáneo. Estaba pendiente de la situación de Rusia bajo la férula soviética o de la situación en Iberoamérica. Necesitaba muy poco estímulo para irse de viaje o cerrar un trato o buscarse nuevos asociados para un negocio. Todo esto lo traspasó, con la educación, a Matilda. Y Matilda aprendió a vivir ligera de equipaje. El hecho de quedar embarazada de Juan y darle tres hijos no modificó un fondo de mujer activa, interesada apasionadamente por el mundo exterior. Capaz de organizar muy bien su casa, acabó sintiéndose un poco atrapada dentro de su perfecta organización casera. Con relación al dinero, sir Kenneth anticipó actitudes que luego se verían de modo evidente en George Soros, por ejemplo: hacer dinero se me da bien, tener dinero me da igual. Esto no era del todo así en el caso del padre de Matilda, pero la frase reflejaba una actitud activa y no conservadora respecto al dinero: el dinero era un sistema de posibilidades. Sir Kenneth nunca llegó a plantearse las exigencias éticas del filántropo. Le gustaba demasiado vivir bien, un poco a salto de mata, vida de clubs londinenses y de grandes hoteles. Nunca quiso tener residencias fijas: tuvo muchas casas espléndidas que compraba, disfrutaba una temporada y luego vendía en condiciones inmejorables. Era sir Kenneth desprendido, pero también despegado. Recordaba personajes de Henry Fielding. Fue por consiguiente natural que cuando Matilda decidió casarse con Juan (a ojos de sir Kenneth, un muermo de buena planta) instalara a su hija en gran plan. Gran plan era una nutrida cuenta corriente, un excelente piso, la casa de Lobreña: el Asubio... Sitios espléndidos que recordaban casas y fincas que sir Kenneth había tenido y vendido. Hermosos lugares destartalados que a sir Kenneth le divertía adquirir y le aburría cuidar: todos los parques y jardines de sir Kenneth, todas sus casas, presentaban un aspecto lamentable al cabo de dos años. Matilda acabó siendo más seria que su padre: el matrimonio y los hijos fueron el gran experimento de su vida a los veinticinco. ¿Qué pasó al final con el experimento?

Se le ocurrió GesTurpin cuando conoció a Soros, el bandido generoso, en la diminuta oficina de Columbus Circle en Manhattan. Empezaba ya Soros a intervenir en empresas filantrópicas, a regañadientes casi. Era despegado, y empleaba a sus trabajadores por cortos períodos de tiempo. Era frío y distante y sus amistades estaban montadas más sobre los negocios que sobre la intimidad. Matilda no recordaba si algunas de las ideas que asociaba con Soros procedían de conversaciones con su padre o de lecturas sobre Soros, o cosas que el propio Soros había dicho. La impresionó un texto en el cual Soros describía una tendencia de la inteligencia humana a eliminar el cambio en el mundo. Y ponía esto Matilda en relación con su marido, sentado allá en Madrid o en el Asubio, y con los filósofos que, en la práctica, excluían el tiempo en aras de teorías que consideraban eternas. Al reflexionar Soros sobre aquel sentido dinámico de las fluctuaciones, que tanto le habían servido en su arbitraje profesional, declaró que no se debía ignorar el cambio, sino afrontarlo y convertirlo en un punto central de los análisis. Frente a las sociedades tradicionales, donde lo inmutable es un valor importante, Matilda pensaba en las condiciones de variabilidad extrema y de cambio que ella misma auscultaba, en el mundo financiero, y en su propio corazón. Había que pensar críticamente para que los seres humanos escogieran entre múltiples alternativas. Había que pensar económicamente para que los seres humanos saborearan y eligieran su libertad real.

Acerca de la otra denominación, Narcisa Investments: *Narcisa* era un término afectuoso que su padre empleaba para designar a Matilda. En compañía de su padre, rodeada de sus amigos mayores, la acusaba sir Kenneth de exhibirse demasiado. Volvían a reaparecer sus lecturas de Keynes y Hayeck. Y sentía Matilda, en ese ser apreciada, que su memoria se esponjaba y crecía y ponía en conexión más cosas entre sí. De ahí que formara su sociedad Narcisa Investments para su primera gran operación *apalancada*.

Pero antes tuvo lugar la muerte de sir Kenneth. Tuvo una muerte tal vez *propia*, en el sentido de que sufrió un fulminante ataque al corazón tras una cena copiosa. Matilda y Juan viajaron a la casa de los amigos de Sussex donde su padre pasaba el fin de semana. Su padre había dejado todo perfectamente organizado. Matilda tuvo que decidir si dejaba que sus negocios los gestionara un administrador, o si se ponía ella misma al frente de todo. Sir Kenneth había dispuesto una cremación y así se hizo. Ése fue el segundo viaje a Londres en dieciocho años de Juan Campos: desde el viaje de novios hasta la muerte de sir Kenneth, Juan Campos no había vuelto, ni siquiera por placer, a Inglaterra. No hablaba inglés, y se sintió ahora, una vez más, ninguneado por los amigos de sir Kenneth en el crematorio y en los días siguientes. Se hospedaron en el Connaught Hotel, en Mayfair, una zona, por cierto, que había encantado a Juan Campos en el viaje de novios por sus tiendas de antigüedades. Ya por aquel entonces se le había despertado a Juan el gusto por el mobiliario de época. Le encantaba el aire británico, eduardiano, del hotel, el fin de siglo victoriano. De recién casados hizo Juan esfuerzos al regresar a Madrid por aprender a hablar inglés. Logró leer con soltura libros de filosofía en inglés, pero le costaba descifrar los periódicos y nunca consiguió hablarlo fluidamente. El inglés, como antes el alemán, se había convertido para él en una lengua muerta. Allí mismo, en el Connaught, de nuevo, la semana de los funerales, ya expresó Matilda su decisión de llevar personalmente los negocios paternos.

—Allá tú, pero yo no me metería en líos —dijo Juan Campos.

En aquel momento Matilda deseó fulminarlo. Pero se calló. Y pensó: ¿y por qué no meterse en líos, por qué confiar en un administrador, por qué no tomar el mando en un mundo que, además, ella misma conocía muy bien? Había, a mayores, en aquellos años una inverosimilitud agresiva en el hecho de que una mujer casada, guapa y rica, se metiera en negocios. Meterse en negocios era cosa de hombres. Pero, por supuesto, Juan no se opuso frontalmente al proyecto de Matilda: adoptó una actitud complaciente, la apoyó. Y Matilda sintió una punzada de compunción cuando Juan la apoyó en un proyecto que a todas luces no le satisfacía. Juan, de hecho, sin referirse al fondo del asunto, sí lo hizo mediante referencias a los niños y a él mismo: te voy a echar de menos si estás siempre de viaje. Matilda no podía negar eso. A los seis meses de iniciarse en la sociedad de su padre, Matilda empezó a preparar una operación apalancada en una zona de almacenes del sur de Londres: el negocio consistía en comprar todo y pagarlo con una parte de lo que compraba, para luego venderlo con un beneficio. En esa zona se prefiguraba ya el intenso desarrollo inmobiliario que tendría lugar en la década final del siglo XX.

Sí. Juan Campos apoyó definitivamente a su mujer, y a la vez se retrajo. Y ocurrió —y Matilda vivió esta ocurrencia conyugal como un secreto fracaso de su sincero amor por Juan— que mientras que el apoyo le parecía redundante (puesto que su decisión era firme y una oposición violenta por parte de Juan no hubiera quebrantado su voluntad de ocuparse de los negocios paternos), la retracción le dolió mucho. Comparada con el apoyo, la retracción era casi insignificante. Pero no era del todo invisible: venía a ser como un repentino alfilerazo, una piedrita en el zapato. El apoyo era continuo, la retracción discontinua, pero el apoyo era redundante y la retracción era, en cambio, cruel. Aceptar lo inevitable, al fin y al cabo —pensaba Matilda—, formaba parte del esquematismo espiritual de Juan, la resignación. Amar lo inevitable era otro asunto. Matilda descubrió que a la hora de dar el salto proyectante que iba a cambiar su vida conyugal, los negocios (por muy difíciles y arriesgados que le parecieran y que, en efecto, eran) le asustaban menos que esta su propia dolida reacción a la retracción de su marido. Es puro narcisismo, pensaba Matilda acusándose. Mi padre me reía las gracias, incluso las que no tenían gracia, y ahora quiero que Juan haga lo mismo. Siempre he necesitado un público que me admire, ser querida. ¿Y no es esto natural? —se defendía, argumentando todo ello consigo misma—. No podía, por otra parte, fijar del todo los términos de esa sutil retracción de Juan. Lo único que realmente podía hacer era compartimentar su conciencia y no pensar en Juan cuando pensaba en los negocios, cosa que hacía con éxito. Pero una vez en casa, los fines de semana, con las llamadas urgentes que filtraba Emilia, los negocios no se le iban de la cabeza y se entrecruzaban con la retracción de Juan. Y lo curioso es que la parte más hiriente de esa actitud no se manifestaba en las observaciones negativas que Juan hacía del mundo financiero. Juan había empezado muy pronto a recordarle a Matilda que la especulación financiera es una actividad amoral, cuyas acciones se valoran y cuyo acierto se demuestra sólo a través del balance final. Este argumento irritaba a Matilda, que no se sentía del todo aludida por esa crítica, sobre todo teniendo en cuenta que Juan disfrutaba a diario de las ventajas obtenidas por la especulación financiera. Ésos eran, al fin y a cabo, ataques frontales en los que Matilda podía contraatacar, ¿en qué consistía entonces la retracción? Era una merma de calidez, como si nada en la nueva actitud de Matilda pudiera satisfacerle por completo. Era una merma de la simpatía. Tenía a veces Matilda la impresión de que fatigaba a Juan sobremanera la vivacidad de la nueva actividad de su esposa. Como si se le obligara a leer algo en un momento en que ya leía otra cosa, como si se le obligara a cambiar de conversación o a interrumpir una cadena de razonamientos. Y ciertamente, las cosas que Matilda contaba, apenas guardaban relación con las elaboradas investigaciones de Juan en torno al idealismo alemán y, últimamente, también en torno a Bradley, el neohegeliano inglés. Y a la vez —dado que Matilda tenía la cabeza ocupada en sus negocios— iba leyendo con menor atención las separatas que Juan publicaba en la *Revista de Filosofía* del Consejo.

Juan Campos cerró la intención. Dio una extraña orden de parada a la vida conyugal que implicaba la aceptación del hecho consumado del despegue de Matilda, más su implícita retracción (quizá ilusoria y debida sólo a un remusgo de culpabilidad en Matilda) y una vuelta de tuerca más en su dedicación exclusiva al idealismo alemán y a Bradley. Esto de Bradley había empezado siendo casi sólo un *hobby*: en parte iniciado para practicar el inglés —que leía ya con relativa facilidad, pero cuya pronunciación le levantaba dolor de cabeza y que, por lo tanto, se negaba obstinadamente a hablar— y en parte como una, en apariencia, inocente manera de separarse de sus rudimentarios colegas de la facultad que, uncidos aún en los ochenta a la tradición aristotélico-tomista del franquismo, habían saltado (porque habían aprendido a leer en alemán) al caudaloso Hegel para no volver jamás a ver la luz del sol (en opinión de Juan Campos). A la pálida luz oxoniense del sol neohegeliano, se sentía seguro Juan Campos. Y también distinto, en su torre de marfil, cada vez más marfileña. Hasta ahí había llegado Juan con, a su vez, el beneplácito —también redundante— de Matilda y una correspondiente retracción analógica de Matilda, relativa a la importancia de la Historia de la Filosofía y su investigación erudita. ¿Estaba cerrado el caso? ¿Qué más había en este asunto que no habían los dos agentes conyugales considerado en detalle? Cualquiera lo sabe: había los niños. Y quien primero descubrió que en la estructura familiar tradicional, además de los cónyuges, hay los críos fue Juan. De pronto Juan descubrió el gran error de Matilda, su talón de Aquiles, *the tragic flaw*, el error trágico: los niños. Desde un punto de vista especulativo, los hijos, la prole, son —qué duda cabe— la esencia del matrimonio. ¿Qué es el matrimonio heterosexual sin hijos? Un estéril campo subjetivo sembrado de sal. Cualquier moralista católico hubiera podido decírselo a Matilda. Lástima que Matilda fuera agnóstica. Su agnóstico marido Juan Campos (¿quién que es no es agnóstico en la Facultad de Filosofía y Letras de Madrid?) descubrió a los niños, *los vio* por vez primera cuando Matilda dejó de verlos a diario y se limitó a verlos una vez por semana o una vez cada quince días, arrebatada por el ángel de la prisa, el ángel de los negocios, las permutas, los apalancamientos, los dividendos, la actualidad bursátil más rabiosa. ¿Y los niños qué?

De los niños —designados así colectivamente, los niños— hizo Juan un argumento que se caracterizaba porque del mismo no se seguía conclusión ninguna. Era un argumento equivalente a una cadena sin fin, equivalente a un diagnóstico supuestamente preciso que no condujera a una curación. Un diagnóstico puesto entre paréntesis, dado que no implicaba que se tomaran medidas para curar la enfermedad diagnosticada que no podía, bien mirado, considerarse ni siquiera una enfermedad, sino más bien el enunciado de un estado de la cuestión, cuya descripción minuciosa parecía ya, por sí mismo, la curación de un inexistente enfermo: una argumentación circular cuya brillantez y agudeza hacían daño a la vista y subsistía en el mundo intencional común del matrimonio sin aplicación posible: *los niños*, al fin y al cabo, no se encontraban, gracias a Dios, enfermos sino sanos, vivos y coleando. Y *diagnóstico* era una mera metáfora del argumento, que era, a su vez, una mera metáfora de la discusión, que era a su vez una metáfora narrativa de la vida conyugal. ¿Necesitaban los niños una madre en casa? ¿A partir de qué edad es dispensable una madre? ¿Y un padre? Era evidente que Matilda había cumplido con su obligación maternal durante dieciocho años consecutivos, secundada desde una posición paternal, es decir, distante, por Juan: los niños hablaban bien inglés, chapurreaban bien francés, habían hecho cursos de vela y de equitación aquí y allá. Eran guapos los tres y, por añadidura, Fernandito era brillante. ¿Qué más podía pedirse? Era, asimismo, evidente que Andrea y Jacobo, con dieciséis y diecisiete años respectivamente, habían heredado de los Turpin una sensatez mundana que les blindaba contra toda crisis posible. En su momento, terminarían las carreras o, en su defecto, Andrea se pondría de largo, se echaría novio, Jacobo se echaría novia: ambos, desde cualquier punto de vista, serían buenos partidos. Se habían acostumbrado además a los internados europeos, a los veraneos ingleses. Eran niños bien nutridos y sensatos, ¿qué más podía pedirse? ¡Ah!, argumentaba Juan, pero esta misma sensatez, esta *matter-of-factness*, ¿no daba, en criaturas tan jóvenes, algo de miedo, incluso mucho miedo? ¿No se estaban volviendo sólidas criaturas burguesas sin el menor encanto? ¿Cómo no iba a necesitar Andrea que una madre le contara tiernamente *the facts of life*? Por algún extraño motivo, Juan Campos tendía a sembrar este argumento suyo de términos extranjeros, generalmente anglosajones, como si el hecho de ser incapaz de hablar la lengua le arrastrara fatídicamente a trocearla en palabritas y giros como los personajes de buen tono de las novelas de alta sociedad del padre Coloma. En cuanto a Jacobo, Jacobo no presentaba el menor problema. Jacobo era liso y llano y carente de imaginación hasta tal punto que ¿no era de temer que transcurrida la dulce adolescencia se acartonara y engordara por incapacidad de imaginar un proyecto ilusionante? ¿Dónde mejor podía ejercerse la fértil imaginación vital, social, de Matilda Turpin que en esta tarea de desacartonar y adelgazar —psíquicamente hablando— a su primogénito? Y por otro lado estaba Fernandito —un caso aparte—. No tenía Juan el menor miedo de que se acartonara Fernandito, o no supiera a qué atenerse en todo lo relativo a los preliminares y las consecuencias de la vida sexual. En todo esto, Fernandito estuvo al cabo de la calle ya a los catorce. Hasta tal punto era despierto Fernandito, en opinión de Juan Campos, que pensar en él quitaba el sueño. A diferencia de sus hermanos, no corría Fernandito el menor peligro de incurrir en ninguna sensatez, ni circunstancial ni de por vida. La insensatez, la imaginación, la fantasía desbordante estaban garantizadas en su caso. ¿No hacía falta una madre, es más, una mujer, mujer y madre, que atemperara la fogosidad vital de Fernandito? Y sucedía además (puntualizaba Juan, no siempre en voz alta ni siempre ante su esposa, con frecuencia repasando el argumento a solas) que Fernandito adoraba a su madre y estaba, por lo tanto, en condiciones de llegar a odiarla (el amor y el odio brotan juntos, todo el mundo lo sabe) de no hallar a su madre una vez y otra vez y otra al ir en busca suya. Y los catorce años, los quince, los dieciséis, la adolescencia, Fernandito ¿no requeriría —en estos casos de sensibilidad extrema— el más refinado arte de birlibirloque para acabar con bien, para salir indemne, para convertirse en un hombre de provecho? ¿Cómo podría Fernandito acabar convirtiéndose en un hombre de provecho si su madre se pasaba el día entero en el parqué? ¿Y qué quedaba en todo esto para Juan? Se contemplaba a sí mismo Juan Campos en la elegante soledad de su despacho (e interrumpiendo la lectura de *Bradley's Metaphysics and the Self*, un libro publicado por la Yale University Press en 1970, escrito con admirable sentido de la actualidad filosófica por Garret L. Vander Veer) y decidía que su función era accidental comparada con la esencial o sustancial función pedagógica de Matilda en cuanto madre.

Por aquel entonces volvió Fernandito del colegio contando un chiste de Jaimito: es el Día de la Madre, el profesor encarga a todos los alumnos una redacción sobre el tema *madre no hay más que una*. Al día siguiente los niños regresan con sus redacciones que leen en voz alta. Todas las redacciones, casi por igual, consisten en un florido sirope acerca de las bondades y maravillas de la madre de cada niño que termina invariablemente con la frase *porque madre no hay más que una*. La redacción de Jaimito —contó Fernando— era como sigue: teníamos un invitado a cenar y mi madre me dijo: Jaimito, baja a la bodega y tráeme dos botellas de vino tinto. Jaimito baja a la bodega y vuelve diciendo: ¡Madre, no hay más que una! Esto resultó desternillante tanto para el propio Fernandito como para Matilda, que no se sintió en absoluto aludida por la maldad zumbona del chiste de Jaimito.

Todos se rieron con la jaimitada. También Juan se rió pero, inexplicablemente, añadió que, según santo Tomás de Aquino, ironizar es a veces mentir. Y lo explicó, ejerciendo, al hacerlo, un efecto secante en la familia: ironizar —explicó Juan Campos— es el gran recurso socrático para alcanzar la verdad: Sócrates finge irónicamente que lo único que sabe es que no sabe nada, para así hacer perder pie a los sofistas que decían saberlo todo. Una vez que ha logrado hacerles ver que no saben que no saben, empieza la minuciosa indagación de Sócrates acerca de la verdad. Este recurso irónico, sin embargo —añadió Juan—, se aproxima a la mentira o al engaño como en el caso del chiste de Jaimito que acaba de contar Fernando: al sustituir el sincero, aunque ingenuo, texto evaluativo y emotivo del dichoso *madre no hay más que una* por un contexto descriptivo átono, Jaimito nos hace reír, pero, de paso, devalúa la verdad que contiene la sencilla propuesta de la redacción del profesor de literatura, encaminada a celebrar la maravillosa figura de las madres en nuestras familias. La jaimitada engaña ingeniosamente al oyente, enfriándole mediante la comicidad e impidiéndole percibir la verdad excelsa de la maternidad. Hubo un silencio perplejo en la mesa: estaban todos, Juan, Matilda, Emilia, Antonio Vega, Jacobo, Andrea y Fernandito. Pasó el ángel de la perplejidad sobre ellos dejando una como baba de caracol que saca los cuernos al sol. Pareció que se suspendía la existencia: tal fue el efecto astringente de la pedantería de Juan Campos. Matilda de pronto rompió a aplaudir secundada por Fernandito, que exclamó ¡bravo! un par de veces. Visto desde fuera, desde la perspectiva de Antonio Vega, fue una escena tensa, absurda y tensa a la vez. Pocos días después coincidieron Antonio y Juan a la hora del té: estaban solos en casa. Matilda y Emilia volaban a Londres esa misma tarde. Y Antonio, con el tono de voz habitual en estas conversaciones del atardecer que llevaban tantos años ya teniendo, comentó:

—Curioso lo que dijiste de santo Tomás el otro día, que ironizar sea mentir...

—Curioso, pero cierto. Revela la gran perspicacia de santo Tomás en asuntos ético-psicológicos...

—Desde luego, pero casi más curioso todavía fue que tú sacaras eso a relucir con ocasión del chiste de Jaimito. No sé si daba para tanto...

—Te pareció pedante por mi parte, ¿es eso?

—Hombre, no. Sólo un poco traído por los pelos...

—No estoy yo tan seguro, Antonio. Si te fijas, el chiste, tal y como lo contó Fernando, tenía una retranca excesiva para un chaval de catorce.

—La gracia de los chistes de Jaimito es la retranca —comentó Antonio.

—Se supone que Jaimito es un mal bicho, sus chistes nos hacen gracia por eso, porque son malignos, y en este caso el contexto familiar, nuestra situación familiar, volvía la malignidad impertinente e incluso peligrosa, si me apuras mucho.

Antonio advirtió en aquel momento que la vehemencia de Juan Campos excedía, con mucho, el limitado comentario que él mismo había hecho. Era como si de pronto se hubiera agotado la paciencia de Juan, como si de pronto no hubiera podido reprimir una ocurrencia que llevaba tiempo guardada en la recámara y cuya intención trascendía la jaimitada para ir derecha a una calificación de conjunto de la vida de la familia Campos. Antonio se sintió confuso en aquel momento: le había sorprendido la reacción de Juan, que le pareció excesiva, y esa sorpresa había desactivado la significación complementaria que el chiste de Jaimito pudiera haber adquirido al aplicarlo al caso de los Campos. Sólo ahora, al referirse Juan explícitamente a este caso, caía Antonio en ello. Así que preguntó —una pregunta ésta quizá más directa de lo que correspondía a las preguntas que cabía hacerle a Juan:

—¿Tú crees entonces que Fernandito estaba tirando una puntada a su madre? Yo, al menos, no tuve esa impresión...

—Si te fijas bien —respondió Juan, tras dar un sorbo a su taza de té—, la puntada era contra todo el estilo familiar, no contra Matilda sólo. Fernandito es muy despierto, así que su intención no fue inocente: ¡quería hacernos ver que, en un mundo cómico, la función de la madre en la familia es un chiste escolar! Quería reírse de las redacciones sentimentaloides de sus condiscípulos y del sentimentalismo ternurista del profesor y dar una versión seca y zumbona de la maternidad.

Esta vez fue Antonio quien se echó a reír de buena gana. Le pareció que Juan exageraba y le sorprendió el rebote tan inesperado que suponía toda aquella interpretación. No logró en aquel momento avanzar más, Antonio Vega. Pero no olvidó esta conversación que, puestos a ser sinceros, sí subrayaba un cierto comentario irónico del chaval acerca del papel de la madre en la familia. Aquellos primeros años del despegue de Matilda tardaron mucho tiempo en clarificarse para Antonio. Se había adaptado a las ausencias de Emilia. Y su papel como tutor de los chicos era aproximadamente el mismo de siempre. La idea de juzgar negativamente las ausencias de Matilda por razón de los negocios le parecía un despropósito, aunque reconocía que daba o podía dar lugar con facilidad a situaciones complicadas de entender para los propios chavales. Los Campos, madre y padre, no aparecían nunca por los colegios de los niños. Y la función paterna y la función materna, hasta tal punto quedaban embebidas en las obligaciones tutoriales de Antonio, que no era de extrañar que a un chaval despierto como Fernandito le pareciera que Antonio y su madre cumplían indistintamente la misma función. Se le pasó por la cabeza a Antonio que si a Juan Campos realmente le preocupaba lo de la desentimentalización del papel materno en el caso de Matilda, bien hubiera podido el propio Juan acercarse con más frecuencia a sus hijos, maternalizarse un poco. La verdad, al contrario, era que a medida que las ausencias de Matilda se ampliaron, Juan fue retirándose más y más a su despacho, como si la falta de una maternidad convencional ninguneara, de paso, las convenciones de la paternidad habituales.

Todo lo anterior tuvo una secuela mucho después. Casi un trimestre entero transcurrió entre el chiste de Jaimito, la conversación de Antonio y Juan, y una conversación conyugal explícitamente referida a este asunto. Fue Matilda quien sacó la conversación. Era por la noche, estaban a punto de acostarse. Matilda iba a pasar en casa un largo fin de semana. Matilda estaba sentada a su tocador arreglándose la cara antes de acostarse. Tenían la costumbre de conversar, mientras Matilda se arreglaba, instalado Juan en una butaca baja situada al lado derecho del tocador, de tal manera que los dos estaban frente a frente pero, mientras que la imagen de Matilda aplicando *cold-cream* a su rostro se reflejaba en el espejo del tocador, Juan no se reflejaba en nada, sólo su voz baja y cadenciosa le reflejaba como un espejo acústico al hablar. Matilda dijo:

—¡Qué borde te pusiste el otro día, hace meses, con el chiste de Jaimito, parecías un rancio profesor de la Complutense!

—¡Es que soy un rancio profesor de la Complutense, da esa casualidad!

—¡Ese día desde luego sí!

Fernando tendría unos catorce años cuando contó su chiste. Matilda llevaría cosa de un año dedicada a los negocios. Durante ese tiempo Matilda y Juan apenas habían debatido el fondo del asunto: la peculiar dirección que la decisión de Matilda imprimía a la educación de los hijos. Y no lo habían discutido porque Matilda rehusaba hacerse responsable única de las consecuencias de su decisión de dedicarse a los negocios. Sospechaba, de hecho, que Juan tenía la impresión de que la responsabilidad le correspondía ante todo a ella, la madre. Y esta sospecha irritaba a Matilda incluso como mera sospecha. Y temía que si llegara a convertirse en una censura explícita por parte de Juan, reaccionaría con furia. Pero Matilda amaba a Juan: no le amaba menos ahora que le veía menos, sino que incluso le amaba más. Y también ahora, que pasaba menos tiempo con los niños, muchísimo menos, disfrutaba mucho más que nunca cuando pasaban tiempo juntos. La cuestión para Matilda era siempre la misma: la vida no es una suma lineal de instantes iguales —eso da lugar a la monotonía y por último al tedio— sino una multiplicación de instantes excepcionales que la discontinuidad puntual nunca interrumpe. Lo que cuenta —pensaba Matilda— es el total, la energía creadora total, y no la mecánica adicción de unas partes a otras. Sólo quizá en la más tierna infancia —pero ese período estaba felizmente superado en el caso de la familia Campos— la presencia física de la madre y del padre, instante tras instante, pudiera considerarse indispensable. ¿A qué venía entonces el rollo pseudopedagógico de Juan con ocasión del chiste de Jaimito? Matilda suspendió momentáneamente el arreglo de su rostro y, sosteniendo en la mano derecha el algodón empapado en la solución astringente que se aplicaba a la cara, hizo un gesto con la mano izquierda que reflejó el espejo del tocador, y que resultaba equivalente, en parte, al gesto leve y preciso con que un director de orquesta da entrada al primer violín o a un interesante oboe que anuncia una melodía que, a partir de ahora, permanecerá al fondo de toda la composición sinfónica:

—¿Cómo es posible que te preocupe la desnaturalización del amor maternal en esta casa y creas necesario montar todo aquel cirio tomista acerca de la ironía y de la verdad? —preguntó Matilda tras una considerable pausa.

Esta pregunta, al formularse, dejó en el aire un résped de complejidad sintáctica: una sensación de cuestión elaborada, artificial. A esto contribuyó un punto de vehemencia que Matilda añadió a su frase y la hizo sonar irritada, casi agresiva. Juan detectó la agresividad y se puso en guardia. Registró, de paso, el tono recortado de sus conversaciones conyugales los últimos tiempos, o quizá sólo los últimos meses. Cabía atribuirlo a que, al verse menos, lo que se decían tenía que condensarse como si tuvieran que darse prisa para incluir, cada vez que hablaban, toda la significación de cada significado. Así que Juan sumó esta sensación de entrevista-resumen a su general sensación de que con la separación —y por justificada que ésta fuese— las conversaciones entre los dos se habían atirantado. Decidió quitar hierro al asunto. Pero esta decisión imprimía hierro al asunto, retranca, por el simple hecho de tratar de quitarlo.

—No tuvo tanta importancia. Recuerdo más o menos lo que dije en aquella ocasión y recuerdo que no le di mucha importancia.

—Estuviste brillante, Juan. Fue como una miniconferencia acerca de la deletérea función de la ironía en la descripción de los sentimientos humanos...

—¡Por favor, mi vida, no hice semejante cosa!

Matilda se volvió y miró fijamente a Juan. Fue un gesto vivo, intenso: dejó sobre la mesa del tocador su algodón empapado. Encendió un pitillo. Aspiró profundamente el humo, que expulsó con vehemencia. Juan sonrió. Matilda, por fin, dijo:

—No puedo creerlo, recuerdo que aplaudimos. Te aplaudimos Fernandito y yo estrepitosamente, ¿no te acuerdas de eso? Te pusiste tan serio de pronto, ¿tampoco te acuerdas que te pusiste serio y profesoral? ¡A la fuerza tienes que acordarte!

—Bueno, sí, recuerdo la escena más o menos. Fernandito quiso decir, y dijo, que el carácter único de la madre es un tópico sentimentaloide que más vale sustituir, cómicamente, por una descripción no-emotiva acerca de que sólo hay una botella o sólo una madre en las bodegas del alma...

—¡Justo! —exclamó Matilda—. ¡Y de semejante devaluación tengo yo la culpa! Eso fue lo que quisiste decir y lo repites ahora.

—Eres tú quien habla de culpa. Yo no lo hice.

—No, claro. Te limitaste a contagiarnos el sentimiento de culpabilidad como una plaga, me recordaste a un clérigo.

—¡Oh, bueno, lo lamento!

Comenzó por entonces el tiempo de las puntadas. A diferencia de las discusiones de los años felices que precedieron al despegue de Matilda, ahora no discutían: ahora se apuntillaban. Aquella noche quedó la cosa ahí. Y cada cual reabsorbió la escena a su manera: Matilda la olvidó: tenía demasiadas cosas en la cabeza. A los dos días salió de viaje de nuevo. Los negocios eran absorbentes. Y su acompañante habitual, Emilia, no propiciaba la reflexión: Emilia vivía enérgicamente al día con Matilda. Preparar la agenda de reuniones de negocios, despachar la correspondencia, hacer resúmenes de informes o archivar noticias económicas de los periódicos: Emilia se había vuelto una experta archivera. Detenerse en las cosas habladas tiempo atrás no servía de nada. La memoria que los negocios requerían era una memoria de trabajo: sus límites eran los sucesivos cierres de negocios. Juan, en cambio, no olvidó lo ocurrido aquella noche y lo añadió a la conversación que, sobre el mismo asunto, había tenido con Antonio Vega a raíz del chiste de Jaimito. Ante sí mismo reconoció que su intención al comentar el texto de santo Tomás sobre la ironía había sido moralizante. Y esto implicaba reconocer también que había querido advertir a Matilda acerca de la decoloración de la figura materna en casa de los Campos, consecuencia directa de su actividad profesional. Y admitió ante sí mismo también que las consecuencias para la educación de sus hijos le importaban menos que haber propinado un certero correctivo al optimismo pragmático de su mujer. Lo otro que ocurrió con este incidente fue que, desde el punto de vista de su retención en la memoria de Juan, cobró ese lustre intemporal que las nociones tienen en filosofía: lo formulado —la crítica indirecta de Matilda mediante una referencia a la peligrosidad de la ironía— ingresó en el reino de las proposiciones enunciadas que verificadas o inverificadas, verdaderas o falsas, permanecen por los siglos de los siglos reapareciendo en los textos de historia de la filosofía (o, como en este caso, más modestamente en la historia de la experiencia de la conciencia de Juan).

# TERCERA PARTE

—

# EL ASUBIO

## XXV

—Todo esto —dijo Juan, y golpeó un par de veces con la palma de su mano derecha el grueso volumen gris que tenía sobre las rodillas. Y repitió—: Todo esto no es ni verdadero ni falso, se llama Teología. Un saber compilado en el siglo XIII para explicitar la revelación cristiana. Es especulación. Nada de todo esto puede probarse o lo contrario. Es teología-ficción. Es ficción. Pero... es consolador.

Juan hizo una pausa y se llevó a los labios el vaso de whisky que tenía a la derecha de su sillón. Antonio le miraba fijamente. Habían hablado de Emilia esa tarde. Antonio había pensado mientras hablaban que últimamente las conversaciones con Juan se habían vuelto adormecedoras. Producían una sensación de vaivén como el vaivén de una mecedora. Una de esas mecedoras de rejilla, tan comunes en España, cuyo balanceo da en ocasiones la impresión de producirse a partir de la mecedora misma y no a causa del pequeño impulso que imprime a la mecedora quien se mece sentado en ella. A partir de la instalación en el Asubio de toda la familia, las conversaciones entre Juan y Antonio habían cobrado un ritmo débil de vaivén de mecedora que resultaba enervante. Juan se había referido a su grueso libro de pronto, sin venir a cuento, como quien, teniendo a su disposición una tarde entera para conversar con un amigo, trae a cuento un nuevo asunto, una contribución, un libro, que bien podría resultar irrelevante, pero que en la desahogada situación de los conversadores no sorprende a ninguno. Al fin y al cabo, la gracia de una conversación sugerente reside en una cierta falta de conexión entre sus partes. Una yuxtaposición de ocurrencias que, con independencia de su relevancia o irrelevancia, inciden en la conversación y en el humor de los conversadores sin que pueda decidirse de antemano si lo sugerido va a servir o no. Y éste es uno de los encantos de conversar sin una finalidad determinada, sólo por el gusto de charlar. Lo cierto, sin embargo, es que esta tarde en concreto sólo Juan parece hallarse en la situación del conversador desinteresado o libre o casual, que acepta que en cualquier momento el curso de la charla pueda seguir inesperados derroteros. Antonio Vega no está en esa situación. El progresivo ensombrecimiento de Emilia (ese estado repetitivo de la melancolía que denominamos hoy día depresión) le ensombrece a él mismo: cada vez que habla con Juan desea hablar de la situación de Emilia. Y esta tarde lo han hecho. Del modo, sin embargo, menos satisfactorio, en opinión de Antonio. Han hablado de Emilia, sí, pero es Juan quien ha hecho sobre todo uso de la palabra: se ha referido a Emilia en términos afectuosos pero también genéricos: como quien comenta —y lamenta— un caso bien conocido que, al no tener remedio, acaba inspirando sólo observaciones benevolentes, repetidas muchas veces antes, que no añaden nada nuevo, que no proporcionan ninguna solución. Antonio tiene la impresión de que Juan no habla de Emilia como quien desea sacarla de su depresión, sino como quien se hace cargo a diario, con la vivacidad benevolente de las rutinas, de una dolencia crónica insoluble. Dentro de lo que cabe, piensa Antonio, incluso de esta manera rutinaria, es preferible hablar de Emilia que omitirla. Esto no obstante, la referencia bibliográfica le ha desalentado más de lo justo: a lo largo de los años Juan

Campos se ha referido muchas veces a sus libros —física o mentalmente presentes, según los casos— para confirmar o desconfirmar algo de lo que se va diciendo en la conversación. Durante muchos años, esta costumbre le pareció a Antonio interesante: le pareció que formaba parte de ese vasto aunque difuso proyecto de educación intelectual que se supone que Juan lleva a cabo con Antonio. Todo existe para convertirse en libro —ha declarado Juan en alguna ocasión—. Es una cita de un poeta francés cuyo nombre Antonio no recuerda aunque recuerda el invariable comentario de Juan: los libros nos ilustran acerca de todo cuanto existe. Ahora también parece que Juan tiene intención de explicar la situación de Emilia con ayuda del grueso volumen gris que tiene en las rodillas. Se trata del tomo XVI de la *Suma Teológica* que incluye las cuestiones 69-99, más un detallado índice de toda la *Suma*. Antonio guarda silencio y Juan prosigue:

—Aquí, Antonio, se contienen los novísimos, las *postrimerías,* de nuestros catecismos. Constituyen una parte importante del depósito revelado, de la catequesis y de la teología. Naturalmente, ni tú, ni yo, ni Matilda, ni Emilia, creemos que lo que aquí se dice sea verdadero. No aceptamos su valor intrínseco. Negamos que lo tenga. Pero todos aceptamos su valor social: su valor consolador. Se me ocurre que, tú y yo, Antonio, podríamos usar todo esto como un lenitivo, una especie de morfina verbal para tranquilizar a Emilia...

—¡Pero, Juan...! —Antonio se ha revuelto en su butaca. Ha dejado de mirar a Juan. Ha contemplado el fuego. Ha vuelto a mirar fijamente a Juan, como al principio. Antonio tiene una expresión contraída, un rictus que parecería asombro si no fuera porque el ceño fruncido delata irritación.

—¿Te sorprende? —Juan sujeta ahora su volumen gris con ambas manos. Parece un celebrante que sostiene el misal cerrado contra al pecho, una figura rara en esta confortable habitación, iluminada por una sola lámpara de pie y el fuego de leños, crepitante, en el hermoso hogar de mármol como una escena de un salón de otro tiempo. Un intenso sentimiento de irrealidad estética tranquiliza a Juan ahora. Piensa que Antonio Vega —el más fiable de todos los amigos— no ha entendido su propuesta, que ni siquiera llegaba a ser una propuesta, que se limitaba a ser, en el fondo, una secuela casi farmacéutica del diagnóstico de la depresión de Emilia.

—No sé si me sorprende porque no sé si te entiendo. Si lo que me propones es contarle a Emilia lo que dice ese libro, esa *Suma Teológica*, acerca de la muerte, vas de culo. Vamos todos de culo si es eso lo que te propones.

—¡Hombre, Antonio, no lo tomes así! No me propongo hacer nada, se me ha ocurrido sólo hojeando este último tomo de la *Suma*, que las partes más poéticas, más consoladoras y poéticas acerca de la Resurrección y el lugar reservado a las almas después de la muerte, podría dar a Emilia un punto de apoyo, dar pie a la esperanza. A sabiendas, claro está, que todo lo que aquí se dice es poético, es ficticio, pero también hermoso, milenario..., poético.

—¿De verdad crees tú que todo eso, sea lo que sea, serviría para consolar a Emilia? ¿Cómo iba a consolarla si tú mismo no crees ni una palabra?

—Lo que yo crea no hace al caso. Lo que digo es que es consolador pensar en los difuntos como aún vivientes, incluso después de la muerte física. Matilda no ha muerto, podríamos decirle a Emilia: ha ascendido a otra esfera de la existencia. Se encuentra en esa misteriosa situación que es la condición del alma separada, en la tradición cristiana. En este libro se examinan detalladamente todas las tradiciones mito-poéticas acerca de la vida después de la muerte. Ya sé que para Emilia hasta la fecha esas tradiciones no han significado nada. Pero quizá pudieran servirle de algo ahora...

—Y suponiendo, Juan, que así fuera, ¿quién se encargaría de contárselo? ¿Te encargarías tú de explicarle a Emilia que la muerte de Matilda sólo es una puerta abierta a la vida eterna? Yo no me siento capaz de nada semejante.

—¡Claro que no, porque tú no lo crees!

—Ni tú tampoco.

—No, yo tampoco lo creo. Pero, sin embargo, puedo hacer como si lo creyera. Practicar una *suspension of disbelief*. No lo creo, pero pongo entre paréntesis mi increencia al objeto de entender y hacer entender lo que creían quienes lo creyeron. No se trata de que nosotros lo creamos, sino de servirnos de quienes en su día lo creyeron para hacérselo creer a Emilia ahora.

—Lo que tú tratas es sencillamente de engañarla.

—Con buena intención, por supuesto —se apresura a añadir Juan.

Esto de la buena intención ha sacudido a Antonio Vega más que casi todo lo demás. Es inverosímil esta buena intención. ¿Cómo puede Juan Campos, el respetado intelectual, el sabio, el maestro de Antonio, alegar buena intención en un flagrante ejemplo de mistificación y de engaño? Antonio empleaba años atrás, con los niños, y en especial con Fernandito, una técnica análoga a la propuesta ahora por Juan: los Reyes Magos existen y vienen en camellos desde Oriente cargados de regalos el Día de Reyes. Esto no llegaba a ser mentira, era sencillamente una ficción, un cuento de niños, una ilusión que no duraba más allá de los seis o siete años, como mucho. ¿Es esto lo mismo que lo que propone Juan? Sin atreverse, Antonio se atreve a negar toda validez a la propuesta de su amigo y lo dice:

—Eso que propones, Juan, es absurdo. No es ni siquiera buena intención, no digo que tú no la tengas. Digo que es demasiado visible la intención de engañar...

—Engañar para curar...

—No creo que nadie llegue a curarse así. Además, para que funcionara habría que preparar a Emilia concienzudamente, indoctrinarla, persuadirla de que en la muerte de cada uno de nosotros, en la muerte de Matilda, hay algo que no ha muerto, que no muere, que no morirá nunca. ¿Cómo vamos a hacerle creer eso a Emilia, si no lo creemos ninguno de los dos, ni tú ni yo?

—Quizá tengas razón —declara Juan Campos con un suspiro. La conversación le aburre ahora—. Era una simple sugerencia, olvídalo.

—Voy a decirte yo, Juan, lo que creo que tendríamos que hacer con Emilia: sacarla de aquí. De esto quisiera hablarte ahora, ya ves. Irme con Emilia fuera de aquí, dejar esta casa y sus recuerdos y su tristeza y la tristeza de este invierno y de esta lluvia.

—Eso no lo dirás en serio, ¿verdad, Antonio?

—Lo he pensado en serio y cada día más en serio desde que llegamos aquí. Esta casa, vivir aquí, está dañando a Emilia. Irnos es lo que hay que hacer...

—¿Te entiendo correctamente, Antonio? ¿De verdad estás pensando en llevarte a Emilia, en marcharos de esta casa? No te creo, ¡es imposible después de tantos años...!

—Imposible no es. No es imposible, Juan.

No es del todo verdad que Antonio haya estado pensando en dejar la casa. Quizá por primera vez esta tarde ha accedido a su conciencia la comezón inconsciente de huir del Asubio. En esta casi repentina ocurrencia se entrecruza, una vez formulada en voz alta, una autoacusación: Antonio comprende ahora que ha sido negligente con Emilia durante todo este último año. La agitación del traslado, la minuciosa instalación de todo el mobiliario, los quehaceres de los dos, disimularon en parte la decadencia física y mental de Emilia. Esta tarde, de pronto, al escuchar la amable voz de Juan proponiendo esa insensatez pedante de la *Suma*

*Teológica*, se ha sublevado el fiable Antonio, se ha vuelto agresivo. De aquí la brusquedad del despedirse. Como si la ocurrencia y su puesta en práctica fueran una misma cosa. ¡Ojalá quedaran las cosas ahí! Pero Juan, que ha tomado más en serio de lo que parece la ocurrencia de Antonio, disimula su malestar (que Antonio y Emilia se vayan ahora trastornaría el buen funcionamiento de la casa e incomodaría a Juan) y dice con su acento más tenue:

—¡Ea, ea, Antonio, vamos a no precipitarnos! No hace aún dos meses, cuando me recogiste en la estación y subimos aquí, hablabas de pasar todo un largo invierno. Entonces, hace nada, no se te había ocurrido semejante cosa. No puede ser, por lo tanto, que lleves pensándolo mucho tiempo. Acaba de ocurrírsete. Es una idea tonta, si me permites expresarlo así...

—¿Una idea tonta? ¡Seguro que sí! Pero a lo mejor es la única buena idea que he tenido en todo este tiempo. Así que tengo que pensarlo, Juan, si me permites... Porque imposible no es. Es factible, Juan, por costoso que sea.

## XXVI

—Una casa, Angélica, pide, requiere, un cuerpo de casa. Así se decía antiguamente y yo aún lo digo: un cuerpo de casa. Y eso son, en esta casa de campo, Emilia y Antonio. Son y han sido siempre muchísimo más, pero sin dejar nunca de también ser eso.

—¿Y?

—Y ahora dicen que se van. ¿Qué te parece?

—¿Se van? ¿A dónde?

—Yo qué sé..., donde sea. Que se van, que se despiden. Que no quieren seguir trabajando aquí.

—No puede ser.

—A ti también te extraña, ¿no? —meliflua ahora la voz de Juan, como quien habla a escuchos.

—¡Cómo no va a extrañarme, Juan!, ¡si los conozco desde que os conozco! Desde la primera vez que entré en tu casa ellos estaban ya. Y luego lo que contáis todos, lo que Jacobo me ha contado, lo que fue para Jacobo y sus hermanos Antonio. Para Matilda, Emilia. ¡Lo que ha sido Antonio para ti!

—¡Y que lo digas!

—¿Pero estás seguro de que se quieren ir?

—Me temo que sí.

—¿Pero por qué?

Juan y Angélica pasean por el acantilado. Es un día gris-azul, una mañana de nordeste. Hoy no lloverá. Hace frío, la Navidad se viene encima. Jacobo también se viene encima, por cierto. Es por la Inmaculada. El día de la madre (Angélica ha subrayado con un tono ligeramente guasón la onerosa significatividad de ese día de diciembre. Sin duda Angélica hubiera apreciado el chiste de Jaimito que contó Fernandito). Juan ha decidido que es cómodo tener a mano un alma atenta y cándida como Angélica, lo bastante curtida en los análisis de psicología casera para poder pelotear con ella un poco sin comprometerse mucho. Juan ha tomado muy en serio lo de que Antonio va a llevarse a Emilia lejos del Asubio. Y es un contratiempo serio: la viabilidad del Asubio queda amenazada si esos dos se van. Juan, súbitamente, al irse Antonio el otro día, tras decir que quiere alejar a Emilia del Asubio, se ha sentido como Dorian Gray, que, en la novela de Wilde, sube al desván donde ha ocultado su célebre retrato, a observar las marcas que en su bello rostro ha dejado impresa la última iniquidad. La comparación, traída por los pelos, le ha ido pareciendo, a medida que pasan los días, más y más adecuada. Hay un Juan Campos hermoseado por la admiración de Antonio, por su respeto, que aún va y viene por los prados que rodean el Asubio, que aún lee frente al fuego en su despacho como siempre lo hizo, con la misma apariencia serena, meditativa, de un hombre mayor, de un filósofo retirado del mundanal ruido, en su asubio frente al mar Cantábrico. El rostro de ese hombre es aún inmaculado: más bello incluso que de joven, porque la edad ha ennoblecido sus rasgos, ha encanecido su cabeza. Pero la insólita declaración de Antonio le ha sacado de quicio. Reconoce que quizá lo de la *Suma Teológica* fue un poco excesivo: reconoce que debió de sonarle al pobre Antonio como una ingeniosidad de escaso gusto ante la sincera preocupación de Antonio por su mujer. Y tiene que reconocer que, desde que se instalaron en el Asubio y la situación de Emilia se volvió visible por completo, la actitud de Antonio Vega ha cambiado. Juan contaba con que este cambio sería superficial y acabaría engolfándose en la rutina, diluyéndose en las mansas aguas inmóviles de las costumbres de Juan Campos y el Asubio. Y contaba, por supuesto, con que el tiempo acabaría aliviando el duelo por Matilda: un alivio del luto, ¿qué menos? Que Antonio salte ahora con esto de irse, le parece indecente, no puede consentirlo, sería una perturbación insoportable. Y a su vez estos sentimientos de incomodidad, con su efecto multiplicador de incomodidades varias, que crece con los días, le incomodan moralmente porque le hacen sentirse egoísta, maculado, sujeto a una corruptibilidad insospechada: corrupto por la comodidad con que Matilda le dejó instalado. Ha sobrevivido a Matilda. ¿Sobrevivirá a un trastorno doméstico del calibre del que sugiere Antonio? En vista de todo esto, se ha acordado de la novela de Wilde, e, imaginariamente, ha subido al desván donde mantiene, cubierto por un gran cortinaje de terciopelo, el retrato que, inspirada por el amor, hizo de él Matilda cuando se casaron y rehízo, a su manera, también Antonio inspirado por el afecto y el agradecimiento del hermoso Juan Campos de entonces, y que el Juan Campos de ahora viene viendo sutilmente resquebrajarse, cuartearse, desfigurándole. ¡Pero bueno, esto es una fantasía! Por eso se alegra Juan de la compañía superficial de su nuera. Angélica le ve hermoso aún, fascinante todavía, inmaculado. Desea de pronto Juan saber, a toda costa, cerciorarse, de que Angélica le ve con tanta belleza como Antonio y Matilda le vieron y como él mismo se acostumbró a verse a lo largo de tantos años de comodidad y filosofía.

Juan observa de reojo a su compañera. Angélica camina a paso largo, adelantándose siempre un poco. De hecho, Juan acorta siempre el paso un poco para que Angélica se le adelante y tenga que volver el rostro al hablarle, como una discípula. El magnánimo aristotélico anda despacio. Y Angélica viene a ser un Alcibíades femenino que se conserva delgada y erótica. A juego con el delgado otoño cantábrico, tan luminoso el gris azul, el cabrilleante gris plomo del mar, el filo frío del aire produce un delicioso efecto de Eros suspendido. Angélica acaba de preguntarle por qué se quieren ir Antonio y Emilia después de tantos años. Y Juan decide no contarle del todo la verdad porque la verdad de la preocupación de Antonio por Emilia le incomoda lo que más. Le incomoda que al cabo de los años y desaparecida Matilda ocupen las secuelas de ese fallecimiento el lugar que le corresponde a él solo, a Juan Campos, en la atención de Antonio. Siente algo parecido a los celos. Siente que, al distraer a Antonio, Emilia le hace sombra y Matilda reaparece diluida en esa sombra como un fantasma agresivo. Y le incomoda, por supuesto, quedarse sin servicio doméstico de buenas a primeras. ¡Ah, he aquí la contestación que dará a Angélica!

—¿Que por qué se van? ¿Quieres saberlo, Angélica? Se van porque son servicio doméstico. Siempre lo han sido.

Esta respuesta sorprende a Angélica, que acababa de inclinarse para cortar una florecilla morada que descubrió entre la hierba y que, aún semiarrodillada, alza el rostro hacia Juan como una María Magdalena.

—¿Pero no erais amigos? Siempre entendí..., Jacobo lo decía, te lo he oído a ti también, que Antonio y Emilia son amigos vuestros. Los amigos no se despiden. No son sirvientes, ¡por eso no...!

—¡Ah, Angélica mía, acabas de atinar justo en la diana! Acabas de mentar, en casa del ahorcado, justo la soga. De la misma manera que los célebres *paying-guests* anglosajones o las célebres *au-pairgirls* son sólo la mitad de lo que, cortésmente, se supone que son, así los amigos contratados, caso de Emilia y de Antonio, son, han sido siempre, sólo medio amigos... ¡Ahí tienes la contestación a tu por qué!

—¡Pero qué fuerte es eso que ahora dices, Juan! Me dejas de una pieza. Es de verdad fuerte, muy fuerte. ¡Es muy duro lo que dices!

—No lo tomes tan por la tremenda. Sólo es una verdad secreta. Una subverdad, subviscosa, de nuestra resplandeciente vida familiar. Matilda detestaba la expresión *servicio, servicio doméstico, servicio militar, los servicios...* Matilda era una fanática del *non serviam.* Era ese punto suyo tan profundo, de Matilda, lo diabólico, ése fue siempre su lado-lucifer...

—Pues sabes que me gusta esto, me gusta, Juan. Yo también tengo un lado así, luciferino...

Angélica, incorporada ya del todo, se ha plantado delante de Juan Campos —es casi igual de alta que Juan— y le contempla de hito en hito. Angélica se siente en la gloria una vez más ahora y sabe que este momento es el crucial, el más crucial, en el desarrollo de su relación con su suegro. Y siente una inmensa preocupación por no pasarse de indiscreta ni tampoco de discreta. Una extremada discreción en este caso conduciría al silencio puro y simple —cosa que Angélica detesta—. Juan a su vez, entrecerrados los ojos, un poco ladeada la cabeza, siente lo que siente Angélica y se sonríe sin alterar la seriedad de su semblante. Y exclama:

—¡Ya! Sin duda Matilda detestaba la noción de servidumbre por los más nobles motivos filantrópicos. Lo que pasa es que la fórmula que de común acuerdo Matilda y yo arbitramos en el caso de Emilia y de Antonio tuvo siempre una alta dosis de ambigüedad: eran amigos nuestros, vivían con nosotros, viajaban con nosotros, educaban a nuestros hijos, nosotros dos les educábamos a ellos dos, y les pagábamos un salario muy considerable. Era un contrato lo que había entre nosotros y, de hecho, cada uno de los dos, Emilia por su parte y Antonio por la suya, firmaron con Matilda y conmigo un contrato laboral, seguridad social y todo lo demás. De todo esto no volvió jamás a hablarse, durante todos estos años ninguno de los cuatro mencionamos nunca este dato trivial pero bien obvio y evidente. Emilia y Antonio eran empleados nuestros. Y además amigos. Sobre todo, amigos. Ante todo y después de todo, amigos. Pero como además eran y son empleados nuestros, ahora quieren irse y se despiden, piden el finiquito, Angélica, el finiquito. La palabra más boba que conozco: finiquito.

—Esto que acabas de decirme, Juan, es muy triste, todo esto es muy triste. En realidad yo lo sabía. Lo sabía por Jacobo, no sé, siempre lo supe. Pero no imaginé que tuviera tanta relevancia, tanto significado, esa doble condición, de empleado y de amigo al mismo tiempo. Es como muy triste, Juan, muy triste.

—Sí que lo es, Angélica, lo es. Pero es la verdad, la subverdad. Una de esas insidiosas subverdades que subcirculan por las claras vidas de parejas como Matilda y yo. No hubiera tenido la más mínima importancia, todo hubiera continuado igual que siempre, de no ser porque ahora Antonio, de la noche a la mañana, se me planta y dice que se va.

—¿De la noche a la mañana? —inquiere Angélica, horrorizada. Sin querer ha hiperacentuado su interrogación que es casi exclamativa y a Juan le da una risa tonta. Por un breve instante, Juan se echa a reír como si acabase Angélica de contarle un chiste rápido, un buen chiste, velocísimo. No puede negar Juan que siente ahora esa sensación de logro que los narradores sienten cuando logran sacar adelante, con toda brillantez, una escena difícil o escabrosa. En este caso, el logro estético de Juan consiste en haber hecho creer a su nuera que los motivos últimos de la decisión de Antonio son serviles.

—Entiéndeme, Angélica, de la noche a la mañana es un decir. Aún no ha pasado nada, aún no hay nada en firme. En realidad Antonio sólo dijo que tal vez Emilia mejoraría si dejaran el Asubio y sus recuerdos, eso fue todo. Pero yo estoy, como tú sabes, educado en la posibilidad. Y, claro: la posibilidad nos hace ver fantasmas. Instalarse en la posibilidad es instalarse en la sospecha. Entre lo que pudiera suceder y lo que sucederá (o quizá no), no parece haber, desde la posibilidad misma, apenas distancia. Es posible que Antonio quiera irse, luego se irá, más pronto o más tarde. Y esto me causará un gran trastorno, me incomodará muchísimo. Y no sólo me incomodará, Angélica. También me dolerá. Porque al fin y al cabo Antonio es un amigo, mi mejor amigo, mi único amigo.

—¡Pues ahí lo tienes, no se irá! No se irá porque es tu amigo. Es más amigo tuyo que sirviente. Por lo tanto, llegado el momento de la decisión, prevalecerá la amistad sobre el deseo de irse dejándote plantado. Nunca te dejará plantado Antonio, Juan.

—Así lo espero, Angélica. Así lo espero. Porque lo contrario sería una gran lata, una molestia absurda y prolongada que, la verdad, después de tantos años no creo merecerme.

Han ido caminando como a saltos. La cima del acantilado está marcada por un senderillo que permite a dos caminar juntos siempre que uno de los dos se adelante y el otro se retrase. Desde la cima de ese acantilado se ve el inmenso mar que llega hasta Inglaterra si se sigue todo recto. Hay una conmovedora extensión fría y profundamente oscura que bifurcan las proas de las naves, las quillas de las parejas que salen a la sardina y al bonito. El mar que al otro lado son las Indias Occidentales, el mar que son los rumbos, los naufragios, los sueños de prosperidad allende el mar, las Américas. Esa extensión hermenéutica que el mar representa para el paseante que se asoma al mar desde lo alto del acantilado en los alrededores del Asubio, se va velando ahora, a medida que Angélica y Juan se apartan del borde del acantilado y descienden por la vaguada erizada de zarzas y moreras que da paso a los praos moteados en la distancia por el tolón de los campanos de las vacas y por las vacas mismas, las tudancas y las suizas.

Han llegado ya los dos al camino vecinal, que cuesta abajo va a Lobreña y cuesta arriba les devolverá al Asubio. Este camino vecinal, mal asfaltado, serpentea hasta alcanzar la casa de los Campos, así que yendo por el acantilado y cruzando por los praos se ataja. Pero Juan y Angélica se hallan a un kilómetro cuesta arriba de la entrada del Asubio ahora. Ya es bien pasado el mediodía ahora. Ahora suben los dos el uno junto al otro y acompasan el paso de los dos, que es lento y pensativo: un paso hermoso, de matrimonio, de pareja de novios que se llevan bien. Angélica está repleta, hasta los bordes de sí misma, de preguntas, todas ellas esenciales. ¿Cuál preguntará primero? La que salga. Y dice:

—Pero claro, Juan, esto con Matilda no era así. Yo recuerdo que Jacobo siempre dijo que la familia erais todos: vosotros dos, Antonio, Emilia, ellos tres, los niños, y Emeterio, y también Boni y Balbanuz. Jacobo decía siempre que lo bueno era eso, lo estupendo, lo divertido del Asubio, los veranos y las navidades y las semanas santas del Asubio, era que estabais juntos la familia, todos por igual. Y estoy segura de que ahora mismo se lo preguntamos a Jacobo y sale con lo mismo igual que siempre: que la familia vuestra sois todos, sin distinción ninguna de clases ni de nada...

—Y así es. Pero... hay un pero, Angélica, que aquí no sé si debiera yo ponerlo u omitirlo... por tu bien.

—¿Cómo por mi bien? ¿Qué tiene mi bien que ver con esto?

—Pues tiene que ver, hace un rato ya se ha visto, que todo lo que no sea dar por hecho, por indiscutible, esa total familia que nos incluye a todos por igual y a nadie deja fuera, es sacrilegio. Tú no lo has expresado así, pero ese sentimiento es el fuerte sentimiento que subyace al fondo de tu sensación de extrañeza y de escándalo que he detectado yo cuando te dije que además de amigos, Emilia y Antonio y los demás, fueron, son y serán siempre empleados nuestros. ¡Matilda nunca lo aceptó! No sólo no quiso discutirlo ni conmigo ni con nadie, sino que claramente se negó a aceptar la evidencia y murió en brazos de Emilia, prohibiéndome por cierto a mí visitarla en sus últimos momentos, negándose a aceptar lo que era Emilia de verdad, su empleada. Matilda era, en el fondo, un producto de ese socialismo ilustrado aristocrático de la clase alta inglesa, pasados por Bloomsbury, por los Woolf, por Keynes y por todos los demás, que mantenían una absurda ambigüedad en sus vidas domésticas con respecto al servicio. Y esto puedes leerlo todo ello, palabra por palabra, en el libro de Quentin Bell. Ahí se ven las dificultades que Virginia tuvo siempre con el servicio doméstico, para hacerse servir, organizar el servicio, tratar a los criados como criados y a la vez como iguales, puesto que eran sinceros socialistas de la primera hora. Educada en esa tradición anglosajona y, siendo como era una mujer eminentemente práctica, Matilda pretendió vivir un imposible o al menos discutible hermanamiento que suprimía la estratificación social en aras de la amistad verdadera entre las clases. A mí logró arrastrarme en su entusiasmo, pero Hegel derrotó a Matilda con su *Aufhebung*: *Aufhebung* es aquella supresión superadora que retiene eternamente lo que eternamente pretende superar. Al final Hegel acertó y Matilda no. Por eso ha reaparecido ahora el problema con el finiquito de Antonio y su mujer... Si es que por fin, como me temo, se confirma.

Han ascendido la cuesta muy deprisa, impulsados los dos, Juan el primero, por la vehemencia de su elocuencia desatada. Doscientos metros más y estarán dentro del jardín.

Lo único que Angélica acierta a decir ahora, a título de resumen, es:

—¡Qué maravilla hablar contigo, Juan, todo lo sabes, todo, por terrible que sea tú me lo explicas, tú lo ajustas, tú me lo haces ver con la claridad del mediodía. Cuánto te admiro yo por eso. Te he admirado siempre!

Bonifacio, que andaba trasteando junto a la puerta de entrada, les abre la puerta, entran los dos. Juan sonríe, sin dejar ver la sonrisa embozada detrás del paso largo que ha tomado para alcanzar por fin la entrada de la casa. Pero ha mentido y sabe que ha mentido, ha confundido a Angélica y sabe que lo ha hecho, sonríe por eso: porque ha atinado y acertado y su alma *está llena de mentira, como el mar ágil y fuerte bajo la vocación de la elocuencia.*

# XXVII

Esta vez están todos sentados alrededor de la mesa ovalada del comedor almorzando. Incluso Emeterio se ha quedado a almorzar este mediodía y se ha sentado entre Antonio y Fernandito. Juan tiene a su derecha a Angélica y a su izquierda a Emilia. Antes de sentarse a la mesa Angélica tuvo una llamada de Jacobo diciendo que se viene a pasar unos días con ellos por la Inmaculada. Angélica ha fingido estar encantada pero, en realidad, el regreso de su marido es un incordio. Angélica no sabe lo que quiere. Sólo sabe que no quiere, de momento, interferencias entre Juan y ella. Y Jacobo será una interferencia aunque sólo sea porque es probable que insista en que Angélica regrese con él a Madrid al término de sus vacaciones. La llamada de Jacobo coincidió con la entrada de Angélica y Juan en la casa, y Angélica se retrasó a propósito en el jardín para tener esa conversación. Al colgar el teléfono se sintió desilusionada, como si este trivial acontecimiento que tendrá lugar en breve, el regreso del marido, significara la ruptura con Juan. Angélica ya ha contado a Juan en ocasiones anteriores lo que, como ella dice, nos está pasando a Jacobo y a mí. Y lo que les está pasando es que se aburren juntos. Unido al hecho de que una Angélica desocupada todo el santo día en el piso de Madrid no está en condiciones de recibir a última hora de la tarde a un marido hiperocupado y cansado. No tienen de qué hablar. A Angélica no le interesa el banco y a Jacobo cada día le interesa menos lo que Angélica piensa, siente o lee. Y Angélica en el piso de Madrid ha acabado por sentirse, una vez más, preterida, dejada a un lado, como lo fue cuando la enfermedad de Matilda, sólo que entonces Jacobo y Angélica hablaban más, hablaban mucho. Mientras almuerzan —hoy están tomando filetes de ternera empanados— Angélica se ha apagado y reiniciado varias veces. Su conciencia es como un interruptor con dos únicas posiciones: Jacobo para apagarse, Juan para encenderse. Irse ahora con Jacobo a Madrid sería como volver a las tinieblas exteriores: el piso de Madrid carece a sus ojos de luz propia y su vida en Madrid —la mera idea de esa vida— le ataca los nervios. Aquí, en cambio, en este comedor del Asubio hay un aire vital, discreto, desde luego, pero tenso y cabrilleante como una lámina de agua al sol. Hace tiempo que Angélica abandonó la idea que inicialmente la condujo a quedarse en el Asubio tras volverse Andrea a Madrid: esa idea era la de vigilar y estar al quite porque algo terrible iba a ocurrir en casa de su suegro. Ahora Angélica no cree semejante cosa, al contrario. Ahora cree que Juan la necesita porque, sin ella, no tiene ya con quién hablar. Otra vez luz animosa en la conciencia de Angélica: está claro que su papel está junto a Juan, aunque el contenido de ese papel esté aún confuso. Observa a los otros cinco comensales, que no hablan mucho unos con otros, aunque se comuniquen monosilábicamente entre sí por parejas. Antonio con Emeterio o, alternativamente, Emeterio con Fernandito o, también, hablando un poco más, Juan y la propia Angélica. Sólo Emilia permanece callada frente a Antonio ayudando a sacar los platos o a traer las bandejas. No hay una conversación generalizada en torno a un tema común. Y sin embargo, Angélica se siente ahora en muda pero intensa comunicación con todos ellos. La idea de tener que emparejarse de nuevo con Jacobo en los almuerzos le hace sentirse desgraciada.

—¿Sabes, Juan? Acabo de hablar con Jacobo, dice que se viene a pasar unos días con nosotros. —Angélica ha hecho este comentario volviendo la cabeza ligeramente hacia Juan por no seguir más tiempo callada. Tiene la impresión de que un excesivamente prolongado silencio por su parte delataría ante todos los demás la intensa torrentera de sus presentes sentimientos. Angélica, en efecto, ha traducido el bloque de información plegada en que su vida en el Asubio y con Juan consiste ahora, en una intensa situación emocional: se siente muy emocionada y no desea que nadie, excepto Juan, sepa que se siente así. Está segura de que Juan siente lo que ella misma siente y que ese sentimiento que sienten a la vez los dos sólo lo sienten ellos dos y es, por lo tanto, su particular secreto de ahora mismo. Nada mejor, pues, que referirse casualmente a la llamada telefónica de su marido para aliviar un poco su tensión.

—¡Ah, espléndido! Unos días aquí le vendrán de perlas a Jacobo —ha comentado Juan.

—¿Sí? ¿Tú crees? No sé si cuadrará del todo bien ahora... —Angélica no ha podido remediar mostrar a Juan una parte de las reservas con que espera la llegada de su marido.

—¿Cómo no va a cuadrar? Claro que sí. Seguro que traerá las escopetas. Ahora es temporada, creo, de arceas. Jacobo conoce todos los cotos por aquí...

—Sí, es verdad, Jacobo tiene que estar entretenido, es un hombre de acción... —dice Angélica.

—Como su madre —añade Juan.

—Eso. Como su madre. ¿Te fijas que siempre volvemos a lo mismo?

—Volvemos a Matilda. Esta casa es Matilda, esta familia es Matilda. Volvemos a Matilda para bien y para mal. —Juan se lleva a la boca un poco de pan, bebe un sorbo de agua.

Fernando, que ha estado pendiente de la conversación

de Angélica y su padre, pregunta desde el otro extremo de la mesa:

—¿He oído bien? ¡Viene Jacobo, Angélica, creo haberte oído...! ¡Qué contrariedad!

Juan detecta inmediatamente el tono zumbón de su hijo e incluso Angélica detecta agresividad en la exclamación final. Por eso dice:

—¡Contrariedad ninguna, Fernando, todo lo contrario! Como tú comprenderás es mi marido, me encantará tenerle aquí...

—No lo dudo, Angélica. Pero te encantará contrariándote un poquito, ¿a que sí? Jacobo es un poquito basto. Un noble armario. Un noble semental, aunque en vuestro caso dé lo mismo.

Es tan visible la incomodidad de Angélica, que Antonio Vega interviene sirviendo vino a todos. Para servirles, Antonio se levanta, toma la botella, que está en el centro de la mesa, y va llenando las copas todo alrededor, hasta llegar, de vuelta, a su sitio. Antonio tiene, mientras lleva a cabo esta tarea, la sensación de que camina sonámbulo alrededor de la mesa ovalada. Ha decidido servir el vino tan aparatosamente —lo normal suele ser que en los almuerzos vayan pasándose la botella de vino y la jarra de agua de unos a otros— porque se ha sentido violento al oír a Fernandito. Al levantarse e ir sirviendo alrededor a todos, le ha parecido que caminaba en sueños, como si la escena que tiene ante sus ojos tuviera lugar en otra dimensión: la ajena dimensión de las hostilidades, las puntadas, los enfrentamientos, que ocupa ahora, tras la muerte de Matilda, el lugar que antes ocupaba la alegría de vivir. Desde la última vez que Antonio habló con Juan, tiene Antonio constantemente la impresión de haber ofendido a su amigo de algún modo. La cuestión es que no acierta Antonio a saber cómo o en qué ha podido ofenderle sólo por sugerir lo que se le pasó por la cabeza, lo de llevarse a Emilia lejos del Asubio. Antonio es consciente, por supuesto, de que si ese plan se lleva a cabo, aunque sólo sea por un período de tiempo limitado, tendría que buscarse una solución para la buena marcha del Asubio sin Emilia y sin él mismo. Antonio se da cuenta de que su plan alteraría profundamente la rutina de la casa. Pero Antonio a la vez está seguro de que Juan antepondrá, llegado el caso, el bien de Emilia a su comodidad personal. Antonio necesita, en este momento de su vida, creer con firmeza en que, no obstante algunas señales inquietantes, nada ha variado en su relación con Juan. Antonio necesita creer que Juan sigue siendo ahora el Juan benevolente y comprensivo que durante tantos años mostró ser. La verdad es que casi ha desechado el proyecto de llevarse a Emilia, entre otros motivos porque no sabría con seguridad donde llevársela si se van de esta casa. ¿Qué harían los dos, solos por primera vez en tantos años, conscientes además, como serían, de que no se van de vacaciones ni han pedido una excedencia, sino de que huyen para aliviar el duelo por la muerte de Matilda? ¿Y si, por otra parte, incluso huyendo, la melancolía de Emilia no cesara? ¿Y si, como un cáncer del alma, el dolor por la muerte de Matilda matara a Emilia en poco tiempo?

Antonio ha servido vino a todos. Emilia, que ha salido del comedor mientras Antonio servía el vino, regresa ahora con una tabla de quesos y un cuenco de frutos secos. Es una escena tranquila, una sobremesa reposada, dentro de un rato Emilia, o una de las ayudantas de Balbanuz, traerá el café. Emilia está en los huesos. De pronto, Antonio constata este hecho como si lo descubriera por primera vez. Con sus pantalones vaqueros y su jersey negro de cuello alto, el rostro de Emilia enmarcado por el pelo negro destella como el rostro alargado de un ángel de un icono, o como una figura menor, masculina, juvenil, del Greco, un personaje secundario situado en un lateral, cuya palidez realza la gola blanca en *El entierro del Conde de Orgaz.* Una inmensa ternura sobrecoge a Antonio. Siente la boca seca. Emilia está de pie, apoyada en el respaldo de su silla, y dice:

—Dice Matilda que no queda oporto. Lo siento, es culpa mía. La última vez que bajé a Lobreña, me refiero, a Letona, al hacer la lista, olvidé el oporto. Matilda siempre dice que es imposible hacer listas completas: Por cuidado que pongas, algo siempre se te olvida, Emilia, y también a mí...

—No pasa nada, Emilia. Pasaremos sin oporto por un día. La privación es causa del apetito. El oporto que mañana subas, nos sabrá mucho mejor —ha declarado lentamente Juan tras un brote blanco de silencio absoluto que ha durado un instante.

Fernandito esconde el rostro entre las manos. Emeterio se inclina hacia Fernandito y le pregunta algo al oído. Angélica se ha puesto de pie y se ha acercado a Emilia, con el paso rápido y jugoso de una enfermera muy profesional. Juan dice:

—¿Tienes la bondad, Antonio, de servirme un café?

—Sí, claro. —Antonio sirve un café con la lentitud con que un autómata lo haría, un actor que representara el papel de un robot en un escenario de ciencia-ficción. Da la impresión de que ejecuta los gestos, uno por uno, uno tras otro, guiado por un esquematismo mecánico que imita, con toda pulcritud y precisión, la acción humana de servir un café solo y trasladar luego la taza llena, humeante, desde el punto de partida, el lugar donde Antonio se encuentra, al punto de llegada, el lugar donde Juan se encuentra. *El instante es el número del movimiento según el antes y el después.* Todo esto está teniendo lugar en un instante que, dijérase, psíquico, mental, si no fuera porque es, a todas luces, físico. Aún, como en un fotograma inmovilizado de una película en blanco y negro, Angélica se adelanta, solícita, hacia Emilia, quien se vuelve a mirarla, sin dar la impresión de reconocerla del todo. Emilia, ahora, lentamente reanuda el movimiento de la escena, girando en dirección a la puerta del comedor, que da a la trascocina y a la cocina, y justo al llegar a la puerta, Antonio se le acerca y le pasa el brazo por el hombro. Los dos desaparecen.

—¡Pobre Emilia, Dios mío. Es una compasión verla así! —exclama Angélica, que se ha quedado de pie, con ese aire suspensivo de quien se dispone a dar un recado o a administrar un medicamento y descubre que no tiene a quién. Hay una conspicua ausencia de Emilia en el lugar de Emilia, que Angélica contempla como en trance. Ahora, más incluso que hace un momento, tiene el aire de una auxiliar de planta ante un paciente desaparecido, o que se niega a que le tomen la tensión.

—Siéntate, Angélica. Tómate un café —dice Juan Campos.

—¡Tómate un brandy, Angélica, mejor, que se te pase el susto del fantasma! —comenta Fernandito, que ahora apoya el rostro en la mano izquierda y supervisa la situación con su expresión más cínica.

Está muy guapo así: malévolo y zumbón. Juan Campos piensa: Es igual que su madre.

—Dice mi madre —dice Fernandito— que el oporto engorda lo que más, y encima es adictivo. Es el chocolate del alcohólico, por la concentración que tiene a los veinte años, trasvasado de barrica a barrica, volviéndose el azúcar transparente, *tawny*, en las bodegas de la Quinta do Bom Retiro. ¡Qué propio, ¿no papá?, de ti, beberte tu buen retiro a sorbos ahora que te ha dejado tu difunta esposa en paz y puedes concentrarte en las alquitaradas ciencias de la lógica de Hegel y de Bradley! Siempre fuiste un ganador, papá.

—¡No me des la pelma, Fernandito! ¡No seas pelma! ¿A qué viene toda esta agresión? ¿Qué te he hecho yo?... ¿Me acompañas, Angélica? Demos un buen paseo. Estirar las piernas es lo suyo ahora.

Salen los dos del comedor. Juan delante y Angélica detrás, con los pasitos predilectos de la mejor alumna de la clase.

—¡Joder, Fernando, tío! ¿Qué querías decir? —Emeterio habla ahora por primera vez. Fernandito enciende un cigarrillo—. Tu padre está furioso con razón.

Fernandito no mira a Emeterio, cuya conmovida expresión conoce de sobra, cuya ternura tanto necesita. Sólo dice secamente:

—¿Furioso? ¡Ojalá! ¡Lo que está es dormido el hijoputa, y además de ligue! ¿No lo ves tú mismo?

—¡Vámonos a tu cuarto a descansar, Fernando! Yo te conozco bien. Conmigo no te vale fingir que te encabronas con tu padre. ¡Vámonos arriba!

Fernandito sonríe por fin. Murmura: Vale, tío. Se van los dos. En el comedor se abre el silencio blanco de la gran ausencia de Matilda.

# XXVIII

A veces se caían los vencejos al suelo, las crías, y Antonio Vega y sus hermanos los encontraban aplastados, abarrotados de hormigas, al pie del muro. Sólo quedaban ya grises las plumas y los huesecillos grises del cadáver del vencejo, la cabecita, el interior de la cabecita ahuecada y blanca, como las espinas secas del pescado. Y sentía Antonio entonces una compasión anónima ante esa seca muerte del vencejo, más inverosímil aún que la de los animales terrestres, porque en el esquema de las pobres alas pobladas de hormigas se contenía, imaginario, el altísimo vuelo incesante de los vencejos que duermen en el aire y ahí hacen el amor, mecidos por los cálidos vientos del verano. Al caminar los dos, tan lentamente, hacia su lado de la casa, Antonio ha recordado esas imágenes desconsoladoras de los vencejos vencidos por la muerte. Emilia pesa lo que un vencejo. Y al moverse, acompasados los dos, rodeando Antonio ahora la cintura de su mujer, tiene la sensación de que transporta un pájaro mutilado por la experiencia de la muerte. La enfermedad y la muerte de Matilda fueron terribles para ambos. Pero entre Antonio y Matilda había una distancia natural que —no obstante estar llena de afecto— impidió el contagio. Antonio tiene la sensación de que Emilia estuvo tan cerca de Matilda al morir, que se le contagió la desesperación, el terror al vacío inminente. Por eso, el duelo de Emilia, a diferencia del de Antonio (y también, por cierto, a diferencia del duelo de Juan Campos), da la impresión de acrecentarse al pasar los meses, los dos años que han transcurrido ya, como si no fuera nunca a disolverse, a pesar de las ocupaciones cotidianas, las rutinas caseras que hasta ahora tan puntillosamente cumple Emilia. Matilda es como un guijarro ahora, arrastrado por un somero río de montaña: cambia de lugar, pero no se diluye en el agua ni se confunde con los otros guijarros o con el cieno: rueda puliéndose, inmensas distancias, hasta volverse una nítida piedra lamida y dulce que encuentran los niños en la playa. Al hallarse libre de toda viscosidad, al no mezclarse con nada trivial, cotidiano, al no contener nada que no sea ese mismo dolor, ese guijarro de la experiencia de la muerte de Matilda es un dato absoluto. Todo gira en torno a esa piedrecita, firme, clara y pulimentada, que reseca la carne y la conciencia hasta ocuparlo todo. Por eso Emilia, piensa Antonio —ya han llegado a su apartamento, Emilia se ha sentado frente a la televisión apagada—, habla en presente de indicativo de Matilda, piensa en ella constantemente así, hasta decirlo en voz alta, como en el comedor hace un rato.

—Antonio, las monjas decían que el alma es inmortal. ¿Crees tú eso, que el alma es inmortal? —La voz de Emilia es tan leve como era su peso al regresar los dos a su lado de la casa hace un rato. Antonio ha trasteado un poco en la cocina del apartamento, más por no agobiar a Emilia que porque tenga nada que hacer. Es temprano aún para cenar. Demasiado temprano aún para encender la televisión. Son sólo pasadas las cinco de la tarde, aunque ya ha oscurecido afuera y Antonio ha corrido las cortinas y encendido el fuego. Este cuarto de estar ha cambiado muy poco desde los primeros tiempos del Asubio cuando llegaron Emilia y Antonio aquel primer verano y los niños eran aún pequeños. Es, sin embargo, aún confortable. Y Antonio se ha acostumbrado a sentarse junto a Emilia en el sofá a entrever el fuego de la chimenea, a entreoírlo, a la vez que el sofocado oleaje del pinar que rodea ese lado de la casa. Nunca hasta hoy ha tenido Antonio sensación de soledad en el Asubio o en el piso de Madrid. Le alegraba la presencia de Emilia cuando Matilda y Emilia volvían de sus viajes y pasaban los días descansando con toda la familia. Pero no le entristecía quedarse solo. Antonio estaba acostumbrado a estar solo, con una soledad aliviada por las conversaciones con Juan y por su trabajo en la casa. Esta tarde, sin embargo, el sentimiento de soledad le parece opresivo, como si se hallara en un lugar extraño, en el extranjero, en una habitación de hotel en una ciudad desconocida. ¡Qué insensato ha sido al decirle a Juan el otro día que Emilia y él van a dejar el Asubio! Desde que lo dijo, el sentimiento de soledad se ha desplomado sobre Antonio como un sentimiento de culpabilidad. Y esta tarde, observando de reojo a Emilia, que permanece inmóvil y pálida frente al televisor apagado, casi en la misma posición que adoptó al entrar y sentarse, se siente solo y culpable. Y se siente a la vez absurdo, puesto que no está solo —está con Emilia— y no acierta a reconocerse culpable de nada en concreto. Se sintió, es cierto, irritado con Juan cuando Juan propuso lo de la *Suma Teológica*, pero fue una irritación pasajera, fruto de su preocupación por Emilia. Y nada nuevo ha sucedido desde que llegamos aquí hace dos meses, se dice Antonio a sí mismo, con más vehemencia de la necesaria, como si tratase de persuadirse a sí mismo o a un interlocutor imaginario que negase que nada ha cambiado. Nada ha cambiado —repite Antonio mentalmente—. Al repetirlo se da cuenta de que lo repite porque teme que no sea verdad. Ha empeorado Emilia, ha adelgazado, parece consumida, habla muy poco y en ocasiones anteriores, no sólo este mediodía, se ha referido a Matilda en presente. Este cambio es como una jaqueca, reaparece en cualquier momento a lo largo del día o de la noche, algunas noches desvela a Antonio durante horas, inmóvil boca arriba en la cama. Pero aquello que Antonio niega con vehemencia que ha cambiado y que en el fondo teme que haya cambiado y por eso lo niega, no es el empeoramiento de Emilia sino el emborronamiento de Juan Campos.

—No me has contestado, Antonio. ¿No me has oído? ¿No sabes contestar? Decían que el alma era inmortal, las monjitas...

Antonio no sabe qué contestar. Se da cuenta de que una parte de esta dificultad de contestar a su mujer procede de que se le ha contagiado la perpetua problematicidad con que Juan Campos impregna todas sus afirmaciones filosóficas y en especial su filosofía casera. Así que no se decide a contestar a Emilia por un prurito de decir la verdad, pero a la vez se siente ridículo porque no sabe qué es la verdad en este caso. ¡Igual es verdad que el alma es inmortal! Lo que Antonio hace es sentarse junto a su mujer y decirle:

—Ya sabes que te escucho siempre y que te quiero. Si las monjitas decían lo del alma será verdad. Lo más verdad de todo es que te quiero, Emilia...

La ternura tiene este consabido efecto pacificador que ahora hace sonreír a Emilia. Viene a ser como si, mediante la dulzura de las palabras de su marido, acercara al fuego las manos congeladas. Se quedan sentados los dos, el uno junto al otro. Emilia apoya la cabeza en el hombro de Antonio. Pasa menos bronco el tiempo, como si hicieran el amor.

Y Antonio vuelve a lo de antes: lo que ha cambiado perturbadoramente en la casa es Juan Campos. Este reconocimiento se impone en la conciencia de Antonio como una detonación repentina. Juan ya no es el que era aunque parece que sigue siendo el mismo. Esta detonación queda en el aire asustando a Antonio y sin permitirle sacar ninguna conclusión. Antonio tiene la impresión de que estos últimos meses Juan se ha encogido. Habla menos con el propio Antonio, mucho menos que antes. Produce ese efecto que causan las personas aquejadas de una ligera sordera: que sólo prestan atención si descubren que su interlocutor les habla, mueve los labios, hace algún ademán, pero si dejan de verle o cambian de posición no le oyen, o le oyen muy imperfectamente. Así Juan da la impresión ahora de haberse quedado un poco sordo y presenta a ratos el aire ausente de los ligeramente sordos. Pero ocurre que, desde la aparición de Angélica, Juan empieza a presentar un aspecto desconcertantemente alerta. Al principio Antonio creyó que la compañía de una persona más joven que no pertenece directamente a la familia íntima relajaba su duelo. Pero el caso es que la relajación —que es muy visible cuando está en compañía de Angélica— no ha disminuido el grado de cerrazón o de ensimismamiento o de sordera. Sigue tan desatento como siempre, sólo que ahora es un desatento reanimado por la conversación, un tanto trivial, de Angélica, su nuera.

—Pero las monjitas tampoco eran tanto —dice de pronto Emilia, separando la cabeza del hombro de Antonio, separándose un poco de Antonio, con el gesto casi imperceptible de quienes en medio de una conversación amistosa y larga de pronto descubren una diferencia de opinión o de sensibilidad, que no llega a interrumpir la cordialidad profunda o a separarles, pero que les distancia sólo un poco, lo suficiente para que se advierta, como ahora entre Antonio y Emilia, una separación, una cesación de la ternura precedente—. Sí. Lo del alma lo decían, sí, que era inmortal, lo tenían a la fuerza que decir porque lo tenían a la fuerza que creer. Las personas religiosas, las católicas, eso lo creen, y les era fácil además. Sabes, Antonio. Eso también siempre al oírlas lo pensaba yo, una niña se murió una vez, y otra vez el padre de una niña de repente, y lo que decían es eso: no se ha muerto, se ha ido al cielo. Y viéndolas, quiero decir a las monjitas viéndolas, era eso fácil de tragar, muy fácil, pobrecillas, dónde iban a ir si no. Eran tan mortalmente aburridas e insignificantes todo el tiempo, tan sumisas y algo malas, a ratos bastante malas inclusive, aunque se arrepentían en seguida, que yo pensaba: menos mal que después se van al cielo. Con las monjitas yo no estuve mucho. Sólo el parvulario y la primaria. Allí nos enseñaban a ser buenas, a ser limpias, a no decir mentiras, a rezar, y a pensar, cuando alguien se moría, que el alma se iba al cielo. Bueno, o al infierno si habías sido mala mala, o al purgatorio si habías sido medio mala, o al limbo de los niños si por desgracia se morían sin bautizar. Antonio, yo tenía la impresión a veces que casi era el limbo lo mejor de todo aquello. En el limbo por lo menos miras y no sientes ni padeces, no sabes ni que estás. A todos los efectos, como no lo sabes, pues no estás. Estás de más: liquidación completa de existencias, como los comercios en las quiebras, igual el limbo. Yo pensaba: qué bonito: acabar en el limbo sin siquiera saberlo, ya sin pena ni gloria para siempre, en paz. Pero era un caso extremo lo del limbo, sólo para los sin bautizar. Lo suyo, según las monjitas, era el cielo. Bueno, o el infierno, si eras mala, mala mala. Y claro, lo mismo el cielo que el infierno, para ir a uno cualquiera de los dos, el alma tenía que al morirnos no morirse, el alma era inmortal. Todo eso, yo luego lo olvidé, Antonio. Era una ñoñería: pasó el tiempo, pasó el tiempo, pasó el tiempo y conocí a Matilda y te conocí a ti y se me olvidó el cielo y el infierno. Pensé que la gloria era de este mundo. Vosotros dos. Pero distintos cada cual: tú eras mi casa y el reposo y el retiro de la vejez, y llegaría, nos llegaría, a ti y a mí lo mismo que a Matilda y a Juan. Matilda era en cambio una perpetua novedad, un viaje. Y ya no pensé más. Y cuando Matilda se enfermó... Ahora no sé... Ahora pienso que es verdad lo que decían las monjas, a la fuerza tiene que ser todo verdad y

Matilda está en el cielo. ¿Verdad, Antonio? ¿Verdad, Antonio, que Matilda ahora escucha esto que digo, sabe que hablamos de ella y está presente en esta habitación y en esta casa, porque ni tú ni yo la olvidaremos nunca y no la hemos olvidado? ¿Cómo voy a olvidarla yo, si todo el tiempo está conmigo, ahora mismo está conmigo y contigo, aquí los tres?

Antonio está contento de que Emilia hable tan seguido y están juntos otra vez, muy juntos, mientras Emilia habla, Antonio retiene las manos de Emilia entre sus manos y siente frías las palmas de las manos de Emilia, un poco húmedas, como dos animales desiguales que se tranquilizan e intranquilizan a la vez, los dos metidos dentro de un cajón pequeño, tapado con una tapa con agujeros para que puedan respirar. De pronto, sin embargo, Emilia, bruscamente, saca las manos de entre las de Antonio y hace un gesto extraño, como la espantada de una mula. Es como una coz imaginaria.

—Eran también unas imbéciles insignificantes las monjitas, que mentían. También eso es verdad, Antonio, eso también. Con Matilda alguna vez lo hablamos: le conté las monjitas cómo eran y Matilda se reía y las llamaba ñoñas y pitiminís y tiquismiquis y quería decir que no eran nadie, que eran hipócritas y falsas e insignificantes como piojos y tenían que tener el cielo porque las comía la miseria en este mundo. Pero a Matilda no, y a mí tampoco. ¿Pero entonces qué ha pasado? ¿Entonces Matilda ya no existe? ¡Eso es lo que ha pasado, eso es lo horrible!

Emilia ha hundido la cara entre las manos y gime. Es un ronquido respiratorio como si se ahogara, es como el gemido de un animal atrapado que no sabe salir y que se enreda cuanto más se mueve y gime. Antonio abraza a su mujer y la acuna. La desesperación les acuna a los dos como una madre mutilada.

# XXIX

Antonio Vega tiene estos días la sensación de que no oye bien. Viene a ser como la sensación que se tiene cuando se padece un catarro fuerte o una gripe. La vida prosigue en torno nuestro pero no se oye bien. El emborronamiento acústico resulta más molesto que la vista nublada. Viviendo, como Antonio vive, en un contexto familiar consabido, la visión resulta menos importante que la audición: vamos y venimos por los lugares familiares poco menos que a palpón, como a ciegas. La compresencia del mundo circundante está tan tácitamente aceptada por todos nosotros que no necesitamos mirarla para saberla, para contar con ella. En cambio, a través del oído acceden las anomalías y las excepciones. Oímos los sobresaltos que no vemos, la voz, las voces, los ruidos, los silencios nos dicen —penetrantes— todo lo que nos dice a medias o no nos dice la mirada. Por eso, Antonio estos días tiene una sensación como de miope, porque no acaba de oír del todo bien. Hay un zumbido en el mundo circundante que no tiene emisor en apariencia, equivalente al *Il y a* de Levinas, equivalente a un impersonal *ello* que levemente zumba. Retumba levemente sin emisor preciso. Viene a ser como una noche donde hay nada, hay la sensación silenciada del *hay*. Y lo que hay para Antonio Vega estos días es una sensación borrosa de presencia sin presencia, de existencia sin existencia, de realidad sin realidad. A consecuencia de esta sensación que desde la última tarde con Emilia le acompaña sin cesar, tiene Antonio que sobreponerse continuamente a la desgana de atender a lo que dicen los demás, una desgana que le parece culpable —se siente responsable de esta desgana— porque su función en casa de los Campos ha sido siempre atender a los demás. Antonio Vega apenas recuerda ya a estas alturas de su vida —y no lo echa de menos— aquel tiempo inicial, allá en el banco, en los negociados del banco, cuando su única obligación consistía en, según la expresión bancaria, sacar el curro y ocuparse de sí mismo. Ocuparse consigo mismo dejó de ser una ocupación muy poco tiempo después de entrar en casa de los Campos. Fue succionado por los críos, por Juan, incluso por Matilda, que succionaba, a su vez, a Emilia, quien a su vez le succionaba a él mismo, porque le había enamorado. Y Antonio Vega les dijo a todos —sin decírselo— ¡heme aquí! Y lo entendieron todos a la perfección, a la primera. Y ahora es después. Todo lo esencial ya ha sucedido y ahora Antonio no oye bien. Se siente de pronto duro de oído y preocupado, y casi atemorizado a ratos por el sonido irreprimible de aquel ¡heme aquí!, aquí estoy, con su subsonido del hay, del ello, que no sabe interpretar.

Por eso Antonio Vega, al encontrarse ayer a mediodía en el jardín con Fernandito, le habló con la urgencia y la precisión de alguien que no oye bien y que no se oye bien y que desea transmitir un mensaje importante cuya comprensión queda enteramente a cargo del receptor, de tal suerte que el emisor confía que cualquier borrosidad o ambigüedad sea subsanada por la comprensión ideal de un receptor ideal, que en este caso es Fernandito Campos. Así que le dijo:

—Fernando, estoy tan preocupado por Emilia que ya no sé qué hacer. A lo mejor tú, que tanto te pareces a tu madre, pudieras ayudarla más que nadie, si hablaras con ella, si quisieras hablar con ella un rato, con cualquier pretexto, ya sé que no es muy fácil hablar ahora con Emilia, pero no hablar con ella es como matarla. Por favor, yo te pido, Fernando, que hables con Emilia con cualquier pretexto, o sin pretexto, por las buenas. Vas y hablas con ella por las buenas. De lo que se te ocurra, da lo mismo...

—Vale, Antonio —contestó Fernandito—, así lo haré. Hoy mismo sin falta lo haré.

Fernando Campos ha respondido de inmediato. Le ha conmovido el acento de Antonio, que no hace sino subrayar la obvia decadencia de Emilia, su desfiguración. También le ha envanecido: se ha sentido valorado por Antonio, que —Fernandito supone— no ha logrado interesar a su padre en esto mismo. Se ha sentido, pues, halagado por tener que desempeñar el papel que su padre, sin duda, se ha negado a desempeñar. De esto tiene Fernando seguridad absoluta: está convencido de que Antonio ha acudido a él *después* de haberle pedido lo mismo a Juan y haberse dado de bruces con la pasividad paterna. No lo sabe a ciencia cierta, pero tiene la seguridad de que Antonio ha procedido como él supone: ha pedido este gran favor a quien considera la persona más responsable de la casa, el cabeza de familia, pero sucede que la familia está descabezada ahora: la cabeza nunca fue Juan, la cabeza siempre fue Matilda. Esta evidencia maliciosa hace que Fernandito se sienta bien ahora, como vengado: *él* sustituirá a su padre en este grave asunto de la depresión de Emilia. Ni por un instante le preocupa qué haya de decir o de dejar de decir a Emilia, si ha de consolarla, o hablarle de Matilda, o dejarla llorar, o dejarla hablar. Quizá —decide Fernandito— esto sea lo mejor de todo: dejarla hablar. Pero no como mi padre nos ha dejado hablar a todos siempre —para ahorrarse la fatiga de tener que contestar—, sino porque ante el sincero interés de Fernando, Emilia abrirá su corazón, se aireará y se mejorará. Fernandito está seguro de que haga lo que haga, diga lo que diga el propio Fernandito, Emilia, tras su intervención, mejorará sensiblemente. No puede remediar ni el rebote de la vanidad que la tarea encomendada le provoca, ni el rebote reflexivo que desde muy joven acompaña siempre sus acciones deliberadas. Este segundo rebote, el de la reflexión, rebaja el rebote de la vanidad, azuza a Fernandito, quien —al sentirse justo, al sentir que está a punto de cumplir con su deber (porque sin duda se trata de un deber)— se siente también justificado, hermoseado. Y piensa en Emeterio. No verá a Emeterio hasta mañana al mediodía, tal vez hasta mañana por la noche, ¡esto qué lata es, Dios! ¡Este no tener a Emeterio siempre a mano! ¡Este tenerle, intermitentemente, a mano y a trasmano! ¡Qué jodida lata es! Irá a ver a Emilia de inmediato.

Va en busca de Emilia y no la encuentra en casa. Encuentra, en cambio, a Antonio en el garaje. No está el monovolumen y los dos suponen que Emilia ha bajado a Lobreña. A veces baja a recados después del almuerzo. A Fernandito se le ocurre un comentario que desconcierta a Antonio:

—Vaya, me alegro. Si va a recados es que está mejor.

—No sé si es eso. Como no está el coche... No, no está mejor. Tampoco está enferma. Si estuviese enferma empeoraría o mejoraría. Iríamos al médico. Pero no está enferma. Lleva así desde que murió tu madre, o sea, va a peor porque pasa el tiempo y sigue igual...

—Es un trastorno mental... —intercala Fernando.

—Lo es y no lo es. No está trastornada Emilia. Hace la vida normal, tú mismo lo ves, va y viene, hace los recados, ayuda en casa. Hace lo mismo de siempre. En fin, no sé. Por eso te agradezco que vayas a buscarla, hables con ella. Tengo la sensación de que a mí me tiene demasiado cerca, apenas me distingue de sí misma, supongo.

Mientras hablan, Fernandito decide que irá en coche a Lobreña en busca de Emilia. Decide todo: que ha salido en coche, que ha ido a Lobreña, que la encontrará de tiendas en Lobreña y también que en esa situación tan cotidiana de ir de compras la conversación con Emilia será fácil. Decide que se resolverá esta tarde. Le comunica todo esto a Antonio, que de pie ante Fernando tiene una expresión rara: la expresión de alguien que acaba de tener un accidente, sale ileso y mira alrededor suyo en busca de un punto de apoyo trivial, un policía, un enfermero, un conocido, el paisaje conocido, o la calle... El caso es que Fernandito tiene prisa por ponerse en marcha. Ahora ponerse en marcha es una comezón irresistible. Se dirige hacia su Porsche Boxster, que resplandece negro, lujoso, trivial en su hermosura mecánica, en su lujosa negrura satinada, como una repentina sinécdoque de Fernandito: *pars pro toto.* Confusamente, Antonio percibe también todo esto y de pronto teme haberse equivocado: ¿estará Fernandito, este joven ejecutivo del Porsche Boxster, a la altura de las circunstancias? ¿Será capaz de compasión, de comprensión, de ternura, cuando se encuentre con Emilia —si por fin la encuentra—? Hay algo idiota, como un precipitado signo peliculero del *american way of life* en este salir a toda mecha en un descapotable negro en busca del baqueteado monovolumen de Emilia. Antonio va a decir que no: no vayas, Fernandito, va a decir, pero es ya tarde. El Porsche sale ya marcha atrás, ya gira el volante enfilando la salida del jardín. Cruje la grava. Su crujido elegante.

Antonio decide ahora seguir con lo que estaba, ordenando los catálogos de jardinería y fertilizantes de las estanterías de su habitación en el garaje. Este lugar, el cobertizo del tiempo de los niños, de los primeros tiempos del Asubio sigue siendo tranquilizador, con su olor a garaje, a gasolina, a botes de pintura, a carpintería de pueblo. Antonio se sienta frente a la estufa y aspira el aire cálido del alrededor de la estufa, la seguridad del estufón encendido, la firmeza del pasado recordado, el amor recordado...

Le asalta de pronto la idea de que Emilia, súbitamente obnubilada, como cuando gritó, gimió, hace unas noches, corra el peligro de suicidarse. ¿Y si —incluso sin intención de suicidarse— se deja llevar por su obsesión, se distrae, tiene un accidente mortal? No puede de pronto Antonio parar quieto. Se levanta de un salto. Irá él también en busca de Emilia. Se monta en el Opel, sale marcha atrás, gira el volante para enfilar la salida. Aparecen en la terraza de delante de la entrada Juan y Angélica que, embutidos en sus abrigos, tienen el aspecto de ir a darse un paseo. Le saludan los dos con la mano. Antonio corresponde al saludo y acelera hacia la salida. La verja está abierta. Junto a la verja, Boni le detiene para preguntarle qué pasa, si ha pasado algo, cómo es que todo el mundo sale ahora precipitadamente en coche, al mismo tiempo. Antonio, que ha bajado la ventanilla, dice a Boni que va en busca de Emilia. Boni asiente sin decir nada, sin entender bien qué ocurre. Por el retrovisor Antonio ve a la elegante pareja de suegro y nuera bajando a paso de paseo por el jardín hacia la salida. Una imagen hiriente, que hiere a Antonio en ese momento. Sin saber bien por qué, acelera el coche cuesta abajo en dirección a Lobreña.

## XXX

En todo el recorrido que va del Asubio a Lobreña, el serpenteante camino vecinal en cuesta, no aparece el monovolumen de Emilia. Fernandito no ha podido reprimir la ajustada precisión de su Porsche, que se embala o se frena con una leve presión del acelerador o del embrague o del freno, como si conducir el coche fuese equivalente al pensamiento de conducir el coche: esto se conduce solo —repite Fernandito el tópico que los aficionados a los coches dicen de un coche así—. Conducirlo es un lujo, pero el lujo es, en este caso, un contagio físico, un leve impedimento para ir en busca de alguien tan impredecible como Emilia. Emilia puede haber metido su monovolumen por cualquier atajo, haberse parado en cualquier recodo entre las zarzas y haber seguido a pie, haber llegado a cualquiera de las playucas o haberse sentado en la cima de los acantilados, puede haber llegado a Lobreña y haberse —como supone Fernandito— metido en el híper, al otro lado de Lobreña, en las afueras, y haber dejado el coche en el aparcamiento. Que esto sea lo que ha hecho Emilia, es un supuesto cada vez más claro para Fernandito. La docilidad del Porsche y este pensamiento se unen para que Fernandito cruce Lobreña de un tirón y aparque en el aparcamiento del híper. Es media tarde de un día de semana. El aparcamiento puede recorrerse de un vistazo, hay sólo un monovolumen al final, color rojo, que no es el de Emilia. Para cerciorarse bien del todo, Fernandito da una vuelta por todo el aparcamiento del híper y finalmente aparca. Es entre dos luces, hace frío aunque no llueve. Las últimas casas de Lobreña titilan, dislocadas, como señales de peligro. Hay entre casa y casa, en los pueblos de la Montaña, al caer la noche, una zona oscurecida que se corresponde con los corrales, con los jardincillos, con las callejas sin asfaltar que regatean entre las casas como riachuelos secos en épocas de lluvia. Se convierten temporalmente en riachuelos, barrizales que reflejan y no reflejan las farolas de las esquinas, las farolas de los portalones, las luces de las cocinas y los cuartos de estar, pocas luces, entre dos luces. El híper, en cambio, es un lugar hiperiluminado, que crea su propio espacio intervecinal, sin medias luces, esperpénticamente iluminado como una payasada. Se apea Fernandito. Dará una vuelta rápida por los departamentos semivacíos a esta hora. Quizá Emilia ha dejado el coche en otro sitio: tiene que estar aquí, dónde si no. Recorre Fernandito toda la nave cuadrangular de dos pisos del híper a buen paso. No está Emilia. La cafetería está en el primer piso. Las mesas de la cafetería se asoman al balcón del primer piso como a un patio de vecindad. Parece ser que en estos últimos tiempos el híper se ha convertido en un lugar de reunión para la juventud de Lobreña. Ahí pueden tomar unos perritos calientes, unas hamburguesas renegridas sobre una base de queso fundido, tomate, pepino y aros de cebolla. Es, a su manera comarcal, un sitio muy americano. Todas las cafeterías de todos los hípers de los inmensos *Corn States* son, en diez veces más grandes, así. Quizá por eso la juventud de Lobreña, que no acaba de aprender del todo bien inglés, se viene aquí a tomar sus Coca-Colas y sus *ketchups.* Fernandito detesta estos lugares, pero, aún convencido de que Emilia no puede estar en ningún otro sitio a estas horas, sube a la cafetería. Sentados frente a frente, ambos con sus vaqueros y sus chupas moteras, Emeterio y la novia. Hay que joderse.

—Vaya, hombre, ¿qué hacéis aquí? —Fernandito ha enrojecido, por un instante la punzada de celos enciende su elegante rostro sombrío.

—¿Y tú? ¿Qué haces tú? Tómate algo —dice Emeterio, cortado.

Fernandito se queda de pie.

—Siéntate, tío, tómate algo —dice la novia.

—¿Habéis visto a Emilia? —pregunta Fernandito.

—A Emilia, no, ¿por qué?

—Porque se ha ido de casa.

—¿Cómo que se ha ido?, querrás decir que ha salido.

—Ya, pero como está como está... He salido yo a buscarla, tengo que hablar con ella. Pensé que estaría aquí.

—Tómate algo, venga —repite Emeterio, cortado.

Verle es conmovedor. Le cohíbe la presencia de Fernando. Fernando sabe que su presencia le cohíbe. No se sentará, no tomará nada, no dará la menor conversación a la novia, no la reconocerá como tal novia. La infelicidad de los celos, el innoble horror de sentir celos, la ira, la vergüenza... todo esto ocupa ahora a Fernandito, le mantiene de pie.

—Tengo que irme —dice.

—Tenemos que quedar los tres, ¿vale? —dice la novia. Es una chica mona, quizá veinticinco años. Seguramente está enamorada de Emeterio. Será seguramente una buena mujer de Emeterio. Es casi seguro que no alberga el menor recelo con respecto a Fernandito. Es probable incluso que, caso de enterarse, comprendiera la clase de relación amorosa que hay entre Emeterio y Fernando. Parece una buena chica. Fernando sabe todo esto. No puede remediar los celos, el aborrecimiento.

—Tengo que irme —repite. Y dirigiéndose a Emeterio—: Si ves a Emilia por aquí, dile que la estoy buscando.

—¿Ahora dónde vas?

—Voy a buscar a Emilia, ya te lo he dicho.

Ahora ya se va. Se vuelve y dice:

—Quedamos que comeríamos mañana. Hemos quedado a comer mañana. ¿No es así? Mañana, Emeterio. Al mediodía en casa de tus padres.

Gira en redondo, baja las escaleras del híper sin querer oír la respuesta, sin volverse a mirarles. Cuando sale es ya noche cerrada. Ha olvidado a Emilia. La irresponsabilidad de los celos puntea su cabeza como los timbrazos de un teléfono en una habitación vacía. Se sienta en el Porsche sin encender las luces. ¿Va a quedarse a esperarles? Tiene una sensación pulsátil en las sienes, como el principio de un dolor de cabeza. Fernandito se agazapa en el interior del Porsche negro, que se agazapa a su vez, ahora que parecen haber disminuido las luces del aparcamiento, en la entrante noche. Sabe que no debe quedarse ahí a esperarles, sabe que no debe seguirles, quiere irse, no puede irse, desea acostarse con Emeterio ahora, liarse a patadas con la novia. Se echa a llorar. Está perdido. Ha olvidado a Emilia.

Antonio Vega está perdido en la noche. Ha dado una vuelta por los alrededores, ha regresado a Lobreña en busca de la casa-cuartel de la Guardia Civil. Ahora saluda al guardia de la entrada, que le dice que pase. Le atiende un cabo primero que toma nota de su declaración.

El cabo primero no acaba de entender del todo lo que quiere Antonio Vega. El propio Antonio Vega se da cuenta, nada más empezar su declaración, de que es absurda: lo más probable es que Emilia haya regresado al Asubio a estas horas. Aún no son ni las diez de la noche. Antonio pide disculpas. Balbucea:

—Mi mujer no se encontraba bien estos días. Salió con su coche esta tarde. Disculpe... No he llamado a casa. Debí pensar en eso lo primero. ¿Puedo llamar desde aquí?

El cabo le indica amablemente el teléfono que está encima de su mesa. Tardan en coger el teléfono. Por fin se pone Juan:

—Soy Antonio, estoy en Lobreña. ¿Ha vuelto Emilia?

—¿Emilia? —La amable voz de Juan suena un poco alejada, como si mantuviese el auricular un poco separado al hablar—. No sé si ha vuelto, no sabía que hubiese salido...

—Salió con el monovolumen sin decirme nada. ¿Tendrías la bondad de llamarla al apartamento?

—Desde luego. Claro que sí, ahora mismo llamo. Espera, no cuelgues.

Transcurre un instante interminable. Antonio, sentado frente al guardia civil, en la impersonal oficina de la casa-cuartel, no mira a su alrededor. Contraído. La angustia ante la posibilidad de que Emilia no haya vuelto a casa contrae su ánimo, reduce su conciencia a una bolita de acero encerrada en el laberinto de un juego de niños (es una cajita pequeña, cuadrada, con un cristal encima, que permite ver cómo la bolita de acero recorre el minúsculo laberinto: el juego consiste en hacerla entrar por una determinada dirección —hay una única dirección válida— para que salga así del laberinto y llegue así al punto final). Angustia. Vuelve a oír la voz de Juan:

—En el apartamento no está. Ni tampoco en el lado nuestro. Es muy temprano todavía, no te preocupes.

—No es temprano, son las diez. Es tarde para nosotros, para Emilia...

—Habrá ido al cine. A visitar alguien en Letona, quizá. Seguro que llega de un momento a otro...

—No hay nadie en Letona, Emilia no conoce a nadie...

—Lo mejor es que vuelvas y la esperas aquí.

—Vale, Juan, gracias.

Antonio alza los ojos: tiene ante sí al cabo de la Guardia Civil. Un hombre de mediana edad, alrededor de los cincuenta, un poco fondón, una cara amable. El rostro del guardia entrevisto desde la angustia tranquiliza un poco a Antonio. Seguramente es padre de familia, la mujer y los críos estarán en el piso de arriba de la casa-cuartel. Con sólo mirar de refilón su rostro, Antonio está seguro de que este guardia civil hará todo lo que pueda por dar con Emilia.

—Mire, vamos a hacer una cosa —dice el guardia—. Va a darme usted los datos de su mujer, una descripción de su aspecto, el número de matrícula del coche, y voy a ponerme en contacto con otros puestos de por aquí cerca y con Letona. Seguro que damos con ella.

—¿Me quedo aquí? —pregunta Antonio. Preferiría quedarse aquí, con este guardia civil, en esta oficina destartalada de la casa-cuartel de Lobreña, pero comprende que es mejor que vuelva a casa. Deja el número de teléfono del Asubio.

Al salir, el frío de la noche marítima le envuelve como el frío impersonal de un pueblo desconocido. De pronto todo lo familiar, Lobreña, el Asubio, la carretera comarcal que conduce al Asubio, es extraño, amenazador. Pone el Opel en marcha y regresa al Asubio.

Bonifacio le abre la cancela. Le dice que ha estado pendiente toda la tarde, que Fernando no ha vuelto todavía, ni Emilia. Le dice que no se preocupe. El rostro de Bonifacio, como el rostro del cabo de la casa-cuartel, le tranquilizan al presentirlos, viéndolos sólo de refilón, como vemos los rostros diariamente, sin mirarlos detenidamente, como adivinándolos, registrándolos casi como apariciones inmanentes que sin embargo trascienden por completo nuestra conciencia. Esos rostros entrevistos nos afirman o nos niegan, con su bondad o su maldad o su indiferencia. Afirman la existencia de un mundo humano más allá de nosotros, independiente de nosotros. En el caso de Bonifacio su rostro es tranquilizador, como su voz o sus ademanes rutinarios. Su cortesía de empleado predemocrático. Antonio sonríe al pensar esto. Bonifacio y Balbanuz tienen la edad de Juan Campos. Designan todo lo anterior a la juventud que representan Emeterio y Fernandito. Antonio es el puente entre aquella circunstancia y esta nueva circunstancia española. Entra en la casa. Piensa: entraré a hablar con Juan: ha visto la luz del despacho de Juan, que aún no ha corrido las cortinas. Está a punto de llamar y entrar, como tantas otras veces. Pero le retiene la voz de Angélica en el interior de la sala y la risa tranquila de Juan y de Angélica. Antonio piensa que llevarán toda la tarde de charla, habrán tomado un par de whiskies, habrán, de común acuerdo, hablado de todo un poco, comentado incluso la llamada de Antonio, que les habrá parecido exagerada, preocupada. Y habrán comentado, quizá: pobre Antonio, con Emilia así es comprensible que se preocupe, conmovedor. Nada puede hacerse de momento, habrán concluido, piensa Antonio. Y es cierto. Antonio sabe que nada puede hacer de momento, tal vez nada tampoco en toda la noche: irse a su apartamento y esperar a Emilia. El sistema telefónico del Asubio es anticuado. Hay un único teléfono fijo con dos extensiones, una en la cocina y otra en el departamento de Antonio y Emilia. Habitualmente la palanca se sitúa en la extensión de la cocina porque Juan Campos detesta hacer de telefonista, como él dice. Y hay también el telefonillo interior que conecta el apartamento con el despacho. Una vez en sus habitaciones, Antonio llama por teléfono a Juan para decirle que está en casa, que perdone las molestias. Juan lo comprende todo, su voz más amable, que dejará la palanca en su lado para que Antonio pueda recoger el primero la posible llamada de la Guardia Civil, o cualquier otra. Esto es el fin. Desde el punto de vista de Juan y de Angélica, asunto concluido. Ellos dos permanecerán de charla un par de horas más, quizá más tiempo, y Antonio dará vueltas por su cuarto de estar o quizá llame a la Guardia Civil otra vez. Son las once de la noche, el tiempo se desmenuza ahora, cruje un poco como una barra de pan de dos días entre los dedos: ofrece una ligera resistencia y se desmorona en seguida, se vuelve pan rallado, partículas de tiempo desmenuzado entre los dedos nutren la angustia, alimentan en su cárcel a Antonio Vega, el rehén de la responsabilidad irrenunciable.

Hacia las dos de la madrugada, Antonio oye la grava del jardín a lo lejos, el runruneo del motor del Porsche, un portazo demasiado violento. Antonio sabe que Fernando acaba de llegar. Sale al vestíbulo a esperarle. En seguida ve que Fernandito ha bebido en exceso. Tiene mal aspecto, desmadejado como si se hubiera caído, embarrados los zapatos y el fondillo de los pantalones.

—Lo lamento —tartajea Fernandito—, no la he, a Emilia, visto. Toda la tarde por Lobreña y demás y no la he visto. Lo siento...

—No sabemos dónde está, no ha vuelto todavía. Yo también salí a buscarla y tampoco yo la he visto. No te preocupes...

—Lo siento, de verdad que lo siento. Avísame si llega, ¿vale?

—Vale, Fernando, cuando llegue yo te aviso.

Fernando sube las escaleras lentamente. Antonio le olvida de inmediato. Pasa así la noche entera sin dormir. Llama por teléfono a una clínica de urgencias de Lobreña y a urgencias de dos hospitales grandes de Letona. Nadie sabe nada. Hacia las siete de la mañana llama el cabo de la Guardia Civil.

—Han encontrado a su mujer y el coche en Letona. Supongo que irá usted a buscarla. Le doy la dirección de la comisaría donde está. Está bien. Parece que está como ida, pero está bien.

Antonio da las gracias, va al garaje, saca el Opel, conduce procurando no acelerarse en dirección a Letona.

## XXXI

La Policía Local (Tráfico) encontró el monovolumen, con Emilia sentada al volante como ida, junto a la grúa de piedra del antiguo muelle de carga de Letona. Antonio se ha presentado en la comisaría de la Cuesta de los Carmelitas alrededor de las ocho de la mañana. Emilia está sentada al final de un banco en una sala de espera con demasiada calefacción. Justo encima de Emilia un retrato de Su Majestad el Rey de España. Antonio entra despacio, como si entrara en la habitación de un hospital. Emilia está sentada en el banco, debajo del retrato, apoyada la espalda en la pared, con las dos manos ante sí, una en cada rodilla. Antonio se sienta junto a ella, le pasa el brazo por el hombro. Emilia está tranquila e ida. Es lo que dijo el cabo por teléfono, lo que le dijeron al cabo los de la comisaría. Es la verdad: está tranquila, un poco pálida, ida. Al pasarle el brazo izquierdo por el hombro, Antonio nota los huesos de la espalda, la clavícula, el cuello, como un pájaro, como un vencejo caído al suelo. Emilia no se ha venido abajo, sin embargo. No parece especialmente impresionada por el hecho de hallarse en la comisaría o por la repentina aparición de Antonio.

—Estaba al rape mismo del malecón la señorita. Llega a frenar medio metro después y se cae al mar. Lo que son el parachoques con los faros sobresalían una cuarta del muelle, sobre el agua. Cuando vimos que la señorita estaba sentada al volante nos dio miedo acercarnos, igual se asusta al vernos de repente y quita el freno, yo qué sé. Menos mal que mi compañera, al ser mujer, sabe cómo manejar las situaciones. Yo la dije: Ves tú. Ves tú y la hablas, a través del cristal aunque sea. La gorra de plato no la lleves, que vea que eres chica...

El policía de tráfico ha contado con variaciones esto mismo tres o cuatro veces ya. Se lo vuelve a contar a Antonio Vega, que le da las gracias. Antonio desea irse, pero no desea dar la impresión de que tiene prisa: sacar a Emilia precipitadamente de la comisaría. No desea que ella sienta que tiene prisa o está preocupado, ya no está preocupado además. Ahora está contento: nada más entrar en la comisaría y verla sentada en el banco, sintió el júbilo, una punzada de alegría. Así que a la vez ahora tiene ganas de irse y de quedarse a oír de nuevo el relato del policía, y cómo su compañera —que es psicóloga, está en segundo curso, presentándose por libre, combinándolo a la vez con el servicio— supo hacerlo todo a la primera, hablando suave a Emilia a través del cristal, sonriendo y moviendo una manita. Emilia por lo visto bajó inmediatamente el cristal. No estaba asustada, ni siquiera cuando al abrir la puerta se vio el agua al rape mismo, la marea alta, de la rueda y de la puerta.

—Entonces anduvieron unos pasos mi compañera y su señora, venían hablando. Mi compañera era más bien la que hacía el gasto. Su señora no habla mucho aunque estaba muy tranquila. Luego en el coche nos dijo que salió a dar una vuelta, y venga y venga, que paró aquí junto a la grúa de piedra, un lugar que conocía de niña. Peligro no es que hubiese, o sea: lo había o lo hubiese habido si no llega a echar el freno de mano: se le vence el coche, eso seguro.

—Les estoy tan agradecido... —repite Antonio.

Antonio y Emilia sonríen a la vez ahora. Los dos dan las gracias. En medio del relato del policía, Emilia ha dicho que le apetecería desayunar unos churros. Al llegar, en un principio (aquí el policía de tráfico se hace un poco de lío qué fue primero y qué segundo, si pasó todo a la vez) cuando llegaron los tres a la comisaría, le ofrecieron a Emilia un café con leche con azúcar de la *vending machine* que Emilia tomó a sorbos. El monovolumen está en el patio de la comisaría. Emilia ha dicho lo de los churros y Antonio está feliz. Irán a una cafetería del muelle, la cafetería de siempre. Tomarán un café en vaso con churros espolvoreados de azúcar. Regresarán en el Opel al Asubio. Bonifacio puede llegarse más tarde a Letona a subir el monovolumen. Antonio no tiene ahora intención de separarse de Emilia. Desayunan, emprenden el viaje de regreso al Asubio. Emilia no dice nada, ni Antonio tampoco. Es maravilloso volver a casa juntos: no ha pasado nada, no hay nada que preguntar. Ahora Antonio no siente la menor inquietud. A partir de ahora va a ir todo bien, mucho mejor. Emilia fue a dar una vuelta por la tarde y acabó en Letona de madrugada, junto a la grúa de piedra. ¿Por qué no? ¿Qué tiene eso de malo?, ¿qué tiene eso de raro? Al llegar a Lobreña, Antonio decide pasar un momento por la casa-cuartel para dar las gracias al cabo: decirle que todo acabó bien. El cabo sale a saludar a Emilia.

—Como habíamos dado parte de la matrícula, la descripción de su señora y todo, nos llamaron de la comisaría de Letona, fue muy fácil. Gracias a Dios todos lo hicimos todo bien: ustedes, nosotros, la policía local... A veces las cosas salen mal —comenta el cabo pensativo.

El rostro del cabo de la Guardia Civil le parece a Antonio iluminado por la difusa luz de la mañana invernal, como el hierático rostro benévolo de un apóstol sobre un fondo dorado en un icono. Es una emoción fugaz e informulada. Bonifacio y Balbanuz salen a abrir la cancela y a saludarles al entrar en el Asubio. Es un día de diario, como todos los días. Emilia parece descansada. Antonio la deja en su cuarto. Va a contarle el desenlace feliz a Juan Campos, que no está. Ha salido a dar una vuelta, después del desayuno, con Angélica.

Antonio está solo. Ésta es la primera vez en su vida que está solo. ¿Cómo puede ser verdad decir esto de nadie? ¿Cómo va a estar por primera vez solo Antonio Vega a sus cincuenta y tantos y tan comprometido como está con su mujer, con los Campos... tan rehén como es de todos ellos por su libre elección? A veces la gente dice —es casi un tópico entre los cultivados o semicultivados que están al tanto de toda la nueva literatura, de todas las nuevas tendencias— que la soledad es maravillosa. Viajan a Edimburgo los veranos para eso, para estar solos, separados del mundanal ruido, *far from the madding crowd*, y el sentimiento de soledad es un cosquilleo huevón que les hace sentirse un poco *a la Chateaubriand, au-dessus-de la mêlée.* Sí, Antonio está solo porque Fernandito ha mostrado hasta qué punto no es fiable, y su padre Juan Campos —éste es el gran escándalo de Antonio— se ha vuelto a ojos de Antonio no fiable de repente.

No se trata de que Antonio juzgue a los que le rodean: si Antonio les juzgara quedaría él mismo descalificado, o al menos rebajado, incluso en el caso de que el juicio fuese justo. Antonio ha vivido durante muchos años en paz con los demás, contento con su suerte. Ha vivido en el ámbito de la admiración y del respeto procurando aprender lo que puede, ha sido útil a todos los Campos de una u otra manera. El hábito de ver el lado positivo de los más próximos ha contrarrestado siempre ese natural sentido crítico que todos tenemos y al que damos con frecuencia más importancia o más valor del que tiene. *La correctio fraterna* de los viejos conventos medievales ha funcionado con dulzura en el caso de Antonio. Si Emilia no se hubiera trastornado (porque Antonio tiene que admitir cada vez más, cada día que pasa, que Emilia va camino de algún tipo de trastorno), Antonio no hubiera necesitado ayuda de Juan o de Fernandito, las cosas hubieran seguido igual que siempre. Ha sido al pedir ayuda, angustiado por la situación de Emilia, cuando Antonio ha descubierto que nadie en la casa, pero sobre todo Juan, está en condiciones de proporcionársela. Nadie está interesado en Emilia —sólo Antonio—. Y es una experiencia compleja para Antonio esta de darse cuenta de que una persona como Juan Campos, a quien respetó siempre, con quien contó siempre, se muestra, a la hora de contar afectivamente con él, huidizo. No hay otra manera de calificar su comportamiento: Juan rehúye ocuparse en serio de Emilia y cuando, como el otro día, habla de ella, sólo acierta a proponer, para tranquilizarla, la solución pedante de utilizar la vieja doctrina cristiana sobre los novísimos. Pero incluso eso —que era un proyecto absurdo— hubiera sido a la larga preferible a este progresivo no darse por enterado de que Emilia resbala insensiblemente hacia el trastorno mental. Antonio odia esta denominación, esta expresión, *trastorno mental*, con su implicación de hospital y de enfermedad incurable. Con ese añadido, además, que la noción de *enfermedad mental* conlleva, de que quienes la padecen tienen que ser apartados de la comunidad. Se vuelven raros, incomprensibles. ¿Cómo puede Antonio dejar que nadie piense o diga que Emilia se ha vuelto rara o intratable? En los tiempos de Matilda —la propia Matilda lo decía con frecuencia—, Emilia representaba la sensatez, el sentido común, una especie de buen ojo para conocer a la gente a simple vista. Todo lo contrario de lo extravagante, lo raro o lo rebuscado. No había nada mórbido, ni siquiera romántico en Emilia, porque estaba impregnada, como el propio Antonio, de un entusiasmo futurista, por llamarlo así. Todo parecía acumularse lejos de Emilia, al final de los proyectos, de los trabajos, como una promesa de fruto y descanso. Era relajante ver a Emilia planificando los viajes o las agendas de Matilda, o su propio ocio y el de Antonio, cuando estaban de vacaciones. Emilia tenía una idea saludable del futuro, quizá un poco demasiado asimilado a la presencia y al presente, pero siempre al final prometedor como un infinito venero de ocurrencias, de modificaciones, de perfeccionamientos. Emilia era una futurista ingenua, una optimista. Y ahora todo ha cambiado. Ahora el presente apenas cuenta y el pasado se ha vuelto un sumidero que tira del tiempo al revés, hacia atrás. El futuro se vuelve ahora rememoración infausta, el tiempo es una caída hacia atrás. Por eso —porque teme acelerar ese retroceso del tiempo en la conciencia de Emilia— no se había atrevido Antonio a preguntarle cómo fue que condujo el monovolumen la otra tarde hasta Letona, hasta la grúa de piedra, casi hasta desplomarse en la bahía. ¿Por qué había hecho aquello? ¿Qué había pasado en realidad? ¿Qué se le había pasado por la cabeza? El primer día, los primeros días que siguieron a ese angustioso suceso, Antonio no había preguntado nada porque estaba lleno de alegría: no había sucedido nada malo. Emilia estaba de nuevo en casa sana y salva. La alegría de tenerla en casa superaba el deseo de saber qué ocurrió. Pasados unos días, sin embargo, Antonio fue viendo que saber qué ocurrió aquella tarde y durante toda aquella noche no era una simple curiosidad ni un capricho. Emilia había corrido realmente un grave peligro durante las horas en que circuló de noche por las carreteras de la provincia hasta llegar a Letona. Y esto podía repetirse. ¿Qué sucedería la próxima vez? Antonio decidió que de la manera más tranquila y dulce posible tenía que saber qué había pasado. El relato de los policías fue escalofriante. A un palmo del borde del malecón: la bahía debe de tener ahí unos seis metros de profundidad. Si el coche llega a desplomarse hacia delante, Emilia hubiera muerto ahogada. Antonio tiene que saber qué ocurrió.

—¿Cómo se te ocurrió el otro día llegarte hasta la grúa de piedra? —Antonio ha procurado imprimir a esta pregunta el tono más casual posible. Emilia se ha divertido este mediodía viendo los «Simpson». Están los dos solos en la casa porque Angélica y Juan han salido temprano y almorzarán con unos amigos de Angélica en una finca cerca de Comillas. Jacobo está al caer y han anunciado su llegada, para pasar las navidades, Andrea, José Luis y los niños. Así que esta escapada de Juan y Angélica tiene, se le ha ocurrido a Antonio, todo el aire de una despedida. Han almorzado, pues, Antonio y Emilia solos en su lado de la casa. Han tomado una sopa de arroz con menudillos de pollo y un *ojito* grande al horno, que se han repartido entre los dos. Mientras Antonio cocinaba, Emilia veía los «Simpson» sonriente. Así que al terminar los «Simpson» y empezar las noticias, a las tres, Antonio dejó caer su pregunta. Es un mediodía soleado de diciembre, un día tibio de pronto en el jardín. Dentro de la casa al amor de la lumbre se está bien. Emilia ha respondido de inmediato como quien responde a una pregunta ordinaria.

—Es que me acordé de la grúa de piedra de una vez que fui de niña, o no tan niña..., fue antes de ir a Madrid, eso seguro, que estaban atracados allí los barcos de guerra. Me encantaban los barcos de guerra con los marineros, y los oficiales, tan elegantes todos. Me acordé de eso y fui a verlo.

—Lo que me extraña es que no lo dijeras al salir —comenta Antonio con el mismo tono casual de antes.

—Es que no pensaba ir.

—Me tuviste bastante preocupado... Como no volvías...

—¡Cuánto lo siento, de verdad! Si vieras, no me di cuenta de la hora...

¿Qué va a hacer Antonio? Antonio desea saber qué ocurrió entre las seis de aquella tarde y la madrugada de la mañana siguiente cuando, en una Letona vacía, Emilia condujo hasta la grúa de piedra, casi hasta el borde mismo del muelle, y se quedó ahí sentada. Son demasiadas horas. Y el incidente fue demasiado repentino y poco usual en la vida de Emilia.

—¡No me di cuenta de la hora! —repite Emilia.

—Pero, Emilia, ¡si era de madrugada! ¡Y queda muy lejos de aquí!

—Lo siento de verdad que te asustaras. No me acuerdo muy bien qué hice. A veces con Matilda dábamos paseos así, al buen tuntún. Mientras yo conducía, Matilda y yo hablábamos muchísimo. Yo pisaba el acelerador a veces demasiado. A Matilda eso le gustaba, a mí no, era peligroso, y lo es. Menos mal que tengo yo la cabeza sobre los hombros. Y me da igual lo que Matilda diga. No hay ninguna prisa. Era agradable, era una sensación de compañía que no tengo en esta casa ahora. Sólo cuando estoy contigo aquí, cuando estamos los dos solos... Pero cuando están todos, esta casa se está volviendo acuosa, como en una inundación, como las iglesias y los pueblos enteros debajo del agua en los embalses. Están todas las habitaciones, los tejados, hasta el sitio de los armaritos, el sitio de la chimenea, la chimenea misma, el corral, pero todo verde y turbio a consecuencia del limo del fondo que, poco a poco, se va haciendo de la misma tierra al quedar cubierta toda por el agua del pantano. Yo tengo esa impresión, Antonio, a veces, cuando estamos todos en el comedor. No oigo lo que dicen, les veo mover la boca y las manos, pero claro, debajo del agua no se oyen los sonidos... Y esos días me acuerdo mucho de Matilda. La veo, no es sólo que me acuerde. Es que la veo. Entra en el comedor ese día: que nos vamos ya, es esa misma tarde, nos llevarás en coche tú, Antonio, a Letona, al aeropuerto, vamos con el tiempo justo, Matilda entra y se pone a hablar con Fernandito, a contarle no sé qué, y yo digo: «Vámonos, que perdemos el avión.» Y me levanto y dice

Matilda: «No seas aburrida, tiempo hay para aburrir, nos lleva Antonio en un momento.» Era estupendo llegar con tiempo justo. Facturar las últimas las dos. Y ahora esta casa ahoga un poco. Todos hablan y no oigo lo que dicen. Angélica habla tanto, casi da risa verla hablar sin oírla, como si quitas el sonido de la tele. Y no estoy bien, no estoy cómoda. Contigo sí. Cuando estoy contigo ya no está Matilda, está en su cuarto, como suele hacer, tú y yo estamos como siempre en nuestro cuarto. Pero cuando estoy con todos y no oigo lo que dicen y les veo levantarse y sentarse y hablar sin entenderles, entonces Matilda sí que está y tampoco les entiende. Y es tan triste, es como si soñara todo el tiempo. Cuando estamos con todos es como si soñara. En los sueños no se oye lo que dicen los demás. Y se tiene una sensación muy triste, todo va a pasar ahora, el sueño va a seguir y seguir, pero no sigue, Matilda entonces desaparece y está muerta. En eso pienso la mayor parte del tiempo, Antonio. ¿Tú crees que estoy loca?

—No, Emilia, no estás loca. Es que Matilda de verdad se ha muerto y no nos podemos consolar ni tú ni yo. Los dos nos acordamos de ella, y sobre todo tú, porque era con quien más estaba...

—Juan no se acuerda de ella ya, yo creo. Yo creí que se querían. Mejor dicho, yo no creía nada. Cómo no iban a quererse. Doy vueltas a estas cosas y el tiempo pasa sin que yo lo sepa, como pasa en los sueños. Al principio es todo como antes, al final siempre es muy triste...

# XXXII

Todo es momentáneo. Juan Campos repasa ahora su vida como las respuestas a un examen tipo test. Ahora está lejos de toda logomaquia. Casi de todo fraseo. Se ha simplificado. Juan tiene la impresión de que su vida en el Asubio este último mes se ha complicado hasta tal punto que no puede ya dar ni un paso sin tropezar con una complicación o un fragmento de complicación, como tropieza uno en las casas donde hay niños pequeños con juguetes o fragmentos de juguetes o piezas sueltas de colores de las construcciones ocultas debajo de los almohadones del sofá. Desearía que todos desaparecieran. Se vino al Asubio para hacerlos desaparecer a todos. Se trajo al Asubio sólo todos sus libros, sus cuadros ingleses, sus espléndidas alfombras persas, sus dos eficientes empleados de toda la vida, Emilia y Antonio, que, al alimón, con Boni y Balbanuz, le facilitarían la vida, lejos del mundanal ruido, leyendo y meditando, y a la vez no meditando y no leyendo, que uno de los grandes encantos de la lectura y de la meditación es tener a mano ambas posibilidades y demorarlas, suspenderlas cautelarmente, dar un buen paseo, almorzar un rico almuerzo, dejarse invadir por la dulce melancolía cronificada, el duelo cronificado, el fantasma regularizado de una Matilda que, a Dios gracias, no reaparece cuando Juan la evoca: eso empezó a ser así a partir del día mismo de su fallecimiento, y ahora ni siquiera reaparece ya de *motu proprio*, como desaparecía y reaparecía previamente, consumida quizá también Matilda por la nada y la nadería del transcurso del tiempo y hasta beneficiándose de la boba pero vivaz, carnal, presencia de Angélica en la casa. Aunque también, por supuesto, es Angélica una lata, una complicación o un fragmento de complicación. Como una piernita con su zapatito de muñeca *Nancy* que reapareciera entre las páginas de los *Collected Essays* de Bradley. Dentro de un momento se reunirán todos a almorzar. Y Juan repasa una vez más su vida como quien corrige las respuestas de un examen tipo test. Todo es momentáneo, todo se ha simplificado extraordinariamente porque todo lo que en la vida de Juan no son estas preguntas y respuestas tipo test, son complicaciones y fragmentos de complicaciones que Juan Campos está dispuesto a desechar de golpe (incluida la propia Angélica) para quedarse solo, a salvo, sobreviviente, retirado, entre las azucenas olvidado, como el hedonista pseudomístico a cuya imagen, cada vez más, se aproxima. Está Juan persuadido de que todo se ha simplificado ya de una vez por todas, porque está dispuesto a mandarles a todos —incluidos Emilia y Antonio, si se tercia— a la mierda de un simple patadón. ¿Qué tal si se quedara sólo con Boni y Balbanuz? Y con Emeterio de mecánico, ¿esto qué tal?, con una doble residencia este Emeterio, a saber: en casa de sus padres —donde tan ricamente ha vivido hasta la fecha— y en el propio Asubio, en la habitación de Fernandito, donde con discreción podría instalarse una cama camera, que cupiesen los dos juntos. O mejor no: este concubinato posmoderno ¿qué aportaría a la comodidad de Juan? Muy poco. Excepción hecha de satisfacer por temporadas una curiosidad no muy aguda por el desarrollo de una relación matrimonial homosexual, ¿qué más? Muy poco. Mejor no. Y, meterle en casa... descolocarle para recolocarle a Emeterio de mecánico podría malentenderse allá en Lobreña, allá en Pekín. Bueno, ¿y qué? Juan decide, sonriente, que, últimamente, a consecuencia de su urgente necesidad de simplificarlo todo al máximo, sólo discurre complicación tras complicación. Éste es el caso (paradigmático, nunca mejor dicho) del enamoramiento asimétrico de Angélica.

Angélica, su nuera, que ahora le acompaña a todas partes, tiene los días contados, porque su marido, Jacobo, está al caer. Este amor de su nuera —ha decidido Juan— es irrisorio, pero a la vez le halaga, porque Angélica es una chica de buen ver. El otro día en casa de los amigos de Angélica se divirtió Juan bastante viéndose querido en presencia de las otras dos parejas (dos matrimonios de la edad de Angélica y Jacobo), fingiendo muy bien no darse cuenta de que estaba siendo amado. Juan Campos está estos días sorprendido porque a la vez que se siente muy alerta (está convencido de que nada de cuanto ocurre en la casa se le escapa), finge a la perfección seguir ensimismado, y de ese modo da a entender que es aún el doliente viudo que sobrellevaba un largo duelo por Matilda. Ese duelo ha cesado hace ya tiempo. No está seguro a veces Juan de si su estado de ánimo real es anhedónico o indoloro. A ratos siente que no siente placer ninguno, ni deseo de placer ninguno, excepto tal vez el de comer, beber, dormir. Pero a ratos siente que sí siente algún placer, por ejemplo, el vanidoso placer de ser amado irrisoriamente por Angélica (y este placer que no es intenso se manifiesta más bien por una ausencia de dolor). Al sentirse amado no siente un gran placer (la vanidad es más bien un cosquilleo), pero no siente entonces ya ningún dolor. Está en suspenso. Y desearía así poder seguir eternamente contrapesando con pequeños placeres los dolores, o por lo menos las incomodidades del cotidiano ir viviendo. Naturalmente todo esto no es glorioso. Es antiheroico. Esta situación, sin embargo, le interesa a Juan ahora porque puede asomarse disimuladamente a las otras vidas de la gente del Asubio y contemplarlas fríamente, como se contempla a través de los cristales de una pecera a los pececillos dando vueltas en torno siempre a un mismo barco semioculto entre unas falsas algas que imitan un fondo submarino de juguete. A decir verdad, Juan Campos desea que se vayan todos de una puta vez y que le dejen solo. Que se vaya Fernandito, con su Porsche Boxster, Angélica con su marido, que no vengan José Luis y Andrea con los niños a pasar las vacaciones y, sobre todo, que Emilia y Antonio desaparezcan de una vez por todas. Ahora se da cuenta de que no les necesita: cuando Antonio declaró que andaba considerando llevarse a Emilia lejos del Asubio, Juan se sintió molesto porque representaba una gran incomodidad quedarse sin servicio. Y también porque la ocurrencia era de Antonio y no de Juan. Pero ahora el asunto se plantea de otro modo: ahora ha asimilado esa ocurrencia, la ha hecho suya, y a riesgo incluso de pasar incómodo una larga temporada por falta de servicio, prefiere que se vayan. Al desaparecer Emilia desaparecerá todo rastro de Matilda, sus fantasmales restos, su violencia... Juan siente un intenso escalofrío de pronto: la intensa violencia del rechazo del marido y de la aversión a morir que exhibió Matilda a la hora de morirse hirió profundamente a Juan, le injurió. He aquí una herida narcisística —reflexiona Juan— infligida no en la juventud, que es cuando suelen herirnos de ese modo, sino en plena madurez, casi al borde de la senectud. Si todos se van se irán todas las complicaciones. Está solo en el despacho. Se ha levantado, es hora de almorzar. Deliberadamente ha esperado hasta el último momento, hasta que lleguen todos al comedor, con idea de llegar el último y casi no comer. Tiene gana de hablar, no de comer. Desea dar vueltas a sus cosas, mentalmente. No desea discutirlas. Ahora ya no quiere hablar nada con Antonio. La vieja familiaridad está quebrada, quebrantada: la ilusión de familiaridad se vino abajo al principio de este invierno al encerrarse en el Asubio Juan, con la desafortunada Emilia y este nuevo Antonio hipercrítico. El caso es que no puede decirles que se vayan: lo adecuado sería hacer que se vayan sin decírselo. ¡Que las cosas se planteen de tal modo para Emilia y Antonio, que quedarse en el Asubio les parezca impracticable por completo! Juan Campos mueve la cabeza de un lado a otro, como quien desea sacudirse una ocurrencia. Una vez más, su deseo de simplificar le complica la vida. Lo mejor será pasar al comedor.

Sólo falta Fernandito. Angélica está, Antonio está, falta Emilia. La falta de Emilia sólo se hace visible para Juan cuando se sientan todos a la mesa, porque de ordinario Emilia trae las fuentes con ayuda de Antonio y suele sentarse a comer un poco después de los demás.

—Emilia no se encontraba hoy muy bien... —anuncia Antonio.

Antonio es un competente organizador de almuerzos. Trae las fuentes en seguida. Hoy Balbanuz ha hecho una hermosa paella de pescado. Se sirven los tres y Juan pregunta: ¿Se encuentra mal Emilia?

—No se encuentra bien del todo y, conociéndola, yo digo que se encuentra mal, porque se encuentra siempre bien, menos ahora, que se encuentra un poco mal, como cansada —dice Antonio.

Juan ha registrado de inmediato el elaborado tono y el fraseo de la información que Antonio proporciona. Es la manera de expresarse de alguien que desea reducir todo lo posible la información que no tiene más remedio que acabar dando. Es también el tono de quien, al no sentirse muy seguro de la reacción de sus oyentes, procura atenuar la información que ha de dar para que pase casi desapercibida y todos pasen en seguida a otro asunto. Angélica dice:

—Jacobo no está seguro de si vendrá mañana o pasado mañana a última hora de la tarde. Depende de una cosa en la oficina que tiene que estar él, ya sabes.

—¡Qué bien que Jacobo venga a vernos! —declara Juan. Suena muy falso. A Antonio, al menos, la exclamación de Juan le parece forzada. Antonio trata de sacudirse la insistente idea de que Angélica y Juan tienen algo entre manos. Una especie de coqueteo insignificante. Esto es ridículo. Y a Antonio le cuesta trabajo todavía unir la imagen de Juan con esa convencional imagen del hombre entrado en años que tontea con una mujer mucho más joven, que es además su nuera. Hay algo incongruente e inadecuado, imposible de casar aún, entre la imagen de Juan Campos que aún campea en la conciencia de Antonio y esta nueva imagen rebajada de Juan entendiéndose en secreto con su nuera, por inocente que este entenderse sea al final. Tiene que ser inocente por fuerza, piensa Antonio, puesto que es la primera vez, no sólo desde la muerte de Matilda, sino desde siempre, que Juan Campos parece interesado por una mujer que no sea su mujer legítima. Todas estas ocurrencias aceleradamente presentes en Antonio le dejan mal sabor de boca, una sensación dulzona, la misma sensación de quien escucha un chisme o lo repite, una sensación de vulgaridad consentida, un mal gusto dulzón que sólo ahora, en estos últimos tiempos, ha comenzado a asediar la conciencia de Antonio como un mal pensamiento.

—Quizá tengas razón, Antonio, que a Emilia le viniera bien tomarse un poquito de descanso —dice dulcemente Juan—. Lo que dijiste el otro día de iros una temporada quizá sea una buena idea. Seguro que yo me arreglaría.

—No sé ya lo que es mejor o peor, no lo sé, para Emilia, si dejarla aquí o sacarla de aquí... —Antonio utiliza ahora el lenguaje común como de puntillas. Le ha sorprendido, por excesiva, la dulzura de la entonación de Juan. Como la voz de quien tiende una trampa a un niño, le ofrece un caramelo, una trampa inocente, con quién sabe qué propósito, quizá sin propósito ninguno sólo porque considera que hay que hablar así a los niños, suavizarlo todo un poco a la hora de decirles cualquier cosa incluso la más insignificante. Nunca antes de ahora había tenido Antonio tanta sensación de extrañeza al oír la voz familiar del hombre que durante años ha sido su amigo, su referente de toda rectitud e integridad. Todas estas emociones se agolpan instantáneamente en la conciencia de Antonio produciéndole una pequeña paralización: no sabe qué decir: algo tendrá que añadir, sin embargo, porque el sentido de la frase que acaba de pronunciar queda a todas luces incompleto. Por eso añade—: El otro día, sí dije lo de irnos... a bulto, en realidad, siento meterte en esto, Juan, que no te concierne...

—¡Hombre, Antonio, sí que me concierne! Me preocupa vuestro bienestar, cómo no, es natural, después de tantos años con vosotros...

—Te lo agradezco mucho, Juan, la verdad es que no sé qué hacer... —Antonio ha dejado, una vez más, el sentido de su frase en suspenso, no sólo porque, en efecto, no sabe qué hacer con Emilia sino también, y esto es nuevo, porque no sabe si creer o no creer en la sinceridad de Juan.

—¡Me consta que Juan os quiere mucho, siempre me lo dice! —exclama Angélica, quien, entre unas cosas y otras, ha consumido ya un buen plato de paella y que ahora se ha levantado para servirse por segunda vez, con toda comodidad. Si de Angélica dependiera esta situación se prolongaría eternamente: Juan y Antonio meditando acerca de qué debe hacerse con Emilia. Y Angélica aportando ese toque femenino, esa jugosa referencia a los sentimientos en cuya expresión se considera Angélica una experta. Y, por supuesto, en el fondo se reafirma ahora en Angélica la convicción de que la tragedia de esta casa, el gran error de Matilda, fue justo este de no saber enfatizar la sentimentalidad correspondiente a cada caso. Por desgracia la posición de Angélica en la casa carece de toda autoridad: Matilda tuvo, ésa sí que sí, toda la autoridad sentimental del mundo y la malgastó, sin ejercerla. Una vez más Angélica descubre que los asuntos de Juan y la familia Campos constituyen el único estimulante realmente poderoso de su actividad mental. En este instante Angélica se siente alzada de sopetón hasta los cielos.

—Angélica —dice Juan—, Angélica querida, Antonio sabe que el corazón de esta casa ha estado siempre en el lugar correcto, *we have the heart in the right place,* que diría Matilda.

El nombre propio de Matilda vibra de pronto como una nota falsa, como un gallo involuntario en la, por lo demás perfecta, entonación de un gran barítono. Juan Campos es sin duda un gran barítono. Angélica se ha sentado y se concentra en su segundo plato de paella. Antonio bebe un sorbo de agua y Juan dice:

—He aquí que Matilda no nos abandonará jamás. Ya lo estáis viendo. Cada vez que hay que confirmar o desconfirmar algo en esta casa, todos acudimos a Matilda. Matilda alfa y omega. Y la verdad es que no debería ser así. Entiéndeme, Antonio... —Juan se ha vuelto hacia Antonio, que ha posado la copa de agua sobre la mesa y que contempla de hito en hito a Juan—. Quiero decir, Antonio, que no debería ser así porque, si me lo permites, ya está bien de duelo. Tengo que ser yo quien lo diga, es mi deber decir esto tan duro: Matilda, pobrecilla, no puede acogotarnos ahora hasta tal punto que no nos podamos rebullir. Bien está recordarla. Sería terrible que no la recordáramos. Pero tenerla presente hasta tal punto que no nos deje disfrutar en paz ni esta paella, eso es siniestro. ¡La verdad es que creo que esto es lo que tendríamos que decirle a Emilia, Antonio!

—¿Decirle qué en concreto, Juan? Que se acabó el duelo, que se acabó Matilda, que queremos tomar nuestra paella en paz, que el muerto al hoyo. ¿Qué es lo que crees tú que hay que decirle a Emilia? Quizá algo todavía más brutal, ¿es eso?

—¡Por favor, chicos, un poco de calma! —exclama Angélica—. Me parece, Antonio, que no has entendido lo que Juan quería decir...

—Quizá no. Perdona —dice Antonio, entre dientes—. Perdona, Juan.

De esto es ésta la primera vez —piensa calmosamente Antonio—. Casi no se reconoce en la brusquedad y aceleración de sus palabras. Antonio Vega no tiene experiencia de la ira, nunca ha reaccionado con ira. Algunas veces Emilia —y también Matilda— le echaban eso en cara, que nunca reaccionase con ira ni siquiera cuando la ira parecía ser el único sentimiento apropiado, ante la injusticia, por ejemplo. En esta ocasión, al oír a Juan, ha palidecido de ira. Acostumbrado como está, sin embargo, a respetar a Juan y a examinar sus propios sentimientos cuando se manifiestan con sospechosa vehemencia, Antonio se siente ahora desconcertado: se siente, de hecho, avergonzado por haberse dejado arrastrar a esa expresión airada que, con seguridad, sólo es una exageración fruto de su malestar ante la situación de Emilia. Lo único, sin embargo, lo más raro, es que lo que Juan *dijo* de acabar de una vez con el duelo por Matilda, lo dijo en el fondo dulcemente: no como alguien dolorido que desea librarse del dolorido sentir, sino como alguien aburrido, que desea cambiar de conversación. Pero el duelo por Matilda, en opinión de Antonio, no es un asunto, o una conversación, que pueda cambiarse a voluntad si nos aburre: a Antonio le parece que ese duelo es parte integrante de la experiencia de la muerte y lo grave de la experiencia de la muerte, de la muerte ajena en especial, es que se constituye en nosotros como una responsabilidad ineludible. De un modo que no puede analizar conceptualmente, Antonio siente que todos en esta casa, Juan en primer lugar, pero también los tres hijos de Matilda y Juan, y por supuesto, Emilia y el propio Antonio, son responsables de la muerte de Matilda. Antonio, por supuesto, comprende que la noción de responsabilidad en este caso está un poco traída por los pelos: nadie, ni siquiera la propia Matilda, fue responsable directo de su muerte: la causa de la muerte de Matilda fue su cáncer mortal y un cáncer es un trastorno cuantitativo, un trastorno fisiológico anónimo, que afecta al individuo en cuanto cantidad individual y que funciona en términos de necesidad biológica. ¿Qué quiere decir entonces Antonio, o qué siente, al sentirse responsable de la muerte de Matilda? Antonio cree que sólo Emilia en su extremado e incluso absurdo dolor por la muerte de su amiga está siendo fiel a esta misteriosa idea de que cada cual es responsable de la muerte de su prójimo, en el sentido, al menos, de que no puede serle indiferente. Antonio vuelve a reformular todo este galimatías una vez más: es como si volviera a reescribir una redacción escolar toda entera otra vez desde el principio: no puede serme indiferente la muerte de Matilda: esto significa que debo permanecer ante esa muerte como ante una herida incurable, así permanece Emilia. Juan, en cambio, el marido de Matilda, el hombre a quien Matilda amó tantísimo, acaba de declarar que es necesario que todos en esta casa seamos programáticamente indiferentes ante esta muerte, ante este duelo: esto no puede ser aceptado. El problema ahora es que Antonio Vega no está en condiciones de analizar esta declaración con calma. Ahora vive inmerso en un mundo afectivo que se centra enteramente en el sufrimiento de Emilia, en ese duelo particular de Emilia y no está en condiciones de operar con conceptos. Sólo siente un intenso, airado rechazo de la recomendación que Juan ha hecho hace un momento, acabar con el duelo.

De alguna manera el almuerzo ha terminado. Antonio recoge los platos. Juan y Angélica salen a dar un paseo. Hay una fría luz de primeras horas de la tarde en el aire, una claridad neutral, aséptica, sensata. Antonio tiene la sensación de que la realidad entera está a punto de desmoronarse. Deja los platos en la pila de la cocina sin lavar. Y regresa a su lado de la casa deseando volver a ver a Emilia. Emilia está viendo la televisión con los ojos entrecerrados. Se diría que está dando una cabezada. Pero no está dormida, porque abre los ojos de par en par cuando Antonio se sienta junto a ella. Antonio la acaricia y dice:

—Ya se acabó el almuerzo, ahora tenemos la tarde para nosotros dos.

# XXXIII

—

Juan y Angélica se encaminan cogidos de la mano hacia los acantilados y el mar. Ahí está el mar: ahí está, ahí abajo el reverberante mar Cantábrico, inmerso en su inverniza luz gris acero, gris plomo, como un barco de guerra. El aire es limpio y libre. *Del aire es la soledad* —escribió Jorge Guillén—. *Murió en nosotros. Te quiero.* Juan Campos ha recordado estos versos de Guillén de pronto, al ver la soledad del aire extendida por el talud oblicuo del vigoroso mar Cantábrico, hacia el norte, hacia el mar del Norte, las islas Británicas, todo el romanticismo marinero del mar, en las yemas de los dedos del aire. Del aire es la soledad. Matilda murió en nosotros —piensa Juan— pero yo no la quiero: este no querer a Matilda se ha vuelto una manera de ser. Y Matilda no mc quiere a mí —vuelve a pensar Juan Campos—. Matilda no le quiere a él, porque rehúsa aparecérsele. *Mi amante se ha convertido en un fantasma, yo soy el lugar de sus apariciones.* Matilda se ha convertido en un fantasma pero yo no soy el lugar de sus apariciones. Matilda me rechaza y no se me aparece aunque la evoque. Luego, la detesto, la aborrezco y no la quiero. Que se vaya, muerta, con la puta Emilia, a quien amó, sin reconocerlo ante sí misma, infinitamente más que a mí.

Juan Campos no se encuentra esta tarde bien del todo. Se encuentra más agitado que otras veces, casi convulso.

No había vuelto a sentirse así desde su juventud. Cuando irrumpió en su vida, tan abruptamente, en el bar de la Facultad de Filosofía de la Complutense, Matilda, tan insigne, tan sin número, tan activamente enamorándole que daba casi hasta vergüenza ajena, desde entonces nunca Juan Campos se ha sentido tan convulso como ahora, nunca había sido amado: había tonteado con las chicas, y las chicas con él: aquella bobería de las semiatracciones, los semirrechazos, medioamores, tan insulso todo, tan insustancial, tan frío: cuando apareció Matilda y se coló en su vida, como dicen que se cuela un virus, la convulsión resultaba insoportable: fue insoportable desear ser deseado por Matilda Turpin, sentirse desnudado, ereccionado como un chaval de dieciséis que se corre solo y no echa luego a lavar el calzoncillo. El delicioso amor, el dulce amor. Ya no se es a los veinticinco un crío, ni a los veinte, sólo si se es un chico listo, un incipiente intelectual, como Juan Campos era, con la concupiscencia de la carne reducida más o menos a un pajote, la experiencia de la convulsión ante el amor se te da como el chorro de una manga de riego en plena cara, que te tira hacia atrás sin refrescarte, duro como un palo en las costillas, como una patada en los cojones, como un insulto merecido... Esta tarde convulsa Juan se aferra a la insulsa mano de su nuera para deshacer la sensación de desequilibrio y de malestar que le embarga. ¿Todo esto a qué viene? Desde el punto de vista de la experiencia del duelo por la muerte de Matilda Turpin cuya cesación ha Juan Campos decretado hace un rato en el almuerzo, esta convulsión renovada es anacrónica. Si amara a Matilda todavía, si Matilda aún le amara, ¿cómo no había de aparecérsele ahora que la invoca? Aprieta sin fijarse la mano derecha de su nuera, acaricia el anillo de oro de su nuera como quien saluda a un fiel partidario en un mitin. Angélica está, sin duda, de su parte. Angélica es la gran frontera entre el más acá y el más allá. Sin saberlo, Angélica expulsará a Matilda de la memoria aérea donde reside ahora como un cuerpo glorioso. ¡Ea, mira por dónde resucita santo Tomás de Aquino! *Iluminatos habere oculos cordis vestri: tened iluminados los ojos de vuestro corazón.* Juan Campos tiene iluminados los ojos de su corazón ahora: de aquí se sigue este convulso estado en que se encuentra. ¿Estará a punto de convertirse en el lugar de las apariciones de su esposa? ¿Y por qué está convulso? Nuestras emociones no atinan. Hay que tener esto en cuenta: que los seres humanos somos esencialmente buscadores y halladores de sustitutos. Ni siquiera en el deseo sexual la especificación por razón del objeto es tan firme y definitiva que no pueda un buen día (por un rato, o por una temporada) cambiar un objeto por otro. Tiene razón Nietzsche: *el hombre es el animal no fijado.* La fijación amorosa de Juan por su mujer fue absoluta: fue un fuerte apego, tuvo que ser apego casi más que acción voluntaria porque Juan en esa relación fue, desde un principio, pasivo. Fue Matilda quien desempeñó el papel activo, quien le reclamó, quien le dejó ir, como se echa hilo a la cometa o como dejan los pescadores irse a los grandes peces una vez tragado el firme anzuelo hasta cansarlos. Matilda fue quien le retuvo, quien hizo que se sintiera como Dios acostándose con ella. Matilda fue quien le sostuvo no sólo física, sino también metafóricamente erecto, a lo largo de sus primeros dieciocho años de vida conyugal continuada. Y luego Matilda le dejó. No le traicionó, no se fue con otro ni con otra, volvió con regularidad a casa, pagó con creces en la segunda parte de su vida de casada el débito conyugal —siguió gustándole hacer el amor con Juan entre negocio y negocio, entre viaje y viaje—. ¿Qué más puede pedirse? Pero hubo en el fondo un punto de traición, ¿o no?, ¡claro, claro que hubo una traición involuntaria de Matilda Turpin! Lo que en una mujer más del montón hubiera podido calificarse de simple aflojamiento, apagamiento por razón de los años o de la costumbre, o de la innata pasividad de la mujer-mujer que se queda en casa con la pata quebrada tan a gusto, no tenía aplicación en el caso de Matilda, que era toda agilidad y lucidez y claridad y acción. Antes incluso de ser cuerpo glorioso (Juan ha decidido aplicarse a sí mismo, aunque, como buen agnóstico, sólo a título poético, la medicación teológica que recomendó para Emilia), antes incluso de enfermar de cáncer, antes de meterse en los negocios, siempre, desde que Juan Campos alcanza a recordarla, participó Matilda de las condiciones de los bienaventurados resucitados: impasibilidad, sutileza, agilidad, claridad.

Todo lo anterior ha acelerado a Juan hasta tal punto que, no obstante la estrechez y anfractuosidad del sendero del acantilado, camina a zancadas, soltándose de la mano de su nuera y dejándola atrás y casi sin resuello. Dice mucho en favor de la devoción con que Angélica acompaña en estos paseos a su suegro el que todo lo largo de la caminata no haya dicho oste ni moste. Ni tampoco ha pensado nada ni sentido nada: se ha sentido y se siente transportada —primero por la mano y luego por la fuerza inmaterial de Juan— a una conclusión que se avecina y a la vez no se avecina, o que como los secos nublados de agosto en Castilla relampaguean pedregosamente como bombas de ruido sin derramar lágrima alguna. Todo es emoción ahora en el alma de Angélica, seca emoción relampagueante que en este ambiente montañés tan semejante a ratos al paisaje de *Cumbres borrascosas* a la fuerza ha de acabar a gritos. Pero no será Angélica quien grite, pase lo que pase ¡no gritará en primer lugar Angélica! Juan se ha detenido ahora, sudoroso. Ahora es hora de bajar bien hacia el valle en dirección a Lobreña, bien verticalmente a una playuca empequeñecida por las oscuras zarzas y los farallones, que no llega a cubrir la marea alta y que ahora, a marea baja, resplandece, oscura antesala de cuévanos geotectónicos. Sin saber por qué, Juan, tras su breve pausa y sin volverse en dirección de Angélica, ha comenzado, con torpeza, a descender hacia la playa que resplandece, virginal, abajo, con el recogimiento invernal de los desiertos, iluminada por una luz verdosa como un paisaje de Patinir, real y surreal al mismo tiempo. Con gran agilidad Angélica sigue a su suegro, quien, por cierto, acaba de caerse de culo y resbalar así tres metros. Horrorizada ha exclamado Angélica: ¡Por Dios, Juan! Y Juan se ha vuelto, con esa gallardía difusa de quien acaba de darse una culada, y ha exclamado sin volverse: ¡Tranquila, chica, va todo bien!

Juan está a punto de alcanzar ya la playa de Patinir: acaba de acordarse del siguiente latín (la elefantiásica memoria de Juan Campos nunca jamás le deja mal): *sed hoc interest inter sanctos et damnatos, quod sancti, cum voluerint, apparere possunt viventibus: non autem damnati: mas entre los santos y los condenados hay esta diferencia: que los santos aparecen a los vivos cuando quieren y los condenados no.* Angélica y Juan están ya en la playa. Angélica se descalza, y Juan dice:

—¿Sabes, Angélica, por qué Matilda no se me aparece? Porque es un alma condenada, por eso no se me aparece.

—¡Pero, Juan, qué cosas dices! Tú no crees nada de eso —exclama Angélica.

Es media tarde, aún hay luz. Es un poniente anaranjado, alimonado, entre nimbos azules. El lugar en que se encuentran, bien puede haber inspirado el san Jerónimo de Patinir. Una cueva al pie de grandes masas rocosas color gris y, alrededor, cuevas más pequeñas cubiertas de zarzas. Hace frío ahí abajo. La playa entera —aún a bajamar, aunque está subiendo la marea— tiene un aspecto desolado. Íntimo y desolado, como un recuerdo inasimilable. Hay una nítida sensación de frío y una nítida sensación de relieve, volúmenes confusos y móviles, como una decoración teatral. Y hay el ronco ir y venir del oleaje, cuya espuma blanquea en el atardecer, como una gran lengua. Hay una humedad salitrosa, envolvente. Una vez abajo, los dos han deambulado por la playa, un poco como quien no sabe bien qué hay que hacer en un escenario desconocido. El más indeciso parece ser Juan, quien, sin embargo, fue quien tuvo la ocurrencia de bajar —un tanto incomprensible, en opinión de Angélica—. Ahora los dos avanzan hacia la cueva más grande y se sientan en la fina arena del interior, aparentemente nunca alcanzada por la marea. Ese interior les oculta el cielo y les ocultaría de la mirada de cualquiera que paseara por el sendero del acantilado. Delante tienen el enigmático talud del mar anochecido y la playa circular, como un pequeño anfiteatro.

—Lo que dijiste antes de Matilda, ¿lo dijiste en serio? —pregunta Angélica.

—No. Estaba bromeando.

—¿Ah, sí? Pues no lo parecía. Lo dijiste muy serio. Como si lo creyeses. Yo creo que lo crees, Juan.

Juan no responde nada. Está sentado con ambas piernas estiradas y hace un hoyo con los talones. Angélica se estremece. No obstante sus ropas de invierno, el frío se hace sentir intensamente en esta playa. Y la sensación de frío aumenta al verse rodeados de vegetación espinosa y al oír la monótona rompiente: el sorbido de la marea que crece recuerda una respiración pujante, descomunal y anónima. Angélica vuelve a hablar, aunque en voz muy baja. Están los dos sentados juntos, hombro con hombro.

—¿Por qué hemos bajado aquí? Este sitio da miedo, tan cerca del mar y tan abajo...

—No sé por qué. Una venada que me dio.

—No te pega, Juan. Tú no eres de venadas. Y tampoco alpinista, que yo sepa.

—Querrás decir espeleólogo... —comenta Juan.

Angélica sonríe y hace un gesto animado con ambas manos, abriéndolas en el aire. Este gesto es como un recordatorio de su habitual personalidad gesticulante y extrovertida. Ahora, sin embargo, al hablar los dos con voz más baja que de costumbre (casi cuchichean, el retumbo marítimo tan próximo, además, diluye sus voces en el aire nocturno), al sentirse Angélica cohibida dentro de esta fría cueva, su gesto aumenta la sensación de extrañeza, en lugar de aliviarla.

—¿Vamos a quedarnos mucho rato aquí? —La voz de Angélica es insegura.

—¿No te gusta? Es un sitio bonito, romántico...

—¡Es un sitio siniestro! ¡Tan abajo, con el mar tan cerca! Y el camino por donde bajamos, ahora casi no se ve ya...

Al decir esto, Angélica se levanta y se acerca a la boca de la cueva; el lugar, en efecto, se ha vuelto inquietante. Y es verdad que no se ve el camino, cuyo tramo final quedaba a menos de diez metros de la cueva grande donde están ahora.

—¡Vámonos, Juan! ¡Vámonos de una vez!

—¿Qué prisa hay?

—¡Que no se ve ya nada, no se ve el camino!

—Seguro que sí: el camino que sube y el camino que baja, uno y el mismo —declara Juan con retintín—. Así que seguro que lo vemos. Si supimos bajar, sabremos subir.

—¡De eso nada, no casi sin luz! ¡Anda, vámonos, Juan!

Juan decide que su compañera está a punto de perder los nervios. Esto hace que, malignamente, Juan se retrase adrede otro poco, echando la espalda hacia atrás apoyando los codos en la arena. Angélica se inclina bruscamente sobre Juan agarrándole por las solapas, tratando de levantarle. Forcejean un instante. Juan, por fin, accede a levantarse. El mar es un perro fosco que gruñe y sisea muy cerca. Ahora, en la oquedad aquí abajo, sólo se oye el mar. Avanzan los dos lentamente, Angélica delante. Dificultosa arena tornadiza donde los pies de Angélica y Juan se hunden. Juan tiene los zapatos abultados de arena, como plantillas incongruas. El cuerpo de ambos, como un todo, avanza ahora en plena confusión: el primer límite inmóvil de lo circunscriptivo, la masa corporal, les sugiere a los dos sus dóndes grumosos: han llegado al pie del sendero, que recuerda ahora un dosel umbrío, un tálamo impenetrable. El piso del sendero, que les pareció de tierra arcillosa al bajar, les parece pedregoso de pronto. Angélica se ha sentado al pie de la subida a ponerse los zapatos. Una vez calzada, se dispone a subir la primera. Da cuatro pasos y desaparece sepultada entre zarzas. ¡Juan, Juan! —chilla—. Juan, que ni siquiera ha dado un paso, dice fríamente:

—Me parece que no va a poder ser, Angélica. No se ve una mierda.

—¿Qué hacemos entonces? ¡Juan, qué hacemos!

—Por de pronto no chillar, Angélica. No chilles.

Angélica, que ha reaparecido cojeando, saca el móvil del bolsillo de su falda-pantalón. Lo abre, se ilumina: la luz azul como una sonriente cara digital en el seno de la opacidad nocturna: el mar es una loba semoviente que chilla como un murciélago, como un bronco mamífero que brama espumeante contra las rocas de la playa, contra el pedregal de la base del acantilado.

—*Buscando red/sin servicio* —lee Angélica. Y añade—: No tenemos cobertura.

—Más vale así, ¿a quién ibas a llamar?

—Iba a llamar a Antonio —confiesa Angélica, desfondada.

Se han sentado los dos en la arena de la cueva grande. Ya no están hombro con hombro sino frente a frente, con los pies recogidos debajo de las piernas, a la india. La arena de la playa en el interior de la cueva es fría y resbaladiza, como si contuviera un animal subcutáneo, una especie de raya cuyas aletas dorsales, como alas carnosas, palpitaran un poco. La arena del suelo de la cueva es tenue por la noche, desacostumbrada al peso de los cuerpos humanos, cede con facilidad a la presión de las dos manos, de los pies calzados, de las nalgas. Es fría, no invita a recostarse: limosa y sin luna, parece que se mueve por su cuenta cada vez que Angélica trata de alisarla en torno suyo. Con esta arena, a esta hora, en esta cueva, no se puede jugar a los cubitos. Es una arena adulta y reservada, que se pega, ligeramente humedecida, a las palmas de las manos, que abulta los zapatos de los dos, entra por los fondillos de los pantalones de Juan, se hace montoncitos repentinos en las bocanas de la falda-pantalón de Angélica: tensa arena remota. La cueva es una concavidad mucosa ahora, un reino epitelial, delicado, recorrido marcha atrás por los presuntos cámbaros verdes de las ocurrencias lunáticas. ¿No brilla la luna por su ausencia esta noche? Así también: Matilda, ¿no brilla por su ausencia esta noche? El duelo ha terminado. ¿Ha terminado el duelo de verdad? ¿Se terminan los duelos *ad libitum* como fiestas procaces?

—¿Y si, Angélica, querida, se sentara de pronto Matilda con nosotros, no del todo visible ni invisible, no del todo tangible ni intangible, no del todo audible ni inaudible, como las almas de los santos? —recita monótonamente Juan con un sonsonete de *nursery rhyme.* Se siente Juan a gusto en la conclusión de esta su venada, que ahora, como una línea corregida, tachada, reescrita y vuelta a tachar, significa todo lo anterior, todo lo posterior y nada en absoluto, como la muerte misma, la tachada muerte de Matilda, avecindada en las zarzas crujientes que tonifica el viento salobre del mar praeterhumano, posthumano.

—¿Me estás queriendo meter miedo, Juan? No soy tan tonta como tú me crees.

—¡Oh, pero yo no te creo nada tonta! No tienes una inteligencia discursiva tal vez. Tampoco te hace falta, pero tienes prontos, pero tienes pálpitos. Ahora mismo estás teniendo uno, ¿a que sí?

La verdad es que Angélica, ahora mismo, da diente con diente. Es la tiritona que le da.

—Suponte que en el cielo, desde el cielo, Angélica, para ser exactos, se nos viniera encima el Cristo de Dalí, ese viscoso Cristo tan de *póster*, y el Cristo fuese, en vez de Cristo, la descarnada Matilda en camisón de sus últimos días, ahuesada, ahuecada, larvada y sin descomponer porque ha ido al cielo. Así que en carne viva todavía, en carne muerta, en cuerpo y alma. ¿Tanto frío tienes, Angélica?

—Sí, estoy helada, sí. Y me horroriza eso que dices.

—*It gives you the creeps, I know,* que diría Matilda. Matilda siempre al borde de mis ocurrencias de hoy en día. A eso hemos venido: a verla, ¿a qué si no?

—Me gustaría, Juan, que me abrazaras —dice Angélica temblorosa—. Estoy helada y lo que dices suena como un sacrilegio, una mala voluntad, como si quisieras apartarme de ti, dejarme sola.

—¡Exacto! ¡Eso justo es lo que quiero, chata! ¿Ves cómo eres sumamente perceptiva y psíquica? Le hubieras encantado a William James y sobre todo a sus hermanas, tan espiritistas todos ellos. Tan pragmáticos, positivistas y a la vez espiritistas, todo en una.

Angélica se ha puesto de pie de un brinco. De dos zancadas se planta fuera de la cueva. Se dirige hacia las zarzas, donde había un sendero por la tarde y ahora sólo hay una ondulante pesadumbre, un vivero de vacilación y de tormento.

—¡Voy a subir, sea como sea!

Juan se ha puesto de pie él también. Ha seguido a su nuera, que ya está justo donde supuestamente el senderito comenzaba y la ha rodeado con el brazo derecho por el talle.

—No te pongas así, Angélica, mujer. Estoy hablando tanto porque yo también tengo miedo. Este lugar es espantoso. Mi corazón es espantoso. ¿Te acuerdas del bicho de *Alien Uno*, el primero que se ve, el que revienta el pecho de uno de ellos y les salpica a todos al explotar el tórax? Así es mi corazón, como ese monstruo. Vamos a la cueva, vamos a sentarnos en la arena juntos. Te necesito, Angélica. Te necesito mucho. No sé por qué he bajado aquí. No quiero asustarte, Dios me libre. He bajado aquí porque Matilda no se me aparece.

Han ido caminando los dos de vuelta a la cueva. Juan ha retenido a su nuera todo el tiempo por el talle. Este gesto ha tranquilizado a Angélica. Ahora se sientan juntos, abrazados. Angélica se está tranquilizando mucho, Juan también. Juan tiembla un poco también y se siente, una vez más, convulso, como si sus propias palabras le hubieran conmovido y se le hubieran salido boca afuera, como animales y como verdades, como señales que señalan equívocamente a todas partes a la vez y a ningún sitio. Todos los signos designan a Matilda, todas las tachaduras tachan a Matilda, y Matilda no existe. Ha desaparecido de este mundo y no hay nada, más acá o más allá, que la reemplace. No puede aparecérsele a Juan, ni a Emilia, ni a nadie, porque ha dejado de ser y ya no es.

## XXXIV

La conciencia es continua y autoconsciente durante la vigilia, continua durante el sueño. Y en la continuidad de la consciencia despierta hay pausas, que los relatos imitan mediante incisos. Estos incisos reproducen, con mayor o menor fortuna, la situación de la conciencia cuando ésta se enfoca directamente a sí misma sin dejar por ello de enfocar, indirectamente también y a la vez, la situación concreta en que se encuentra. Así, Juan Campos ahora está abrazando a su nuera, a Angélica, quien, alternativamente, se asusta y tranquiliza según que el mercurial humor de Juan esta noche se incline a lo inquietante o a lo amable. Angélica se siente, en conjunto, muy asustada y, como es sabido, los asustados se asustan a su vez del propio susto, de tal suerte que el miedo se realimenta constantemente a sí mismo. Pero Angélica también consigue librarse a ratos esta noche del susto que la asusta, apoyándose física y mentalmente en Juan, su suegro. Este segundo momento de Angélica —que es tranquilizador— viene a confirmar, mediante una especie de paradoja cómica, la realzada posición de Angélica ante Juan Campos y, por lo tanto, en la familia Campos. Claro está que es un realzamiento precario, puesto que Angélica ha entrado en la familia al casarse con Jacobo: esto significa que hay ciertos límites que Angélica, por mucho que profundice su relación con Juan, no podrá traspasar, ni siquiera incestuosamente. Pero Angélica no ha llegado nunca tan lejos, ni siquiera en sus más secretas intenciones. En el fondo Angélica sólo quiere lo mismo que quiso desde un principio al casarse con Jacobo y que Matilda desde un principio le negó: ser alguien especial en la familia y no, como mucho, un apéndice del hijo mayor. Algo de esto ha ido logrando esta última temporada, durante la cual ha sido bien visible, a ojos de Angélica, que Juan se iba inclinando benévolamente hacia ella porque la necesitaba. Angélica ha contado a Juan en varios tonos, con distintas palabras, la situación que su matrimonio con Jacobo atraviesa: se trata de una situación crítica (hay entre ellos una conflictividad más que latente) pero también *light.* No llega ni llegará jamás la sangre al río —ha asegurado repetidamente Angélica—. Pero sin duda la situación, no por llevadera, resulta menos enojosa y, como se dice hoy día, estresante. Todo esto esta noche está presente en Angélica mientras su conciencia salta del susto al alivio y del alivio al susto, como un dolor pulsátil. Juan Campos, a su vez, es consciente ahora de toda esta tumultuosa bobería presente en su nuera, así como también de la halagadora inclinación amorosa que su nuera siente por él. Esta última inclinación es también, en opinión de Juan, una tontería pero es una tontería halagadora. Angélica ha conseguido entretenerle bastante todos estos días. Y ahora Angélica forma parte estructural de la pausa que la despierta conciencia de Juan acaba de abrir en esta cueva esta noche. Nada más abrir la pausa, la conciencia de Juan se ha llenado hasta el borde con Matilda. Matilda llena con su ausencia la conciencia de Juan ahora, como una impedimenta en la espalda de un montañero. La conciencia del peso de Matilda es tan constante e ineludible como la sensación de vaciedad: Matilda no pesa ahora nada en absoluto. Y sin embargo oprime. Es un peso inmaterial. Uno de los efectos que este peso determina en la conciencia de Juan es la variabilidad de su humor: Juan se ha visto llevado en pocas horas durante la última parte de esta noche desde el despropósito, la venada, que le hizo de pronto bajar a esta playa a última hora de la tarde, pasando por la ocurrencia de que Matilda no se le aparece porque es un alma condenada, hasta el deseo de aterrorizar a Angélica, pasando por el deseo de sentirla cerca y de abrazarla para taponar su propio miedo, que es un miedo autoinfligido por la vía de sus propias palabras.

Juan Campos está seguro de que esta absurda noche en esta cueva transcurrirá sin incidentes: mañana temprano, con la primera claridad del alba, reemprenderán los dos el ascenso del sendero del acantilado y de ahí el camino de regreso al Asubio. Cuestión de resistir entre seis y siete horas, quizá menos tiempo. Y esto suponiendo que en el Asubio no se hayan alarmado y no hayan iniciado ya su búsqueda. En este segundo supuesto el tiempo de la sombría cueva podría reducirse a la mitad o menos. El único inconveniente de este segundo supuesto sería —decide Juan Campos— el sentimiento de ridículo que habría de embargarle. Suponiendo que Antonio Vega, acompañado quizá de Fernandito y Emeterio, decidiesen salir en su búsqueda provistos de cuerdas y que vocearan sus nombres según caminan por la cima del acantilado, y suponiendo que los de abajo respondieran y así, con la ayuda de las cuerdas y la luz de las linternas, fueran rescatados, ¿qué explicación podría dar Juan? ¿Qué cara pondría? La explicación más sencilla sería decir: bajamos aquí porque quería enseñarle a Angélica la cueva que tanto recuerda a un paisaje de Patinir, y se nos hizo tarde y no encontramos el camino de vuelta. Nada más sensato que esta explicación: sólo que no salva a Juan Campos del ridículo. ¿Cómo puede alguien distraerse tanto en una vulgar cueva al pie del acantilado como para no consultar el reloj, o darse cuenta simplemente de que en invierno la luz se va en seguida? La razón profunda de esa distracción fue Matilda: fue Matilda quien, con su negativa a aparecérsele, provocó la decisión inusual de echarse acantilado abajo a última hora de la tarde. Juan decide que esta explicación es más profunda, pero no menos ridícula que la anterior. Es como si dijera: bajé a la cueva porque veo visiones. Pero Juan Campos no ve visiones: lo característico de su *tempo* biológico y mental es la repetición identificante de lo mismo con distintos nombres o en distintas versiones. Viene a ser como un chusco retorno de lo mismo sin emotividad ni tragedia: lo mismo que padece nombre, nombre, nombre —como dice César Vallejo—. La repetición chusca de lo mismo una y otra vez es, en cuanto teoría, la sabiduría filosófica que Juan Campos cultiva. Y en la práctica, su confortable vida de viudo rico ahora. Y antes su vida de profesor acomodado. Esta tarde, sin embargo, Juan se sintió convulso y puso automáticamente en relación su estado convulso, su agitación, con el recuerdo de su enamoramiento de Matilda con veinticinco años. Matilda, pues, reapareció esta tarde, aunque no en sí misma o por sí misma sino, como quien dice, por persona interpuesta, por mediación de una convulsión personificada. De la misma manera que uno no llega a percibir directamente los acontecimientos de la microfísica, sino que tiene noticia mediata de ellos, con ayuda de sensores y medidores instrumentales, así Matilda no puede ser percibida en sí misma, pero puede llegar a ser notada en la denotación que registra un convulso Juan Campos. Si así fuera podría decirse que, mediatamente al menos, Juan Campos se ha constituido en el lugar de las notaciones o apariciones denotativas de su amada. Sólo que Matilda no es su amada. ¿Fue alguna vez Matilda la amada de Juan? Lo cierto es que Juan fue el amado de Matilda, pero ¿y al revés?

La pausa de Juan se ve súbitamente sacudida ahora por la voz temblorosa de Angélica que le pregunta si, al ver que no vuelven, saldrán del Asubio a buscarles.

—No. No lo creo, Angélica —dice Juan.

Para un oyente imparcial, la respuesta de Juan tiene un punto de excesiva firmeza. La firmeza —momentánea al menos— de quien se dispone a gastar una broma. A Juan, una vez más, se le pasa por la cabeza ahora tomar el pelo a Angélica, asustarla algo más. Esto aparte, Juan Campos no cree que se haya producido en el Asubio la menor alarma hasta la fecha. Juan ha consultado su reloj hace rato e iban a ser las diez de la noche. Hace más de dos horas que es noche cerrada en el acantilado, pero no es tarde para la gente del Asubio. Antonio y Emilia habrán cenado en su apartamento, Fernandito no habrá regresado todavía, y Boni y Balbanuz registran sobre todo las entradas y salidas de los automóviles. Así que Juan remacha lo que acaba de decir:

—Angélica, más vale que tomemos esto con calma. Nadie va a echarnos en falta.

—¡Pero hombre, si son las diez de la noche ya!

—Ya. Pero para quien está cómodamente instalado frente a un fuego no hay gran diferencia entre las ocho y las diez. Lo que dura una película más o menos es lo que llevamos tú y yo aquí. Y ya sabes que en el Asubio no nos reunimos nunca a cenar todos. Así que no se nos echará en falta. El único que hasta hace poco estaba pendiente de mis entradas y salidas era Antonio. Pero Antonio apenas se ocupa de mí ahora, sólo de su mujer. He detectado incluso una cierta hostilidad contra mí en Antonio. ¿No lo has notado tú, Angélica?

—No. Yo no. Al contrario: Antonio se ocupa de ti con devoción, con verdadera devoción.

—Hasta hace poco sí: así era. Pero desde que nos instalamos aquí y fue aumentando lo de Emilia, nos hemos ido distanciando. Ya hemos hablado de esto, Angélica, ya te conté que llegó a pedirme el finiquito incluso...

—Ésa fue una idea que se le pasó por la cabeza. Lo mencionó este mediodía o el día anterior. Dijo que no le parecía ya una buena idea.

—No sé, no sé... Antonio me parece a mí que ya no es el de antes, no, ni primo...

La compañía de Angélica, tan asustada, le está sirviendo a Juan para no preocuparse él mismo. A pesar de que al hablar de Matilda se ha servido de expresiones de ultratumba, la sensatez, la incredulidad de Juan Campos con respecto a todas estas nociones medievales sobre la vida después de la muerte hacen que no sienta realmente ningún temor. Juan es un filósofo racionalista de tercera o cuarta fila poco dado a los devaneos poéticos e irracionales en que incurre a veces la filosofía contemporánea. Así que en la presente situación lo único que de verdad le está agobiando son las incomodidades físicas que se avecinan durante una larga noche al nivel del mar si nadie viene a rescatarlos. Y la incomodidad de las explicaciones que tendrá que dar si alguien, aunque sólo sea Antonio, viene a rescatarlos. La solución que Juan preferiría es que nadie viniera a buscarlos y con la luz del nuevo día salir Angélica y él por su propio pie. Y ya está todo dicho. Juan se da cuenta de que, exceptuado el temor supersticioso, irracional, que puede causar un lugar como éste, lo único que queda es abrigarse lo más posible en el interior de la cueva y dejar pasar las horas. La incógnita es Angélica. Pero la incógnita es también —tiene que reconocer Juan— qué hará el propio Juan si Angélica llegara a perder los nervios por completo. Y Juan casi confía en que Angélica pierda los nervios. Esto daría un giro a la situación que de lo contrario podría ser muy aburrida.

—Puesto que no vamos a ser rescatados, Angélica, podemos entretenernos tú y yo contándonos cuentos de miedo, hay que reconocer que el lugar es óptimo. Cuentos de aparecidos.

—No sé si me divertirá eso —declara Angélica titubeante—. ¿No podiamos intentar otra vez la subida?

—Imposible, nos despeñaríamos.

—Estoy helada.

—Vamos a meternos dentro un poco.

Así lo hacen, caminan los dos hacia el resguardo del interior de la cueva. Esta cueva es, a todas luces, un resultado de la erosión marítima. Viene a ser un arco casi de medio punto con la parte de la entrada más ancha, y una salida más estrecha al fondo. Es una cueva bonita. O lo sería a la luz del día. De noche, sin embargo, resulta desapacible, atravesada de extremo a extremo por repentinas corrientes de aire. Y tiene como un eco. Da la impresión de que la marea creciente que retumba fuera de la cueva, retumba dentro también, ensordecida. La cueva es como un tránsito, el umbral de una puerta. Al fondo, al otro lado, destella el oleaje nocturno. Juan y Angélica se han situado todo lo atrás que pueden, y ahora apoyan la espalda contra una roca plana y casi confortable. Es una situación tonta y va a durar cuatro o cinco horas más. Juan piensa: si fuéramos jóvenes haríamos el amor, esto nos calentaría. La mera idea de hacer el amor con Angélica le hace bostezar mentalmente. ¿Qué puede estar sintiendo Angélica?

—Si, Angélica, contra lo que suponemos, llegase la marea hasta nosotros, si se inundara completamente esta cueva, moriríamos ahogados. No veo yo que podamos subirnos a ninguna otra roca más alta. No hay repisas en esta cueva donde pudiéramos instalarnos. Si subiera la marea un metro, sólo un metro, no podríamos resistir el frío, moriríamos grotescamente, sería una muerte absurda.

—Eso no va a pasar, se ve que esta cueva lleva mucho tiempo seca. Dime una cosa: ¿por qué has dicho antes que Matilda es un alma condenada? Eso es un pensamiento cruel. Cuando lo dijiste me pareció que de pronto no te reconocía, como si hablase a través tuyo otra persona, una voz fría y cruel. El tono de tu voz no era el de alguien que siente dolor por lo que dice, sino la voz de quien informa acerca de un hecho. Me asustó tu voz. ¿Sabes, Juan?, mucho más que este desagradable lugar, que me da miedo, me asustó tu voz cuando dijiste aquello, porque no me pareció tu voz...

—Quizá no lo fuese. ¿Quién te dice que no hay en mí dos voces y también dos personas, dos almas? ¡No sería el primer hombre con dos almas! Tal vez a la luz del día sólo se ve una y emerge la otra por la noche: de noche emergen las pasiones, la concupiscencia de la carne, la irresponsabilidad, la lujuria de los tocamientos veloces. La luz del día nos cerca de vigilancias y de precauciones, pero en la noche, al no vernos con claridad, al estar tan juntos como tú y yo estamos ahora, Angélica, al tener los dos miedo a la vez, los dos frío a la vez, lo oculto sale a flote, la voz cambia, el cuerpo de los dos se retuerce en la penumbra, nos enroscamos uno en otro, como grandes serpientes. Así es la noche...

—Sí, seguro, pero tú tendrías que ser distinto de como eres, no te imagino agrediéndome, o violándome... —Angélica al decir esto emite una especie de risita tonta, es como un aleteo.

—Claro, eso es porque no me puedes imaginar más que de día, en la impersonación diurna de Juan Campos, pero de noche no me has visto nunca. ¿Cómo sabes que quien te habla ahora no es otro Juan desinhibido que ha dejado suelta una carnalidad distinta de la que corresponde a un hombre de mi edad y ahora sólo piensa en entretenerse poseyéndote? ¿Cómo sabes que yo no haré eso? ¿Cómo sabes quién soy yo en esta oscuridad?

—No sé cómo lo sé, pero tengo confianza en ti.

Juan de pronto se echa a un lado y se separa bruscamente de su nuera. Ahora Angélica está sola y no ve a Juan, sólo siente el movimiento del bulto de Juan como el de un animal del tamaño de un hombre. Juan jadea, o gruñe, es una sensación absurda.

—Deja de hacer eso, Juan, ¡deja esas tonterías!

—¿Qué tonterías? Estoy aquí a tu lado. —Juan alarga la mano y agarra la de Angélica. Angélica pega un grito, el contacto de la mano de su suegro le ha parecido aterrador. Juan ha separado la mano y ha desaparecido una vez más en lo oscuro.

—¿Qué hora es, Juan? —pregunta Angélica con la voz alterada—. No llevo reloj.

—Es la hora del alma en pena.

—Deberíamos salir fuera de la cueva y pedir socorro.

—Hazlo, Angélica, sal y grita socorro. Entonces verás donde estás metida, no hay socorro que valga. Sólo yo puedo socorrerte, pero yo no estoy en mis cabales, la noche me ha empapado de accidentalidad, de desconexión. Soy un accidente repentino esta noche, Angélica. Tampoco yo te reconozco a ti. Tú no eres mi nuera, ni Angélica, ni habrá mañana ninguno, ni luz del día. ¿Cómo sabes que mañana saldrá el sol?

En el Asubio hay un gran tumulto a esta misma hora. Jacobo se ha presentado en el todoterreno de un amigo. Los dos vienen a cazar. Van a quedarse todo el fin de semana y van a ir a un puesto de caza a unos cien kilómetros de Lobreña. Traen sus escopetas y sus indumentarias de cazadores, un poco demasiado nuevas quizá. Salieron de Madrid después de la oficina y han viajado durante cinco horas. Han tocado la bocina frente a la puerta del Asubio a las once. Bonifacio les ha abierto la puerta y ha avisado a Antonio diciéndole que suben. Antonio ha encendido las luces de la entrada y les espera con la puerta abierta. Al cruzar la casa, ha sorprendido a Antonio que las luces de la sala y del despacho de Juan estén apagadas. La verdad es que Antonio y Emilia han pasado la tarde encerrados en sus habitaciones y no han pensado en los demás ocupantes de la casa. Antonio creía que Juan y Angélica habían terminado su paseo y habrían cenado por su cuenta. Los recién llegados saludan a Antonio y Jacobo pregunta:

—¿Dónde está todo el mundo?

—No sé. Aquí. ¿Dónde van a estar?

—¡Pero si estáis a oscuras! ¿Dónde están todos?

La evidencia de que faltan Angélica y Juan es de pronto intensamente voluminosa. Están los coches en el garaje y ninguno de los dos aparece. ¿Dónde se han metido? Mientras se formulan estas preguntas sin respuesta aparente, Jacobo y su amigo, un chico de la edad de Jacobo que se llama Felipe Arnaiz, van metiendo en el vestíbulo sus maletas, y sus escopetas de caza en las fundas. No hay nadie.

—Habrán salido —explica Jacobo a Felipe Arnaiz—. Vamos a instalarnos nosotros.

Suben los dos escaleras arriba, encendiendo las luces. Retumba la escalera de madera. Antonio recorre la casa, sabiendo de antemano que no hay nadie. Desde el despacho de Juan llama por teléfono a Bonifacio. Bonifacio declara que sólo Fernandito salió en coche a mitad de la tarde y aún no ha vuelto. No se dio cuenta de la salida de Angélica y Juan. En cualquier caso, Bonifacio se ofrece para echar una mano y al cabo de un rato aparece en el vestíbulo. También ha salido Emilia de su habitación y quiere saber si cenarán algo. Puede hacerles unas tortillas y algo de fiambre. La situación es a la vez perfectamente normal y extraordinaria. Dos visitantes, uno de ellos de la familia, que se presentan de improviso y a quienes se les prepara la cena. Y la extrañeza de una situación en la que ni el dueño de la casa ni la esposa de uno de los visitantes aparecen por ningún sitio. La normalidad, la naturalidad lo ocupa todo y, a la vez, velozmente, se va diluyendo en la voluminosa sensación de extrañeza que les embarga a todos. ¿Cómo es posible que dos personas salgan a dar un paseo a media tarde y no hayan vuelto a las doce de la noche? Resulta incomprensible. Jacobo quiere saber si han dejado alguna nota. No hay ninguna nota ni recado, no hay llamadas telefónicas. Esto de la falta de llamadas telefónicas es casi lo que más sorprende a Jacobo, quien sabe que Angélica es aficionada a llamar por el móvil a todas horas.

—Igual les ha pasado algo... —comenta Felipe Arnaiz por decir algo, por mencionar lo obvio que empieza a ocurrírseles a todos.

Entretanto, Emilia anuncia que pueden pasar al comedor. Ha preparado unas tortillas a la francesa y una ensalada, además de quesos y embutidos. Los recién llegados se sientan a cenar. Antonio abre una botella de Rioja. Durante un momento, mientras beben el Rioja y empiezan a cenar, retorna la sensación de normalidad que se separa de la sensación de extrañeza tan sólo por una delicada película invisible. Ambas sensaciones coexisten a la vez. Afortunadamente los recién llegados tienen hambre, así que devoran sus tortillas y los embutidos y el queso y el vino. Veinte minutos después, se encuentran todos en el comedor: Jacobo, Felipe Arnaiz, Antonio y Emilia, Bonifacio y Fernandito que acaba de llegar. Fernandito, ha hecho que se le explique la situación y se ha limitado a comentar:

—Estos dos se han largado, ¡es una fuga en toda regla!

Jacobo mira furioso a su hermano.

—¡Cállate la puta boca!

—¡Me callo, pero a la vista está que se han largado!

Antonio está sumamente sorprendido. No forma parte del Juan Campos, que él conoce de toda la vida, este desaparecer sin avisar. La maligna sugerencia de Fernandito tiene más de ingenuidad que de maldad. Juan no es el tipo de hombre que se escapa a pie, a media tarde, con una amante. Y Angélica no es tampoco una amante, en el sentido usual de la expresión. Lo más sensato es pensar que se han entretenido en Lobreña o que han tenido un accidente. Pero no hay nada que hacer en Lobreña —no hay nada abierto— a partir de las once de la noche. Así que lo lógico es que telefonearan si están allí para que Antonio bajara a recogerles. Antonio decide que no queda más posibilidad que el accidente. Una vez decidido esto, el campo de la posibilidad a la vez se ajusta y se amplía desmesuradamente. No es probable que Juan haya elegido pasear campo a través. El único paseo desde el Asubio que no sigue el camino vecinal que baja a Lobreña es el sendero del acantilado. Éste es un camino, además, frecuentado por Angélica y en ocasiones también por Juan. Y éste es un paseo peligroso de noche. Antonio decide formar una expedición de socorro:

—Vamos a formar dos grupos, en uno vamos Fernando, Jacobo y yo, y en otro podéis ir Bonifacio, que conoce el camino, y Felipe. Vamos a recorrer el acantilado voceando los nombres de los dos.

Antonio va al garaje en busca de una cuerda y un par de linternas. Se ponen en marcha. A medida que caminan por la cima del acantilado, Antonio piensa que, incluso si les localizan, incluso si no están heridos, el rescate a estas horas de la noche será complicado. Hay unos tres kilómetros de acantilado, cortados por dos barrancos cuyo origen es el desplome de la roca por la erosión marítima. Al primero de ellos, el más profundo, lo llaman el Barranco del Diablo. Al siguiente, menos profundo, la Barranca del Gato. Y hay dos pequeñas playas al pie de los acantilados. Una de ellas, la más pequeña, queda cubierta con la marea alta. Otra, mayor, cuando los Campos eran niños, fue un lugar de excursiones diurnas. Ahí está la cueva de los Cámbaros que, en la imaginación de los jóvenes Campos, instigada por Antonio, fue durante años una cueva de contrabandistas. El plan de Antonio es que el pelotón de rescate se sitúe encima de esa cueva, que queda unos veinte metros más abajo, confiando que en ese punto, que es el más elevado de todo el acantilado, Juan y Angélica puedan verles u oírles. Antonio prefiere no considerar la posibilidad de que uno de los dos, o los dos, se hayan despeñado y caído al mar. Avanzan rápidamente por el sendero del acantilado. Antonio lleva al hombro una cuerda de escalar de unos 50 metros y una linterna grande. Detrás van Bonifacio y Felipe con la otra linterna. Antonio y Jacobo vocean los nombres de los dos desaparecidos de cuando en cuando. A pesar de las linternas la expedición avanza despacio. Antonio tiene una sensación angustiosa en la boca del estómago. Puede haber sucedido una desgracia irreparable. Alcanzan por fin el inicio del sendero que baja a la cueva de los Cámbaros. Vuelven a vocear ahora los cinco a la vez y giran en semicírculos sus linternas. ¿Por qué está de pronto Antonio Vega seguro de que Juan y Angélica andan por ahí abajo? Antonio acaba de acordarse de que años atrás, paseando con Juan un verano por el acantilado, bajaron los dos hasta la cueva. Y bajaron porque Antonio se acordaba de análogos descensos de toda la familia, incluidas Matilda y Emilia, cuando los niños eran aún pequeños. Y, a su vez, Juan recordó que siempre que veía esa cueva se acordaba del san Jerónimo de Patinir, instalado en una cueva parecida. ¿Y si Juan hubiera decidido bajar esta tarde a la cueva en busca, precisamente, de ese recuerdo que ahora asalta a Antonio? No lo piensa más, se ata la cuerda a la cintura y encarga a Jacobo y a Fernando que sujeten la cuerda del otro extremo. Desciende lentamente por el sendero. Es un descenso dificultoso y desagradable, por la proximidad de las zarzas que rodean el sendero, pero no es imposible. Cuando lleva más de la mitad, vuelve a vocear los nombres de Juan y de Angélica. Ahora distingue algo parecido a *¡estamos aquí!* Continúa descendiendo. Cuando por fin alcanza la playa, la marea llega casi al pie del sendero. Dos sombras le esperan abajo.

Angélica da diente con diente y solloza. Juan comenta fríamente:

—¡Ea, Antonio Vega, vuelves a tus tiempos de *sherpa*! ¡Estarás contento, espero!

La voz de Juan Campos no parece la voz de Juan Campos: de la misma manera que, en los accidentes, el rostro desencajado, empalidecido, de la víctima resulta a la vez familiar y no-familiar a un amigo. Antonio no hace comentarios y organiza de inmediato el ascenso. Teniendo en cuenta que Angélica está temblando y no parece muy capaz de subir por sí misma, Antonio ata a Angélica por la cintura y emprende la subida detrás de ella. Antes de bajar ha acordado con Jacobo y Fernando que tirará tres veces de la cuerda para que ellos la vayan recogiendo. Juan remata su fría intervención de esta noche diciendo:

—Una vez arriba, Antonio, decides si bajas a recogerme a mí o me dejas aquí toda la noche. Ahora sin Angélica esto está casi agradable.

Antonio se siente aturdido al oír esto, como si de una manera oscura Juan le agrediera. Se limita a decir:

—Bajaré a recogerte también a ti, claro. Es muy fácil subir y bajar con la cuerda.

La subida con Angélica es lenta pero continua. Una vez arriba Angélica se deja caer al suelo y se queda ahí sentada. Jacobo le pone su chaqueta sobre los hombros. Antonio baja de nuevo. Juan está preparado, dice que no hace falta que le ate por la cintura, así que agarrado a la cuerda asciende lentamente, con ayuda de los de arriba. Ninguno de los dos habla durante el ascenso. Una vez arriba, nadie habla. Los cinco expedicionarios, más Angélica y Juan, reemprenden el camino de regreso al Asubio. La noche es débil por sí sola. El oxígeno escatimaba candorosamente el tiempo dedicado a la muerte.

# XXXV

Juan Campos instalado de nuevo en su despacho al día siguiente. Ha caído ya la tarde, ya es de noche, llueve tenazmente: el sirimiri que vela todos los contornos. Se agradece el fuego de leños del despacho, el whisky con hielo y soda, las dos lámparas encendidas que dejan en penumbra todo el resto de la confortable habitación de Juan. Se respira un aire de seguridad y equilibrio invernizo. El chalet entero, el Asubio entero, aísla a Juan del grávido caos de la intemperie norteña, de la lluvia incesantemente irrazonable. Y su cuarto de estar, a su vez, le aísla del caos medio-cómico del Asubio y de sus ocupantes, que ahora, con la llegada de Jacobo y Felipe Arnaiz y sus botas de caza y sus escopetas, ha cobrado una fisonomía de cacería franquista (*mutatis mutandis,* que añadiría, quizá, Angélica). Angélica ha guardado cama desde la noche anterior y todo este día siguiente. Emilia y Balbanuz le han subido tazas de caldo y de té y alimentos ligeros a su dormitorio, que no comparte con su marido: Jacobo y Felipe han ocupado uno de los antiguos dormitorios de los chicos, que hacía las veces de cuarto de huéspedes cuando traían amigos del colegio. Este arreglo ha divertido a Fernandito, que ha guiñado maliciosamente un ojo a Antonio Vega, cuando se enteró al desayuno. Ha intrigado esto a Juan, que no ha preguntado nada, pero que sospecha que la tirantez existente entre su hijo y su nuera se ha atirantado aún más tras la aventura de la cueva de los Cámbaros. Juan está disfrutando esta ausencia de Angélica, su retirada. No es una retirada táctica del todo (como lo hubiera sido de haber proseguido la relación suegro-nuera en los términos que precedieron al descenso a la cueva): ha sido más bien un receso murriático punteado por lesiones periféricas causadas por las zarzas y alguna que otra lesión psíquica causada por lo ocurrido entre ellos dos. Juan sonríe: ¡que no haya sucedido nada en absoluto es la lesión psíquica más dolorosa que Juan ha sido capaz de causar la pasada noche! Imagina a Angélica lamiéndose, febril, sus no-heridas. Angélica no sabrá a estas alturas qué pensar. Y Juan sonríe. Toma un sorbo de whisky. Y retoma un muy desgastado ejemplar de *El ser y la nada*: *Para no ser algo dado, es menester que el para-sí se constituya perpetuamente como un retroceso con respecto a sí, es decir, se deje siempre a la zaga de sí mismo como un* ***datum*** *que él ya no es. Esta característica del para-sí implica que es el ser que no encuentra* ***ningún auxilio, ningún punto de apoyo*** *en lo que él* ***era****. Al contrario, el para-sí es libre y puede hacer que haya un mundo porque es* ***el ser que ha de ser lo que era a la luz de lo que será****.* Juan ha leído esto mismo varias veces esta tarde. Estos textos de Sartre, tantas veces releídos, no siempre estimulan intelectualmente a Juan. Pero esta tarde lluviosa la idea de que el para-sí, la conciencia, no encuentre ningún auxilio, ningún apoyo en lo que era, le ha parecido un retrato-robot de sí mismo. Y a la vez, un retrato-robot de Emilia y, por extensión, también de Antonio Vega. Ninguno de los tres son ya lo que eran, entre otros motivos (estos psicológicos, además de metafísicos) porque ellos eran a la vez que Matilda era: al dejar de ser Matilda, dejaron ellos de ser lo que con ella eran. Ahora son libres y tienen que ser lo que eran (y ya no son) a la luz de lo que serán (y aún no son). En su caso particular —Juan reflexiona— no hay inconveniente, es libre a la luz de lo que será, sea lo que sea. Mejor dicho, a la luz de las futuras elecciones que Juan haga de sí mismo. Emilia, en cambio, no parece capaz de reelegirse libremente de nuevo: la luz de lo que será no brilla para Emilia. Por consiguiente lo que era se desluce progresivamente, se le deshace sin lo que será. Emilia está condenada al fracaso, incluso a la desaparición, a la muerte. Y por extensión, también Antonio Vega. Juan Campos deja *El ser y la nada* sobre el brazo de su sillón y toma un largo trago de whisky con soda. Apura todo el vaso. Se detiene meditativo con el vaso aún en la mano, mirando el fuego, y por fin se levanta y se encamina hacia el carro de las bebidas. Y se sirve otro whisky con hielo y soda. Regresa a su butaca frente al fuego. Tintinea el hielo en el vaso de cristal como una llamarada de ámbar helado. El whisky es un placer mayor que el cual nada puede pensarse.

Juan ha almorzado solo este mediodía, es decir, con la única compañía de Antonio y la fugaz presencia de Emilia, que no se ha sentado a la mesa. Ha sido una comida silenciosa. Ha sido también un almuerzo incómodo. La verdad es que Juan contaba con que Antonio le interrogara discretamente acerca de la ocurrencia de bajar a la cueva. Juan tenía sus respuestas preparadas: el recuerdo de Matilda, el recuerdo de Patinir, el recuerdo de los días felices del Asubio cuando los hijos eran niños. Juan estaba seguro de que la mención integrada de esas memorias emocionaría a Antonio. Servirían para recuperar la cordialidad o, al menos, la apariencia de cordialidad. Juan no está ensimismado ahora: está alerta. Los sobresaltos le entretienen ahora, siempre y cuando aparezcan y desaparezcan con una periodicidad razonable. Ha hecho incluso un listado de sobresaltos posibles: el sobresalto de qué acabará haciendo Fernandito con su vida, con Emeterio. ¿Acabará quedándose a vivir en Lobreña? El sobresalto supremo de qué hará Antonio con Emilia, y de qué hará la propia Emilia, con o sin Antonio. Y hay el subsidiario sobresalto matrimonial de su hijo y su nuera. ¿Pedirá Angélica el divorcio a Jacobo para pedir, acto seguido, la viuda mano del padre de Jacobo? Aquí lo chusco se desparramaría por el mundo como un barril de melaza viscosa. Un sobresalto accidental éste, sin duda, pero tan aparatoso, de producirse, que obligaría casi a emigrar a Juan Campos, irse a pasar unos días al hotel Real a contemplar en paz la bahía de Letona, mientras se diluye la melaza. El hecho de que Antonio haya dejado transcurrir el almuerzo casi en silencio ha sido, a su manera, también un sobresalto, como el inesperado aguijonazo de una abeja. Juan, sin embargo, estaba decidido a dejar que fuese Antonio quien sacara a relucir el tema... cualquier tema, pero, ¿qué duda cabe que el tema del momento es lo ocurrido esta pasada noche? Terminado el almuerzo, mientras Antonio recogía rápidamente los platos, al levantarse Juan de la mesa, no pudo evitar hacer una, al menos, de las preguntas que tenía en la cabeza:

—¿Cómo supiste, Antonio, que estábamos allí? Era noche ciega y hubiéramos podido estar en cualquier parte. De hecho fue pura casualidad el que bajáramos. Me dio por bajar en el último momento...

—Ya supongo, sí.

—¿Y no te extrañó?

—Me preocupó que os hubierais despeñado.

—Si no llegáis a venir, no sé qué hubiera sido de Angélica.

—Hubierais sobrevivido, el sitio sólo es peligroso de noche. De día hubierais atinado con el sendero.

—Ya, pero hacía mucho frío. Angélica estaba asustadísima.

—Es natural.

—No pareces muy interesado en esto, Antonio.

—¿Interesado?, no sé, ya se acabó. Una vez que os encontramos, respiramos por fin. Permíteme, voy a llevar estos platos a la cocina.

Antonio sale del comedor empujando con el pie, como suele hacer, la puerta abatible. Juan tiene la impresión de que Antonio ha empujado esa puerta de dos hojas con más energía de la necesaria porque ahora ambas hojas baten a la vez un par de veces, como si subrayaran la sensación de perplejidad de Juan. La amable frialdad de Antonio le ha desconcertado. En otro tiempo, un incidente así hubiera dado lugar a una larga conversación. Ha sido una aventura, al fin y al cabo. La neutralidad de Antonio resulta casi ofensiva. ¿Qué esconde la neutralidad de Antonio? ¿Ha dejado Antonio de interesarse ya por cuanto sucede en la casa, porque se prepara ya para pedir el finiquito? (Juan, que ha regresado a su despacho, reconoce que esto del finiquito —una invención de Juan a beneficio de Angélica— ha acabado por parecerle verosímil al propio Juan. Aunque se da cuenta, a fuer de sincero, que Antonio jamás llegó a plantear así las cosas.) Una vez instalado en el despacho, mientras hubo en el jardín luz diurna, Juan ha paseado monótonamente de un extremo a otro de la habitación, incómodo. Antonio con su frialdad cortés le ha descolocado. Es la hora de Jean-Paul Sartre. Por eso ha sacado el ejemplar de *El ser y la nada* de entre sus libros, y se ha paseado con él en la mano, aún sin abrirlo, hasta que se ha ido yendo la luz, ha empezado el sirimiri, ha corrido las cortinas, se ha sentado frente al fuego, se ha servido el primer whisky. Después del segundo whisky, ha comenzado a hojear la obra del escritor francés. Sartre le tranquiliza, Sartre le blinda esta tarde de lluvia. Ha dado con el pasaje citado más arriba al releer entero el capítulo donde ese pasaje aparece: *Ser y hacer: la libertad.* Una de las características menos claras, y sin embargo más punzantes, de la presente situación de Juan Campos es que desearía recobrar un pretérito

Juan Campos más tierno y más joven (un Juan, pues, que aún viviera el duelo por la muerte de Matilda con intensidad suficiente para hacerla reaparecer en la memoria dotada de una cierta luz consoladora) y que a la vez desea no ser ese Juan Campos y vivir el duelo como algo ya acabado y ser dejado en paz: esta segunda situación implica la figura de un Juan mucho mayor, el Juan de los años viajeros de Matilda, los brotes iniciales de resentimiento y de rencor, y el Juan, por último, estupefacto, que se sintió agredido, cuando le agredió Matilda moribunda y le arrojó de su presencia. Ambos lados, disposiciones de ánimo, se entrecruzan inesperadamente, y algunos días con tanta frecuencia que una de las ocupaciones más definidas de Juan Campos en la actualidad es concentrarse en el presente de sus lecturas de filosofía neohegeliana (por eso, paradójicamente, le entretuvo Angélica) o en cualquier cosa que sea presente, y que sea absorbente, y que, al no tener futuro, disuelva de paso todo su pasado. Lo malo es que este presente presentificado de continuo es laborioso de obtener: Juan Campos añora en ocasiones la inocente compañía del Antonio Vega de otro tiempo.

# XXXVI

Y, sin embargo, no hubiera sido necesaria la añoranza de Juan Campos: hubiera bastado con la simple voluntad amistosa que antaño Juan tomó prestada de Matilda para que la inocente compañía de Antonio se reactivase. Hubiera bastado con que, después del almuerzo, una de estas tardes que han seguido al incidente de la cueva de los Cámbaros, Juan se hubiese llevado aparte a Antonio y le hubiese preguntado por Emilia: bastaba con que hubiera dicho: Antonio, ¿por qué no vamos a dar una vuelta los tres, Emilia, tú y yo? Bajamos a Lobreña y compramos unas Coca-Colas, un litro de helado Häagen Dazs en el híper, hablamos de todo un poco o de nada, da lo mismo...

Pero ése es otro Juan Campos, uno anterior, que Emilia y Antonio aún recuerdan pero que el propio interesado sólo es capaz, como mucho, de añorar en vano, como quienes añoran los tranvías de su juventud o la mili, sin precisar nada en concreto: añoran en el vacío de un antes sin después. Un gesto así de Juan conmovería a Antonio incluso ahora: aunque es ahora ya muy difícil, si no imposible. Por una de esas casualidades de la vida, Antonio Vega ha, involuntariamente, hace unos días, oído a Juan decir a Angélica: *Así es como yo los veo a esos dos, Angélica: enemigos pagados. Los empleados domésticos siempre acaban siendo eso. También Emilia y Antonio, sí. No pongas esa cara, ya te lo he explicado todo antes.*

Antonio estaba en su cobertizo del garaje con las luces apagadas, se había sentado frente al fuego sin encenderlo, llevaba ahí un buen rato despatarrado en su sillón sin saber por qué. Había dejado la puerta abierta. En esto oyó el coche de Angélica colándose rápidamente en el garaje. Antonio se quedó donde estaba. Se apagaron los faros y bajaron Angélica y Juan. Daban la impresión de haber venido hablando de este asunto, porque en la frase que Antonio oyó, Angélica se hacía constantemente de nuevas. Era la primera vez en su vida que Antonio oía una frase así. Era nítida e impronunciable como esas frases de los anuncios luminosos en una lengua extranjera cuyo significado comprendemos al verlos, pero que no nos atreveríamos a pronunciar en voz alta. Antonio Vega deletreó aquella tarde, derrumbado en su sillón, la expresión *enemigos pagados*, y le pareció inverosímil que él mismo y Emilia fuesen los referentes de esa frase. Y le pareció aún más inverosímil que su emisor fuese Juan y, a la vez —y en eso último residía la violencia impronunciable de esa imagen—, la idea casaba con el distanciamiento progresivo de Juan, su despego, su ensimismamiento primero y, últimamente, a partir de su relación con Angélica, su modo irónico de estar con los demás y de decirlo todo. La pareja se fue. Al irse, corrieron la puerta del garaje. Antonio se quedó aún un rato largo, ahora escondido, descompuesto y mudo, como se había sentido en Londres en un viaje antes de conocer a Emilia, un mes de vacaciones, después de unas pesadas sesiones de conversación inglesa, incapaz de pronunciar palabra. No comunicó a Emilia este descubrimiento odioso. Días más tarde ocurrió lo de la cueva de los Cámbaros. Antonio se dijo a sí mismo: he olvidado aquello. Y esta frase significaba justo lo contrario. El resultado fue una sensación de desconsuelo que hizo aún más dolorosa, si cabe, la visión diaria del imparable desgaste de Emilia. Por entonces comenzó Antonio a rumiar la imagen de la terminación de su existencia: Emilia era su responsabilidad hasta la muerte, incluida la propia muerte.

Tras esta escena en el garaje, y pocos días después del rescate de los Cámbaros, reaparece Fernandito Campos. Antonio y Fernando no han vuelto a hablar desde la noche que Fernandito regresó descompuesto, bebido, sin haber encontrado a Emilia. Ahora Fernando da la impresión de haberse recompuesto. Se le ve muy joven, más de lo que es en realidad, y elegante con su jersey y sus vaqueros. Parece, sin embargo, abatido. No es una sorpresa esta dualidad para Antonio: hay un Fernandito decaído, biliar, y otro posterior, exaltado y maligno. Ambos se equilibran y desequilibran de continuo. Así ha sido desde la adolescencia del chico. Antonio apenas ha prestado atención a Fernando esta temporada. Recuerda que acudió a hablar con él hace tiempo, cuando era el propio Antonio el que se sentía deprimido, y recuerda que en aquella ocasión animó a Fernandito a que hablara con su padre, y recuerda que Fernandito, despectivo, dio entonces por perdido a su padre y sorprendió a Antonio con ello. Ahora es Antonio quien comienza a dar a Juan por perdido. Lo curioso es que esta experiencia es trágica para Antonio y sólo dramática para el hijo menor de Juan Campos. Antonio sabe que, de un modo u otro, Fernandito escapará a la influencia paterna. Al final se olvidará de su, en el fondo, ingenuo deseo de venganza, e incluso el rencor se aguará con la distancia geográfica y el paso de los años. Antonio no disfrutará —por supuesto que no— de ninguna de esas ventajas: no se abrirá entre Antonio y Juan ninguna benéfica distancia. Al contrario: se cerrará y concentrará aún más la cercanía entre ambos. Y no pasarán los años. Lo que entre estos dos ha de suceder, sucederá bien pronto. A buen paso se encamina ya Antonio hacia la muerte. A Fernando Campos, en cambio, le queda toda la vida por delante.

El caso es que Fernandito reaparece ahora en el garaje, en el cobertizo, juvenil y abatido, para hablar de sus cosas con Antonio. Entre estos asuntos de Fernando ahora su padre no ocupa lugar ninguno. Emeterio es el único problema que Fernandito tiene. Antonio ve, de inmediato, que Fernando se dispone a hablarle de sí mismo y que tiene un problema. Antonio es ahora el viejo *sherpa* de la adolescencia, un papel que Antonio Vega aceptó desde un principio y que ahora, en silencio, acepta representar de nuevo. Todos los expedicionarios de la expedición que trabajosamente asciende monte arriba o que desciende a las barrancas y cuevas del litoral cantábrico, todos los niños, todos los adolescentes, la expedición entera, es responsabilidad de Antonio Vega: han pasado los años y sigue siendo así. Antonio hace un indefinido gesto amable y Fernando se sienta junto a él en el otro sillón, los dos miran el fuego de la estufa.

—¿Qué hago con Emeterio, Antonio? —Fernando tiene la seguridad de que no necesita decir más. Y, sin embargo, ésta es la primera vez que va a hablar de Emeterio con Antonio.

Es media tarde. Llueve una vez más este invierno lluvioso del Asubio. La lluvia tranquiliza el mar. Las balsas de maganos suben a la superficie estos días. Se está bien frente a la estufa del cobertizo, se está bien con Antonio. En esto se parecían y todavía se parecen Matilda y Antonio —piensa Fernandito—: en que estaban siempre al tanto, incluso de historias que les contabas por primera vez. Siempre tuvo la sensación de que sabían de antemano lo que ibas a contarles, porque nunca se sorprendían. Es muy posible que Fernandito tomara en ambos casos por sabiduría lo que no era más que un estado de alerta continuado, una versión casera de la *cura* heideggeriana. Antonio ahora no ha preguntado —como lo hubiera hecho casi cualquier otro—: ¿qué pasa con Emeterio? Tampoco se ha apresurado a comentar qué gran chico es Emeterio, qué buenos amigos habéis sido siempre Emeterio y tú... Ha cruzado los dedos y sus manos reposan ahora sobre su pierna derecha, a su vez cruzada sobre la izquierda. Fernandito, que a veces fuma y a veces no fuma, ahora enciende un pitillo. Antonio sonríe al verle encender el pitillo y aspirar el humo. Le recuerda los tiempos en que estaba prohibido fumar en casa y Jacobito fumaba a escondidas.

—Emeterio tiene novia —dice Fernandito—. ¿Qué te parece?

—Me parece muy bien.

—¡No seas gilipollas!

—¡Pero hombre, Fernando, ¿qué dices? ¿No te parece bien a ti, o qué?!

—Con ella no será feliz... la pechugona esa.

—A lo mejor sí, ¿tú qué sabes?

—¿Tú de qué parte estás?

—Yo de tu parte, Fernandito, cenizo.

Antonio se echa a reír.

—¿De qué te ríes?

—¡Yo qué sé de qué me río! ¡De ti! —Antonio dice esto aún riéndose, ¡con tanta benevolencia!

—Emeterio es amigo mío. ¿A qué tiene ésa que meterse?

—¡A ver, Fernando! Lo que me quieres contar, cuéntamelo bien.

—Ya sabes tú lo que te quiero contar. Emeterio es amigo mío y estoy enamorado de él, y soy maricón.

—¡Pero chico!

—¿Te parece mal, o qué?

—No. No me parece mal. La cosa es si Emeterio te corresponde.

—Sí me corresponde.

—¿Entonces qué pinta la novia?

—No pinta nada. Una calientapollas es lo que es.

—Tú no has venido, Fernando, esta tarde, a sentarte aquí conmigo para insultar a la novia de Emeterio. A eso no has venido.

—Eso es cierto. No he venido a eso.

—¿Ves como no?

—¿Entonces a qué he venido? —pregunta Fernandito. Ha aplastado el cigarrillo con el pie en el suelo, se ha levantado, ha dado una vuelta por el cobertizo, se ha vuelto a sentar y ha preguntado a qué ha venido.

—Has venido a que hablemos de Emeterio y de ti, y de su novia. Y yo me alegro que hayas venido aquí como siempre, lo mismo que antes, a hablar en serio de una cosa seria que te saca de quicio.

—Eso, que me saca de quicio.

—¿Qué es lo que ha pasado? Cuéntalo todo. ¡Ea!, ¿por qué no?

—¿Por dónde empiezo?

—Da igual. Empieza por donde quieras.

—La noche que salí a buscar a Emilia, ¿te acuerdas?

—Claro.

—Pues esa noche les encontré a ellos y no a Emilia. Así empezó. ¿Empiezo por aquí?

—Vale. Empieza por ahí.

—Me porté como un cerdo. Tenía que haber subido a decirte que no encontraba a Emilia...

—Eso da lo mismo, Fernando. Ahora no estamos hablando de Emilia, estamos hablando de ti, de vosotros.

—Pues les vi en el híper. Ahí empezó todo.

Contar, tranquiliza. Ahora, en el cobertizo destartalado y confortable, Fernando es otra vez su pasado con un pequeño futuro por delante, el futuro de Emeterio y su novia y el del propio Fernando, que Fernando tiene ahora en sus manos. No puede obligarles a hacer nada que ellos no quieran hacer, y él mismo no es un héroe moral, pero está con Antonio Vega, el viejo *sherpa,* que estuvo siempre en su vida y que ahora vuelve a estar presente también en la vida de Fernandito, sin tener nada especial que decirle, ningún consejo moralizante o idea preconcebida: sólo abierto para que Fernandito elija libremente el futuro que desea elegir y, de ese modo, elija también su pasado. Antonio piensa ahora también en Emilia, que estará ahora echada en su cuarto, frente a la tele apagada. Emilia sabe dónde Antonio está y puede comunicarse con él por el móvil en cualquier momento. Había hablado con ella hace un momento, antes de la conversación con Fernando, Emilia aseguró que estaba bien, somnolienta, volverán a verse en una hora. Fernandito ha encendido otro cigarrillo, ha dado otro par de caladas y lo ha apagado, y ahora está tranquilo y cuenta lo que pasó esa noche.

—Aquella noche bajé a Lobreña y fui derecho al híper pensando que Emilia se habría entretenido allí. En seguida vi que no estaba su coche en el aparcamiento, entré en el híper por si acaso, di toda la vuelta, no estaba Emilia, subí al piso de la cafetería y allí estaban ellos dos, hablando bastante. A lo primero ellos no me vieron. Yo les vi a los dos y no vi más. Lo de la novia yo ya lo sabía, creí que no era nada. Emeterio no es de mucho hablar, ya sabes. Creí que era una de Lobreña con quien ir al baile y tal. Entonces les vi a los dos y no era eso. Da vergüenza decirlo, Antonio, contigo da menos vergüenza, tú eres tú. Da vergüenza por lo que sentí, que fueron celos: envidia y celos y odio. Se me empapó la espalda entera, la camisa, de sudor y no hacía calor. Empapado. Me acerqué y les pregunté por Emilia. Ella está bien, es... monilla, como son las de aquí. Ahora las chicas de aquí no son de pueblo ya. Las montañesas siempre fueron altas, siempre lo decía mi madre, y trigueñas, morenas lavadas, pues así era ésta, delgadita y simpática.

Pero antes de ver eso, todo esto que te digo, lo vi todo a la vez: vi que hacían buena pareja. Me cago en Dios, Antonio. La hostia puta. Estaban bien, se les veía contentos, Emeterio se cortó mucho al verme, ella no. Se llama Carmen, Mari Carmen, me parece. Se vio que no sospecha nada, peor todavía: en aquel momento, Antonio, yo vi que no tenía nada que sospechar porque Emeterio no tiene nada que ocultar, porque Emeterio la quiere, se lleva bien con ella, no es un ligue, es una novieta. Los celos me hinchaban la cabeza, me sudaban las palmas de las manos, la espalda, tenía la cabeza hinchada...

—Seguro que dabas la impresión de estar frío, pálido, tan elegante como siempre. Yo te conozco.

—Seguro que sí. Pero tenía la sensación que te digo. Ella dijo, Carmen, que teníamos que quedar los tres. Y yo hice como que no la oía y le dije a Emeterio que habíamos quedado a almorzar el día siguiente. Le veía muy cortado. Luego me fui, me senté en el coche. Luego dejé pasar el tiempo. Luego salieron. Ella tiene un coche pequeño. Iba a seguirles. Arranqué y me paré. Les dejé irse. Luego me metí en un bar, uno que hay a la salida según se viene para acá y me metí unos whiskies, bastantes. Se me acercó una y la mandé a la mierda. Estaba muy mareado cuando salí. Resbalé y me caí. Por fin arranqué el coche y vine aquí, me dio pena verte, me di cuenta de lo mal que estabas tú. Me fui arriba.

—¡Vamos a ver, que yo me entere! ¿Qué es lo que viste en el híper?

—Les vi bien, estaban bien, contentos de estar juntos. Como conmigo cuando estábamos Emeterio y yo...

—¿Cuál es la diferencia?

—Vi la diferencia. Entre Emeterio y yo y Emeterio y ella, Mari Carmen. Emeterio estaba contento con los dos, también conmigo, también con ella, pero mejor con ella.

Fernandito tiene los ojos muy abiertos mientras dice estas cosas, habla despacio, como si tuviera la boca seca. Ahora no se recuesta en el respaldo del sillón, está sentado justo en el borde con las manos en las rodillas y mira fijamente a Antonio. Antonio sabe que dice la verdad y sobre todo que la quiere decir: que quiere sacarse la verdad y ponerla ante sí: eso es lo que quiere ahora Fernando Campos. Y Antonio reconoce esta intención, e incluso el gesto que acompaña esta intención, en este caso. Sabe que no necesita presionar a Fernando, basta con darle pie, con una mirada amable, para que continúe. Y Fernandito prosigue:

—Todos estos años atrás y hasta el otro día creía que Emeterio era como yo, que tenía bastante conmigo. Estaba tan seguro que no le quería. Emeterio era mi propiedad, no hacía falta quererle, era una cosa mía: ¿te fijas, Antonio, lo que quiero decir?: antes éramos iguales, indiscernibles el uno del otro. En cambio en el híper, Emeterio ya no se parecía a mí, era más comprensible incluso, más fácil de entender, hasta más vulgar, más como cualquier chico de su edad que ha llevado la novia a tomar una hamburguesa al híper. Estaba disfrutando con Carmen de pertenecer al común de los mortales, en cambio, conmigo... conmigo sólo se puede disfrutar conmigo, no hay comunidad, hay mortalidad, pero estamos solos él y yo, solos y mortales, aburridos de vernos...

—¡Hombre, yo que tú, Fernando, volvería a pensar todo esto otra vez, le daría unas cuantas vueltas, lo hablaría, muy importante, con Emeterio! Si después de dar vueltas a todo ello sigues pensando lo que creo que estás pensando ahora: que Emeterio está mejor con Carmen que contigo, entonces sí, entonces, a partir de ahí, empezaría todo: tendrías que decir dejo a Emeterio, o mejor todavía, quiero que Emeterio se arregle con Carmen, lo quiero para siempre, y yo me echo a un lado, algo así. Hacer eso sería muy duro. Si lo haces no esperes ningún premio. Es posible que ni siquiera Emeterio se dé cuenta de lo que haces, es muy posible que ni siquiera Emeterio valore tu generosidad, así es como yo lo veo...

—¡Pero es que me jode! ¡Me jode, no sabes cuánto me jode!

—Ya me figuro. Ahí está la gracia.

—¡La puta gracia!

—Sí, eso, justo eso. Pero es que además hay otra cosa: que ni siquiera cuando estés seguro y estés convencido y hayas dado el paso adelante y se lo hayas dicho a Emeterio y hayas dejado a Emeterio y lo hayas dejado de tal manera que no puedas dar ya marcha atrás, incluso entonces estarás inseguro y no estarás seguro, habrás tomado una decisión irrevocable, habrás hecho lo que crees que es mejor para Emeterio y lo habrás hecho bien, generosamente, de una vez por todas. Y entonces dirás: ahora, por fin, se ha acabado, he hecho lo que tenía que hacer, estoy seguro: en ese mismo momento ya no estarás seguro, por eso es tan jodido...

—Te entiendo y no te entiendo. ¿Por qué dices que una vez que esté seguro volveré a no estar seguro?

—A lo mejor me equivoco, ojalá me equivoque. Lo que quiero decir es que suponte que, seducido como te hallas ahora mismo por la idea de hacer lo mejor para Emeterio (idea que a su vez te ha venido sugerida por la visión de Emeterio y Carmen en el híper tan felices juntos, haciendo tan buena pareja, tan normales chico y chica), te dejas arrastrar por la seductora imagen de tu sacrificio, quieres sacrificarte por Emeterio y Carmen, quieres hacer lo que te parece mejor, y este deseo te arrastra ahora con violencia, como le pasaba también a Matilda cuando se le ocurría una buena idea: también tu madre era así, me la has recordado muchísimo mientras te oía hablar, vehemente, absoluta, valerosa. Tu madre era una mujer valiente, enérgica y valiente, como tú. El poder de una ocurrencia la arrastraba a ella, a veces, como te arrastra a ti ahora esta ocurrencia de dejar a Emeterio. Pero ¿y si te equivocas, Fernando? Al fin y al cabo, fíjate bien, todo lo que tienes es una instantánea visión el otro día en el híper de que lo bueno para Emeterio es lo normal, la vida con Carmen separado de ti: la fuerza atávica de la normalidad como virtud te ha explotado en el pecho, estás hecho trizas todavía por la explosión que aún rebota y revienta dentro de ti y te hace trizas. La intensidad de la evidencia es tan grande que ahora mismo no puedes ver ninguna otra cosa. Yo sólo te pregunto: ¿seguirás viendo esto igual cuando pase el tiempo? Al fin y al cabo Emeterio y tú lleváis toda la vida juntos, desde niños, habéis hecho cientos de veces el amor y os ha gustado, os ha gustado mucho, esas emociones eróticas, orgánicas, son muy profundas, no desaparecen porque queramos que desaparezcan, no somos del todo dueños de nuestros deseos, podemos controlarlos, pero no somos dueños por completo de nuestros deseos. ¿Y si más adelante tú, o el propio Emeterio, que, un suponer, se harta de Carmen, o incluso sin hartarse, se acuerda de ti y te desea y quiere volver a empezar y tú también quieres volver a empezar, entonces qué, Fernando? Estarás entonces a la vez seguro de que obraste bien e inseguro del resultado de tu buena obra, ¿estás preparado para eso?

—Sabes, Antonio, acabas de decir que yo te recordaba a mi madre, hace un momento, ¿sabes a quién me recordabas tú ahora mismo? A mi puto padre. Así hablaba antiguamente ese hijo de puta a quien yo amaba y a quien por desgracia quizá amo todavía, así hablaba hace años, como tú ahora...

—Estoy de acuerdo, lo que acabo de decirte lo aprendí con tu padre, es una desgracia que tu padre no haya vuelto a hablarnos así. No está en mí juzgarle, aunque cada vez me resulta más difícil no juzgarle, no condenarle, pero sí, así hablaba Juan Campos cuando yo le conocí, y todo lo mejor que sé, lo más valiente y claro que yo sé, lo aprendí con él y todavía lo recuerdo, por eso lo que está pasando entre nosotros, lo que va a pasar en esta casa, es trágico...

—No va a pasar nada, Antonio, no te preocupes, Emilia mejorará, deja que pase un poco más de tiempo y el duelo por mi madre irá cediendo, Emilia mejorará, estoy seguro de que mejorará, mi padre no, pero mi padre es un mindundi, ése da igual...

—¡Ojalá tengas razón con Emilia, Fernandito querido!

# XXXVII

—

A Jacobo se le ha quitado la gana de cazar. Lleva unos cuantos días dando vueltas por el Asubio y llevándose a Felipe Arnaiz a tomar cervezas a Lobreña o a Letona. El fin de semana largo que tenían se está acabando. Tan liado está y tan complicado ve todo en el Asubio, que ha llamado a su hermana por teléfono y le ha dicho que no venga: no está el horno para bollos ni la casa para niños, Andrea. Estáis mejor en Madrid. Angélica y yo estamos como estamos, o sea: mal.

Angélica ha prolongado la convalecencia todo lo posible para no tener que verse con su marido por un lado o con su suegro por otro. Pensar en Jacobo le da jaqueca, pensar en Juan la hace sentirse taquicárdica. Pensar en hablar con Juan, teniendo a Jacobo dando vueltas por la casa, es impensable, luego: mejor estarse en la cama convaleciente. Hoy, o mañana, o pasado, se volverá Jacobo con Felipe Arnaiz de regreso a Madrid. ¿Y Angélica qué hará? Angélica está convaleciente y no está en condiciones de viajar. No, aún no.

Jacobo por fin se ha presentado en el dormitorio de Angélica y ha dicho:

—Angélica, tenemos que hablar. —A Jacobo no se le da bien esto de tener que hablar entendido como una actividad distinta del hablar de negocios en la oficina o ir charlando en casa de unas cosas y de otras al paso de la vida. Jacobo no es muy hablador. Durante la primera fase de su matrimonio estuvo satisfecho con representar esa figura básicamente monosilábica del joven marido. Angélica hacía el gasto por los dos. Angélica tenía muchísimo que decir acerca de lo divino y todo y de lo humano. Y Angélica tenía, sobre todo, el gran tema de su suegra: Matilda fue una constante conversacional, o quizá sólo monologal, durante el noviazgo de Angélica y Jacobo, los primeros años de matrimonio, la enfermedad de Matilda, la muerte de Matilda. Con el proceso del duelo, Matilda siguió siendo un tema de obligado cumplimiento en esa línea, funeraria ahora, de los *must* de Cartier. De la misma manera que hay encendedores o relojes o pañuelos de seda de Cartier que, en ciertos círculos, no tenerlos viene a ser lo imperdonable, le parecía a Angélica que lo más imperdonable de todo en una situación tan *post mortem* como la de los Campos tras Matilda sería no sacar el duelo a relucir, la pena. Dado que hoy en día no se guarda luto indumentario y ni siquiera ese elegante alivio del luto de otros tiempos, le parecía a Angélica que, sacar a relucir el duelo en las conversaciones conyugales, era lo debido y lo apropiado. ¿Qué menos que un remusgo subcutáneo bien cronometrado, que dejara ver la pena sin permitir las lágrimas o un dolor descomunal? Escandalizó a Angélica descubrir que el proceso del duelo entre los Campos, empezando por su propio esposo, tenía unas características anglosajonas, distinguidas sí, pero a la vez angloaburridas. Bien estaba no gemir y no llorar a cada triquitraque, pero lo de Jacobo, por ejemplo, era, como dice ahora la juventud, una pasada: una auténtica omisión y ¡por Dios, pensaba Angélica, pero si es que se trata de su propia madre! Una pena tan discreta como aquélla tenía que acabar pareciendo —y siendo—, en opinión de Angélica, apenas pena. Y esto —en cuanto ausencia de pena al menos—

hubiese debido dar que hablar a punta pala. Y sin embargo, entre Angélica y Jacobo sólo dio lugar a un conyugal distanciamiento entreverado —como se indicó al principio— con una cierta preocupación por el estado mental de Juan Campos y la situación, tan dramáticamente solitaria, de la retirada de Juan Campos al Asubio. Cuando Angélica se quedó en el Asubio por acompañar a Andrea, Jacobo se sintió muy satisfecho y a sus anchas: venía a ser como una vacación. Pero está claro que la sensación vacacional procedía de un sordo y soso malestar precedente que llevaba acompañando al matrimonio, casi sin enfrentamientos, pero también sin pausa, desde antes de la enfermedad de Matilda, durante la enfermedad y después. El proceso del duelo, en este caso, fue un proceso de separación. Y de esto, por cierto, habló largo y tendido con su suegro Angélica los felices días que precedieron al incidente de la cueva de los Cámbaros y a la llegada de Jacobo. Angélica no llegó a ninguna conclusión —excepción hecha de la convicción de que su suegro era un hombre adorable que Matilda había malentendido—. Juan Campos a su vez llegó a la conclusión de que Angélica era toda lo tonta y semiculta que siempre había sospechado, pero, a la vez, a ciertas horas, una agradable compañía femenina, superficialmente erotizante.

Cuando Andrea regresó a Madrid y Angélica comunicó por teléfono (incluso varias veces al día al principio de su estancia) que, si Jacobo no tenía inconveniente, ella se quedaba en el Asubio porque consideraba que su suegro la necesitaba, Jacobo se mosqueó. (Todos los hijos de Juan Campos estaban persuadidos de que su padre no necesitaba a nadie en absoluto, salvo un buen cuerpo de casa, y para eso estaban ya Antonio y Emilia en el Asubio.) Se mosqueó, pues, para desmosquearse acto seguido. Angélica era su legítima esposa en toda la extensión de la palabra. Era un asunto de por vida, tan de por vida que convenía espaciarla cuanto más mejor. A la vez algo le decía que la situación de Angélica cuidando de su padre, sin que a su padre le pasara nada en absoluto, era una situación irregular. Y Jacobo Campos, con los años y el banco, se había vuelto un sí-es-no-es convencional. Había, pues, una situación entre los dos a la vez tensa y destensada: una especie de separación vacacional de largo recorrido. El matrimonio seguía en pie y sus inconvenientes se amainaban. Tenía Jacobo, sin embargo, intención de llevarse a Angélica a Madrid tras estos días de cacería. La presencia de Felipe Arnaiz al volante durante el viaje de regreso serviría para iniciar la distensión o destensar la tensión que hubiera habido o que aún hubiere. Pero el incidente de los Cámbaros con su repentina cerrazón (puesto que ni su padre ni su esposa dieron la menor explicación a Jacobo) aumentó la tensión, que en su caso nunca era excesiva pero que ahora de pronto llegó a ser lo suficientemente intensa como para que, tras varios días de no salir de cacería y tener que entretener a aquel gran pelma que era Felipe Arnaiz, Jacobo decidiese subir al dormitorio de su convaleciente esposa y declarar:

—Angélica, tenemos que hablar.

Es mediodía. Van a dar las doce. Ha llovido y llueve y lloverá. Y el Asubio entero, con el acantilado velado ahora por la niebla-lluvia, una hermosa grisalla todo el mar hasta Inglaterra. Y el jardín y los árboles del jardín. Junto a la puerta de entrada la casita de Bonifacio y Balbanuz y Emeterio. Y arriba la casa misma, el Asubio mismo, la mansión, tan poco solemne, que mandó construir sir Kenneth Turpin, con la expresa orden de que fuese estival e invisible desde todas partes, y, al mismo tiempo, que desde todos los lados de la casa se viera siempre el mar, el gran Cantábrico, el Atlántico, y el jardín y los árboles y la lluvia y las estaciones una tras otra, floridas o sombrías, eternas e inconsistentes como la vida humana. Así que está presente todo el paisaje entero en el fuego de la chimenea del dormitorio de Angélica y en el papel pintado de las paredes y en los cuadritos de caza. Y, una vez más, visto todo desde arriba, desde afuera, el Asubio entero es una litografía blanca y negra y gris decimonónica, el Asubio entero es un cuadrito, una litografía de dos niños en un camino de la Montaña, al Asubio, una mañana de lluvia, debajo de una marquesina de madera abierta a todo el viento y al relente, con las medias caídas sobre las botas viejas y una cestita de manzanas reinetas a los pies.

Angélica, que se hallaba sentada frente al fuego y que leía un libro, se ha sentido muy feliz de pronto. Una como novedad ontológica, ese imposible *novum*, por virtud del cual el pensar salta fuera de sí mismo y se piensa a sí mismo desde fuera del pensar. Una cosa fascinante esto de que un mediodía de lluvia se siente Jacobo frente a ella y diga: Angélica, tenemos que hablar. Ha vuelto a decirlo ahora por tercera vez. Angélica tiene ahora la sensación de que no haría falta decir ya nada más, sino repetir esto mismo una y otra vez, para que se produjera aquella emoción tan medieval del monje medieval que se sentó en un bosque y, cuando quiso recordar, de golpe había transcurrido ya toda la eternidad entera.

La alegría de Angélica es, pobre Angélica, mixta. Para que fuese pura —para que la presencia de su marido en el dormitorio conyugal, ante el fuego de la chimenea, en este elegante Asubio enhechizado aún por el fantasma de Matilda Turpin— tendría que no tener Angélica segundas intenciones. Está claro que Jacobo no las tiene: Jacobo es un hombre de una pieza a quien la *intentio obliqua* jamás ha perturbado. Pero la situación presente es tal, que la imagen de su legítimo esposo y la ilegítima imagen del padre de su esposo, Juan Campos, el ladino suegro, se entrecruzan sin cesar con mayor rapidez e intensidad ahora que nunca. Y es que, claro, padre e hijo se parecen mucho. Angélica de pronto ha decidido que se parecen tanto que se les podría prácticamente confundir a media luz. Pero he aquí que este mediodía en el Asubio es todo media luz, y casi la esencia de la media luz. La vigencia del principio de la identidad de los indiscernibles es tan fuerte ahora que Angélica tiene la impresión de acabar de meterse entre pecho y espalda dos tequilas reposados, uno tras otro. Es un poco el don de la ebriedad, piensa confusamente Angélica, mirándose las uñas de los pies. ¿Qué irá a decirle Jacobo? Porque claro está que es Jacobo quien se ha presentado en el dormitorio de improviso con intención de hablar. Hay que dejarle que hable, que se explaye. Pero a la vez —reflexiona Angélica— no es Jacobo el tipo de hombre a quien decirle o dejarle que se explaye proporciona una gratificante sensación de libertad. Antes al contrario: cuanto más libre de explayarse se le deja, con menos libertad se explaya Jacobo: más se atraganta o atiranta. Más se calla. Así que Angélica decide hablar ella:

—Esto es, Jacobo, un diálogo de sordos, yo diría, si no hablamos ninguno de los dos.

—Querrás decir, Angélica, de mudos.

—¡Pero, Jacobo, acabas de hacer súbitamente un chiste! ¡Jajajajá! ¡Me río muchísimo!

—Vale, me alegro que te alegres.

—Es que no me alegro, Jacobo, me río, que es distinto.

—¡Para ti la perra gorda, mujer, alégrate o ríete, lo que te dé la gana! —Ahora Jacobo Campos se siente confundido, irritado y burlado. En el fondo de su corazón, siente que menos mal que así se siente, porque así sintiéndose está en mejores condiciones de decir lo que ha venido a decir, ¿que es qué?

—¿De qué es de lo que, Jacobo, querrías que hablásemos? Disculpa la incorrección gramatical, pero es que tienes una manera tan ceniza de empezar a hablar callándote, que me pone de los nervios.

—Tú sabes de qué quiero yo hablarte, Angélica.

—Pues no sé, Jacobo, no lo sé. ¿De qué querías hablarme?

—Pues de que vamos a ver qué planes tienes, o sea: ¿te vienes, o te quedas, o qué haces?

—Pues mira, no lo sé. Tal y como tú y yo estamos, pues no sé.

—Es que eso mismo ya, Angélica, empezando ya por eso mismo, no te entiendo. ¿Estamos mal, estamos bien o cómo estamos...?

—Pues estamos, Jacobo, guardando las distancias... al objeto de que al final seamos capaces de salvarlas. Esto, por cierto, es una frase de tu padre.

—¡Vaya por Dios! ¡A ver, dila otra vez, que yo entienda la frase de papá!

—Dice tu padre, y tiene toda la razón, que sólo se salvan las distancias si se guardan. Y eso en nuestro caso va perfecto.

Esta conversación —decide Angélica— no está teniendo la menor sustancia. Está siendo una sosez. Ahora la alegría se ha esfumado y Angélica contempla a su marido de hito en hito y piensa: es que es un pelma. Jacobo Campos, a su vez, contempla a su esposa y piensa lo que ha pensado siempre: qué guapa es y qué redicha es. Es tan redicha que, tan pronto como habla tres palabras, o cita una cita citable, bien sea de mi padre o bien de otra persona, pega mi alma un gatillazo tal que desearía estar de nuevo, y ahora mismo, en el despacho de mi oficina de Madrid, en el banco, consultando el índice de precios al consumo o recorriendo imaginariamente las subidas y bajadas del Dow Jones. Eso sí que es vida y no esta leche de la salvación de las distancias con la autorizada opinión de mi buen padre. ¡A la puta mierda mi buen padre y mi mujer de paso! Esto Jacobo no lo dice, jamás lo dirá, jamás —incluso— llegará a pensarlo en estos crudos términos, tan literarios y artificiosos en el fondo. Jacobo es un buen chico, un buen marido *prim and proper*, que jamás faltará el respeto a una mujer y menos que a ninguna a su propia mujer. No pensará mal de ella, no dirá ni pensará nada en absoluto. Lo que ocurre es que esto es en parte un imposible: algo tiene que pensar. No es que Jacobo sea un imbécil, no lo es. Es que está acostumbrado a pensar lo que se piensa y a decir lo que se dice, y Angélica está tan rara, y el Asubio está tan raro, que Jacobo no acierta a pensar acerca de ello nada que no se asemeje a un no-pensar. Lo más parecido a no-pensar es volver a repetir lo de: a ver qué planes tienes, Angélica, para estas próximas semanas. Y Angélica, en ese instante, piensa: o ahora, o nunca. Y dice:

—El plan que tengo, pues es éste: yo de aquí no me voy, a menos que tu padre coja y me eche. Y si me echa, me voy. Pero me voy a casa de mi madre, ahí me voy.

—O sea, que me dejas.

—No, no te dejo, Jacobo. Si te fijas, no te dejo. Me separo de ti por incompatibilidad de caracteres, porque el torro que me das es tan continuo y tan constante y tan horrendo, que es que me breas viva, me comes la moral, eso me comes. Y aquí por lo menos, con tu padre, la moral no me la come: me la eleva. Yo me doy cuenta, Jacobo, de que no estoy contigo siendo justa, no lo estoy siendo. Y siento, como es lógico que sienta, un sentimiento de culpabilidad muy fuerte, Jacobo, muy fuerte. Pero es que me veo que volvemos a Madrid, tal que mañana mismo volvemos a Madrid, y volvemos a lo mismo, venga y dale, otra vez lo mismo.

—Pero vamos a ver, Angélica, en Madrid qué es lo que te pasaba a ti en Madrid, yo me doy cuenta que te pasaba alguna cosa porque estabas como murria, y desde que estás aquí te veo mejor.

—Lo ves, estoy mejor.

—Me alegro, pero eso no es motivo para mandarlo todo así a la mierda.

—Sí es motivo. O mejor dicho: no lo es. Pero déjame pensarlo, por favor. Una mujer tiene que tener su propio tiempo para pensar lo que tenga que pensar. No todo es ser como tu madre, una mujer de acción, una impulsiva y venga y dale. Yo tengo que tener un tiempo mío para pensarlo todo bien pensado, porque es que tengo que pensar, Jacobo, yo tengo que pensar. Yo sin pensar no viviría.

—Pues piensa lo que tengas que pensar. Pero yo me voy mañana.

—Bueno, vete.

—¿Y después?

—Pues después ya se verá, Jacobo. Hasta que la vida no da toda la vuelta, no se ve ni siquiera un poquitín, ni eso. Eso tu padre te lo explicará bien bien. La significación intrínseca de cada cosa, cosa por cosa, hasta que la vida no da toda la vuelta, no se ve ni todo ni por partes. Porque todo es perspectiva, tu padre dice. Un perspectivismo radical. Yo soy yo y mis circunstancias, tu padre dice, que es lo mismo que Ortega decía siempre. Que los árboles no te dejan ver el bosque...

—Bueno, Angélica, mira. Lo que vamos a hacer entonces, Angélica, es que tú te quedes aquí y lo hables todo con mi padre, pero no conmigo y con mi padre a la vez, eso imposible. Me mareo sólo de pensarlo. Y cuando lo tengas todo bien hablado y la vida dé la vuelta esa que dices, pues me llamas y lo hablamos.

—¡Eres increíble, Jacobo, increíble! ¡Sabía que al final lo entenderías!

Esta vez es —piensa Jacobo— la primera vez que entro en este despacho de mi padre, y me siento frente al fuego de mi padre, para hablar de mi matrimonio con mi padre. Esta elaborada cadeneta de ocurrencias mentales acentúa la natural tendencia de Jacobo Campos a hablar poco. El hecho de que se trate de una única ocurrencia (a saber, que el hijo mayor de Juan Campos apenas se ha sentado nunca a hablar de nada con su padre) hace que contenga en su sencilla verdad un como resorte sorpresivo: la verdad es que es verdad que Jacobo y Juan apenas se han hablado nunca de nada, que no sea lo corriente. A ojos de Juan Campos, la aparición de su hijo en su despacho con una visible intención de hablar de algo y sin saber bien cómo empezar le parece fascinante y cómico. El sentido del humor hace las veces del afecto en este caso: no le quiere pero le hace gracia, por lo menos durante un rato corto. Decide Juan sacar él mismo el tema que su hijo acabará sacando con el tiempo.

—Tengo entendido, Jacobo, que te vuelves a Madrid. Sin disparar ni un tiro además. Lo siento, créeme que lo siento. Comprendo que en vuestra situación no estéis para andar de cacería...

—Pues no, no mucho.

—Sé lo que os pasa, Angélica un poco me ha explicado la cosa de qué va, es lo más normal. Con tu trabajo, y ella mano sobre mano todo el santo día en la casa sin saber en qué dar, se agrían las convivencias, hasta las más íntimas y profundas se ajan y deterioran, más aún, estoy persuadido de que cuanto más profundas las convivencias son, como es la vuestra, más se ajan cuando los proyectos de ambos cónyuges van cada uno por su lado. ¿Estás de acuerdo?

—Estoy... Supongo, sí... de acuerdo. Lo que yo quería saber, papá, es lo que te parece, o sea, si te parece, que Angélica se quede aquí unos días más contigo, por lo menos hasta navidades, o no sé...

—A mí, Jacobo, me parece bien, si a ti, Jacobo, te parece bien. Si a vosotros dos os parece bien, a mí, Jacobo, me parece bien. Esta casa es vuestra casa, como es lógico, y Angélica viene a ser para mí como una hija. Más casi te diría que una hija, porque a Andrea casi no la veo. Desde que se casó con este chico, este Ángel Luis...

—José Luis.

—¿Cómo dices?

—Que se llama José Luis, papá, no Ángel Luis, José Luis.

—¡Eso, José Luis!, ¡qué tonto estoy!

—Conmigo se lleva Angélica a matar, papá, bastante mal. Porque no tenemos de qué hablar. Reconozco que una vez que vuelvo a casa después de todo el día en el banco, lo que me apetece menos, lo que menos, es hablar. Esto lo reconozco.

—Te comprendo. Tu madre, que en paz descanse, siempre lo decía de los bancos, de las oficinas bancarias, vaya, porque a ella los bancos mismos la encantaban. Decía: un banco aburre a un buey de madera. Se refería, yo supongo, más bien a sucursales. Y claro, aunque tú no estás en sucursales, sino mucho más arriba, completamente otro nivel, lo cierto es que a la postre, a la fin y a la postre, incluso a tu nivel, también un banco te aburre que te mata. Llegas a casa, y qué se puede hacer, dejar de ser, dejar de hablar, dejarte de aburrir siquiera un rato. Desde las veintidós horas *post meridiem*, un poner, hasta que acaba «Tómbola» a las dos ¡qué inmensa paz! Lejos del duro banco y sin hablar ni una palabra. Ya habla Angélica por ti...

—Solemos ver más bien películas, lo de «Tómbola» a mí no me hace gracia, a Angélica tampoco.

—Te comprendo, a mí tampoco. «Tómbola» es muy vil.

—No sé, a mí no me divierte.

—En cualquier caso, dan la una, dan las dos, es hora de acostarse y de dormirse, de levantarse e irse al banco refrescados.

—Así es, pongo el despertador a las siete.

—Admirable —declara Juan Campos, quien para ocultar la risa se acaba de levantar y se dispone a servirse un whisky doble—. ¿Te apetece un whisky, Jacobo?

—No, gracias. —Hace ya rato que Jacobo ha superado su inicial sensación de extrañeza ante la presencia de su padre. A estas alturas, su inhibición y su aprendido (y quizá mal entendido) sentimiento jerárquico, tan bancario, del respeto por las figuras de la autoridad se ha disuelto casi por completo y percibe con toda nitidez la mala leche paterna, el tono guasón, la gana de reírse a costa de su hijo, a costa de cualquiera. Es la primera vez que Jacobo habla con su padre de su matrimonio. Ahora que la inhibición se ha reducido, y ha sido sustituida por la idea de que su padre está dispuesto a tomarle el pelo, Jacobo pone en marcha una estrategia aprendida allá en su niñez (y en broma, con Antonio Vega), y confirmada después amargamente en el banco, que dice, el que da primero, da dos veces. Así que dice:

»Que yo sea un aburrido no es ninguna novedad, ¡no hace falta que me lo recuerdes, ya lo sé!, pero que Angélica se aburra tanto en Madrid que tenga que quedarse aquí a vivir para aburrirse algo menos es ridículo. Todas las mujeres de mis amigos hacen una vida parecida a la de Angélica: organizan a la ecuatoriana, llevan los niños al colegio, van a la peluquería y acaban las tardes, días alternos, jugando a la canasta en casas unas de otras.

—¡Bien dicho, chico!, pero claro, hay un pero, hay un pero, ¡hay un pero, Jacobo!

—¡Qué pero ni qué hostias! —exclama Jacobo, que está furioso ahora.

—Hay el siguiente crudo pero, Jacobo, que paso a detallarte: la pobre Angélica no tiene niños que llevar a ningún sitio, porque no tiene niños, no los tiene, no tenéis hijos ni queréis tenerlos, no queréis.

—¡Por favor!

—¿Tú quieres tener hijos?

—A mí me da igual, supongo. Ella es la que no quiere, nunca quiso, nos casamos con esa condición, el no tenerlos.

—Vale. Dejemos esto. Dejemos todo. El caso es que tú mismo reconoces que lo vuestro no va bien, va mal, y de hecho has venido a preguntarme si me puedo quedar yo con Angélica. Yo puedo, ya te lo he dicho, yo sí puedo. No hay más que hablar.

—No, no hay más que hablar. Sólo que es una rareza. ¿Hasta cuándo piensa Angélica quedarse aquí contigo?, supongo que no lo sabes tú, no lo sabe ella, y no hay manera de saberlo. Yo estoy, sabes, papá, un poco cansado. Quizá Angélica debiera quedarse aquí contigo a estudiar filosofía, eso la encanta, y podríais de paso discutir toda mi madre entera. Eso también la encanta a mi mujer. Mi madre fue desde que nos casamos su obsesión favorita, ahora tiene la oportunidad de hablarlo contigo de pe a pa, todo otra vez. Mamá también fue tu obsesión, ¿no, papá?

—Admirablemente zumbón, Jacobo, me encantas. En este nuevo *mood* de agresor y de cínico y de amargo. Así me encantas mucho más que en ese rol tuyo pavisoso, que de ordinario exhibes, el de alto empleado ejemplar de un gran banco.

—Estoy cansado y me largo ahora, nos vamos Felipe y yo de vuelta a Madrid. ¡Ahí os quedáis! ¡Ojalá Angélica saque partido de tu inmensa sabiduría, padre! Yo ciertamente jamás aprendí nada contigo. Por mi culpa, que conste, porque desde que nací fui un alto ejecutivo ejemplar que aburre a un buey de madera...

Jacobo y Felipe Arnaiz sacan sus maletas y escopetas, montan en el todoterreno de Arnaiz, salen de viaje a Madrid media hora más tarde. Angélica les ve irse desde su cuarto: el cielo es liso, líquido, suave y precursor como la lluvia, como el tiempo. Angélica está sumida devotamente en este instante, en este tiempo suyo del Asubio, tiempo del *tertio excluso,* cualquier cosa puede ocurrir, o nada, o todo. Lo que ocurre es que, al volverse, Angélica se da de bruces con Juan Campos, que entra en su dormitorio, cierra tras sí la puerta, se dirige a Angélica a buen paso, son en total tres largos pasos desde la puerta hasta Angélica, y comenta:

—Jacobo acaba de irse hecho una furia. ¿Qué le has hecho, Angélica, a mi hijo?

Angélica no responde nada. No hace falta. La voz de Juan Campos es espléndida, baja, clara, doctoral, matrimonial, genial, la voz de la conciencia libre de prejuicios y de tiempos pasados. Por fin, en un Asubio sin Matilda, Juan besa tiernamente a su nuera en sus absortos labios. *Era un jazmín el sí, los labios de ella.*

## XXXVIII

Era como un jazmín el sí, los labios de él. Un jazmín revenido, *revenant*, ha sido un salto cualitativo este acto de Juan Campos de aparecer en la puerta del dormitorio de Angélica, abrirla silenciosamente, cerrarla silenciosamente tras sí, avanzar con tres enérgicos pasos hasta su nuera y besarla en la boca. Es también una gamberrada. Un acto gratuito de violencia pensada como quien elabora mentalmente una gracieta que soltará después en una reunión donde sabe que la ocurrencia tendrá una recepción ambigua. En parte gozosa, porque Angélica ha sentido como un gozo al ser besada sin previo aviso por su suegro, y en parte se ha asustado y escandalizado como cualquier nuera ordinaria con quien de pronto su suegro se propasa. Aún podía este estúpido beso quedarse ahí y no pasar a más: bastaba con que Juan se echara a reír, y pronunciara cualquier cumplido afectuoso donde quedara nítidamente expresa la intrascendencia de la acción: al fin y al cabo, entre los dos hay una considerable diferencia de edades y Juan no desea sexualmente a su nuera. Lo que Juan desea, sin embargo, está por ver. En líneas generales, Juan Campos cree, con Freud, que hay algo en la naturaleza misma de la sexualidad que determina una eterna ausencia mental de satisfacción. Esta insatisfacción constitutiva permite el incesante juego amatorio si —como en el caso de Juan, ya viudo— ningún compromiso ya le ata. Pero no es Juan Campos, nunca lo fue, un picha brava. Fue fiel a Matilda y no puede decirse que ahora sea infiel a la memoria de Matilda o desleal con su hijo Jacobo. Nada les quita, a ninguno de los dos, que aún tuvieran: ni a Matilda ni a Jacobo. En un mundo moral, donde las proposiciones éticas se justificaran sólo si son universalizables y válidas intersubjetivamente, cabe pedirle a Juan Campos responsabilidades por su descarado incesto. Pero el descaro es la nueva posición moral que está cada vez con más consistencia adoptando Juan Campos: cada vez se siente menos atado por responsabilidades o, como él mismo preferiría decir: por costumbres. Matilda ha muerto y se han liquidado todas las costumbres. El Asubio, en este momento, representa esa absoluta liquidación, la absoluta almoneda, el descaro superficial e irresponsable.

Y ahora, ya en franquía, ahora sí que está libre Juan Campos, ahora incluso podría Matilda aparecérsele como se aparece un condenado a otro condenado en pleno infierno.

Está Juan Campos muy interesado —siempre lo estuvo, y ahora cada vez más— en lo que pasa inmediatamente después de que pase algo gordo. ¿Qué pasó inmediatamente después de que se estrellara el primer avión contra una de las torres gemelas? ¿Qué pasó inmediatamente después de que Matilda, moribunda, echara a Juan de su habitación de moribunda? ¿Qué pasa después de haber besado, como ahora, a quien no debe? No está interesado Juan en una ordinaria presentación de segmentos que siguieron a la secuencia en cuestión: está interesado en el intervalo, con seguridad milimétrica, entre un acontecimiento dado y el instante siguiente. Lo que a Juan le interesa se advierte mejor en microprocesos que en macroprocesos: lo que ocurrió de hecho en las torres gemelas un instante después de la primera explosión es, dada la magnitud del edi ficio y del acontecimiento, infinitamente complejo, no se adapta bien a los análisis de gabinete que a Juan le gustan. Cada vez que Juan trata de analizar estos mínimos espaciotiempos de lo inmediatamente posterior a un punto cualquiera, dado ya, se siente husserliano, es decir, se siente en posesión de sus facultades descriptivas, narrativas, intelectivas, tanto más cuanto más concentra el rayo de atención de su conciencia en un punto mínimo presente ante la acción cognoscitiva del yo. Lo importante para Juan Campos es que el objeto en cuestión, *el cogitatum,* sea tan pequeño como sea posible: así, por ejemplo, le encanta a Juan describir con todo detalle, concentrando toda su atención en el instante siguiente al instante en que besó a su nuera en los labios. ¿Qué sucedió en ese instante? Por un momento, mientras piensa en estas cosas, sentado ante la mesa de su despacho y provisto de una pluma y abundantes folios, se divierte Juan Campos imaginando, deliberadamente en broma, alguna de las muchas cómicas gansadas que pudieron suceder, y que no sucedieron: Angélica pudo haberle dado un bofetón. Juan pudo no atinar del todo bien en los labios de Angélica por falta, digamos, de costumbre, haber resbalado un poco hacia la derecha o a la izquierda, con lo cual, el beso, en vez de apasionado, hubiera resultado un paternal beso en la mejilla. Angélica pudo haber gritado. Pudo Juan, para evitar que Angélica gritara, taparle la boca con la mano libre (dado que, para poder besarla, tuvo que sujetarle un poco el talle, como en las fotografías de los antiguos estudios fotográficos). Pudo Angélica haberle preguntado: ¿Y esto a qué viene, Juan? Juan pudo haber declarado: Angélica, te amo. O, como continuación a esta frase, pudo decirle: lo nuestro es imposible, pero te amo desde el primer momento en que te vi. O esto mismo pudo haberlo dicho Angélica... Acaba de acordarse Juan ahora que, en el instante que siguió al beso, Angélica murmuró algo que sonó a: *amor imposible*, o quizá: *un amor de pecado*. En ambos casos, algo de esto debió de decir Angélica porque Juan recuerda haber, tras besar a su nuera, dado un pequeño paso atrás y haberse brevemente echado a reír de buena gana: los besos dan risa, los besos en la boca dan risa. Al anotar a vuelapluma esto en sus folios, descubre Juan que ya no hay más, que no hubo más, que no da para más su capacidad analítica y que no es capaz de sacar gran cosa de este análisis descriptivo del intervalo entre un instante de estrepitoso contenido y el instante siguiente que, por comparación, está vacío. El esfuerzo analítico le ha servido, sin embargo, para recordar que, en resumidas cuentas, aquel robado beso le hizo reír a él mismo y confirmó que Angélica estaba más bien por la labor, al no atizarle de inmediato un rodillazo en la entrepierna.

Ella quería. Juan acaba de pronunciar esta frase en voz alta y se ha echado a reír. El melodramatismo de la expresión y esta nueva facultad de reírse solo le encantan: jamás se había reído solo: nadie se ríe solo, aunque lo diga, la risa es social, nos reímos con los demás. Pero no es imposible reírse solo, y no es inverosímil: sólo que las condiciones psíquicas que han de cumplirse para que un hombre de la edad de Juan, un intelectual, instalado en su despacho y reflexionando acerca de un acontecimiento que no tiene, bien mirado, la más mínima gracia, tienen que ser muy únicas. No se reiría Juan, ni ahora, ni tampoco como se rió tras el beso, si se hubiera sentido físicamente atraído por su nuera: la atracción física intensa presenta, antes de consumarse, un aire flácido, una como fijeza flácida y sudada o sobada. Juan se rió porque no deseaba a su nuera, se rió justo porque estaba logrando fingir con éxito que la deseaba sin desearla. Se rió porque su nuera cayó en la trampa. Y también se ríe ahora con la satisfacción de quien logra un logro. Viene a ser un *¡está en el bote!*, expresado por un inte lectual. Se ríe porque se siente contento de haber comprobado una vez más que su nuera *está en el bote,* la tonta del bote. Y se sonríe, además de reírse a solas, porque, como de reojo, está asistiendo a la emergencia de un inédito Juan Campos: el Juan Campos que Juan Campos conocía, el buen Juan Campos, el profesor de Filosofía moderna, el marido de Matilda, el mentor de Antonio Vega, el hombre que era de fiar, el más fiable en opinión de Antonio Vega, el intelectual más benevolente y paciente, que se ocupó de que Antonio Vega entendiera el mito de la caverna y leyera fragmentos seleccionados de las *Confesiones* de san Agustín, y comprendiera la sucesión de fenómenos histórico-culturales-sociales y económicos que dieron lugar a la modernidad, a la aparición del *cogito* cartesiano... El hombre que explicó a Antonio por qué se denomina copernicano el giro copernicano de Kant... ese personaje a quien todos tenían por bueno, y a quien él mismo, Juan Campos, tenía por bueno, y que observaba complacido en el espejo de su propia bondad, se contempla, no menos complacido ahora, emergente en el espejo de su propia maldad. *Hay que hacer el mal porque el bien ya está hecho* —recuerda repentinamente Juan Campos—. Y esta idea de Sartre le viene como anillo al dedo, retrato con anillo al dedo. Es el mismo Juan Campos de siempre, sólo que realzado por este su inédito Juan Campos, levitado por este giro de una conciencia que llevaba tiempo hirviendo al fuego lento del congelado rencor, y que ahora, gracias al falso beso incestuoso que ha robado a su nuera (quien por cierto lo recibió como agua de mayo), es un hombre nuevo. *Edifica, Señor, en nosotros, un corazón nuevo.* He aquí que Juan tiene ahora un corazón nuevo. Y no lo ha edificado Dios, porque no hay Dios. ¿Quién lo ha edificado, si no hay nada exterior a la conciencia? Lo ha edificado la conciencia de Juan Campos. Con ayuda, eso sí, de una exterioridad controlable: Angélica es *el otro* controlable: una conciencia independiente de la conciencia de Juan, que se está dejando seducir por Juan y que Juan está cada vez más seriamente asimilando con un reptante y fascinante movimiento asimilativo de ameba.

Antonio Vega se ha encontrado con Angélica esta misma tarde en el jardín. Angélica tenía gana de hablar. Antonio no. La ha dejado hablar, Angélica ha contado que se va a quedar por el momento a vivir en el Asubio, y que va a ayudar a Juan a escribir sus memorias (esto de las memorias es una ocurrencia de último minuto que Angélica ha tenido en presencia de Antonio, porque, al contar lo que estaba contando, se dio cuenta de que su presencia indefinida en el Asubio requería, ahora sí, una justificación precisa).

Antonio Vega mira fijamente al suelo. Angélica habla y habla. Antonio mira fijamente al suelo. Están de pie los dos, delante de la entrada del Asubio. Es una tarde fría. Veloz atardecida, fría, de niebla. *¿Por qué hay ente y no más bien nada? Misterium iniquitatis.* Antonio mira fijamente al suelo, Angélica habla y habla. Están los dos de pie delante de la entrada del Asubio. Sí, esto es el infierno: así es el infierno, el lugar de la falta de semejanza, el lugar de la eterna desemejanza, que no es, sin embargo, pura y simple nada, limpio y puro vacío, sino un lleno repleto de insignificancias y torpezas y minimaldades, y celos y rencores. Antonio desearía poder llorar ahora, pero sólo piensa en Emilia, que, apenas sale ya de su cuarto, que se pasa el día acurrucada, frente a la televisión apagada. Que sólo reacciona, y sonríe, cuando Antonio, acabadas las tareas del día, se sienta junto a ella y le cuenta qué ha hecho durante el día, cómo ha llovido toda la mañana y luego ha escampado, y lo que Balbanuz guisó para almorzar, y cómo Bonifacio y Balbanuz preguntaron por ella, y Antonio les prometió que bajarían los dos una tarde de éstas, a pasar con ellos la tarde y ver los cuatro la televisión.

# XXXIX

—Lo oí todo, yo lo vi todo. Iba a irme. Estaba sentada junto a la cama, frente a Matilda, sostenía su mano izquierda como la patita de un pájaro. Entonces entró, no me di cuenta, Matilda se había quedado dormida, daba muchas veces cabezadas durante el día. No dormía, ni de día ni de noche, no dormía, daba, eso, cabezadas. Y él entró una de esas veces, no le oímos. Debió de abrir la puerta y cerrarla muy despacio. Me di cuenta que estaba porque puso detrás de mi silla las dos manos en el respaldo. Entonces yo levanté la cabeza y le vi muy pálido. Entonces me levanté de la silla para que se sentara él. Me alegré que por fin se hubiese decidido a entrar. ¿Te acuerdas, Antonio, cómo fue? Te tienes que acordar. Tan pronto como la enfermedad se agravó muy deprisa, Matilda no dejaba entrar a nadie, sólo a mí, algunas veces Fernandito. No quería que la viese enferma, no le quería ver ella misma, había dicho que no entrara, y a la vez yo contaba con que no la hiciera caso y entrara, y con eso contaba, yo creo, que también Matilda, con que entrara, se presentara allí, aunque sea a la fuerza, contrariándola. ¿Te acuerdas que lo hablamos, Antonio?

—Me acuerdo de todo, Emilia, claro. Hablábamos de que era muy triste que Juan y Matilda se hubiesen distanciado tanto en estos años...

—¡Pero no estaban distanciados! Eso creía yo también,

yo creía que estaban distanciados, como nosotros, que nos veíamos tan poco aquellos años de tanta actividad con Matilda...

—¡Nosotros desde luego no estábamos distanciados! —Antonio separa con ambas manos el flequillo de la frente de Emilia, el pelo lacio de Emilia. Retiene el rostro de Emilia entre sus dos manos contemplándola desde muy cerca. ¡Hasta qué punto está borrándose la carita de Emilia, como si se hundiera en el agua al pasar los días!

—Ellos no estaban distanciados, o no sé. Al entrar Juan, yo me levanté para que se sentara en mi sitio, y al hacer eso tuve, claro, que dejar la mano de Matilda sobre la colcha. Entonces abrió los ojos y me agarró la mano con sus dos manos y preguntó que adónde iba. Yo dije que ahora venía, que salía un momento, que se quedaba Juan con ella. Entonces abrió los ojos más todavía, me apretó la mano fuerte con sus dos manos, que apenas tenían fuerza, como las patitas de los vencejos, igual Matilda. Entonces Matilda dijo: *Juan*. No fue que le llamara, sólo dijo su nombre. Y entonces Juan dijo: *Mejor vengo otro rato, cuando estés más tranquila*. Entonces Matilda dijo: *Estoy tranquila, no vuelvas a venir, con esta vez ya cumples, estoy tranquila ahora*. Y entonces Juan dijo: *Mejor me voy si quieres*. Y Matilda dijo: *Mejor vete, sí*. Y yo dije: *Mejor que se quede Juan contigo un rato, así no te quedas sola, que yo en seguida vengo*. Y Matilda dijo: *Mejor vete, Juan*. Y entonces Juan se movió detrás de mí: yo estaba de pie. Y pensé que se iba hacia la puerta, pero dio la vuelta a la cama y se sentó al otro lado, en el borde de la cama. Y dijo Juan: *Esto no puede ser, Matilda, ¿qué te pasa?* Matilda había hecho un esfuerzo para sentarse en la cama, apoyada en las almohadas, y sin soltarme se volvió a Juan: *¿Es que no lo ves?, cualquiera ve lo que me pasa, hasta tú, estoy muriéndome*. Estaba consumida, tenía la cara consumida, los brazos, era un esqueleto. Todavía es un esqueleto cuando la veo ahora, y la ayudo a ir de la cama al baño, y volver, o dar unos pasos por la habitación, sujetándola, todos los días la veo así. Aquella vez también. Abrió la boca, como una boqueada, tenía la boca seca y la saliva pegada a los labios, suspiró y cerró la boca y cerró los ojos. Juan, mirándome a mí, repitió otra vez lo de antes: *Mejor, Emilia, vengo mañana cuando esté más tranquila.* Y Matilda dijo: *Emilia no tiene que ver nada, mejor ahora que mañana.* Entonces yo volví a decir: *Me voy un rato fuera.* Yo lo volví a decir, y además, de verdad quería irme, porque se veía que tenían que hablar, mejor estaban solos. Cuando todo iba bien, si Matilda quería que no estuviera yo, me lo decía sin más. Tú te acuerdas de todo igual que yo, Antonio, lo fácil que era todo con Matilda, y también con Juan, ¿verdad?

—Sí. También con Juan, claro.

Al hacer esta pregunta, Emilia se ha parado en seco. Ha cambiado el tono bajísimo de voz, el susurro con que hasta ahora había contado a Juan todo lo anterior. Y ha recobrado de pronto, por un instante, el tono inquisitivo y firme de la antigua Emilia, el tono de una persona práctica que quiere saber un detalle importante de un asunto, y que lo pregunta claramente. Esto de que Emilia, de pronto, quiera saber con seguridad si las cosas eran fáciles también con Juan, en el pasado, le parece a Antonio una indicación de que Emilia no está segura de que las cosas sean fáciles con Juan ahora. Pero dado que Emilia lleva meses cumpliendo con las actividades de la vida cotidiana casi como una autómata, y como ausente, sorprende a Antonio que ahora quiera confirmar este particular detalle. Emilia ha cerrado los ojos y ha dejado caer la cabeza sobre el hombro de Antonio, como hacen los niños, que se despiertan en mitad de la noche y piden agua o pis, y casi al tiempo que mean o beben, se quedan dormidos en los brazos de sus padres. Vuelve Emilia a abrir los ojos, endereza la cabeza, vuelve a cerrar los ojos. Vuelve a abrir los ojos. Ahora, una vez más, tiene Antonio la impresión de que regresa la Emilia precisa y enérgica que siempre fue, y dice, entrecerrando los ojos:

—*Más vale que te quedes, Juan,* dijo Matilda, *y te digo lo que hay. A ti te queda el usufructo de la tercera parte de todo lo que hay, más la libre disposición entera, que es bastante. Lo único que quedaba por hablar es eso, y ya está hablado.*

»Y entonces Juan dijo: *Matilda, yo no quiero nada tuyo, ya lo sabes que no.* Y Matilda dijo: *¿Ah, sí? No lo sabía.* Entonces Juan se levantó de la cama y se inclinó sobre Matilda, y extendió la mano derecha sobre Matilda: creí que iba a pegarla.

Antonio se siente muy reanimado ahora. Después de tantos meses oscuros, de duelo obturado, ahora parece cambiada Emilia: parece otra vez la Emilia de antes. El cambio físico es muy notable: ahora ya no da la impresión de estar dormida, como si un dolor sordo y continuo que sufriera se le hubiera pasado, como si de pronto, por sí sola, se viera Emilia bajo el efecto tranquilizador, inteligibilizador, de un opiáceo. Quizá —piensa Antonio— hemos dado sin querer con un remedio. La referencia, al parecer, a la terminología testamentaria ha disipado la melancolía de Emilia. Así que Antonio decide explorar cautelosamente esta vía misericordiosa de estos recuerdos de su mujer.

—Entonces lo que me estás diciendo es que al ver a Juan, después de tantos días, de tantas semanas de no querer verle, y hablar con él de cosas corrientes, por tristes que sean, son corrientes, las disposiciones testamentarias, Matilda se reanimó, se sintió mejor, ¿ésa fue la impresión que tuviste, no?

—Por un momento sí. Así fue. Matilda se soltó de mi mano y dejó de mirarme, eso casi me chocó lo que más: porque lo que más me chocaba es que durante casi todo el tiempo que hablaba con Juan me miraba a mí, o a los dos, yendo del uno al otro, pero deteniéndose en mí casi más. Ahora miraba a Juan. Y yo también miraba a Juan, a ver qué haría...

—¿Y qué hizo Juan?

—Pues lo que hizo ya no me gustó, no entendí por qué lo hacía, se separó de la cama y dio una vuelta alrededor de la cama con las manos a la espalda, un paseíto. Y luego volvió al lado de la cama opuesto al mío, con las manos en la espalda y luego con las manos en los bolsillos y no se sentó en la cama, se quedó de pie. Y dijo: *¿Cómo puedes ser tan cruel?* Y lo volvió a repetir: *¿Cómo puedes ser tan cruel? Ahora resulta que lo único que queda por hablar es el puto tercio de libre disposición. Te has vuelto una mujer vulgar con tantos negocios, Matilda. Por lo que dices veo que siempre creíste que yo estaba contigo por la pasta. Acabas de decirlo. Te digo que no quiero tu dinero y saltas con que es la primera noticia que tienes. Se llama mala baba.* Y entonces Matilda dijo, y le temblaba la voz cuando lo dijo: *Has dicho que no quieres nada mío, y eso me ha dolido, ¿por qué no vas a quererlo?, ¿cuándo empezaste a no quererlo?, ¿se te acaba de ocurrir ahora o llevabas pensándolo ya tiempo? Nosotros nunca hicimos esa distinción, Juan, acuérdate, lo tuyo y lo mío, no lo distinguíamos. Yo tenía más que tú, siempre lo tuve, luego gané mucho dinero, y dio igual, siempre creí que daba igual quién tuviera qué, porque yo te amaba. Si me querías a mí, Juan, también querías el dinero que ganaba yo, porque lo que ganaba daba igual, lo bueno era el ganarlo, los negocios. Fuiste tú quien primero dijiste que la gracia estaba en eso, tú me animaste a meterme en los negocios cuando se murió mi padre. Ahora no queda tiempo de nada porque me estoy muriendo, por eso he dicho que lo único que queda por hablar es esta tontería de la testamentaría, que está hecha hace tiempo y tú lo sabes, en las condiciones que tú sabes, correspondientes al contrato matrimonial que hicimos, al casarnos enamorados...* Y luego hay otra cosa...

—Emilia, yo no sé si estamos hablando demasiado esta noche, te estás cansando a lo mejor, sin darte cuenta...

—No, no. Quiero contarte todo esto, lo que yo vi aquel día, lo que dijeron. Matilda dijo: *Y luego también hay otra cosa, además, Juan. De esto tengo yo toda la culpa y te pido perdón. Me encontraba tan mal, tan rabiosa por morirme, que no te quería ver, me pareció que no te interesaba, que te distraía muriéndome, o algo así. Cuando ya se vio que no había arreglo, tuve la impresión de que te daba igual, te resignabas...* Y entonces Juan se volvió a separar de la cama y volvió a darse el paseíto ese, con las manos a la espalda y volvió al lado de la cama, y dijo secamente: *Bueno, y ¿qué querías que hiciera? Tú no eres una persona fácil, Matilda, y estabas muy furiosa, muy agresiva, pensé que era mejor dejarte en paz.* Y Matilda dijo: *Lo siento mucho, Juan.* Y Juan dijo: *No vale la pena que lo sientas, ya está hecho.* Y entonces Matilda pegó un grito horrible y se echó fuera de la cama, aunque no pudo por el peso de la colcha y de la manta, se cayó encima de mí y yo la agarré para que no cayera al suelo. Agarrada a mí, de rodillas en el suelo, gritó: *¡Qué está hecho, hijoputa, qué está hecho, todavía no estoy muerta!* Y Juan, entonces, bajó la cabeza y sin mirarla salió de la habitación, cerró la puerta de un portazo.

—A ver si lo entiendo, explícame otra vez esto, Emilia, que no lo entiendo bien... —Antonio se siente exaltado: siente que está a punto de lograr el giro indispensable en el duelo de Emilia: tras este giro, si por fin se produce, seguirá la pena y el recuerdo, pero se verá libre, Emilia, de la repetición obsesiva, del dolor enquistado ¡y ésta es la fórmula, hablar de todo lo que pasó esa tarde, palabra por palabra!, exclama entre sí Antonio Vega, desmesuradamente alegre como un hombre enamorado—. ¿Tú qué crees que quiso decir Matilda, por qué se enfadó porque Juan dijera: *ya está hecho*? ¿Qué crees tú que quería decir Juan con eso? Igual Matilda no entendió lo que Juan quería decir...

—Sí lo entendió, yo lo entendí, Matilda lo entendió, Juan lo entendió, ¿cómo no íbamos a entenderlo, Antonio?

Le acababa de pedir perdón. Matilda no pedía perdones muchos, algunas veces sí, pero no muchas, ni yo tampoco, pero algunas veces sí. ¿Verdad que sí, Antonio?

—¡Claro que sí, tú sí pides perdón. Hay que pedir perdón en serio, algunas veces!

—Pues esa tarde lo pidió Matilda, dijo que sentía lo que había pasado, se refería, creo yo, sobre todo, a lo de no dejarle entrar a verla y eso, pero también a todo lo anterior, a lo que hubiera pasado entre ellos, en todos los pasados, presentes y futuros de los dos, yo la conocía, Juan tenía que conocerla. A veces tenía dudas de lo que pasó, de lo que hizo, se arrepentía. Y esta vez se arrepintió, ahora que ya no quedaba tiempo, apenas queda tiempo, y entonces pide perdón a su marido, porque Matilda creía firmemente, y yo también, y tú también, nosotros creemos firmemente que una última acción bien hecha, aunque sea la última vez, un sentimiento serio, aunque sólo sea una vez, y el último de todos, cambia todo, rebota hacia atrás y cambia todo. Por eso Matilda dijo: *Lo siento mucho, Juan.* Y Juan dijo: *No vale la pena que lo sientas, ya está hecho.* Y eso fue lo que Matilda no pudo aguantar, la ira le volvió sólo por eso, porque nada hay más mentira que eso, que no puedas al final cambiar, puedes cambiar, puedes pedir perdón, y eso significa que lo que está hecho, a la vez no está hecho, que el pasado a la vez es el futuro, y que sólo hay futuro en nuestra vida... —Ahora le tiembla la voz a Emilia y Antonio no sabe qué hacer, la emoción de Emilia le embarga a él mismo también: la identificación de Emilia con la voluntad de Matilda en el último instante de su vida, y su sensación de fracaso, su frustración, al creer que Juan se ha resignado ya con la muerte, porque ya está todo hecho—. No debió insultarle, eso igual no. Matilda era agresiva a veces, tenía Juan que haberse estado ahí, haberse quedado hasta el final, haberse liado a bofetadas con Matilda si hiciera falta, y conmigo.

¡No nos podemos ir, aunque sólo falte un segundo hay que estar ahí, Antonio! ¿Tú también piensas eso, Antonio?

—Sí, yo también.

—Lo sé. He vuelto a verlo todo. Lo malo es que ahora sí que está ya hecho. Ya se acabó, ahora sí que sí.

Finalmente, agotada, Emilia se ha quedado dormida. Antonio da vueltas a las últimas frases de Emilia: sólo hay futuro. Tiene razón Emilia. Sólo hay futuro. ¿Cómo es que no es capaz Emilia de aplicarse a sí misma, a su vida con Antonio esta idea? Antonio estuvo a punto hace un rato de agarrarla por los pelos y gritárselo a la cara: ¡tienes razón, Emilia, claro que tienes razón, tú misma acabas de decirlo, futuro es todo lo que hay, lo único que hay! Pero Emilia al final ha dado muestras de apagarse de nuevo y Antonio no se ha atrevido a forzar la discusión, si es que se trata de una discusión. Antonio comienza ahora a dar vueltas a que tal vez un psiquiatra pudiera ayudar a Emilia ahora, quizá se trata, después de todo, de una obsesión, de una depresión grande, que pudiera aliviarse químicamente. De las depresiones se sale. ¿Está siendo Antonio un loco no llevando a su mujer a un médico? Siempre ha oído decir que un considerable número de suicidios se hubieran podido posponer o evitar del todo con la medicación adecuada. Antonio esta noche vuelve a dar vueltas a esto mismo, y también vuelve a dar vueltas a su convicción de que Emilia no está loca. ¿Se está dejando morir a ojos vistas y no está loca? ¿No será Antonio Vega el que está loco?

# XL

Ella quiere —repite mentalmente Juan Campos— ella quiere. La gracia, para Juan, está en decir esta frase: hacerlo resultará un efecto colateral de decirlo. Juan Campos sonríe y repite mentalmente: ella quiere. Ella, Angélica, está encendida, *all lit up,* que hubiera dicho sir Kenneth, queriendo decir que estaba pasada de copas. No está pasada de copas esta tarde, sin embargo, Angélica. Sólo han tomado un whisky cada uno, el de Angélica con mucho hielo y agua. Sólo está completamente equivocada, errada. Y esto es consecuencia —como Juan sabe de sobra— más del ayer y el anteayer que del hoy. Desde el beso siente, Angélica, que se transforma en Matilda. El beso fue la orden de partida. Desde muchísimo antes, desde recién casada, desde un principio, trató siempre de imaginar cómo harían el amor Juan y Matilda. En el imaginario de Angélica, no hubo nunca —ni tampoco ahora— ni una brizna de esa sexualidad deshumanizada que denominamos pornografía. Angélica no se imaginaba el amor de sus suegros para estimularse eróticamente o por curiosidad, sino para elevar la calidad de su propio amor por Jacobo. Había en los primeros años de matrimonio una voluntad ingenua —un poco pedante, es cierto, muy esnob— de asemejarse a su suegra en todo. En esto de hacer el amor (Jacobo Campos era un buen amante, cariñoso, en una línea deportiva no muy imaginativa, pero satisfactoria), al pensar en sus suegros, Angélica imaginaba un poco un plus, el *plus ultra.* Imaginaba que hablarían de amor y que no hablarían de amor al mismo tiempo. Les imaginaba amantes poéticos, una conyugalidad poética y cotidiana que contradijera esa obviedad lógica que humorísticamente menciona Bryan Magee, según la cual *what is permanently the case cannot be exceptional.* Vino después la época de sentirse rechazada por Matilda, un poco desilusionada por Jacobo, otro poco desilusionada consigo misma por no decidirse a tener hijos (esto implicaba una encendida defensa de que no tenerlos era preferible a tenerlos), después el gran despegue financiero de Matilda, después la enfermedad, después la muerte, después el duelo. Y después Juan Campos y el Asubio. Fue como el argumento lineal de una película francesa. Una vez en el Asubio, a raíz del episodio de la bella ciclista y las indudables atenciones de su suegro —que traspasaban, como en imagen, los límites de lo apropiado, sin llegar en realidad a traspasarlos nunca— se enamoriscó de Juan en la misma proporción en que rencorosamente se había comparado con Matilda. Aquí los tiempos sentimentales de Matilda sustituyen la linealidad por la simultaneidad. Todo lo que siente Angélica se representa en presente, anticipándose un poco y retrasándose un poco a la vez. Luego creyó que Juan la necesitaba. Luego —y esto también venía de atrás, pero se incrementó con la estancia en el Asubio— reconoció que era ya imposible regresar al piso de Madrid y al Jacobo de antes. La informal separación que tuvo lugar tras la última visita de Jacobo la dejó tranquila. Lo de la cueva de los Cámbaros fue un sobresalto aunque no pasó nada: casi lo más sobresaltante de todo fue que no pasara nada, y que Juan se limitara solamente a asustarla cambiando de voz y hundiéndose en las sombras y agarrándole repentinamente la mano con la mano. Desde hace unas horas, desde después de almorzar, no es de noche y no es de día: ahora es una hora sin afueras. El cuarto de estar de Juan Campos produce en Angélica la impresión de un amplio espacio interior blindado. Es reconfortante la sensación de que no hay salida y de que han llegado los dos, por fin, a un final inequívoco e irremediable. Esto es reconfortante porque no hay ninguna necesidad de tomar ninguna decisión. No tienen que hablar ninguno de los dos: todo es implícito, intensamente implícito. Angélica es Matilda: están los tres: Juan, Angélica y Matilda. Angélica piensa que ahora por ósmosis inhala y exhala una gran cantidad de irrealidad y idealidad vital, erótica también, con la ayuda de Juan y —esto es lo fascinante— con el consentimiento fantasmal de Matilda Turpin. Ella quiere. Matilda quiere. Juan quiere. Y yo quiero.

—Te amo, Juan —declara Angélica.

—Lo sé, y yo más —murmura Juan que se ha arrodillado delante de su nuera, una rodilla en tierra y ambas manos apoyadas, de momento, en el brazo del sillón. (Cualquier observador independiente de esta escena tendría la impresión de que Juan está tomando el pelo a su nuera. Esa rodilla en tierra, esas manos cruzadas sobre el brazo del sillón, ese rostro alzado al rostro de Angélica, es pura ópera bufa, pura parodia de una alta comedia.)

—¡No seas infantil! —comenta Angélica y suelta una risita: está encantada, está un poco nerviosa, está tranquila, está a la expectativa. ¿Y si después de todo no fuese por fin a pasar nada?

—¡Todo amor es infantil, Angélica! —Se le hace a Juan la boca agua: la parodia está alcanzando una gran perfección con la mínima cantidad posible de recursos dramáticos, una auténtica ópera bufa. Un dueto bufo.

—¡Qué bonito eso que dices, Juan, tú tienes las palabras, siempre tienes las palabras, ésas, las que llegan al corazón, Juan!

Juan, todavía en la posición inicial de rodilla en tierra, separa la mano derecha del brazo del sillón y la posa sobre la rodilla de su nuera: al hacerlo abre un poco, en ángulo, las piernas de Angélica.

—¡Lee el corazón, Angélica, tú lee el corazón! ¡Ahí hace delicioso hasta diciembre, ahí en Baden-Baden!

—¿Qué quieres decir?

—¡Oh, nada, no quiero decir nada!, ¡es una no-cita tonta, una no-tonta no-cita, una bagatela, mera mera bagatela, para dar color local!

Angélica suavemente, irresistiblemente se incorpora, con un curioso aire de gimnasta que hace abdominales, las dos manos acompañan el movimiento del torso hasta posarse en la cabeza cana de Juan, cuyo brazo ha ascendido pierna de Angélica arriba. Angélica besa el pelo cano de su suegro.

Juan ha detenido la mano poco antes de llegar al pubis, ha sentido la tela de la braga de Angélica y el estremecimiento de Angélica. Ha retirado un poco la mano. Angélica ha hundido su cara en el pelo de Juan y le abraza la cabeza. Y Juan piensa: ¡ea, he aquí mi primera infidelidad! Amé a Matilda, deseé el cuerpo de Matilda, guardé rencor a Matilda, la guardé buenas ausencias también. Ahora soy viudo, un viudo infiel a la memoria del fantasma de mi legítima esposa. ¡He aquí un buen batiburrillo! *The nonsensical,* que diría Matilda. Angélica cree que la deseo, pero no la deseo. Y ni siquiera deseo el deseo. ¿Qué deseo entonces? Deseo cortar la retirada de Angélica. Si me paro aquí, Angélica interpretará este parón en términos de mi rectitud de intención: creerá que no sigo adelante porque la amo demasiado, porque la respeto, porque es la mujer de mi hijo, y porque respeto a mi hijo. Entonces Angélica imitará esta presunta buena intención mía y se retirará, dirá: es un amor imposible, Juan, o cualquier otra idiotez. Y si se retira dejará de ser manipulable. Tiene que no poderse retirar, en el fondo es también lo que ella quiere, no tener oportunidad de retirarse, quedar atrapada. Pues bien, que así sea:

—Ahora, Angélica, estamos los dos solos, la tarde es la soledad, esta habitación es la soledad de los dos juntos. No vamos a dejarlo ahora aquí, a medias, porque sería acobardarnos, sigamos adelante.

Lo curioso es que Angélica, tan enhechizada como está, oye una canción de amor, un lamento amoroso, un aria de amor. Juan levanta con ambas manos un poco la falda. Ahora está excitado. Es una excitación mecánica, la erección es automática. Juan sospecha que no durará mucho, no hace falta que dure mucho. Lo único esencial es que Angélica sienta el pene de su suegro firme y erecto dentro de su vagina. Eso es lo indispensable. Tiene que no tener la menor duda de que esa noche consintió amorosamente en que su suegro la penetrara en su despacho, tiene que sentir y recordar que deseó que esto sucediera, y que sucedió. Juan penetra a su nuera y se corre dentro. Ya está. Juan se retira, se cierra la bragueta, se ajusta los pantalones. Angélica se baja la falda. Se besan.

—Te amo, Juan —murmura Angélica.

—Lo sé, Angélica, y yo más. Y ahora, además, no tiene vuelta de hoja. ¿Vas a contárselo a Jacobo?

—¡Por Dios, no!

—La verdad es que no tienes por qué contarle nada.

—¡Es que además no podría!

—Poder, podrías. E incluso deberías, si no estuvieseis separados. Pero estando como estáis, prácticamente separados, y yo viudo, esto no llega ni siquiera a incesto. Tú y yo sólo somos afines, no consanguíneos, se trata de una mera infidelidad puntual.

—¡Me siento horrible, Juan!

—Eso es un efecto poscoital clásico, Angélica, a todas os pasa.

—Es la primera vez que me pasa.

—A mí también, Angélica, también a mí.

—No lo hemos podido evitar porque nos queremos, Juan, era imposible.

—Así es, Angélica, así es.

—Ya ninguno de los dos podremos nunca olvidar esto... porque nos queremos.

—Por eso y porque mediante este acto de amor hemos fundado, como quien dice, un nuevo mundo, que nos pertenece exclusivamente a ti y a mí. Esta noche nuestro mundo queda inaugurado, Angélica. No hay vuelta atrás.

—Y ¿qué vamos a hacer? —pregunta temblorosa Angélica. Ahora está asustada. El tono frío de Juan le ha recordado de pronto el tono guasón de la cueva de los Cámbaros, el ruido calcáreo del mar, la humedad de la cueva, lo que entonces no ocurrió y casi lamentó que no ocurriera, acaba de ocurrir ahora, y Angélica no lo lamenta. Pero tampoco se siente cómoda del todo. Ahora ya no es Matilda. Ahora es Angélica, la esposa de Jacobo, la nuera de Juan, la querida de Juan, la concubina un poco también... Por todo esto pregunta otra vez—: ¿Qué hacemos ahora?

—Ahora, creo yo, Angélica, acostarnos. O bien los dos juntos en mi cama. O bien, por separado, cada cual en su cama y en su cuarto. Esta segunda opción sería cobarde puesto que significaría que en el fondo nos avergonzamos de haber hecho el amor. ¿Te avergüenzas tú de haber hecho el amor hace un momento?

—Yo no, Juan, porque te amo.

—Exacto, ama y haz lo que quieras, el viejo Lutero siempre al tanto, ¿o fue san Agustín? Como acabas de decir tú misma, Angélica, mi amor es mi peso. Y no nos avergonzamos del pesado peso del amor, que es un yugo suave y una carga ligera. Y como no nos avergonzamos, pues nos acostamos juntos ya desde hoy, desde esta misma noche, ¿no es así?

—Me da como cosa, un poco de yuyu. Aquí en presencia de Matilda, quiero decir, en casa de Matilda.

—Querrás decir en mi casa.

—No sé lo que quiero decir, Juan. La verdad, no sé qué siento...

—Yo te diré lo que sientes, Angélica, ahora mismo: sientes una sensación de pertenencia, de consumación y de regreso. Te sientes en paz, sientes una inmensa paz, como una calcomanía de la paz, blanca y muda. Como Matilda. Para siempre ausente, escurrida por el desagüe de la muerte hacia la nada limpia y pura, hacia el no-ser donde nadie es nadie y se descansa en paz. Más o menos es esto lo que sientes, ¿a que sí?

—No, no, eso no es lo que siento, Juan, no siento nada de eso. Más bien me siento avergonzada.

—¡Acabáramos!

—No puedo remediar sentirme un poco avergonzada, más que nada por Jacobo. Aunque como te quiero y nos queremos, pues compensa, y no me siento tan avergonzada. O sea, me siento y no me siento: más no me siento que me siento: pero un poco sí me siento avergonzada...

—Deberías sentirte, Angélica, mi vida, avergonzada un mucho, o bien nada en absoluto, como me siento yo, que estoy encantado de la vida con esta nueva situación. Lo que es completamente imbécil, Angélica, es sentirse avergonzada un poquitín. Eso es *petit bourgeois.* Por otra parte esto es irreversible, es un dato irreversible, un punto de no-retorno, no te puedes ya volver atrás, no debes sentirte avergonzada ni culpable, en mi opinión. Debes, al contrario, sentirte muy contenta, sentirte muy feliz porque me amas, y porque yo te ofrezco, con mi sincero amor, también un empleíto...

—¿Un empleíto?, ¡qué cosas dices!

—Me refiero, Angélica, a lo que hemos hablado otras veces, lo tenemos muy hablado, que ahora que ni Jacobo ni Madrid son ya una opción, yo soy tu opción, el Asubio es tu opción ahora. Y yo te necesito, porque, Angélica, ahora mi vida tiene que seguir, lo mismo que la tuya, tengo que escribir, tengo mucho que escribir. Matilda siempre quiso que escribiera y aún lo quiere, aún me mira, nos mira, desde ese su vacío íncubo, casi vegetal, donde no existe, desde ahí nos mira y quiere que publique yo por fin esas memorias mías de toda una vida dedicada a la filosofía y educación de la juventud. Lo teníamos medio hablado tú y yo, que me ayudaras con mis escritos días alternos. Una especia de *part time* y más ahora, que ya veo que me quedo solo y esta casa necesita una persona responsable al cargo... ésa eres tú.

—Es muy consolador, Juan, no sé, es como humano, muy humano lo que me pides. Y me gusta, y te ayudaré si no hay inconveniente, si nadie pone objeción ninguna y...

—Y ¿quién se atrevería a ponerme a mí objeciones? No Jacobo, desde luego. Y sin Jacobo ya no queda nadie. Sólo quedamos tú y yo. Y, por supuesto, Matilda, como siempre...

# XLI

Ahora, piensa Antonio, Juan no está ya ensimismado ni dormido. Ha despertado como quien despierta de un mal sueño. Como alguien de mal vino que tras la farra aún cabecea su agresividad en la barra del bar. Ha despertado de un mal sueño. ¿Estuvo alguna vez, Juan, dormido? Ahora Antonio Vega ya no sabe qué pensar. Empieza a no estar en condiciones de pensar las cosas una a una. Antonio se da cuenta de que su conciencia ya no pasa de unas cosas a otras como antes. Una aceleración insensata empuja sus pensamientos uno encima de otro, como en un tobogán. Tiene la impresión, Antonio, de que ahora su vida consciente —que, por cierto, se ha ido lentificando cada vez más, hay muy poca actividad externa en el Asubio ahora— es una deslizadera donde las emociones, las imágenes, las ideas, se enciman unas en otras muy deprisa, no dejan pensarse o verse, o sentirse bien, con claridad. Ahora la falta de claridad lo alumbra todo. Sí, es un despertar al traslúcido ahora, inmovilizado y sin futuro: una repetición atropellada de todo su pasado. ¡Ojalá Antonio pudiera detenerse a sí mismo, detener por un momento el atropellado venírsele encima todo a la vez! Tendría entonces la claridad de siempre, tomaría decisiones o se mantendría voluntariamente a la espera sin tomar todavía ninguna decisión, se mantendría alerta, estaría en condiciones de prestar ayuda a los demás y a sí mismo. Pero el acelerado ahora traslúcido, el despertar informe, no deja tiempo libre, ni espacio libre para pensar las cosas una a una. Y sí, Juan Campos ya no está ensimismado ni dormido ni entristecido ni pensativo: está contento consigo mismo, es libre. Antonio recuerda una y otra vez ahora la imagen de la cruda y gozosa sensación de libertad de Mr. Hyde cuando ya el buen Dr. Jeckill no está en condiciones de controlar sus transformaciones. Como Hyde, el monigote desarticulado dotado, sin embargo, de una gran cantidad de energía vital, propioceptiva, Juan deambula por el Asubio —no mucho más que antes, bien es cierto— en compañía de Angélica, a quien a ratos lleva del brazo o de la mano o quien a ratos se coge del brazo de Juan, como una esposa convaleciente. Antonio les ha visto pasear así por el jardín, un desenfadado Juan Campos acompañado de una convaleciente Angélica. Bonifacio y Balbanuz también lo han advertido.

—¿Sabes, Antonio, el señor qué va a hacer? —ha preguntado Balbanuz a Antonio el otro día en la cocina. Y viendo que Antonio no contesta nada, y con una cierta timidez como si preguntara algo inapropiado o hiciera una observación irreverente, ha añadido Balbanuz—: ¿La señorita Angélica va a quedarse entonces con nosotros?

—Por el momento sí, Balbi, todo sigue igual —ha respondido Antonio.

Esta conversación, insignificante en sí misma, le ha perturbado mucho. No había en el tono de voz de Balbi mala intención, ni siquiera quizá una intención especial. Superpuso Antonio la intención por un instante a las preguntas de Balbanuz como quien redibuja o repinta velozmente el ingenuo dibujo de un crío, un profesor de dibujo que por encima del hombro del crío repinta o retraza la melena del león, la cabecita del pato, las caras de papá y mamá. Era parte de la antigua vocación —¡qué desgarradoramente rechina este término ahora!—, era parte de la vocación tutorial, de maestrillo, que Juan inculcó a Antonio muy al principio, para que se ocupara de sus hijos: educarles, acompañarles, estar con ellos, es en gran medida —explica la voz del Juan de otro tiempo— corregirles: sobre lo que hay, sobre sus ocurrencias, sus invenciones, sus errores, se reescribe, se repinta, se traza de nuevo, incluido el error mismo, incluso la línea desacertada, la expresión mema, la torpeza de los aprendizajes infantiles puede ser corregida en sí misma sin deshacerse, rehaciéndose, conteniendo la torpeza en la corrección, fecundando la corrección la torpeza, reviviéndose, repensándose, resucitándose, volviéndose a suscitar de nuevo, a partir de la expresión torpe, la ocurrencia inicial, la luz inicial. Y ese hábito de retrazar las ocurrencias insignificantes funcionó también ahora, hace un momento, al interpretar lo que preguntaba Balbanuz. Lo preguntado era, por supuesto, trivial, parte del orden del día y de la costumbre casera de hacer saber en la cocina quién se va y quién se queda, cuántos se quedarán a almorzar. Balbanuz, por cierto, y Bonifacio no apearon nunca el tratamiento a Matilda o a Juan. Angélica fue siempre la señorita Angélica. José Luis, el marido de Andrea, fue siempre el señorito José Luis. Nunca consideraron Boni y Balbi que el vigoroso tuteo instaurado por Matilda tenía que cumplirse al pie de la letra en su caso. Pensar en este matrimonio humedece los ojos de Antonio Vega ahora. ¡Era tan fácil con Matilda! —tiene razón Emilia—. Matilda contenía el mundo, hacía sitio al futuro, era el futuro, era la significación del mundo. Fue, sobre todo, la significación de Juan Campos sin que este hecho menoscabara en nada la dignidad o la significación propia de Juan mismo. ¿De dónde surgió el rencor? ¿Por qué se guardó el rencor? Después de su relato de la otra noche, Emilia ha recaído en un abandono creciente. ¿Por qué no la arrastra Antonio a un médico ahora mismo? En Letona hay, con seguridad, facultativos capaces de interrumpir la depresión, el abandono, la dejación del deseo de vivir de Emilia. Ésta es una de las ideas recurrentes que se atropellan en el tobogán de la conciencia de Antonio ahora. ¿Desea el propio Antonio una continuación de la vida? Sólo si Emilia quiere la existencia continuada, Antonio querrá seguir existiendo. Antonio rehúsa firmemente —como quien rechaza una tentación envilecedora— pensar que Emilia se está dejando morir porque está enferma. Emilia no está enferma, la pena no es una enfermedad, la desgana de vivir no es en este caso una cobardía. ¡Ojalá pudiera Antonio pensar ahora las cosas una a una! Como las algas en las mareas de septiembre se arremolinan alrededor de las piernas de los bañistas, como el vaivén de las mareas vivas impide al nadador aferrarse a la roca cuando ya está casi a salvo, así, desgarrándole la carne como las aristadas rocas del acantilado en las rompientes, las dolorosas imágenes del destruido Asubio y de sus habitantes trenzan y destrenzan ahora la conciencia de Antonio Vega, hundiéndole lentamente en el misericordioso fondo del mar de la muerte. Pero, de momento, Antonio comprende el porqué de las preguntas de Balbanuz, tanto más claramente cuanto menos malicia hay en ellas: es pertinente preguntarse en el Asubio ahora qué va a hacer Juan, y si va a quedarse a vivir con él toda la vida su nuera, la mujer de su hijo, la señorita Angélica. Balbanuz o cualquiera de las asistentas que suben de Lobreña todas las mañanas tienen que hacer la cama de Juan Campos, donde evidentemente han dormido dos personas, y no tienen que hacer la de Angélica, que lleva sin dormir en su cama muchas noches. Esta vulgar observación está a la vista de todos, así como también es muy visible —a ojos de Antonio al menos— el sumiso aire de Angélica, punteado a ratos por un como desparpajo explicativo, una como labia irreprimible, que, en conversación con Antonio, parece obligarla a dar explicaciones que Antonio no ha pedido. El otro día Angélica explicó con todo lujo de detalles que Juan se propone escribir —y ya se lo está dictando a Angélica— unas memorias que serán como una versión actualizada del *Diario metafísico* de Gabriel Marcel. Y que tiene intención de plantearse ahí varias cuestiones centrales acerca de la supervivencia del *yo*, consideradas desde la perspectiva neohegeliana de la metafísica del *yo* en Bradley (el *self*, ha precisado Angélica) (esto ha hecho sonreír a Antonio Vega: le ha hecho recordar cómo él mismo, de joven, hace tantos años, imitaba sin querer los fraseos eruditos y brillantes de Juan Campos. Hubo un tiempo en que la elocuencia de Juan fue contagiosa). Es deprimente pensar lo que hay abajo, lo que hay detrás, lo que, a todas luces, se ve en la superficie de la acción de Juan Campos. Es el cierre —decide Antonio—. Y para colmo, a este atropellado ir y venir de las ocurrencias deslizantes de la conciencia de Antonio se añade un detalle chusco: Antonio estuvo presente al irse Fernandito. Brevemente, Fernandito, indicó que había, por fin, tenido con Emeterio la conversación proyectada y que lo dejaban. Fernando contó esto instalado ya ante el volante, con el motor en marcha, lo refirió con frialdad, con amabilidad. Sin amargura. Se despidió de Antonio con el cariño de siempre. Hablaron un poco de Emilia. Estaba a punto de irse ya: miraba al frente y dijo: *Creo que es lo mejor para Emeterio.* Y entonces paró el motor y se volvió hacia Antonio, que tenía las dos manos apoyadas en la portezuela del coche:

—¿Sabes lo último de mi padre? Había pensado irme sin contártelo, para qué darle vueltas, pensaba. Y ahora al despedirnos no puedo evitar querer contártelo: el otro día mi padre, al acabar de almorzar, se me acercó y me invitó a dar un paseíto con él por el jardín. Era de pronto el de antes otra vez: estas transformaciones instantáneas que hace ahora. De pronto es el de antes, de pronto ya no. Creí que quería contarme lo suyo con Angélica. Pensaba darle un palo fuerte. Resultó que era otra cosa: sé lo de Emeterio y tú, que lo dejáis, nadie me lo ha contado, os vi hablando el otro día, yo en seguida veo las crisis, las huelo, y ahora tú te vas a Madrid, según has dicho, ¿es cierto que lo dejáis? Le dije que sí, que qué hostias le importaba a él. Estuvo encantador: se mostró encantador: me conmovió. El hijoputa sabe que me conmueve con facilidad, cada vez menos, pero todavía me conmueve. Y lo de Emeterio me costó trabajo. Lo que mi padre debió de percibir fue el dolor, él percibe esas cosas en los demás, las huele, como sangre. No creo que debieras, dijo, dejar a Emeterio así, de golpe. La homosexualidad está hoy de moda, no hay por qué sufrir. Disfruta de Emeterio. Gozar es un deber que tienes contigo mismo, con Emeterio. Me cogió cansado, ésa es la verdad, me sorprendió el repentino interés por este asunto, perdí pie por un momento y mencioné lo que tú y yo hablamos, y que dejar a Emeterio no era un capricho, sino una decisión pensada, y le conté lo que dijiste tú, que no fue, por cierto, que lo dejara, sino que lo pensara. Entonces, mi buen padre, abrió la inmensa cola de su brillantísima ironía, como un pavo real. Dio por lo bajo ese alarido que dan los pavos reales machos repentinamente y que en su caso fue la exclamación: ¡craso error, oh, craso error! Tienes derecho a disfrutar tu juventud, tu cuerpo, tu Emeterio, que es tuyo, no renuncies, no le dejes, que se joda la puta novia, eso dijo. Y yo le dije: ¿sabes qué, papá? Jódete tú. Y me largué.

La marcha de Fernandito deja una estela invisible en el sepia del jardín. El húmedo atardecer es un perro abandonado. Ronda alrededor de Antonio, le observa temeroso, le sigue dentro de la casa. Todas las luces del Asubio están apagadas. Antonio imagina el Porsche Boxster de Fernandito acelerando hacia Castilla. El acongojado corazón del chico acongoja a Antonio también. Todas las penas de todos los dolientes del mundo unificadas en este atardecer sepia como el pelaje húmedo de un perro, un bonito perro de caza que por un momento hizo gracia a un dueño caprichoso, el pelaje húmedo de la tarde con el rabo entre piernas. La muerte es igual para todos, ése es el privilegio de la muerte. La pena, en cambio, que conduce a la muerte es distinta en cada caso. No se oye nada dentro del Asubio, es como una tarde de un día de fiesta, todos han salido. O el último día de vacaciones, los niños han vuelto a los colegios, Emilia y Matilda están de viaje, Antonio se ha quedado a recoger, están apagadas todas las chimeneas. En ocasiones así, Antonio bajaba a casa de Boni y Balbi a echar una parrafada y ver la tele. Al día siguiente, dejándolo todo recogido ya, regresaría a Madrid. Hoy también, la casa está cerrada, las luces apagadas, el jardín es un perro mojado que da vueltas alrededor de Antonio. Se encamina Antonio hacia su lado de la casa, más que nunca esta tarde se divide el Asubio en dos lados: el lado de los Campos y el lado de Emilia y de Antonio. En la cocina está terminando de recoger Balbanuz, Antonio invita a Balbanuz a tomar un café con Emilia y con él. No puede obturar, Antonio, ahora una intensa tristeza ante esta diminuta ceremonia del café con leche y del bollo suizo o, con frecuencia, el *fruit cake* que Matilda enseñó a hacer a Balbi. Emilia se alegra de ver a Balbi. Antonio hace el café con leche, no hay bollos suizos, hay galletas María. *Ni la niñez ni el futuro menguan,* recuerda Antonio. Pero esta tarde no brota existir innumerable en el corazón de Antonio, sólo melancolía, la enfermedad prohibida, la melancolía es maldad. Nunca hubo melancolía en casa de Matilda, en vida de Matilda. Ahora la melancolía es una tarde sepia y húmeda, el perro abandonado que da vueltas alrededor del corazón agobiado de Antonio

Vega. Antonio cuenta que Fernandito acaba de irse. Mientras da esta información, la imagen de Fernando desdeñando el estúpido consejo paterno —estúpido por superficial y por maligno— se le viene a la cabeza. Y como si Balbi adivinara que está pensando en eso dice:

—Qué pena que se vaya Fernandito.

—Ya, sí que es una pena, pero tiene que volver a su trabajo —dice Antonio, que desea mantener la conversación a su nivel más cotidiano.

—Ya ninguno son niños ya —comenta Balbi y sonríe—. Yo soy una vieja chocha.

—¡Qué vas a ser, Balbi! —exclama Emilia divertida.

Antonio teme que ingenuamente Balbi traiga a cuento ahora la sensación de soledad que obviamente les embarga a los tres, y que está relacionada con la muerte de Matilda. Para evitar ese tema —aunque Balbi es siempre discreta— Antonio dice:

—¡Creo que Emeterio se nos casa!

—No sé si tanto, pero sí, sale con esta chica, Carmen. Estaría bien que se casaran, sí.

—Muy convencida no es que suenes, Balbi —comenta Emilia, que ha encendido un cigarrillo.

Antonio tiene la impresión de que tal vez, si él fuera ahora capaz de empujar, como un levantador de pesas, todo el peso a la vez hacia arriba, con pectorales, brazos y hombros, todo hacia arriba, se iría la melancolía de golpe.

—No es que no esté convencida, es una buena chica de Lobreña. Y bueno, está bien que se casen. Los padres de ella van a pagar la entrada del piso y nosotros vamos a ayudar con el alquiler del local del taller. Eso es lo que hemos hablado. Es una chica seria y buena, una chica de aquí.

Antonio recuerda intensamente a Fernandito ahora. Y su valiente decisión de proteger esta posible felicidad casera de Emeterio con Mari Carmen: el taller mecánico, las mensualidades de la hipoteca, la graciosa y engorrosa prole futura. Mentalmente le abraza.

Así transcurre la pacífica tarde. La única otra nota compleja la percibe Antonio a través de Balbanuz, una vez más.

—Que digo yo, Antonio, que el señor parece haberse reanimado mucho, ahora que la señorita Angélica se ha instalado en la casa. Es, claro que sí, natural, y a la vez no es natural del todo. Seguramente Jacobo está de acuerdo, quizá se estaban distanciando, la gente joven hoy en día no son como nosotros, la convivencia es más difícil, cada cual por su lado. Mejor está aquí la señorita Angélica, que en Madrid sola en su piso, o en casa de sus padres...

—Seguro que sí, Balbi, seguro que sí.

En la elaborada elocución de Balbi hay lo informulado como un punto mínimo que vuelve pensativo al radiólogo que examina la placa del pulmón, una sombra fuera de lugar. Antonio cree que eso es lo único que Balbanuz percibe con respecto a Juan y su nuera. Más vale que Bonifacio y Balbanuz no sepan los detalles. Está claro, sin embargo, en este instante, que por una vez en su vida Balbanuz no está siendo del todo directa o sincera: está siendo pasiega, casi sin querer. Se da cuenta, sin duda, Balbanuz, de lo que está ocurriendo en la casa. Pero no hay nada que Balbanuz se autorice a sí misma a decir o a pensar que implique una censura ni tan siquiera implícita de Juan Campos. Está seguro Antonio de que Boni y Balbi no censurarán lo que para ellos es una situación incomprensible y anómala incluso cuando están solos. En esto los guardeses del Asubio son poco de pueblo: son como antiguos fareros, acostumbrados a entretenerse solos, a vivir aislados, a no juzgar. Así era todo antes, los juicios sumarísimos se atropellan ahora en el tobogán de la conciencia de Antonio, como víboras. En esto, el teléfono interior, el teléfono de Juan, irrumpe en la habitación sobresaltando a los tres. Antonio toma el auricular, escucha en silencio. Cuelga el auricular.

—Quédate un rato con Emilia, Balbi, voy a ver qué quiere Juan, quédate un rato.

—Claro, aquí me quedo, no te preocupes.

Al salir Antonio se vuelve y ve a las dos mujeres en torno a la mesita baja, la cafetera, las tazas del café, la jarrita de la leche, el plato de galletas María, un aire cordial que viene muy de atrás y que podría, en otras circunstancias, continuar mucho tiempo aún. Antonio sale de la habitación cerrando tras sí, despacio, la puerta.

—Te he llamado, Antonio, interrumpiendo tu descanso vespertino, porque de repente te eché de menos. Angélica tenía un poco de migraña y se ha subido al cuarto a reposar. Y he corrido las cortinas, y he mirado fuera, al exterior, y el jardín oscuro (ha vuelto a llover) me dio en cara, como si fuera yo el deudor del jardín. El Asubio y el jardín mis acreedores de pronto y yo el deudor, el hipotecado, el arruinado Juan Campos: así me vi, así me sentí y te eché de menos. Rara vez me echas de menos tú hoy en día, Antonio.

—¿Y eso qué quiere decir?

—¡Hombre, Antonio...! Vaya, ya que lo preguntas voy a serte sincero. Estás virando mucho, pero mucho, quizá sin darte cuenta, hacia una posición satírica y censoria, en lo que a mí respecta al menos. ¿Sí o no?

—Si tú lo dices, Juan. Suena tan estúpido, sin embargo, oírte decir eso.

—¡Lo ves!

—Me has llamado tú, ¿qué querías de mí?

—Quería verte, Antonio, acabo de decírtelo. Corrí las cortinas para ver el jardín y me vi a mí mismo reflejado en el cristal, insepulto, reabsorbido por la nocturnidad y por la lluvia, disuelto en la negrura del cristal de la ventana, alarmado por el reflejo desasosegado, imitado por el azogue de la noche lluviosa. Y te eché de menos. Por eso te llamé. A sabiendas de que has cambiado mucho...

—No soy yo quien ha cambiado más, Juan, de sobra lo sabes. Sí, esta casa ha cambiado en un abrir y cerrar de ojos, pero no soy yo quien ha cambiado más, o Emilia, o tus guardeses, o tus hijos. Tú has cambiado.

—¡Ajá! ¿Sabes quién ha también cambiado mucho, Antonio? Angélica: Angélica ha también cambiado mucho. Y para bien.

—Ahora es tu concubina.

—¡Por favor! Tu tono de voz está cobrando un tono benaventino, como un drama rural de don Jacinto Benavente, una cosa bronca, costumbrista y refinada al mismo tiempo. ¡Don Jacinto Benavente, qué gran premio Nobel ése fue!

Antonio está irritado esta tarde: éste es para Antonio un sentimiento nuevo, no está familiarizado con esa sensación egotista de la irritación, la irritabilidad de los delicados le ha sido siempre ajena. Esta tarde, sin embargo, se siente él mismo delicado y agobiado. ¡Qué poco le interesa ya Juan Campos y sus líos! Hubo un tiempo en que la ironía de Juan tenía su gracia, era casi toda sentido del humor, ahora no hay sentido del humor en las cosas que Juan dice. Y Antonio está cansado e irritable esta tarde. Así que declara abruptamente:

—Veo que no me necesitas, Juan. Estábamos tomando café con Balbi cuando llamaste...

—¡Ah, pero sí te necesito! Te necesito y te codicio incluso. Ahora que veo que te quieres ir y que estás malagusto aquí conmigo...

—No estoy malagusto, Juan, estamos en otra honda yo creo...

—Verás, hay un asunto que quería, no sé cómo decir, hablarte, comentar contigo, como antaño. No es un asunto delicado, no es ni siquiera muy difícil, pero es privado, o semipúblico. La situación, me refiero, de mi nuera aquí conmigo. En fin, está a la vista lo que está a la vista...

—Así es.

—Y quisiera, Antonio, contar con tu opinión en este asunto.

—No necesitas mi opinión, ni te importa lo más mínimo. No sé qué te pasa, Juan, he perdido el hilo contigo...

—Te diré yo por qué has perdido el hilo o crees que lo has perdido: porque ya no me respetas ni me amas, ahora me juzgas. Te parece que no estoy llevando bien el largo duelo por Matilda. Te parece que liarme con mi nuera, aunque mi nuera y mi hijo estén prácticamente separados ya, es prematuro, escandaloso incluso. He dejado de gustarte, en una palabra. Todo tú, de pies a cabeza, frente a mí, eres la imagen misma de la reprobación. Y yo, el réprobo...

—Mira, Juan, la verdad es que me da lo mismo. No tengo nada que decir de Angélica o de ti. No tengo nada que decir de nadie, ni de nada ya...

—Pero reconocerás que, como *second best,* en una situación espiritual tan de liquidación por derribo como la nuestra, Angélica está bien, me viene bien. Es muy aplicada, muy tierna, acuérdate del tiempo en que tú mismo eras muy tierno, tú y Emilia. Echo de menos aquel tiempo...

—Mientes. Es desagradable oírte hablar así, Juan. Allá tú con Angélica, allá tú con Jacobo...

—Ya veo, ya veo. Así que te quieres ir, ¿os queréis ir, eh...?

—Esta conversación es desagradable. Si no hay nada más prefiero irme.

—¡Ah, pero hay mucho más, hay absolutamente mucho más, todo lo que falta por decir, falta todo por decir aún!

—¿Qué falta por decir? —La voz de Antonio suena muy cansada al hacer esta pregunta, apenas suena a pregunta esta pregunta.

Hace un rato ya que la irritabilidad de Antonio ha ce

dido el sitio a la melancolía: sentimiento de estarse enzarzando en una discusión absurda, ahora que Antonio es incapaz ya de percibir el menor sentido en la vida del Asubio, y por extensión en su propia vida. Han sido tantos años de ingenua fe en la voluntad ilustrada de Juan Campos y de Matilda Turpin, de los dos a la vez, que ahora Antonio no es capaz de recomponer por sí solo la significación que tiempo atrás creyó inconfundible. Es curioso que esta noche, a medida que transcurría esta conversación y la irritabilidad se apagaba, Antonio Vega haya dejado de juzgar a Juan. La actitud de Juan le parece agresiva, le parece cínica, pero ya no le concierne, seguramente es el final, un final cualquiera, como todos los finales que se precipitan sobre nosotros un buen día, sin previo aviso. Como la muerte. Sólo hay melancolía, agujereada ahora por un temor juvenil a estar de más, a sobrar, a no tener sitio en este mundo. Un temor que no puede aliviarse con una recta humildad, ni tampoco con un razonable orgullo: con un sensato saber quién se es y cuánto vale uno. Un temor juvenil a desaparecer. Y es juvenil: es una emoción que sobrecoge a Antonio Vega ahora, cargada de esta nota específica de lo juvenil. No se trata de inmadurez o de lo que está en preparación, o en marcha —esas situaciones de marcha fatigosa que experimentábamos de jóvenes cuyo fruto no acaba de verse nunca claramente—, no se trata de eso. Es una sensación juvenil de desamparo, es el desamparo que Antonio siente ahora cuando abraza a Emilia y la ve abandonada a la dejadez irreprimible: como si Emilia no pudiera por sí misma —en esa su quebradiza juventud de ahora— incorporarse un poco, alzar la voz un poco, detener un poco el curso de los acontecimientos que se les echan encima. Como un repentino accidente de automóvil en una circulación estable, como una bomba en el metro, o como un aviso de bomba en unos grandes almacenes, de pronto todo el mundo pierde pie por un instante, y nadie es capaz de entender por qué ocurre aquello, y de pronto el caos. La única diferencia entre esas situaciones y la situación de Antonio y Emilia ahora es que el absurdo que les embarga es casi invisible desde fuera. Y es silencioso. Como una metástasis cancerosa. De pronto es ya tarde para operar, para cambiar el régimen de vida, para reanudar la vida, una silenciosa falta de sentido, la metástasis se adueña de todo. Tan fuertes son estas impresiones que Antonio ha declarado que quiere irse porque conversar le resulta insoportable. A eso se agarra Juan Campos ahora.

—Por cierto, Antonio. ¿Qué planes tenéis? Me refiero Emilia y tú, porque es evidente que no estáis ya, ni mucho menos, como estabais hace tan sólo unos meses. ¿Os vais a ir, o qué? Recordarás que me dijiste que te ibas, que estabas pensando en marcharte. Nada puedo hacer por reteneros, no depende de mi voluntad, ya no. Pero en fin, si os vais a ir, me encantaría saberlo con una cierta anticipación. Lo razonable es aún lo razonable. Saberlo con un mes de anticipación como mínimo. Podemos empezar a contar desde hoy mismo si quieres. ¿Pero qué menos que un mes para dar con alguien que os sustituya? Si me permites la expresión, esta expresión absurda, nadie puede sustituiros, ni a Emilia ni a ti. No será fácil dar con alguien que quiera quedarse aquí conmigo para siempre. En este Asubio asolado por la lluvia y la incertidumbre. Tú tienes la palabra, Antonio...

—Puedes empezar a buscar ya si quieres, Juan. Un mes aproximadamente, y nos iremos, incluso antes si encuentras a alguien antes...

—Así sea —replica Juan con una vocecita meliflua.

Antonio sale de la habitación. Al salir de la habitación se vuelve y da la espalda a Juan, recorre con decisión los pasos que le separan de la puerta de la sala. Abre la puerta de la sala. Va a salir. Entonces lo insólito sucede: Juan Campos pega un grito. Es la primera vez que Juan levanta la voz. Antonio no recuerda que Juan pegara una voz nunca, no le recuerda iracundo. Este grito parece la voz de otra persona, como si de pronto hubiese aparecido una tercera persona en la habitación que le gritara al irse. Tan violento es el grito que Antonio permanece de espaldas enmarcado por el marco de la puerta sin volverse. Esto es lo que oye, que ya no es el grito mismo, sino como una verbalización posterior al grito, que conserva del grito la violencia, la extrañeza, como si esa tercera persona recién llegada, que Antonio no viera porque sigue de espaldas, explicara, destemplada aún, lo que el grito gritó sin concepto:

—¡Tú no sabes nada! ¡No sabes esto de qué va! ¡Crees que me conoces, y no me conoces! ¡Ella os engañó! ¡Ella mintió! ¡La Turpin mintió! ¡Por eso liquidé sus negocios de cualquier manera, perdiendo dinero, y en especial aquel famoso Narcisa Investments, pensado para herirme...!

Antonio da un paso al frente, y cierra tras de sí la puerta. No hay ninguna luz encendida en la casa. En el vestíbulo, un resplandor subacuático, verdinegro, recuerda la lluvia, el acantilado, el fracaso. No ha tardado mucho. Cuando Antonio entra en su cuarto de estar, aún charlan tranquilas Emilia y Balbi. Desea decir: ojalá te quedaras con nosotros, Balbi. Pero no dice nada. Balbi se va al poco rato.

# XLII

Antonio acompaña a Balbi hasta la puerta de la calle. Cruza casi todo el jardín con ella. Al irse Balbi se borra el sentido de la continuidad del tiempo. Al regresar lentamente al cuarto de estar con Emilia, Antonio siente que no hay continuidad. Como si al irse Balbi, al entrar en su casa, al cerrar la puerta, se hubiese cerrado la noche sobre sí misma. Hay en Antonio ahora un sentido de acabamiento, de cierre completo. Así es la muerte ajena. Cuando alguien que queremos fallece, y regresamos a los lugares donde vivíamos con el fallecido, todo son tareas inacabadas, todo nos habla del mañana que ya no se cumplirá. Y cualquier cosa que veamos, que perteneció al difunto, es desgarradora porque designa el incumplimiento final, designa nuestro final también. Pero la idea de nuestro final no es desgarradora de la misma manera, no sabemos cuándo tendrá lugar y vivimos, de hecho, como si no fuera a tener lugar, porque no será en ningún caso una experiencia para nosotros, no experimentaremos nuestra muerte. *Mientras yo existo no existe la muerte* es el tópico que más profundamente expresa nuestra vivencia de nuestra muerte propia. La muerte ajena, en cambio, lo irrecuperable de la persona fallecida, eso es desgarrador. Antonio entra en casa dando vueltas a estas ideas, tan comunes a todos nosotros. Desde que murió Matilda, Emilia ha vivido la experiencia desgarradora de la muerte de Matilda. No ha logrado desactivar esa experiencia, no ha logrado desactivar el desgarro. Antonio se siente esta noche responsable del decaimiento de Emilia, culpable por no haber hecho más. ¿Y qué más es ese que pudimos hacer y que no hicimos? ¿Pudimos ser más cariñosos? ¿Debió Antonio Vega llevar a su mujer al médico? Por más que recorra la vida con Emilia de este último año y pico, Antonio no encuentra ninguna culpa grave que atribuirse. Quizá no ha sido especialmente cariñoso, pero es que Antonio Vega siempre es muy cariñoso con Emilia, es constantemente cariñoso con ella, han tenido una comunicación muy continua. Es cierto que Antonio no ha logrado entrar en ese reducto que todos los seres humanos finalmente tenemos y que nos hace únicos y misteriosos incluso para quienes mejor nos conocen. Cuando queremos a una persona mucho, es decir, cuando la singularizamos y la individualizamos con tal precisión en el espacio y en el tiempo, y en los sentimientos, y en el comportamiento, que no puede confundirse con ninguna otra nunca, entonces es cuando aparece el temor de que a pesar de toda esa profundidad de conocimiento queden todavía huecos por llenar, lados por conocer. Cuanto mejor conocemos a una persona durante más años, nos sobrecoge a veces el temor de que de pronto ya no lleguemos a alcanzarla por completo. Basta con que la persona en cuestión nos asegure que nos quiere, o que se siente querida y comprendida, para que se disipe el temor, que en ciertas personalidades sin embargo pueden reaparecer una y otra vez. No es ciertamente temor a la infidelidad, no es miedo a ser traicionado —ese temor no aparece ya en personas seriamente comprometidas entre sí, de la misma manera que no aparecen ya los celos, o por lo menos no cuajan, aunque quizá rocen, casi humorísticamente, la conciencia de quienes se aman—: Antonio piensa que es miedo a la muerte de la persona amada, miedo a la finitud, y este miedo es invencible porque responde a un hecho que todos, por jóvenes que seamos, por bien que nos sintamos, tenemos siempre presente, el hecho de que hemos de morir y que las personas que amamos, aunque no dejen de amarnos, dejarán de existir (uno confía en que morirán después de haber muerto nosotros, pero eso no puede calcularse). Antonio Vega asocia esta noche, al sentarse junto a Emilia, estas ideas a la sensación de que a pesar de quererla y conocerla muy profundamente, algo de Emilia se le escapa, y es un misterio, junto con la idea de que por más que haga, no podrá librarla por fin de la muerte. A la vista está que no está pudiendo librarla de la muerte. ¿Cómo es que Antonio Vega no piensa lo que está pensando cualquier lector de este relato? ¿No es inverosímil que Antonio Vega no se plantee su presente situación en términos vulgares y corrientes? Al fin y al cabo todo lo que ocurre es que, una vez fallecida Matilda, Juan ha dejado de vivir el proyecto matrimonial que inauguró con Matilda, y que incluía la convivencia familiar con Emilia y Antonio: ahora Juan se ha desentendido de este proyecto, ha dejado de ver a Emilia y Antonio como amigos, y los ve como empleados: con los empleados se mantienen relaciones contractuales que no son indefinidas en el tiempo: así ahora han dejado de funcionar. Emilia y Antonio pueden irse de la casa y vivir por su cuenta. Y es obvio que Emilia debe ser puesta en manos de alguna clase de psicólogo o psiquiatra. Es muy posible que un tratamiento farmacológico adecuado estabilice a Emilia: los dos son, ciertamente, una pareja aún joven, tienen toda la vida por delante, tienen incluso una razonablemente buena posición económica. ¿Qué más se puede pedir? ¿Por qué el sentimiento de fracaso y de muerte embarga a Antonio Vega esta noche?

Para sorpresa suya, que contaba con que Emilia se hubiese adormecido frente a la tele, incluso ante la tele apagada,

Emilia le recibe animosa y sonriente. Se ha servido un whisky, ha encendido un pitillo. Antonio se sirve él mismo un whisky. Piensa Antonio que la compañía de Balbi ha venido bien a Emilia. Hablar de Emeterio y de su próximo matrimonio, incluso no hablar de nada pero sentirse en la sensata compañía de Balbanuz ha tranquilizado a Emilia. Tiene gana de hablar:

—Algunos días te veo como un gato. Te miro y digo: es un gato. Haces cosas de gato...

—¿Qué hago, maúllo? —pregunta Antonio.

—Ronroneas. Te enroscas en el sillón junto a mí, pones la cabecita encima de mi pierna. Si cierro los ojos y te acaricio el pelo y la espalda noto el pelaje de gato que tienes. Eres un gato atigrado gris que ocupa demasiado sitio en el sillón, todo el sitio ocupa, menos el poco que me deja a mí que soy la almohada.

—Si soy un gato, me estás dejando sin cenar, te has olvidado de comprar los Friskies.

—Seguro que no, seguro que queda medio paquete de Friskies en la cocina, lo que es que no has mirado bien. ¿Sabes, Antonio? Estos días me acuerdo de los gatos que yo veía en Madrid los veranos. Antes de conocerte, antes de conocer a Matilda, cuando trabajaba en el Burger, entre contrato y contrato temporal del banco, me fijaba en los gatos de Madrid, los veranos. Los había de dos clases, gatos. Había los gatos del Canal, los veranos me refiero. Y los gatos de debajo de los coches en las calles. ¡Ah, los gatos del Canal!, ésos eran los felices, había de todos los tamaños y de todos los pelajes, y esos gatos jamás nunca se pasaban ni un pelo de la raya. No salían nunca verja afuera, se quedaban siempre verja adentro. Y había una señora, anciana ya, que llevaba incluso en pleno agosto un vestido muy bonito, pero impropio, color verde de punto, un gusto francés. Era de punto verde, años cincuenta diríamos. Y creo recordar que el escote, un cuello en pico con un pequeño escote, se cerraba con un broche de bisuta, un rosetón de cristales verde oscuro. Esta señora tenía este traje que se ponía, por lo que yo sé, este traje, inviernos y veranos, quizá encima se echara, los inviernos, un chal, quizá un chal negro con grandes flecos en los dos extremos. Los veranos, claro, no llevaba el chal. Este traje de punto le llegaba por debajo de las rodillas. Entonces a una cierta hora, no sé si también por las mañanas, por las mañanas yo no estaba, pero por las tardes, todas las tardes sin dejar ninguna, después del té, sobre las siete, aún hacía muchísimo calor. ¿Tú te acuerdas del Canal, Antonio? Seguro que te acuerdas del Canal de Isabel II de Madrid. Todas las personas que hemos en Madrid vivido de pensión, los veranos, trabajado en Burgers por las noches, o de temporeras en los bancos, sabemos que al atardecer, si te allegas a los jardines del Canal, está más fresco que el resto de Madrid. Puede hacer el calor que haga, como debajo de los prados del Canal, es un aljibe, sale hacia arriba el frescor del agua misma, azul y negra del Canal, la inmaculada agua negra que colectaron los ingenieros de Isabel II. Todo esto lo sé de aquellos tiempos del Burger entre contrato y contrato temporal del banco. Pues esta señora, Antonio, del vestido de punto verde, tan francés, tenía un cinturón, también de punto, que se ataba a la cintura y sobre las siete llegaba lentamente, aunque no sin cierto garbo de mujer que ha tenido buena facha y ahora es vieja pero aún todavía tiene un cierto garbo, un aire elegante de París. Solían ser entre siete y media y ocho, más o menos, y llegaba con un bolso de ante. Abría el bolso y sacaba un paquete hecho de papeles de periódicos y ya la habían guipado los gatos del Canal de lejos; nada más verla aparecer, un gato cualquiera daba el queo. Cuando ella llegaba ante la puerta, una puerta que jamás se abría, una buena puerta isabelina por donde entraba doña Isabel II con su gran miriñaque y cintura encorsetada. Esa puerta, una vez muerta doña Isabel II, se cerró y nunca volvió a abrirse, nunca más. Pero los gatos iban a la olisma de lo que traía la señora del vestido verde envuelto el paquete de papel de periódico, que eran desperdicios de sus propias comidas quizá, o de otras comidas, eran bastantes desperdicios, así que yo supongo que recogía un poco el desperdicio ajeno de los cubos. Y entonces venían todos los gatos del Canal de todos los tamaños a cenar. Nunca, Antonio, he visto juntos tantos gatos tan distintos como entonces. Daba gusto verlos, y de todos los tamaños, y que conste que no eran nada monos esos gatos, o agradables, eran gatos de calle, no todos ellos guapos, muchos con mataduras y ojituertos de peleas entre sí a la luz de la luna del Canal. Mas unidos todos ellos por las hambres y la codicia de lo que traía la señora del vestido verde envuelto en papeles de periódicos. Y por supuesto, Antonio, sobre todo los más jóvenes, algunos de estos gatos se colaban verja afuera al objeto de camelar a la persona e inclusive a mí, que a una distancia prudencial contemplaba aquella escena de gran felicidad y plenitud. Todas las tardes de todos los veranos del Canal, que yo recuerde. Pero además de estos gatos, había otros más parecidos a nosotros, Antonio, a ti y a mí: los gatos de debajo de los coches. Estos gatos, los veranos, la gente los echaba de los pisos, se iban de vacaciones, los dejaban en la calle. Y éstos somos tú y yo, que no sabemos dónde ir. Y parecemos malos, agresivos, gatos que de pronto aparecemos debajo de los coches sin maullar, cerrados y malditos, echados a la calle, porque estamos de más. Y sólo Matilda nos quería y Matilda se acaba de morir y aunque dejó dicho que a nosotros nos cuidaran, porque fuimos al fin y al cabo gatos suyos y nos quiso, no nos cuida nadie ni nos quiere nadie, y contagiamos además enfermedades: sarna, por ejemplo, somos gatos sarnosos, se nos nota en lo despellejado del pelaje y al hablar en la voz, que no hablamos ya de nada que se entienda, sino sólo de lo que nadie entiende, y nosotros tampoco. ¿Y qué diferencia hay entre nosotros dos y aquellos gatos, o los vencejos que se caían a la terraza o al pie del muro de la iglesia a consecuencia del calor por no atinar, por jóvenes, a volar justo al echarse a volar fuera del nido, recién jóvenes? Así también nosotros, Antonio, igual nosotros...

Antonio piensa que ahora, si pudiese llorar, él lloraría. Abraza a Emilia, que es como un vencejo entre sus brazos, como un gato de debajo de los coches. Si ahora pudiese abrazar más todavía, Antonio abrazaría más aún a Emilia si pudiese. Pero ni abrazar ni llorar es ya posible, en esta leve hora de la hermana muerte. *Loado seas, mi Señor, por nuestra hermana muerte corporal.* ¿Por qué añadió Francisco de Asís este adjetivo inútil, él que era un gran poeta y que por lo tanto jamás puso un adjetivo en vano? *Loado seas, mi Señor, por nuestra hermana muerte...*

(El adjetivo *corporal* que usa el gran Francisco de Asís es inapropiado porque es redundante: no hay más que una muerte, la hermana muerte, igual para todas las criaturas. Univocidad de la muerte. Y sí, esa muerte es corporal: pero no hace falta decirlo: es la única que hay.)

## XLIII

—Verás, de pronto, Angélica, me vi puesto en una falsa posición. Por todos a la vez, pero sobre todo por Antonio. Figúrate, Angélica, haz por un instante abstracción de nuestro particular o, mejor dicho, de tu particular adulterio, y digo esto porque aún no te has liberado de un cierto sentimiento de culpabilidad y esto te frena un poco, Angélica. Al hormiguearte la culpabilidad, por lo menos a ratos, dejas de oír, no oyes bien. No me prestas atención porque te cosquillea la culpabilidad. Y es una lástima porque... ¡Qué rico té, por cierto, te ha salido esta vez! Hace un rato, cuando entraste en el despacho, tan Matilda, creí que eras Matilda. A veces Matilda entraba, bueno, todas las tardes durante muchos años, dieciocho años fueron, Matilda entraba en mi despacho, que era el cuarto de estar del piso de Madrid, más o menos, recordarás que allí, en aquel piso, la sala de estar y mi despacho, que eran aproximadamente del mismo tamaño, estaban separadas por una puerta de cristal que casi nunca cerrábamos, una puerta de hoja doble, y nos movíamos de un lado a otro durante todas las largas tardes de Madrid durante el invierno. Recuerdo el invierno de Madrid, con los niños, yendo y viniendo a los colegios, Emilia y Antonio. Pasadas las seis entraba Matilda, como tú acabas de entrar hace un momento, con el té y unas pastas, a veces unos sándwiches. A mí me gustaba pararme un rato, como ahora contigo. Este lugar es más poético que el piso de Madrid. Físicamente es casi igual, quiero decir el mobiliario, los libros, la decoración, los cuadros. Pero aquí, en cambio, tenemos siempre esta chimenea encendida, y esta tarde también el viento huracanado que zumba en la chimenea recordándonos lo lejos que esta casa queda de Lobreña y del mundo. Lo lejos que nosotros dos quedamos de los que aún quedan en el mundo: mis tres hijos, uno de los cuales, Jacobo, es tu marido. Y de los que no están ya en el mundo: Matilda, Emilia, Antonio. Nosotros dos estamos, tú y yo, en el límite entre dos mundos, el más acá y el más allá. Yo sé que esta sensación es en ti tan viva como en mí. Saber que estamos solos en la frontera que separa este mundo del otro mundo, el pasado del presente, la familia de la soledad, la vida de la muerte. Este tipo de frontera, Angélica, es el lugar natural de los fantasmas, de las voces, del miedo, o los miedos. Para sentirse bien aquí, ahora, protegidos por las paredes de esta casa, separados del oscuro mar y la galerna, y el otro mundo tenemos que tener una gran fuerza mental, gran presencia de ánimo. Si nos abandonamos, por poco que sea, si nos dejamos inclinar, por poco que sea, hacia uno de los lados que llamaremos el oscuro, la culpabilidad, el más allá, el pasado, las voces del pasado, los fantasmas, nos perderemos para siempre. Tendríamos que huir, y ¿te imaginas, Angélica, qué espectáculo, suegro y nuera montados en el Opel Senator que conducía Antonio, dejando atrás el Asubio, y Lobreña, y toda la provincia, yendo a dónde? Te imaginas llegando hasta Bilbao, o hasta Gijón, o volviendo a Madrid, cruzando esta provincia entera, y luego toda la provincia de Palencia y de Valladolid hasta llegar a Madrid, e irnos a vivir de hotel, a un buen hotel, al Palace, supongamos, no es demasiado caro para mí ahora, y una vez ahí qué. Te imaginas bajando a La Rotonda, pidiendo unos Martinis secos, y luego qué. No nos podemos ir de aquí. Porque no hay ningún sitio, no hay más sitios, se acabaron los sitios, Angélica. Éste es el último de todos, éste es el final. Claro está que me siento traicionado, muy especialmente traicionado por Antonio, porque yo contaba con Antonio hasta el final. Te veo un poco pálida, Angélica. Y has vuelto ya dos veces repentinamente la cabeza a mirar detrás de ti, como si hubiese entrado alguien: no puede entrar nadie porque ya no queda nadie, salvo los difuntos que no entran ni salen. Y la sensación de frío no corresponde a la temperatura ambiente que es espléndida, tendremos veinticinco grados aquí dentro. Antonio al final me traicionó. Llamemos a las cosas por su nombre, después de todos estos años le da el punto y se suicida, porque fue un suicidio. Pero fue también teatral, tuvo un punto de despecho, de ahí te quedas, apáñatelas, jódete. De sobra sabe Antonio que una casa de este porte no se lleva sola, es muy incómoda si no se tiene gente que haga las cosas, las tareas, en fin, te tengo a ti, a Dios gracias. Cuando te di la noticia de que los dos, con coche y todo, se tiraron de cabeza a la bahía, donde la grúa de piedra, te pusiste terrible. Creí que te daba algo, no era para menos, pero a la vez tampoco para tanto, porque lo que ocurrió fue que al ponerte tú de aquellos nervios, de aquellas trazas, aquella palidez que parecías tú la muerta, ¿qué me quedaba por hacer a mí? Tú sabes, Angélica, que en esto de la expresión sentimental *ad extra* hay un momento raro, casi sucio, que llamaría yo competitivo: sin querer, naturalmente, los apenados, los dolientes, los parientes, allegados y demás, compiten a dolor, a ver quién muestra sufrimiento más. No es que compitan, entiéndeme, la palabra competición es muy inadecuada, más bien se trata un poco de un políptico, una situación pictórica, mural, estática en cuyo interior lo luctuoso ha sucedido, sucede o sucederá. Entre sí los asistentes, los dolientes no se comunican salvo en lo luctuoso mismo, en lo terrible que contemplan todos, pero claro está, no pueden menos de saberse juntos, de sentirse de reojo unos con otros en presencia del horror. Al no poder no saberse juntos, tampoco pueden dejar de sentirse observados: se saben observados, es más, se observan a sí mismos, cada cual por su parte en busca de un dolor cada vez más profundo y más genuino que haya en sí. O que debiese haber. Todos sentimos que debemos sentir profundamente lo profundo. Ahí empieza la competición, lo intrauterino, Angélica, ahí empieza. Sería horrible que lo lamentable, lo infinitamente lamentable, lo injusto sucediese y que cada uno de nosotros, cada cual, se contemplase de reojo a sí mismo en el interior de su sí mismo, como en el interior de un negro pozo, y lo que viese fuese la más perfecta indiferencia y frialdad emocional. Esto aterra al más feroz. El más insensible de los hombres, Angélica, o mujeres, enfrentado con semejante situación se odia y se aborrece y se espanta de sí mismo, se siente satánico e insignificante a la vez: he aquí que ante mí tengo lo trágico, lo absolutamente trágico y terrible, lo que clama al cielo, y a mí me deja indiferente. Esto lo habrás, Angélica, tú misma, experimentado con frecuencia por televisión. Si te fijas, esto que te estoy contando ahora de este modo un poco misterioso, es en el fondo una experiencia muy vulgar. Puede hacerse por televisión todos los días, día tras día. Sale por ejemplo un hospital en Beirut, y hay un niño desventrado de dos años, aún vivo, y le ves la cara y el vientre en canal, y lo siguiente es un anuncio de L'Oréal y lo siguiente es que tú descubres que tu emoción ante ambas cosas es prácticamente nula, no hay emoción. La babosa que anuncia salva slips y el niño desventrado se identifican en tu falta de atención y de interés, y entonces tú te dices a ti misma, Angélica, a que sí, esto es lo que yo soy, esta fría humana indiferencia ante lo humano, todo lo humano me es ajeno, y lo inhumano también. Y después viene la serie que estás viendo, la que sea, «Friends». Cualquier serie neoyorquina estúpida. Pero entiéndeme, Angélica, esto no es una crítica de la televisión, Dios me libre. Pasaba lo mismo en las matanzas a cuchillo del asalto de Jerusalén, de los cruzados de la primera cruzada al mando de Godofredo de Bouillon: no sentían nada en absoluto, sólo el pringue de la sangre, la pestilencia de la sangre humana derramada. Una sensación olfativa muy desagradable según tengo entendido. Así también nosotros, cuando algo tan terrible como en esta casa acaba de pasar, el inesperado suicidio de dos buenos amigos. Nos miramos unos a otros, y sobre todo tú, Angélica, te miras a ti misma, o yo me miro a mí mismo, y nos decimos: ¡esto tengo que sentirlo, Dios, esto me tiene que matar, qué clase de bestia soy, sería, si no sintiera nada o casi nada! Ésta es la situación. Puedes tú estar tranquila, Angélica, créeme porque cuando yo te di el otro día la noticia te pusiste pálida, te vi. Te desencajaste por completo, sentí cuánto lo sentías tú, y dije: vaya, menos mal, por lo menos Angélica es humana. Y naturalmente esto, indirectamente, me dolió, figúrate, qué cosa tan compleja: a la vez que yo aprobaba y admiraba que tu sentimiento de dolor fuese tan intenso y tan sincero, justo a la vez, sentí que un poco, un poco sólo, me echabas como a un lado, me expulsabas, me excluías, me impedías a mí mismo expresar un gran dolor puesto que todo el dolor de aquel momento lo succionabas tú, tú lo sentías por los dos. ¿Me explico? Esto no es profundo, Angélica, es maligno nada más. ¡Es lo contrario de profundo, de hecho, es periférico, son padecimientos de la epidermis del corazón humano que no tienen la menor profundidad! Tomaría otra taza de té, si me haces el favor. Estás temblando. Voy a echar un leño a la chimenea, un leño más. Uno sólo, porque la sensación de frío es eminentemente subjetiva, como la sensación de calor, y si cedemos a la impresión de que hace frío, no haciéndolo, porque no hace frío en esta habitación esta noche, esto se convierte en una sauna. Hay que abrir entonces las ventanas de par en par para airearnos, refrescarnos. Y es entonces cuando las cosas, Angélica, ya cambian: al abrir, me refiero, las ventanas para airear la habitación. Porque entonces descubrimos que entre este interior y ese exterior, entre este acogedor Asubio, y ese oscuro reino ondulante que hay afuera, media sólo un débil cristal, un armazón de madera y un cortinaje de terciopelo granate. ¿Oyes el viento? Si te asomaras oirías entrechocar las crudas varas de los plátanos silvestres. Si nos asomáramos a la vez los dos y miráramos de frente la oscuridad de la noche, una bocanada fresca e inhumana de realidad incomprensible establecería de pronto una inmensa distancia entre los dos. A ti misma tú te oirías gritar, Angélica. Y yo trataría de tranquilizarte pasándote la mano por el hombro, pero una vez entrados ya en la noche, una vez entrada ya la noche dentro de esta estancia, aún abrigada ahora, ya no hay vuelta atrás. Lo hecho, hecho está. Lo que no sentimos cuando debimos sentirlo no puede ahora sentirse de nuevo sólo que hacia atrás. No hay vuelta atrás. De la misma manera que tú y yo, por la misericordia de Dios, nos acostamos juntos y somos ya indisolubles, así también los sentimientos que no sentimos son ya eternamente imposibles de sentir. El dolor que no sentiste tú por la muerte de Matilda, el dolor que no sentimos ni tú ni yo por la muerte de Antonio y Emilia (aunque tú fingiste o creíste sentirlo porque te asustaste mucho), eso no tiene ya remedio. No se puede desandar ni remediar ni arreglar ni olvidar... Pero, Angélica, el objeto de esta tarde, ¿cuál crees tú que es el objeto de esta tarde, la significación? ¿Tú cuál crees que es?

—No lo sé, Juan. Estoy helada.

—¿Sabes lo que te pasa, Angélica? No es que estés helada, es que te aterra el más allá. Ante eso estás. Por eso estás helada. Pero no hay más allá, hay sólo este más acá ahuecado por nuestros sentimientos de culpabilidad o por nuestros deseos de felicidad o por nuestro miedo a la muerte. Ni hay, más allá de esta habitación, en plena noche, en el jardín del Asubio, nada que dos adultos razonables como tú y yo no podamos controlar provistos de una gabardina y de un paraguas, como mucho un par de buenas botas camperas. Está oscuro, eso sí, y la oscuridad nos hacer retroceder a todos, incluso a los más razonables de todos, hacia primitivas zonas infantiles, zonas de desamparo que rozan el desamparo de los animales, de los primeros habitantes de la tierra. Zonas de nuestra niñez. La oscuridad evoca el desamor también, el que no haya de pronto presencia, calidez, acogimiento, donde creímos que la había: amábamos a alguien, vivíamos convencidos de que este alguien a su vez nos amaba. Y de pronto un día descubrimos que no nos ama ya, y que quizá nunca nos amó. Nuestro sentimiento amoroso, el nuestro, no se interrumpe a la vez que desaparece su objeto correspondiente: lo amado, el amado, sigue siendo amable, seguimos amándolo, pero ahora ya no hay *feedback*: eso es también el significado de la oscuridad y de la noche. La noche, como el amado que ha dejado de amarnos, nos expulsa de sí misma. De ahí esa imagen bíblica tan eficaz que tantos terrores ha producido a millones de creyentes, la de ser arrojados a las tinieblas exteriores. Tú eres razonable, tan razonable como yo, Angélica, pero estás más cerca que yo, mucho más cerca, del instinto. Por eso tienes frío, porque temes que entre tantas vueltas como estamos dando aquí esta tarde, con tantas entrecruzadas referencias a sentimientos de vivos y difuntos, de pronto no podamos distinguir con claridad entre unos y otros. Por ejemplo: cuando murió Matilda hablar de ella con mis hijos, o con Antonio, o con Emilia, no se diferenciaba gran cosa de hablar de ella cuando se había sencillamente ido de viaje. En un caso para siempre, en otro, para un tiempo. En ambos casos, si se detenía uno en el punto cero, en la falta de Matilda, en su ausencia, resultaba conmovedor en exceso hablar de ella y evocarla porque no había modo de hacerla presentarse con sólo desear verla, o pensar en ella, o hablar de ella. Así también ahora Antonio sigue aquí. Emilia nunca tuvo para mí la presencia de Antonio. Emilia fue una presencia constante de Matilda y Antonio fue una constante presencia mía. Yo no contaba con que Antonio se suicidase o se fuese de la casa. ¡Me siento profundamente herido, Angélica, por eso...!

—¡Pero, Juan, si tú mismo dijiste que querías que se fueran, que habías acabado por pensar en ellos como empleados, mucho más como empleados que como amigos, hablamos mucho rato de eso, sobre todo tú!

—¡Era sólo un hablar, sólo un hablar!

—¡Ahora echas de menos a Matilda! —dice Angélica de pronto.

—Verás, Angélica, pues no. Pero la asociación de ideas está bien, está muy bien. Yo no puedo decir que sea del todo verdad que eche ahora, o haya echado de menos nunca, a Matilda, mi mujer. Era a mí a quien echaba ella de menos más bien, era yo su ausente un poco. Era yo su amado, ella era la amante, y yo el amado. Y el amado no echa de menos al amante, nunca, o casi nunca, rara vez. Es más, casi preferiría que le echara de menos algo menos al objeto de poderse rebullir. Tú sabes la historia toda entera. Sé que el duelo por Matilda no fue algo que sintiera yo directamente. Atravesé el duelo, lo pasé por persona interpuesta, casi entero. Matilda se les había muerto a todos y de paso, como quien dice, a mí también. En cambio ahora, Angélica, Antonio se me ha ido sólo a mí. ¿Ves la relación, la contraposición?

—Lo que estás diciéndome es rarito un poco. No querrás decir que ahora de repente Antonio y tú...

—¡No, no Angélica, no es eso! O, no es eso en esa cruda forma de ser eso, que eso tiene cuando los que lo piensan no saben qué pensar...

—Quieres decir que no estabais liados.

—Eso es, eso quiero decir exactamente. Pero si sólo quisiera decir eso, decirlo o callarlo daría igual. Porque no tendría la más mínima importancia. Nadie echa de menos a sus amantes o a sus ligues, son sustituibles. Sus fisonomías se diluyen instantáneamente una vez que se separan de nosotros. Antonio y yo no éramos amantes, Angélica, ni siquiera se nos ocurrió semejante cosa nunca. Sólo pensarlo nos hubiera parecido ya asqueroso, tedioso. Lo que yo sí era para Antonio, eso sí fui, era su fundamento. Antonio se fiaba de mí, confiaba en mí, yo era lo más fiable que Antonio conocía, lo mismo que Matilda para Emilia. Lo que ocurrió fue que, a diferencia de Matilda, a quien la muerte atacó a traición, y gracias a eso cobró a ojos de Emilia un renovado *lumen gloriae*, yo me quedé a verlas venir. Lo que tenía de fundamento yo, la fianza que yo proporcionaba a la confianza que Antonio me proporcionaba, se escurrió, se aguó, se echó a perder en poco tiempo. Pero ese deterioro tan veloz (que Antonio Vega sólo al final comenzó a percibir con claridad) yo lo percibí desde un principio: nada podía hacerse. Yo contaba con poder jugar aún con Antonio Vega un largo juego entre fundado y fundamento. Yo contaba con que me necesitaba aún todavía cuando ya el deterioro fue visible, e incluso entonces más que nunca. E hice entonces varias pruebas para comprobar la solidez ontológica, tú me entiendes, Angélica, de esta relación. Le hice sentir que ya no le necesitaba yo a él, incluso le empujé a irse de esta casa. Y lo que te conté a ti del finiquito famoso fue en esta misma línea de pruebas y repruebas, contrapruebas. ¿Qué le pasó a Antonio? ¿Por qué no me entendió?

—Vio que Emilia se dejaba morir y no quería vivir, y se dio cuenta de que él tampoco. ¿Esto, Juan, no te parece razonable?

—Fueron razonables los detalles, sí. La improvisada precisión de ese suicidio fue muy razonable, estoy de acuerdo. Desde el punto de vista de la razón instrumental, de la relación computacional entre medios y fines, la ejecución del acto fue perfecta: fue, como tú dices, perfectamente razonable. El absurdo fue que se matase así, de pronto. Lo irrazonable fue la muerte aunque la precisa búsqueda de la muerte, e incluso el intento de presentarla como un simple accidente, todo eso fue muy razonable. Matarse no. ¡Yo era su fundamento! Y Antonio mismo era él mismo, por sí mismo, también un fundamento (quizá mi fundamento), era el hombre más fiable que jamás he conocido. Lo absurdo, lo irrazonable fue su abismo. Esto es lo que no puedo comprender, no entiendo por qué se suicidó.

—¡Igual fue un accidente! ¿Por qué estás tan seguro de que no lo fue?

—Qué te parece, Angélica, si ahora nos tomáramos un whisky fuerte, sólo con el hielo, un lingotazo bueno con esa cálida nocturnidad del whisky en la garganta, esa consoladora fijación de atizarnos un buen whisky a estas horas de la noche. Hagamos eso, Angélica: sírveme un whisky doble y triple, con unos hielos, y sírvete tú misma otro igual, ten la bondad.

Angélica se levanta con el aire de quien sigue las instrucciones de un apuntador o de un director de escena, se encorva al andar y tiene un aspecto desarreglado, aunque va vestida con gran sencillez con un traje de punto verde oscuro, muy francés. Pero parece otra. Y al moverse, al servir el whisky, al regresar a su asiento, parece una mujer enferma y de más años. Sitúa su vaso de whisky sobre el brazo del sillón, tras haber situado el vaso de Juan sobre una mesita auxiliar al otro lado del sillón frente al fuego. Por un instante se abre el silencio entre los dos, se oye el tintineo del hielo en los vasos, se oyen las bocanadas de la vieja galerna afuera. Contra los cristales, de pronto, la lluvia. La sensación de comodidad de este cuarto de estar es intensa ahora: al callarse Juan, al regresar Angélica a su sitio, al tomar en silencio sus whiskies, una sensación de bienestar, que no casa del todo con la tensión interna de los fraseos de Juan Campos, invade la habitación como una presencia momentáneamente benévola, que ni Angélica ni Juan habían convocado y que, reanimados por la copa, aturdidos aún por la melopea verbosa de Juan Campos, ambos aún ignoran. Es obvio que Juan, al dejar de hablar y enfrascarse en silencio en el paladeo de su whisky —que es como un paladeo del fuego de encina de la chimenea y de la unificada atmósfera estudiosa y lujosa de su despacho—, ha perdido gas. Angélica, por su parte —a consecuencia quizá de sus breves intervenciones que la han reanimado—, se siente mejor ahora, menos congelada aunque no más segura de sí misma. Desde que comenzó su relación con Juan no ha vuelto a comunicarse con Jacobo. Ni con nadie. Y la ocasión de comunicarse por lo menos con Andrea con motivo de la terrible muerte de Antonio y de Emilia se le fue de las manos porque, en opinión de Angélica, Juan no la abandonó ni un instante para evitar que en un momento de debilidad telefoneara. Es más: Angélica tiene la impresión (aunque las impresiones de Angélica estos días fluctúan tanto que resulta difícil, incluso para la propia interesada, servirse de ellas como punto de referencia) de que Juan llegó a decir: ahora o nunca, si telefoneas ahora, Angélica, nunca regresarás a mí, yo te repudiaré. No obstante lo cual nunca tampoco regresarás a Jacobo, que ya te ha repudiado por adúltera, ni a la amistad con mis otros dos hijos, Fernandito y Andrea, porque lo que hicimos no tiene vuelta de hoja, o paso atrás. Si ahora llamas te repudio yo y nunca te perdonarán ellos. Sólo si no les llamas seremos tú y yo una sola carne ahora y siempre. Esto es, por supuesto, demasiado largo y conceptual para constituir una impresión, se trata más bien del análisis de una impresión que reproduce desde fuera el interior de Angélica, que no es articulado. Pero que no es tampoco completamente ciego. Angélica en este instante tiene esa reducida capacidad perceptiva de ciertos animales subterráneos, quizá el topo o algún otro animal subterráneo de pequeño tamaño que siente la presencia enemiga de los reptiles o de los perros sin saber lo que son. Sólo peligros, que de pronto se volverán devoraciones. Entrecerrados los ojos, incapaz de librarse de la sensación de frío y de peligro, ha escuchado a Juan todo este rato sin entenderlo todo todo el tiempo, sólo reanimada ahora brevemente por el whisky y el silencio, y el crepitar de los leños en la chimenea. Ahora Angélica quisiera ser la Angélica anterior a la Angélica de ahora, una chica segura de sí misma que opinaba que Matilda, su suegra, equivocó su vocación de medio a medio. Pero Angélica sabe que lo que ahora es ya no es aquello, y lo que Angélica es ahora depende de lo que será Angélica mañana, que a su vez depende por completo de lo que Juan tenga intención de hacer con su nuera: de momento lo único evidente es que Juan se siente solo, y en parte incómodo, en una casa sin Antonio y Emilia y necesita que Angélica cumpla con eficacia e impersonalidad de buen servicio doméstico, las funciones que aquellos dos desempeñaron. Angélica confía en que este silencio confortable, el tintineo del hielo, el crepitar del fuego, la velada luz de las lámparas del despacho de Juan, cierren la noche, esta noche, felizmente por fin, y lo siguiente sea ya sólo irse a dormir y quedarse dormida a la primera hasta el día siguiente. Lo malo es que ese irse a dormir no es ya un simple irse a dormir sola en su cama, sino un ir a compartir la enrarecida cama de Juan Campos, que, visto ahora de cerca, no da la impresión de dormir nunca, y que una vez dentro de la cama se limita a cerrar engañosamente los párpados, y a permanecer completamente inmóvil con las manos cruzadas sobre el pecho justo hasta el instante en que Angélica, que ha ido quedándose traspuesta, se sumerge de un saltito en la primera oleada grande de su primer buen sueño. Entonces Juan Campos se despierta y pregunta: ¿Angélica, estás despierta? Aún no es hora de subir al dormitorio de Juan a no dormir, en realidad es muy temprano, sólo un poco pasadas las doce, pendiente de un hilo queda por deletrear toda esta noche.

—Creo recordar, Angélica, que querías saber cómo supe yo desde un principio que lo de Antonio fue un suicidio. ¿Quieres aún saberlo?

—Sí, supongo. ¿Cómo lo supiste?

—Lo supe porque la noche de autos les oí que bajaban al garaje y que arrancaban el monovolumen. Te habías quedado tú traspuesta, Angélica. Y yo dije: ¡mira por dónde, ahora se van! Oí las cubiertas en el grijo del jardín, miré el reloj. Nadie sale a las tres de la madrugada, entre tres y cuatro de la madrugada, para irse, simplemente de paseo. Era una huida en toda regla, pero ¿a dónde iban a huir estos dos?, no tenían escapatoria. ¡Se van a matar!, pensé. Y así fue. Al día siguiente lo supimos.

—Tengo la impresión, Juan, perdona, de que no estás, no sé cómo decirlo, diciendo la verdad... —dice Angélica, súbitamente repuesta.

Da la impresión de que algo, quizá el whisky, le ha despejado. Es posible también que Angélica esté ahora mismo persuadida de que Juan tiene razón y de que no hay para ella vuelta atrás. Y esta imposibilidad de modificar lo ya hecho —esta consagración a Juan Campos que ya es irreversible, y que en su momento le pareció deliciosa— le cause ahora desesperación: si así fuera el repentino deseo de hablar y de contradecir a Juan se debería a la pura desesperación de una Angélica acorralada en lo inexorable de su tragicómico destino.

—¿Y cómo así, Angélica? Es casi imposible que no esté diciendo la verdad porque en lo relativo a Emilia y Antonio me he limitado a contarte que oí salir el coche y que me sorprendió lo absurdo de la hora y que me puse en lo peor. ¿Cómo no voy a estar diciendo la verdad? Sólo te estoy diciendo lo que hay, lo que pensé...

—Ya, pero estás ocultando, con estudiada frialdad, tus verdaderos sentimientos, que no son... que no pueden ser tan terriblemente fríos como suenan... Yo creo que también a ti te ha trastornado mucho esta desgracia y lo ocultas, me lo ocultas a mí por orgullo, o no sé...

—Está bien, Angélica, así está bien, así estás muy bien. Esta línea dubitativa te mejora el cutis, te favorece mucho. Porque tú, sí, Angélica, a diferencia de Matilda, puedes resultar un poquito, como diría, simple. Matilda era demasiado compuesta, y activa y complicada. Estaba en estado de metástasis, antes incluso de enfermar. Transformista, transformismo. Tú, en cambio, como mucho, estás traspuesta. Y eso produce un efecto dormitivo dulce, sí, pero monótono. Y claro, la verdad es que tu función aquí conmigo, aparte la gestión administrativa de esta casa, y aparte el erotismo antañón que me proporciona tu presencia en mi cama, tu función aquí es ser mi ayudante, pen-sar-con-migo. Lo nuestro es una cosa a dúo, Angélica. Y estas memorias, o este relato autobiográfico que hemos iniciado, sí requeriría una cierta metástasis por tu parte. Una cierta capacidad de metamorfosearte de vez en cuando en agitación y en duda: como ahora, que acabas de llamarme frío. El concepto de lo frío, Angélica, es melodramático. El malo es frío. La venganza se consume en frío. Los resentidos somos fríos. La inteligencia es fría. Los buenos en cambio son siempre acogedores, cálidos, calientes. Yo no sé bien lo que soy, ésa es la verdad. Y, ciertamente, con frecuencia no sé qué siento exactamente. Se me ocurren unas cosas y otras, pero no se me ocurren sentimientos apropiados: los sentimientos no son acontecimientos claros y distintos de mi vida mental. Otra manera de decir lo mismo es denominarme pasivo. Y eso es verdad, soy muy pasivo. Como habrás descubierto ya, también en el amor soy pasivo. Prefiero ser acariciado, estimulado, que al contrario. Son cosas que no se pueden evitar. ¿Crees tú, Angélica, que esta frialdad que tú detectas, y de la que en cierto modo me haces responsable, constituirá de ahora en adelante un impedimento en nuestra relación? Lo sentiría por ti si ése llegase a ser el caso, porque todo lo que yo tendría que hacer, llegado el caso, sería quedarme donde estoy, tal como estoy, pasivo. En cambio tú, ¿qué harías tú, Angélica? Sería horrible para ti. Te verías arrojada una vez más al exterior, a las consecuencias sociales de tu adulterio conmigo, y eso sería lo que más tú temes, la desaparición social. Perderías toda significación. Ahora al menos eres mi secretaria y mi ayudante personal y mi querida. Pero sin mí, ¿qué sería de ti, Angélica, sin mí?

Angélica se echa a llorar. Hipar y llorar. Un efecto de desconsuelo irracional de niña muy pequeña, que llora y llora por la noche sin ningún motivo comprensible. Juan Campos no entiende por qué Angélica rompe a llorar ahora. Es un espectáculo desagradable. Es muy incómodo que lloren las personas sin motivo. Ahora es Juan quien no sabe qué hacer. Está desconcertado. Y, para calmar a la llorosa Angélica, dice todo lo fríamente que puede:

—Voy a acostarme, Angélica, y tú también, pero en tu cama. Esta noche, camas separadas. Mañana será, como sabes, ya otro día. Y a la luz del nuevo día parecerá todo razonable. Y tu llanto de ahora una reacción nerviosa, que no entiendo yo ni entiendes tú, una nadería... eso parecerá.

# XLIV

Ninguno de los tres subió al Asubio. Los tres omitieron a Juan y a Angélica sin esforzarse apenas. Más difícil resultó, sin embargo, omitir la casa. El único que tuvo que hacerlo expresamente fue Fernando, que se quedó a vivir con Boni, Balbi y Emeterio. Andrea y Jacobo se quedaron en Letona, acompañaron el coche fúnebre desde Letona y una vez enterrados regresaron directamente a Madrid. Fernando se quedó esa mañana todavía con Emeterio. Por un instante pensó subir al Asubio y encararse con su padre. Luego decidió que no valía la pena. A diferencia de Jacobo y Andrea, que acudieron a Letona cuando los cuerpos estaban aún en el depósito de cadáveres, y que no quisieron conocer los detalles de cómo llegó la noticia al Asubio por primera vez, Fernando Campos insistió en conocer todos los detalles que fuera capaz de proporcionarle Bonifacio: Fernandito quiso saber con detalle cómo llegó la noticia al Asubio. Lo sospechaba, pero quería los detalles. Quería saber quién recibió el primero la noticia. Y Bonifacio contó que Juan fue el primero. Al sacar el coche de la bahía, la policía encontró en la guantera la dirección y el teléfono del Asubio, y telefoneó directamente al Asubio. Esa llamada tuvo lugar a mediodía, inmediatamente después del almuerzo. La policía habló con Juan, y Juan habló inmediatamente después con Bonifacio y le encargó que se presentase en Letona

—Emeterio le llevaría hasta Letona— para efectuar el reconocimiento de los cadáveres en el depósito de cadáveres. Bonifacio contó esto con toda claridad y sin ganas. La sequedad y brevedad del relato de Boni volvió a ojos de Fernandito más patente e incomprensible que nunca la actitud de su padre: se había inhibido por completo. *El señor no dio ninguna explicación* —declaró Boni—, *sólo dijo que me llevara a Emeterio en el Opel.* Y así se hizo. *Llegamos a Letona a última hora de la tarde y reconocimos los cadáveres de los dos. Sólo las caras destaparon. Los cuerpos cubiertos con dos sábanas.* Fernando no quiso preguntar nada relativo a esa visión de los dos amados rostros, familiares de toda una vida, congelados en ese instante que precede a la desfiguración, esas veinticuatro horas de residencia de la figura del rostro de los difuntos en los cuerpos inertes. Y sin embargo no había podido dormir pensando en los dos, que eran en la memoria de Fernandito las fronteras de su niñez. El relato de Boni con la inhibición paterna tan nítida en medio le sirvió esa noche, si no para embotar el filo del dolor, sí al menos para hablar con Emeterio de Antonio y Emilia, que también para Emeterio fueron sus hermanos. Emeterio y Fernando hablaron toda esa noche, sentados en la cama de Emeterio como siempre. La presencia de Emeterio fue astringente. Fernando tuvo que consolar a Emeterio, que lloraba desconsolado, que rehusaba aceptar que Antonio Vega hubiera apretado el acelerador donde la grúa de piedra para echarse a la bahía sin más. Esa noche amó Fernando a Emeterio por su sencillez conmovedora y le recordó la franqueza, la apertura, la alegría que siempre les acompañó con Antonio. A causa de la sencillez bienintencionada de Emeterio y para no escandalizarle, omitió Fernandito toda referencia agresiva a Juan Campos. En ningún momento se comentó la absurda situación del Asubio, con Angélica convertida en barragana y en criada de Juan. Así que, una vez más, el instinto de Matilda Turpin de confiar la educación de sus hijos a Antonio y también en un segundo plano a la familia de los guardeses, incluido Emeterio, fue certero. Tampoco se podía del todo aquella noche hablar de lo que Matilda hubiera dicho de haber estado viva en esta ocasión. Porque lo terrible, de hecho, era que si Matilda viviese todavía, la muerte de Antonio y Emilia no hubiera tenido lugar. Hablaron, sin embargo, sin reticencia, de Carmen y de los proyectos matrimoniales de Emeterio. Fernando encontró en esta conversación el alivio que en momentos difíciles nos proporciona la convicción de que hemos hecho lo que debíamos hacer. Y al hablar con franqueza de esto con Emeterio, a quien amaba tiernamente, incluso más ahora que nunca, descubrió Fernando que había dejado de sentir celos y que deseaba la felicidad de su amigo y de Carmen con una intensidad muy superior a la que nunca había deseado la propia felicidad, cuando creía que Emeterio y él acabarían viviendo juntos.

A la mañana siguiente Emeterio y Fernando viajan a Letona, se encuentran en el hotel con Jacobo y Andrea. Hablan poco. A Fernando le impresiona la cara desencajada de Jacobo: siempre ha tenido a Jacobo por un chaval activo y extrovertido, ahora de pronto parece ausente, no habla nada. Da la impresión de no entender lo que se le dice a la primera, como si estuviera distraído. Andrea ha venido conduciendo desde Madrid.

De la familia de Emilia nadie sabe nada. De la familia de Antonio, supieron siempre Fernandito y sus hermanos muchas cosas. Lo único que no ha sabido Fernando ahora es cómo ponerse en contacto con ellos. Ya no hay tiempo de ponerse en contacto con ellos, ni siquiera telefónicamente. Fernando decide encargar a Balbanuz que, una vez pasado el entierro, rebusque entre las propiedades de Antonio y Emilia una dirección postal y un teléfono o teléfonos. La idea es que Balbanuz llame a Fernando a Madrid, y Fernando se encargará de ir a verles para darles la noticia. La verdad es que no sabe si la madre de Antonio aún vive, ni dónde andan los hermanos. Pero quiere ser él mismo quien les dé en persona la terrible noticia.

Los cuatro —Emeterio, Fernando, Jacobo y Andrea— acuden al depósito de cadáveres. Les hacen pasar a una sala. Fernando arregla por teléfono con una funeraria los detalles de la ceremonia. Tiene que ir en persona a la funeraria para elegir los ataúdes. ¿Enterramiento o incineración? Fernando lo tiene claro: incineración sin duda. Jacobo y Andrea, en cambio, se inclinan al enterramiento. No es un asunto que pueda echarse a suertes. La funeraria se encargará, una vez que se decida este extremo, de apalabrar el nicho para los restos mortales. ¿Habrá una ceremonia religiosa? En la funeraria quieren saber si un funeral cristiano al uso. Fernando dice que no. Jacobo y Andrea quieren una ceremonia religiosa católica. Emeterio, en un aparte con Fernando, sugiere que acepte la ceremonia católica, pero que en cambio insista en la incineración. A Emeterio le parece que el ritual cristiano de los responsos finales puede resultar, al menos superficialmente, consolador. Nada hace por los difuntos que ya no existen, pero suaviza la conciencia de los vivos. O, por lo menos, las conciencias convencionales de Andrea y Jacobo. Emeterio, en cambio, apoya la incineración, porque también a él, como a Fernando, le horroriza la imagen del lento agusanamiento, la pudrición de las figuras amadas en el interior de sus cajas tapizadas de pseudosatén blanco. Incinerar es transfigurar casi instantáneamente el cuerpo amado en fuego y en ceniza. Y puede luego la ceniza aventarse al aire del acantilado. Claro está que no necesitarán entonces un nicho en el cementerio de Lobreña. La idea de aventar las cenizas de Antonio y de Emilia interesa por un momento a Fernando. Pero Emeterio advierte que hay un punto teatral en esto, que quizá no cuadre con la deliberada discreción, la voluntad de discreción, con que siempre vivieron Antonio y Emilia. Incineración y depositar luego las cenizas en un nicho común, se decide por fin.

Tiempo lluvioso de mediados de diciembre. Se echa encima la Navidad. Fernando Campos no tiene planes, se ha reintegrado sin dificultad en la oficina. El pequeño cementerio de Lobreña se ha ampliado un poco estos últimos años. En la parte del fondo, donde antes había una tapia vieja cubierta de musgo, hay ahora una tapia nueva, pintada de blanco, como un reciclado columbario. La pulcritud de este lado nuevo del viejo cementerio evoca un anexo de El Corte Inglés. Todo el proceso de incineración en Letona, la entrega final de las dos urnas con su vago aire de ánforas grecorromanas, la instalación ahora de las urnas en un mismo nicho del palomar, recuerda la sección de *Complementos.* Ya se ha comprado lo esencial para este otoño-invierno y sólo quedan por disponer, de una vez por todas, de los restos mortales, los complementos incinerados de Emilia y Antonio. Hubiera sido preferible echar las cenizas al cubo de basura, hubiera sido preferible echarlas al Cantábrico. Jacobo y Andrea insistieron, sin embargo, en que hubiese un lugar con su placa, sus nombres, las fechas de sus nacimientos y sus muertes. Y quizá tengan razón al fin y al cabo, piensa Fernandito, quizá yo mismo, si alguna vez vuelvo por aquí, desee volver a leer sus nombres, en este palomar del cementerio de Lobreña. Y quizá —piensa también, con un nudo en la garganta— Emeterio suba el día de difuntos con Carmen a dejar unas flores. Hay, de hecho, una repisita y un florerito tubular por nicho para colocar las flores, prender unas candelas. Y es seguro que Boni y Balbi vendrán y rezarán un padrenuestro por las almas de sus dos amigos. A la vez que piensa estas cosas, Fernando se imagina una vez más el cobertizo del garaje sin Antonio. Emeterio está de pie junto a él. Haber renunciado de antemano a luchar por Emeterio le ha tranquilizado. ¿Una tranquilidad efímera? ¿Fue, o hubiera acabado siendo, una pasión efímera? Estas interrogaciones interrogan, más allá de su contenido, como flechas atroces. La pasada noche recorrieron los dos toda la niñez común de bicis y bocadillos, de coles y aguadillas, de caricias y trompazos. Antonio les enseñó un poco de boxeo —fue estupendo boxear los dos en un ring hecho en el garaje con cuerdas y con mantas—. Los dos, que este mediodía lluvioso de mediados de diciembre miran al frente, piensan en Antonio y Emilia, recuerdan desolados su niñez de canicas. ¡Oh niñez de canicas!

Están agrupados todos alrededor del nicho donde ya están instaladas las dos urnas de Antonio y Emilia. Espontáneamente se han organizado por parejas: Boni y Balbi, Emeterio y Fernando, Jacobo y Andrea. De pronto suena un móvil. Este familiar sonido evoca una vez más El Corte Inglés en la conciencia de Fernandito.

—Perdón, es mi móvil —dice Jacobo y se echa un poco atrás. Resulta ser Angélica.

—Soy yo, soy Angélica, Jacobo...

—¿Qué quieres?

—¿Cómo que qué quiero, dónde estás? —dice Angélica.

—En el cementerio, ¿no te has enterado? Enterramos hoy a Emilia y Antonio.

—Por favor, Jacobo, ¡claro que me he enterado!

—Entonces, ¿por qué no estás aquí?

—¡Pero, cómo voy a estar ahí!

—Pues estando. Y mi padre también, se lo dices de mi parte.

—¡Hubiera sido violentísimo! ¡Comprende que hubiera sido violentísimo!

—No, no lo comprendo. No te entiendo, Angélica.

—Te llamo desde mi cuarto, ¿sabes? He subido un momento y aprovecho para hacer esta llamada. Juan ha ido al baño. ¿No vas a venir a verme?

—¿Quieres tú que vaya a verte?

—Jacobo, por Dios, ¡qué problemas me planteas! ¡No puedo ya con nada más, ni una cosa más!

—Bueno, ¿qué querías?

—¿Cómo que qué quería? Quería esto, hablar contigo.

—Ahora no es momento.

—¡Es que no tengo un momento, estoy tan ocupada! Está tu padre redactando sus memorias, ¿sabes?

—¡Qué le den mucho por el culo! Esto también se lo dices de mi parte.

—Jacobo, no sé qué crees tú que está pasando. No tengo, como te digo, ni un momento libre. Tu padre está conmigo todo el tiempo, está pendiente todo el tiempo. No tengo ni un momento libre. Sólo este minuto que he tenido te he llamado. Siento coincidir con el entierro.

—¿Qué tienes pensado hacer? Te lo pregunto ya que llamas. El divorcio o qué.

—Pero por Dios no, eso no. ¿Cómo el divorcio, tú estás loco? Sería un escándalo horrible, innecesario además. Esto queda entre nosotros, queda en casa, todo queda en casa.

—¿Es eso lo que mi padre dice, que todo queda en casa? La verdad es que le pega decir eso. Es la clase de frase cínica que a mi padre le encanta.

Hay una pausa que coincide con la casi inmóvil dispersión del pequeño grupo que rodeaba los nichos. Se dispersan como si de pronto cada cual fuera por un lado, pero a la vez a pasitos, de tal suerte que vistos desde donde está Jacobo dan la impresión de moverse como a tientas lentísimamente centrifugados por el aire lluvioso, la grisalla verdinegra del mar. En esta pausa telefónica, Jacobo tiene la impresión de que su mujer estornuda o solloza. O quizá ha bajado la voz. O ha alejado el móvil de la cara y no se oye claramente lo que dice.

—¿Qué dices? No te oigo, vamos a dejarlo, Angélica.

—Espera, por favor, es que yo tampoco soy feliz. Tú crees que estoy aquí tan confortable. También llevo lo mío...

—¡Eso ya se sabe, chica, no hay rosa sin espina!

—¡No te pega nada ser Jacobo así, tan cruel! —solloza ahora Angélica—. ¡Estoy agobiada aquí, estoy tan dividida, no sé, Dios mío, lo que hacer...!

—Y qué más da, da igual. El Asubio te prueba, te remonta, te pone. ¡Quédate con mi padre! Mi intención, Angélica, ya que, a juzgar por tu llamada, aún te interesa saberlo, mi intención es divorciarnos. Estoy de ti hasta las narices, quiero otra persona en quien pensar, otros asuntos. En el fondo me alegro de que seas tú quien tira la toalla. La única curiosidad que aún siento con respecto a ti es saber si, una vez divorciados, te aceptará mi padre con tanta facilidad como te acepta ahora. ¿Querrá mi padre que el papel que ahora desempeñas, secretaria, estricta gobernanta, o lo que seas, querrá mi padre que aún los sigas siendo cuando sepa que por fin eres toda suya, y vas a serlo? Yo no soy muy listo, Angélica. Sólo tengo el sentido común que me hace falta tener para lo mío. Y el sentido común es malicioso. Al final yo mismo me he vuelto malicioso también. Y me malicio, que tu papel como divorciada en casa de mi padre, va a perder muchos enteros. ¡Vas a bajar en bolsa, divorciada, en picado, Angélica, mi vida!

Angélica solloza nuevamente y dice *¡Jacobo, por favor...!* o cosa parecida. Jacobo cuelga su móvil y lo desconecta por si acaso. Se une lentamente a los demás, que ahora de nuevo parecen un grupo unificado que atraviesa las puertas del cementerio de Lobreña en silencio.